CLAUDIA SCHMID

Blumenlust

CLAUDIA SCHMID

Blumenlust

KRIMINALROMAN

GMEINER

Personen und Handlung sind frei erfunden.
Ähnlichkeiten mit lebenden oder toten Personen
sind rein zufällig und nicht beabsichtigt.

Im Ehnried 5, 88605 Meßkirch
Telefon 07575/2095-0
info@gmeiner-verlag.de

1. Auflage 2025

Lektorat: Claudia Senghaas, Kirchardt
Satz: Mirjam Hecht
Umschlaggestaltung: U.O.R.G. Lutz Eberle, Stuttgart
unter Verwendung eines Fotos von: © Claudia Schmid;
iMarzi / stock.adobe.com
Druck: GGP Media GmbH, Pößneck
Printed in Germany
ISBN 978-3-8392-0754-3

Für Mr. Smith, der mir das wilde Gärtlein schenkte.

DIE WICHTIGSTEN PERSONEN

Edelgard	spielt erneut Miss Marple
Florian	gibt den Kini
Luisa	eine Kräuterkundige
Chloé	die Kräuterbitch
Fee Zoe	eine Influencerin
Melanie	der Bulle
Norbert	der Fels für Edelgard
Marja	bringt ihre Freundinnen mit
Der Mörder	ist nicht der Gärtner

PROLOG

Finn beglückwünschte sich selbst zu dem Entschluss für sein frühes Training, denn die Morgensonne verhieß bereits jetzt einen zu warmen Frühlingstag. Viel zu warm jedenfalls für die Jahreszeit. Gegen Mittag, wenn sie hoch am Himmel stand, war der Flüssigkeitsverlust während des Laufens immens hoch. Dabei lagen noch vier Wochen bis zu *dem* Sport-Event des Jahres vor ihm. Angela, seine Freundin, würde ganz schön überrascht sein, wenn er ihr am Tag davor seine Anmeldung für den Marathon mitteilte. Bis dahin galt es allerdings, weiter hart zu trainieren. Es war in letzter Zeit beruflich nicht so gut für ihn gelaufen, und er bereitete sich auf einen Neustart vor. Alles noch mal auf Anfang. Er konnte es kaum erwarten! Nach dem Durchlauf der Ziellinie wollte er ihr *die* Frage stellen. Diese eine, deren Antwort ihrer beider Leben auf den Kopf stellte und für immer veränderte. Danach war nichts mehr wie zuvor und würde auch nie wieder so werden, denn sie waren dann auch endlich ganz offiziell ein Paar. Der Trauschein war seiner Ansicht nach das Siegel für ewige Zweisamkeit. Wenn es nach ihm ging, bis der Tod sie schied. Er war wild entschlossen. Dieses Glück, das er sich immer und immer wieder in neuen, noch helleren Farben ausmalte, behielt er ganz fest in den Händen. So war sein Plan. Ihre Antwort war der Startschuss in eine neue Zukunft, gemeinsam mit ihr und seiner Selbstständigkeit. Den Mut dazu holte er sich beim Training für den Marathon. Der Ziellauf war für ihn der Ansporn, sein Leben mit Power umzukrempeln und endlich so richtig durchzustarten, nach all den zahlreichen Fehlschlägen.

Rasch ließ er Ladenburg hinter sich, wo er nahe der Fähre, die hinüber nach Neckarhausen glitt, seinen Wagen wie immer auf dem großen Parkplatz abgestellt hatte und direkt am träge im Morgenlicht glänzenden Fluss gestartet war. Das Grün der Felder war noch nicht von der Hitze verdorrt. Zu dieser frühen Zeit war der breite Weg zwischen der Wasserader und den Feldern menschenleer. Das konnten sich die Kolonnen von Ausflüglern, die ihn an Wochenenden zu Fuß und mit ihren Fahrrädern verstopften, kaum vorstellen. Er tastete nach der Innentasche seiner blauen Hose. Für einen Moment hatte er gedacht, sein Smartphone zu Hause liegengelassen zu haben. Erleichtert fühlte er durch den dünnen Stoff das Gehäuse.

Es erstaunte ihn selbst, wie leicht er sich in das frühe Training eingefunden hatte. Anfangs hatten seine Waden geschmerzt, aber mit Magnesiumtabletten ließ sich das gut abfangen. Auf Höhe von Schwabenheim zerrte er seine Wasserflasche aus dem Gürtel und trank hastig. Er hatte vor, bis zu den Kleingärten an den Ausläufern von Heidelberg zu laufen, dort ein paar Dehnübungen einzulegen und dann dieselbe Strecke zurückzurennen. Mit dem Handrücken wischte er ein paar Schweißtropfen von der Stirn. Bald kam der Punkt, an dem der Weg eine Abbiegung weg vom Fluss erlaubte. Die wollte er jedoch heute nicht nehmen.

Plötzlich spürte er an einer schmalen Stelle, zu deren beiden Seiten mannshohe Büsche standen, etwas Strammes gegen sein Schienbein schlagen und stürzte überrascht der Länge nach hin. Welcher Idiot führte hier an der langen, quer über den Weg gespannten Leine seinen Köter aus? Der Dicke des Seiles und der Spannung nach zu urteilen handelte es sich um ein Riesentier. Finn hatte sich beim Sturz beide Ellbogen aufgeschlagen und war eben im Begriff, sich hochzurappeln, als er am Hinterkopf einen ziemlich harten Schlag spürte. Er sackte auf seine Knie. Ein erneuter Treffer brachte ihn ganz zu Boden und raubte ihm das Bewusstsein, noch bevor er mit dem Gesicht nach unten in den Staub fiel.

1

Chloé zog die kleine Schere aus ihrer Hosentasche, die in einer Schutzhülle steckte, damit sich die Spitze nicht durch den Stoff ihrer knallengen Jeans bohrte. »Hast du dich wieder in eine Hose reinschießen lassen«, war der gänzlich überflüssige Kommentar ihrer Mutter zu ihrem Kleidungsstil. Als ob sie etwas darauf gäbe, was die von ihrem Outfit hielt! Wenn einem das mit 27 Jahren noch nicht komplett egal war, wann denn dann überhaupt? Ihre Kindheit war längst Schnee von gestern, ein abgeschlossenes Kapitel ihres Lebens. Aufgewachsen war sie in einem der raueren Viertel der Industriestadt. Wobei Mannheim sehr viel Charme besaß, wie es immer hieß. Die Kurpfälzer galten als gemütlich und dem Genuss zugewandt. Dieses klischeebehaftete Bild galt leider nicht für alle, Chloé hatte im Laufe ihres Lebens, vor allem in der Kindheit, genügend Bekanntschaft mit anderen Menschen gemacht. Vor Mobbing hatte sie allerdings die Mitgliedschaft in der angesagtesten Gang des Viertels geschützt. Die waren nicht zaghaft, wenn es Ärger gab, und packten kräftig zu. Da sie sich bei ihren Streifzügen sehr geschickt bei kleinen Diebereien anstellte, war ihr eigener Status immerhin so, dass die Kräftigen der Gruppe sie beschützten. Mit dem Ende der Schulzeit, die ihr wegen zweier Ehrenrunden mit 17 Jahren die Mittlere Reife einbrachte, brach die Gang auseinander. Zwei waren nach Thailand geflogen, ob sie dort noch immer lebten, wusste sie selbst nicht. Eine war in die USA ausgewandert, Detroit oder so. Die anderen? Sie hatten sich alle irgendwie aus den Augen verloren. Aber wo Dietrich sich aufhielt, das wusste sie. Der älteste Sohn der Familie bekam bei denen immer diesen Vornamen. Von Generation zu Generation. Dass er selbigen virtuos zu benutzen wusste, war ihm zum Verhängnis geworden. Bei seinem letzten Bruch war dummerweise jemand zu Hause und war ihm blöd gekommen. Seitdem, oder zumindest seit sie ihn erwischt hatten, saß er im *Café Landes* ein. Lebenslang hatten sie ihm aufgebrummt. Weil der Typ sein Eigentum verteidigen wollte und Dietrich entschieden zu heftig hingelangt hatte. Der Sturz seines Gegenübers endete tödlich. Sie besuchte Dietrich aus alter Verbundenheit alle paar Wochen. Eine Weile hatten sie früher bei den anderen sogar als Paar gegolten. Besonders freute Dietrich sich, wenn sie ihm *Mannheimer Dreck* mitbrachte, eine lebkuchenähnliche Spezialität, die er zu schätzen wusste.

War es der Vollmond, der diese Gedanken in ihren Kopf spülte? Da, wo sie heute wohnte, nämlich unmittelbar in den Quadraten, fühlte sie sich jedenfalls gut aufgehoben. Es gab keinen Grund für sie, ihren Wohnstatus zu ändern. Sie konnte sogar zu Fuß an einen der beiden Flüsse, wenn ihr danach war. Der Bahnhof spülte immer wieder neue Kundschaft für sie heran, die ihre erträglichen Einnahmen sicherten.

Punkt 24 Uhr bei Vollmond war ein besonders guter Zeitpunkt, um Kräuter zu ernten. Ganz bestimmte Kräuter, mit einer speziellen Wirkung. »Du bist wie eine Hexe.« Auch dieses blöde Zitat stammte von ihrer Mutter, als sie wie immer unangemeldet in ihre Wohnung geplatzt war und sie in der Küche beim Bereiten ihrer Elixiere überraschte. Die brauchte sie schließlich für ihre Arbeit als Wahrsagerin. Obwohl sie selbst den Begriff »Lebensbegleitung« für ihre

Tätigkeit bevorzugte. Das klang wesentlich moderner. Sie hatte ihre Mutter damals mehr oder weniger sanft an den Tisch geschoben und ihr einen Tee verabreicht. Nach einer Inspektion ihres Badezimmers war sie wieder abgerauscht. Vorgetäuscht hatte ihre Mutter allerdings, die Toilette benützen zu wollen. Seit sie sie mit 16 Jahren beim Rauchen von Marihuana erwischt hatte, erlag sie diesem Kontrollzwang ihrer Tochter gegenüber. Chloé fragte sich oft, ob die Reaktion ihrer Mutter auf ein Fläschchen Bier ebenso drastisch ausgefallen wäre. Jedenfalls gab es damals Hausarrest für sie sowie eine kräftige Kürzung ihres Taschengeldes. Während alle anderen in der Klasse mit den neuesten Markenklamotten herumliefen, deckte sie ihren Bedarf in Secondhandläden. Bis sie ihre Scheu überwand und einen Weg fand, an das Gewünschte zu kommen. Mit einiger Geschicklichkeit, die sie sich selbst beibrachte, tauschte sie in Umkleidekabinen Etiketten von Kleidungsstücken aus. Nach dem Riesentamtam, das ihre Mutter veranstaltet hatte, war ihr bewusst geworden, wie immens wichtig es war, sich bei nichts mehr erwischen zu lassen. Diese Lektion saß tief. Dabei hatte sie längst andere lukrative Quellen entdeckt, um ihren Hang zu ausgefallenen Kleidern zu befriedigen. Heute jedenfalls ertappte sie keiner dabei, nach der Schließzeit noch im Luisenpark zu bleiben. Schließlich ging es ihrer Ansicht nach niemanden etwas an, was sie trieb. Über die Drehkreuze am Ausgang gelangte sie jederzeit hinaus, es war noch nicht einmal nötig, irgendwo über eine Mauer zu klettern. Ihr Vorhaben war allerdings nicht legal. Es war für Gäste verboten, im Luisenpark irgendetwas zu ernten.

Auf dem gestampften Boden im Heilpflanzengarten lagen Kieselsteine. Chloé unterdrückte das Fluchen. Denn sie war barfuß, um die Energie des Ortes, gerade in dieser Nacht, ungefiltert zu spüren und in sich aufzunehmen. Keine einzige Wolke bedeckte den Nachthimmel. Das war gut so. Nichts minderte die heilende Kraft des Mondes, außerdem sorgte er für die nötige Helligkeit, sodass sie ohne ihre Taschenlampe auskam. Sie rieb mit den Fingerspitzen an Salbeiblättern, führte die Hand unter die Nase und sog den heilsamen Geruch ein, der sie wie Balsam erfüllte. An einem großen Strauch Rosmarin hielt sie inne. Solche Ausmaße nahm der Lippenblütler eigentlich nur im Mittelmeerraum ein, woher er stammte. Der Duft schwebte in der Luft, vermischt mit dem von Thymian. Wenn man die Augen schloss, konnte man sich in den Abruzzen wähnen, wo sie sich an ein Ferienhaus in den Bergen erinnerte. Geübt schnitt sie ein paar junge Zweige Rosmarin ab und steckte sie in die sehr große Innentasche ihrer leichten Jacke, die sie eigens für diesen Zweck eingenäht hatte. Mit dieser Menge konnte sie die Essenz für ein belebendes Vollbad herstellen, das sich einer ihrer Kunden zubereiten wollte. Eigentlich war sie jedoch auf der Suche nach Johanniskraut. Ihr Potenzmittel auf Kräuterbasis war der Hit bei ihrer Kundschaft, die freiwillig Mundpropaganda für sie betrieb. Die Zutaten für dieses Mittel waren ihr privates, streng gehütetes Geheimnis. Denn die Kräuter bildeten lediglich die Basis für die enorm hohe Wirksamkeit, die ihr ihre Kunden mehrfach bestätigten. Stress und Alter rückten bei ihrer Klientel in gewissen Stunden in den Hintergrund. Mit der flachen Hand strich sie über die Lavendelbüsche, die sie soeben passierte. Mit deren getrockneten Blüten befüllte sie kleine Kissen. Ihre Kunden waren im Grunde genommen dankbar für alles, was sie ihnen anbot. Die Story dazu musste stimmen. Wenn sie auf das von ihr gewählte Narrativ ansprangen, war ihnen beinahe alles zu verkaufen. Als sie sich jedoch über die Blätter des Mönchspfeffers beugte, spürte sie plötzlich eine Hand auf ihrer Schulter. Dabei hatte sie doch gar niemand anderen gesehen, geschweige denn, sich ihr nähern hören? Wie war das auf dem Kies möglich? Die einzige Möglichkeit, die ein geräuschloses Nähern ermöglichte, war ein Gehen über die Beete. Instinktiv umklammerte sie ihre Schere fester, als sie sich langsam aufrichtete und umwandte.

»Bist du auch wegen dem Mond da?«

»Des Mondes.«

»Sagte ich doch.«

Der Mann sah weder wie ein Wächter, der die Regel durchsetzte, nach der sich niemand nach einer festgelegten Uhrzeit im Park aufhalten durfte, noch wie ein gefährlicher Triebtäter aus. Trotzdem blieb sie wachsam. Man konnte ja nie wissen, ob jemand einfach nur harmlos aussah oder ob er es tatsächlich auch war. Es gab sogar Kriminologen, welche die Meinung vertraten, selbst sie mit all ihrem Fachwissen könnten Menschen ihre Gefährlichkeit nicht ansehen, ja, sogar Serientäter gingen rein optisch als harmlos durch.

»Was machst du da?«

Chloé entschied sich für eine ehrliche Antwort. »Weißt du, bei Vollmond um Mitternacht geerntet, entfalten die Heilkräuter ihre volle Wirkung.«

Er nickte. Das klang für ihn plausibel. »Und wozu ist Mönchspfeffer gut?« Der Name der Pflanze stand auf einem Schild.

Der Typ sah ziemlich gut aus. Groß gewachsen, sehr dichtes dunkles Haar, braune Augen. In seiner Haltung erinnerte er sie an irgendjemanden. An ein Bild. Oder besser, an ein Foto von einem alten Bild. Sie kam jetzt bloß nicht darauf, auf welches. Jedenfalls schien er ihr genauso harmlos wie sie selbst zu sein.

»Mönchspfeffer?«, wiederholte sie. »Es ist ein Frauenheilmittel bei Menstruationsbeschwerden.«

»Der Name klingt so gar nicht danach.«

»Es wurde früher Mönchen verabreicht, um ihre Libido zu dämpfen.«

»Ah, verstehe.«

»Und was treibst du hier nachts im Park?«

Der Mann hob sein Kinn, so als ob er seinen Blick über den Heilpflanzengarten hinaus in eine unbewusste Ferne richtete. »Ich gehe gerne des Nachts spazieren. Heute ist das Licht besonders schön, wie Samt umschließt es die Welt. Nachts ist es ruhiger, man wird nicht von den vielen Menschen abgelenkt, die tagsüber unterwegs sind. Man ist komplett eins mit der Natur. Das klappt um diese Zeit viel besser. Ohne Ablenkungen oder unliebsame Störungen.«

Chloé beschloss, mit diesem Typen einen harmlosen Spinner vor sich zu haben, jedoch einen überaus attraktiven dieser Sorte. Der sah wie ein Schauspieler oder ein Model aus. Die Nacht bot ihr plötzlich eine ungeplante Verheißung an. Sie schnitt mit schnellen Bewegungen ein paar Stängel des Mönchspfeffers ab und ließ sie in ihrer Jackentasche verschwinden. »Ich will noch ein paar Kräuter ernten. Wartest du? Es dauert nicht lange. Was du sagst, klingt so interessant.« Eigentlich hatte sie noch mehr Kräuter ernten wollen, das verschob sie nun spontan auf den Termin des nächsten Vollmondes.

Der Mann nickte und beobachtete sorgsam jede ihrer Bewegungen.

Als sie fertig war, schritt sie voran zum Ausgang des Heilpflanzengartens. »Kommst du mit an den See?«

»Du meinst, an den Kutzerweiher?« Er hielt kurz inne.

»Genau. Was ist jetzt? Kommst du?«

Während sie über die Wiese schlenderten, an deren Rand sich der Skulpturenweg befand, verfing sie sich unter dem dichten Blätterdach eines der großen alten Bäume, durch welches das Licht des Mondes nicht hindurchzudringen vermochte, mit dem Fuß an einer der Liegen. Bevor sie jedoch zu Boden fiel, war der Mann bei ihr, umfing sie mit beiden Armen und bewahrte sie so vor einem Sturz. Sie hielt ihren Kopf ein wenig länger an seiner Brust, als es unbedingt nötig gewesen wäre. Er roch nach Zedernholz und Thymian. Eine Parfümnote, die sie mochte. Sie fühlten beide die Magie des Moments, als sie wortlos nach seiner Hand griff und ihn zu den Seerosenterrassen führte. Das Wasser der großen Becken, in denen die großen Töpfe mit den Pflanzen standen, glänzte im Mondlicht lackschwarz. Undurchdringlich für Blicke, schien es Geheimnisse zu verbergen. Chloé mochte diese Stimmung, in der für sie so vieles an Verheißung lag. Nicht alles lag glasklar vor einem und ließ deshalb Raum für Fantasien. Auf einem der Becken war die Bewegung eines Läufers in Form einer kunstvoll filigran gestalteten Figur festgehalten. Rannte die Figur in behänder Leichtigkeit vor etwas weg? Oder fixierte sie in der Ferne ein Ziel, zu dem sie hinrannte? Das war etwas, was Chloé schon des Öfteren beim Betrachten des Läufers in den Sinn gekommen war. Sie wusste sogar, wer die Figur geschaffen hatte, weil das auf einem Schild stand. Es handelte sich um ein ganz besonderes Werk der Künstlerin Stefanie Welk. Und sie selbst? Gab es ein Ziel für sie in ihrem Leben oder rannte sie vor dem Leben davon, welches sie früher geführt hatte? Wollte sie lediglich anders ticken als ihre Mutter? Sie blickte den Mann, den sie an der Hand zu einer bestimmten Stelle im Luisenpark führte, von der Seite an. Für den Augenblick zumindest gab es ein sehr kurzfristiges Ziel für sie.

Das Restaurant an den Seerosenterrassen lag einsam und verlassen da. Welch ein Kontrast die momentane Ruhe doch zu dem hier oft quirligen Treiben bei Tage war, wo es oft ziemlich schwer war, einen freien Tisch zu ergattern! Chloé lenkte ihre Schritte weiter zum Pinguingehege. Nur ein paar der Tiere legten ein Nickerchen im Stehen ein, die anderen Publikumslieblinge waren wach. Sie führte den Mann zu einer ihr bekannten geschützten Stelle direkt am Wasser. Dort legte sie ihre Jacke ab, sorgfältig darauf bedacht, die Kräuter aus der Innentasche nicht zu verlieren. Ihr eng anliegendes T-Shirt betonte ihren Körper und war reines Kalkül. Sie schälte sich aus ihren Jeans.

»Was machst du da?« Er dachte flüchtig an Elena, die zu Beginn ihrer Bekanntschaft ähnlich unverblümt und direkt aufgetreten war. Die Initiative für gemeinsame lustvolle Betätigungen war zu seiner Freude stets von ihr ausgegangen. Das lag allerdings bereits eine geraume Weile zurück. Aus der Geliebten war längst lediglich eine Mitbewohnerin in ihrer Zweier-Wohngemeinschaft geworden. Das lag durchaus nicht an ihm, sondern entsprach Elenas Laune. Sie versuchte sogar, ihn aus ihrer gemeinsamen Wohnung zu verdrängen. Träumte er oder passierte ihm dieselbe Art von Leidenschaft, wie sie am Anfang zwischen Elena und ihm loderte, jetzt gerade mit einer neuen Frau? Wie sollte er sich verhalten? Treue war so ein altmodischer Begriff, aber verdammt noch mal, er liebte doch Elena und war bereit, darauf zu warten, bis sie wieder so war wie früher, als sie sich kennenlernten. Zu Beginn war sie ihm als seine Traumfrau erschienen, und er hoffte immer noch darauf, sie zeigte sich wieder so wie damals. Dabei stand genau jetzt eine Frau vor ihm, die er gerade eben kennengelernt hatte und die mittlerweile nur noch ihre Unterwäsche trug. Was er im Mondlicht sah, gefiel ihm allerdings sehr. Um der vollen Wahrheit zu entsprechen, war er komplett verzückt, denn schließlich war er nicht aus totem Holz geschnitzt. Einer der Unterschiede zu seinem hochverehrten Vorbild, dem Kini, bestand darin, dass er selbst sich sehr wohl etwas aus Frauen machte. Sehr viel sogar, wie sich jetzt für ihn spürbar bemerkbar machte. Sicher konnte die Frau das sehen. Zu seinem Erstaunen stellte er fest, dass es ihm kein bisschen peinlich war.

»Kommst du mit ins Wasser?«

»Spinnst du? Das ist gefährlich.«

»Zu kalt?«

»Die Seile der Gondolettas unter der Wasseroberfläche!«

»Wir halten einfach Abstand zu denen.«

»Und die Karpfen? Die können über einen Meter lang werden. Hast du schon mal gesehen, wie die ihre Mäuler aufreißen? Die haben immer Hunger. Wie so kleine Seeungeheuer verfolgen die bettelnd die Boote. Das sind gierige Biester!«

»Verstehe, du hast Angst um …« Sie griff mit ihrer rechten Hand in seinen Schritt, wo sich deutlich eine Wölbung hervorhob, und drückte sanft zu, wobei sie ihm in die Augen blickte. »Wir bleiben an Land, okay?« Er ließ sie gewähren, als sie seine Hose öffnete, und war ihr bei den Häkchen ihres rotfarbenen BHs behilflich, den sie achtlos neben sich warf. Die nächste halbe Stunde, während sie, hinter hohem Schilfgras verborgen, agierten, wurde zu der aufregendsten in seinem Leben. Das glaubte er zumindest eine Weile. Bis er eines Besseren belehrt wurde. Aber bis dahin sollte noch ein wenig Zeit verstreichen.

2

»Eeedelgard!«

Die feinen Härchen auf meinen Armen schnellten blitzschnell in die Höhe, wie immer, wenn Norbert mit dieser übertriebenen Betonung auf der ersten Silbe meines Namens nach mir rief. Ich beschloss, mich taub zu stellen und ihn in meinem Garten nach mir suchen zu lassen. Denn ich genoss in meinem Hängesessel die Nachmittagssonne an diesem besonders schönen Tag. Sachte schaukelte ich auf unserer überdachten Terrasse hin und her. Ich hatte mich heute überwiegend im Haus aufgehalten. Bevor ich meine Tulpen versorgte, ruhte ich mich nun, in eine leichte Stola gehüllt, etwas aus. Mein Blick verweilte an der kleinen Stelle in der Buchenhecke. Die Nachbarin hielt dort ein kleines Fenster frei, welches ihr einen neugierigen Überwachungsblick in unseren Garten ermöglichte. Dabei hatten wir nichts zu verbergen, aber sie lieh beispielsweise ihren Hund während der zurückliegenden Pandemie, als es nächtliche Ausgangssperren gab, zum Gassigehen aus. Denn mit Hunden konnte man trotzdem raus. Natürlich nahm sie Geld dafür. Ihr Wuffi war am Ende ziemlich durchtrainiert. Es ist nämlich nicht so, dass mir selbst hier irgendetwas verborgen bliebe. Dazu muss ich keine Löcher in Hecken schneiden. Plötzlich fiel ein Schatten auf mich. Ich schreckte hoch.

»Da steckst du! Weshalb antwortest du nicht?«

»Hast du nach mir gerufen?«

»Dreimal!«

»Ich war so in Gedanken, Norbert, ich habe gar nichts gehört. So früh habe ich nicht mit dir gerechnet. Es ist gerade mal kurz nach 16 Uhr.« Ich hoffte, nicht rot anzulaufen, wie es oft geschah, wenn ich ein klein wenig mogelte, denn selbstverständlich war sein Rufen an mein Ohr gedrungen.

Er tätschelte meinen Arm. »Schon gut, Edelgard. Ich habe meine Gleitzeit heute sehr früh ausgenutzt, weil ich meine Mittagspause verkürzt habe. Möchtest du auch ein Feierabendbier?« Er stand im hellen Hemd mit einer Krawatte vor mir, die meine Patentante ihm zu Weihnachten gehäkelt hatte.

Nach all den Jahren hatte er es noch nicht verinnerlicht, dass ich lieber ein Glas Wein anstelle von Bier genieße. »Ich muss mich noch um den Garten kümmern. Vielleicht trinke ich danach ein Glas von dem Wein von der Bergstraße, von dem roten. Davon müssten wir doch noch welchen haben?«

»Kann sein«, brummelte Norbert und verschwand im Haus.

Im vorletzten Jahr verbrachte ich den Sommer in der Kurpfalz, dort hatten wir den Wein bei einem Ausflug an die badische Bergstraße direkt bei einem Winzer erworben. Während unserer Reise um die Ostsee vor wenigen Jahren hatten wir Tamara und Wiebke kennengelernt. Zwei reizende Buchhändlerinnen, deren hübscher Laden sich mitten in Heidelbergs Altstadt befindet. Sie hatten den Zuschlag bekommen, während der Bundesgartenschau in Mannheim einen Buchshop im Luisenpark zu betreiben. Für mich war es die perfekte Lösung gewesen, dort ein halbes Jahr zu verbringen. Denn meine Chefin, die Pfarrerin, hatte ein Sabbatical genommen. Das ist eine geregelte Auszeit, die die evangelische Kirche ermöglicht. Sie verbrachte diese Zeit bei ihrer Familie in Norddeutschland und unterstützte sie. Ihre Schwester betreibt mit ihrem Mann dort eine Schafzucht und hatte Zwillinge bekommen, für die meine Chefin die Patenschaft übernahm. Währenddessen wurde sie in unserer Gemeinde von einer Pfarrerin vertreten, die zur Bedingung machte, eine eigene Pfarrsekretärin mitzubringen, denn die beiden waren ein Paar. Ich hatte eingewilligt, meine Stelle deshalb in diesem Zeitraum ebenfalls ruhen zu lassen. Alles war als ein vorübergehendes Arrangement vereinbart. Was ich jedoch nicht vorhergesehen hatte, war die Tatsache, dass meine Chefin sich auf Dauer umorientierte. Sie fand überaus großen Gefallen an ihrer Rolle als Tante der beiden süßen Wesen und ging voll darin auf. Als just in der Nachbargemeinde des Wohnortes ihrer Schwester eine Pfarrstelle frei wurde, bewarb sie sich dort und wurde prompt genommen, während sich in unserer Gemeinde ihre Vertretung mitsamt der Pfarrsekretärin etablierte. Mir blieb nach meiner langjährigen Tätigkeit lediglich die Mitgliedschaft im Gemeindechor, dessen Ausflüge ich schon früher organisiert hatte. Neben meinen Reisen war es dieser Job im Pfarramt, der meinen Lebensinhalt darstellte. Die vielen Gespräche mit Menschen, die mit ihren verschiedenen Anliegen zu uns kamen, vermisste ich immens. Als ob Norbert meine Gedanken, denen ich gerade nachhing, geahnt hätte, brachte er das Gespräch darauf, als er mit einem gefüllten Weizenbierglas in der einen und einem Weinglas für mich in der anderen Hand auf die Terrasse zurückkam.

Ich nahm es entgegen und stellte es auf dem kleinen Tisch aus blau lackiertem Metall ab. Er hatte offenbar geflissentlich überhört, dass ich im Augenblick nichts trinken wollte.

»Weißt du, Edelgard, es ist gar nicht schlimm, dass du jetzt so viel zu Hause bist. Da kannst du dich wieder mehr um mich kümmern.« Er strahlte, als er sein Glas hob und mir zuprostete. »Vielleicht wird es dann dauerhaft ein wenig ruhiger bei uns. Außer«, er grinste breit, »du findest eine

Leiche im Nachbargarten. Ich gehe mal davon aus, dass bei uns selbst keine liegt. Oder gibt es ein heimliches Grab unter unserer Terrasse? Das will ich doch nicht hoffen!« Er lachte über seinen eigenen Witz.

Das Schnurren meines Smartphones enthob mich einer Antwort auf diese launige Bemerkung.

»Tamara! Wie reizend, von Ihnen zu hören. Wie geht es Ihnen und Wiebke?«

»Alles im grünen Bereich, Edelgard, wir beide sind zufrieden. Und wie läuft es bei Ihnen? Es füllt Sie vermutlich nicht gänzlich aus, wieder vermehrt für Ihren Mann da zu sein?« Sie kicherte verschwörerisch.

Ich beglückwünschte mich dazu, den Lautsprecher bei der Entgegennahme des Gesprächs nicht aktiviert zu haben. »Alles gut bei mir, Tamara. Danke der Nachfrage. Mein Garten ist wirklich topp in Schuss! Demnächst kommen Reisebusse hier an, weil er besichtigt wird. Es gibt schon erste Anmeldungen.«

Norbert blickte fragend. Offensichtlich kapierte er meinen Scherz nicht.

»Ich lege meine Karten offen auf den Tisch, Edelgard. Wir reaktivieren den *Bücherhimmel* und denken dabei natürlich in erster Linie an Sie.«

Beinahe bekam ich Schnappatmung beim Wittern der Chance, meinem neu gewonnenen Status als Hausfrau zu entrinnen.

»Der Park feiert in diesem Jahr ein großes Jubiläum, weil es 50 Jahre her ist, dass dort erstmals eine Bundesgartenschau stattfand. In dem Holzcontainer, in dem der *Bücherhimmel* untergebracht war, haben die im letzten Sommer selbst einen Souvenirverkauf gemacht, und in diesem Jahr könnten wir ihn wieder pachten. Derjenige, der den Job vorübergehend übernommen hat, ist nämlich in Rente gegangen. Und jetzt meine Frage an Sie: Können Sie sich vorstellen, nochmals unsere Buchhandelsfiliale zu übernehmen? Sie haben das so bravourös gemacht! Wir starten Mitte Mai mit der Wiedereröffnung. Ich weiß, das kommt jetzt ein wenig plötzlich, aber wir haben die Anfrage selbst kurzfristig erhalten.«

Am liebsten hätte ich spontan zugesagt und unterdrückte nur mit Mühe einen Freudenschrei. Die Anwesenheit meines neugierig blickenden Gatten erinnerte mich jedoch daran, dass es vielleicht aus seiner Sicht angemessen wäre, die Angelegenheit zunächst mit ihm zu besprechen. Zumindest sollte bei ihm der Anschein erweckt werden, als ob er mitentscheiden dürfe. Denn meine eigene Entscheidung stand prompt fest. »Ich denke darüber nach und bespreche das mit Norbert.«

»Ja, klar. Das verstehe ich natürlich. So etwas bespricht man als Paar. Wir beide, Wiebke und ich, würden uns natürlich sehr über Ihre Zusage freuen. Das Gehalt …«

»Ach was, da werden wir uns schon einigen. Ich melde mich bald. Sehr bald! Und grüßen Sie Wiebke von mir.«

Norbert nahm einen weiteren Schluck von seinem Weizenbier. »Was ist denn los bei den beiden? Alles in Ordnung? Gibt es Ärger mit dem Bauplatz nebenan? Brauchen sie Beistand?«

»Diese Reihenhäuser, die direkt hinter ihrer Villa gebaut werden? Auf dem Grundstück, welches diesem Leon gehört hatte? Ich mochte den.« Ich wollte Zeit schinden und zögerte mein eigentliches Anliegen ein wenig hinaus. Das verschaffte mir die Möglichkeit, die richtigen überzeugenden Worte für meinen Göttergatten zu überlegen.

»Soweit ich weiß, gab es da mehrere Eigentümer, mit denen es lange einen heftigen Streit gab.«

»Keine Ahnung, was da lief. Irgendwas war mit einer Erbengemeinschaft, Geschwister seiner bereits verstorbenen

Eltern. Wenn ich mich recht entsinne, ging der Streit allerdings nicht von ihm aus, der war ja regelrecht lammfromm, ein absolut gutmütiger Mensch. Wiebke hat hin und wieder von ihm erzählt. Ein überaus angenehmer Mensch, meiner Meinung nach. Das war irgend so eine blöde Familiensache. Beim Erben kommen oftmals die wahren Gefühle innerhalb einer Familie ans Licht. Da wird sogar vor Gericht gestritten. Aber die haben sich ja irgendwie letzten Endes dann doch noch geeinigt und verkauft, und er ist nach Schweden gezogen. Ich glaube mich zu erinnern, auf eine der Inseln in der Ostsee.«

»Ist der nicht sogar dauerhaft ausgewandert und hat hier alle Brücken hinter sich abgebrochen?«

»Ich glaube, ja. So wie Wiebke erzählte, hat er in Deutschland alles aufgegeben.«

»Von Heidelberg nach Schweden. Gibt es da nicht eine sehr bekannte Frau, die das ebenfalls gemacht hat?« Er summte ein paar Takte aus *Dancing Queen*.

Es erstaunte mich, dass Norbert über solchen Klatsch aus der Regenbogenpresse informiert war. Die Popgruppe *Abba* hatte dieses Lied vor Jahrzehnten der jungen Königin ihres Landes zur Hochzeit gewidmet. Dieses Lied lief in Dauerschleife im Radio zu einer Zeit, als wir selbst noch Kinder waren.

»Edelgard, du bist meine Queen.«

Mein Mann verstand es erneut, mich zum Staunen zu bringen. Nun strahlte er mich an wie ein glückliches Honigkuchenpferd. Ein sehr glückliches Honigkuchenpferd. »Schön, dass du jetzt mehr Zeit hast und es uns hier so gemütlich machst. Ich hole mir noch etwas zu trinken.« Er erhob sich, um ins Haus zu gehen und sein geleertes Glas erneut zu füllen.

»Hmm.« Ich nickte. Wie würde seine Reaktion auf Tamaras Angebot ausfallen? Norbert hing an seinen Gewohnheiten, das wusste ich aus jahrzehntelanger Erfahrung, denn wir waren schon seit unserer gemeinsamen Schulzeit ein Paar. Es hatte vor einer Weile meinem Gefühl nach eine Ewigkeit gedauert, ihn davon zu überzeugen, seinen längst ausgeleierten beigefarbenen Breitcordanzug gegen chicere Kleidung auszutauschen. In dem alten Anzug wirkte er wie ein *Michelin*-Männchen, welches Werbung für Traktorreifen machte. Ebenso wie seine hellbraunen Lederschuhe mit dem Lochmuster, in denen beim Putzen immer etwas von der Schuhcreme hängenblieb und die ihm ein Schuster schon mehrfach neu besohlt hatte. Die sportlichen Sneaker, zu denen ich ihn mit Hartnäckigkeit überredet hatte, standen ihm viel besser. Sogar sein Gewicht verstand er ein wenig zu reduzieren. Eine komplette Rundumerneuerung sozusagen. Seiner Erzählung nach grüßte ihn seit seiner optischen Neuerscheinung morgens die Pförtnerin des Finanzamtes, wo er seit Jahrzehnten als Jurist tätig war, sehr viel freundlicher als früher.

Als Norbert mit seinem Glas zurückkehrte, hatte ich mich wieder im Griff. Am besten redete ich nicht lange um den heißen Brei herum, sondern schenkte ihm sofort reinen Wein ein. Denn ich wollte den beiden Buchhändlerinnen möglichst schnell zusagen. Womöglich hatten sie noch jemand anderes in petto, und ich guckte in die Röhre. Schließlich lebten in der Stadt am Neckar viele Studierende, die nach der Möglichkeit für einen Nebenverdienst suchten. Das galt es unbedingt zu vermeiden, denn ich wollte es mir lieber nicht ausmalen, auch noch den nächsten Sommer auf meiner Gartenliege verbringen zu müssen. Nach dem abwechslungsreichen Buga-Jahr 2023 hatte ich den darauffolgenden Sommer beinahe ausschließlich in meinem Garten verbracht. Mein Stapel ungelesener Krimis, die ich in den letzten Monaten erwarb, war auf dem besten Wege, gegen null zu schrumpfen. Und in der Nachbarschaft passierte seit Langem überhaupt nichts, was mein Eingreifen erfordert hätte. Absolut gar nichts! Die Langeweile drohte mich gänzlich zu überrollen. Dieses Angebot war tatsächlich meine Rettung!

»Schatz?« Ich setzte ein unwiderstehliches Lächeln auf.

Norbert, gerade zurückgekommen, hielt inne. Mit dieser Anrede gehe ich nämlich sparsam um. Allein aus dem Grund, dass sie sich am Ende nicht abnutzt und ihren Zweck, meinen Gatten aufnahmebereit für mein vorgetragenes Anliegen zu stimmen, womöglich verfehlt. Was doch ziemlich ungünstig wäre, hing doch immerhin mein persönliches Wohlbefinden davon ab.

»Edelgard?« Seine Hand landete sacht auf meinem Knie. Die gewünschte Wirkung trat also genau wie von mir erwartet ein.

Ich legte nach. »Ein wenig langweilig ist es für mich schon, weißt du. Der Publikumsverkehr im Gemeindesekretariat fehlt mir. Immerhin habe ich das all die Jahre gerne gemacht. Irgendwie war das genau meins, immer so viel mit Menschen zu tun zu haben. Ich bin doch eher der gesellige Typ.«

»Aber Edelgard, du singst doch im Kirchenchor! Da triffst du Menschen. Geht ihr nicht bald wieder auf Tour? Das habt ihr doch vor dieser Pandemie auch immer gemacht.«

Ach, wenn er wüsste. Annabell Klärchen, die meist neben mir steht, trifft nur in Ausnahmefällen den richtigen Ton. Zum Ausgleich dazu hat sie zu meinem Bedauern kein Problem mit der Lautstärke. Und die Solopartie, von der ich träumte, sie anzustimmen, hat die neue Pfarrerin selbst übernommen. Mit einem sehr wohlklingenden Sopran, wie ich neidvoll anerkennen muss.

»Ja, schon, aber …«

»Verstehe. Du willst in Urlaub!« Er kicherte.

99 von 100 möglichen Punkten. Wegfahren stimmte zwar. Aber nicht gemeinsam mit ihm. Und Urlaub war auch falsch.

Wie brachte ich ihm das bloß schonend bei? Immerhin hatte er sich im vorletzten Sommer, als ich absurderweise in den Verdacht kam, etwas mit dem zeitweiligen Verschwinden von Frida, der Freundin unseres Sohnes Julian, zu tun zu haben, rührend darum gekümmert, meine Unschuld zu belegen und mich von allen Verdächtigungen reinzuwaschen. Da hatte sich dieser Verbrecher, der Indizien gefälscht hatte und dabei sogar in unser Haus hier in Stuttgart eingedrungen war, sauber verrechnet. Aber Norbert hatte mich wirklich heldenhaft rausgehauen. Die Idee, unsere gemeinsame Freundin Marja zu informieren, erwies sich als goldrichtig. Die Journalistin versteht es, herausragend gut zu recherchieren. Ich bin ihr immer noch dankbar für ihre prompte Hilfe.

»Es wäre auch nur für den Sommer.«

»Hä?«

»Erinnerst du dich auch so gerne wie ich an die Bundesgartenschau?«

»Worauf willst du hinaus, Edelgard?«

Meinem persönlichen Blitzmerker ging offenbar soeben ein Licht auf. Dieses Mal für seine Verhältnisse erstaunlich schnell. In seinem Gesichtsausdruck zeigte sich ein Begreifen.

»Der *Bücherhimmel* wird wieder zum Leben erweckt.« Ich wartete gar nicht erst die Wirkung meiner Worte ab und redete schnell weiter. »Ich bin bereits eingearbeitet und kann sofort loslegen. Schließlich habe ich den *Bücherhimmel* bei der Bundesgartenschau im Mannheimer Luisenpark ein halbes Jahr lang gemanagt. Zur vollen Zufriedenheit der Kundschaft! Mein Umsatz war beachtlich.« Eins zu null für mich. Meinem Mann fehlten jegliche Gegenargumente.

»Und wann würdest du beginnen?« Das klang schon ziemlich nach einem Einknicken seinerseits.

Am liebsten hätte ich laut gesungen. Es stand mir also nicht bevor, aus purer Langeweile sämtliche unserer Fenster mit selbst gemachten Häkelgardinchen zu schmücken. Und die unserer freundlichen Nachbarin gegenüber, die unser Haus hütete, wenn wir in Urlaub waren, gleich mit. Seit ihr Sohn Johannes nach Beendigung seines Studiums aus ihrem Haus ausgezogen war, hielt sie wegen ihres Empty-Nest-Syndroms des Öfteren ein Schwätzchen mit mir. Sie war ja wirklich nett, aber ihr Jammern über den Auszug ihres Sohnes strengte mich ein wenig an. Schließlich hatte ich meinen Sohn einige Jahre früher als sie herausrücken müssen! Johannes war außerdem lediglich von Stuttgart nach Ulm gezogen, das war ja nun wirklich keine großartige Entfernung. Unser Julian hingegen hatte mehrere Jahre im Ausland verbracht und lebte nun in Berlin. Da fuhr man nicht mal so eben zum Kaffeetrinken hin, was ich wirklich ausgesprochen bedauerlich fand.

»Lass uns morgen darüber reden, Edelgard. Das kommt jetzt so plötzlich für mich. Schlaf eine Nacht darüber! Am Ende ist es doch auch Stress für dich, wo du es jetzt endlich auch viel ruhiger angehen könntest.«

»Ruhe gibt's genug eines Tages im Seniorenheim.«

»Edelgard, dort behalten sie dich eh nicht. Du stellst in Kürze alles auf den Kopf, so wie ich dich kenne. Die komplimentieren dich spätestens in der dritten Woche raus.«

»Dann bleibt mir wohl nichts anderes übrig, als die nächsten 20 Jahre fit zu bleiben.«

»Hauptsache, oben und unten dicht.«

Mein Mann brachte es, wenngleich nicht sonderlich charmant, auf den Punkt. Trotzdem schaffte er es mit diesem Statement, mich zum Lachen zu bringen. Nach all den Jahren gemeinsam lachen zu können, ist etwas Schönes, auch wenn man beim Anblick des Partners längst keine Schmetterlinge mehr im Bauch spürt. Plötzlich musste ich an Willi denken. Der wohnte bei Tamara und Wiebke, und ich war total verknallt in ihn.

3

Florian stand vor dem raumhohen Spiegel und strich mit einer zärtlichen Geste über den künstlichen Hermelin seines blauen Umhanges. Es war die Maßanfertigung einer Schneiderin, haargenau nach seinen Angaben gemacht. Während ihrer Arbeit daran hatte er sie mehrmals besucht und peinlich darauf geachtet, dass sie seinen Anweisungen strikt folgte. Dass er die Nerven der Frau damit etwas überstrapazierte, blendete er erfolgreich aus. Schließlich zahlte er auch einen stolzen Preis für ihr letztendlich überaus gelungenes Werk. Die Verwendung eines echten Pelzes kam für ihn selbstverständlich nicht infrage. Als Vorlage für sein sagenhaftes Kostüm diente ihm ein von Gabriel Schachinger im Jahr 1887 fertiggestelltes Gemälde von König Ludwig II. Da war der Kini bereits auf tragische, nie ganz geklärte Weise im Starnberger See ertrunken. Der König trug darauf das Gewand des Großmeisters des Ordens des Heiligen Georgs, eines Hausordens der bayerischen Kurfürsten. Als Florian zum ersten Mal ein Foto dieses Bildes sah, verknallte er sich rettungslos in das Kostüm und fuhr sogar extra deshalb nach Schloss Herrenchiemsee, um dort das Gemälde im Original zu sehen. Ihm kam zugute, dass er dem Märchenkönig frappierend ähnlich sah. Bei seinen Auftritten frisierte er sein üppiges Haar ähnlich wie sein historisches Vorbild. Dass er in dieser Kostümierung bei Hochzeiten die Trauringe auf einem kleinen Samtkissen bereithielt, sprach sich immer mehr herum. Es gab bereits Buchungen für das übernächste Jahr. Und das, obwohl er für seine halbstündige Anwesenheit mittlerweile 1000 Euro plus Fahrtkosten berechnete. Während der Bundesgartenschau in Mannheim im Jahr 2023 war er sogar im Luisenpark aufgetreten. Zu Klängen von Wagners Musik ließ er sich bei Einbruch der Dunkelheit auf einem mechanischen Schwan über den Kutzerweiher ziehen. Das war die Lieblingsmusik des Kinis gewesen, der den Komponisten in erheblichem Maße gefördert hatte. Und für dieses Jahr, in dem der Park sein Jubiläum feierte, war er erneut gleich für mehrere Auftritte gebucht worden. Kollege Franzl, der selbst im Kostüm als Freiherr von Drais Führungen durch den Park anbot, wollte erneut die Elektronik vom Ufer aus bedienen und ihn sicher über den glatten Weiher und nach Ende der Vorführung an den Gondolettas mit ihren gelben Dächern vorbei ans sichere Ufer zurückleiten. Sie hatten das eine Weile lang geübt, damit der Schwan wirklich souverän über den Kutzerweiher glitt und Florian nicht zu hektischen Bewegungen gezwungen war. Das sähe nicht nur unelegant aus, sondern würde außerdem den Reiz der Aufführung sehr mindern. Außerdem galt es unbedingt zu verhindern, dass er womöglich ins Wasser fiel. Nicht nur, dass sein Mantel nicht nass werden sollte, es hätte auch ziemlich blöd ausgesehen. Der Franzl war ein wenig verschossen in den Florian, aber dieser gab vor, es nicht zu bemerken, denn er stand nun mal nicht auf Männer. Dass er in seinem Kostüm eine imposante Erscheinung abgab, war ihm indes klar. So ziemlich alle fanden ihn ganz toll, das bemerkte er natürlich, wenn er an Land ging und ihn die Gäste begeistert umringten und nach Autogrammkarten verlangten. Sogar im Internet wurden die gehandelt. Er strich sorgfältig den blauen Samt glatt und schlang den Umhang über einen breiten, mit Schaumstoff gepolsterten Bügel. Danach kletterte er auf einen Stuhl, um den Haken an der Decke zu erreichen. Die praktisch veranlagte Tamara, die mit ihrer Freundin Wiebke im Heidelberger Stadtteil Handschuhsheim im Haus schräg gegenüber wohnte, hatte ihm diesen Tipp für die Aufbewahrung seines Kostüms gegeben. Legte er den Umhang nämlich zusammen, bekam der Stoff einen deutlich sichtbaren Knick. Samt war ganz schlecht zu bügeln. Die Schneiderin hatte ihm eingeschärft, das Bügeleisen nicht in die Nähe seines kostbaren Kostüms zu lassen, wenn er möglichst lange Freude daran haben wollte. Tamara war mit ihrer Bohrmaschine herübergekommen und hatte das Loch für den Haken in der Decke gebohrt.

»Hängst du dein Kokolores wieder auf? Hast du heute etwa frei?« Elena war, wie es ihre Art war, ohne anzuklopfen in sein Zimmer gestürmt. Die beiden teilten sich die Wohnung als Wohngemeinschaft. Als sie vor einigen Jahren hier einzogen, galten sie als Paar. Zumindest aus seiner Sicht. Momentan war ihr komplizierter Beziehungsstatus den explosiven Mietpreisen in Heidelberg geschuldet. Elena verweigerte ihm schon längst ihr Bett und teilte lediglich Küche und Bad mit ihm. Für sie war es eine kurze sexuelle Beziehung gewesen, die sie beide kaum verband, auch wenn sie zuweilen durchaus als heftig zu bezeichnen war. Längst stillte sie jedoch ihre diesbezüglichen Bedürfnisse anderweitig, wenn ihr danach war. Ihr Mitbewohner war für sie wie ein Spielzeug gewesen, dessen sie längst überdrüssig war. Für Florian allerdings hatte sie weitaus mehr bedeutet. Die Vereinigung mit ihr schenkte ihm eine mit keiner anderen Frau erlebte Befriedigung, die ihn Merkmale in ihrem Wesen wie beispielsweise mangelnde Empathie komplett ausblenden ließ. Für ihn war sie seine *Femme Fatale*, in die er alles hineininterpretierte, was er mit seiner ganz persönlichen Traumfrau verband. Ihm fehlte komplett die Antenne dafür wahrzunehmen, dass dabei eigenes Wunschdenken und Realität desaströs gegensätzlich liefen. Als ob auf seiner Nase eine rosa Brille festgeklebt wäre, verharrte er in der Weigerung, sich einzugestehen, dass Elena sich ihm gegenüber launisch verhielt, und idealisierte sie. Was ihr einerseits schmeichelte, aber andererseits keinen Zoll dazu beitrug, sich ihm gegenüber gnädig zu zeigen. Er langweilte sie längst.

Wenn einer von ihnen einen neuen Mietvertrag für die bislang gemeinsame Wohnung abschloss, wäre die Miete astronomisch hoch. Dabei wäre Elena ihn wirklich gerne losgeworden. Die traumhaft niedrige Miete, die sie dank ihres alten Mietvertrages berappten, hätte sie auch locker alleine schultern können. Der Haken bestand jedoch in der gemeinsam geleisteten Unterschrift auf dem Mietvertrag. Der Hauseigentümer war damals irrtümlich von einem Studierendenpärchen ausgegangen, das er mit der billigen Miete auf seine Art wohlwollend unterstützte, so wie es einige nette Leute in der Stadt am Neckar ebenfalls vorbildlich machten. Denn längst nicht alle Vermieter waren sogenannte Haie, welche die Wohnungsknappheit zu ihrem Vorteil ausnutzten. Allerdings waren sie rar und mussten erst mal gefunden werden. Zeitlich unbegrenzt vermietet und ohne im Voraus vereinbarte Mieterhöhungen, war die momentane Wohnung ein wahres Schnäppchen. Aber eben zu ihrem großen Leidwesen nur für sie beide zusammen als Mieter. Elenas Versuche, ihren ehemaligen Lover Florian aus der Wohnung zu ekeln, liefen komplett ins Leere. Schließlich fand er bei Wiebke im Haus schräg gegenüber jederzeit eine platonisch dargebotene Schulter, um sich wieder zu beruhigen, wenn seine Mitbewohnerin gar zu garstig mit ihm umging oder stundenlang Sauerkraut kochte, was die gesamte Wohnung geruchsmäßig nicht bereicherte. Wie er gehört hatte, setzten die beiden Buchhändlerinnen in diesem Jahr ihr Engagement im Mannheimer Luisenpark fort. Sie hatten angedeutet, es gäbe eine Neuauflage des *Bücherhimmels* mit Edelgard Buchmann. Er freute sich schon darauf, die sympathische Frau wiederzutreffen. Damit gab es im Haus gegenüber demnächst wieder drei Frauen, die ihm im Bedarfsfall mentale Unterstützung boten.

»Steht die Leiter schon wieder in deinem Zimmer?« Florian stieg vom Stuhl herunter. »Sie gehört uns beiden! Ständig verschleppst du alles und tust einfach so, als wärest du die alleinige Inhaberin. Das geht so nicht!«

Die 160 Zentimeter große Elena stemmte beide Fäuste auf ihre Hüften und streckte sich. »Na und? Hol dir doch eine eigene! Du verdienst doch wirklich genug, oder?« Sie schob ihren hüftlangen braunen Zopf, der nach vorne gerutscht war, über die Schulter nach hinten. »Bist du eigentlich demnächst mal weg«, verächtlich musterte sie den blauen Umhang, »oder gehst du den hier wieder lüften? Ich könnte dein Zimmer für einen Gast gebrauchen.«

»Mein Zimmer? Never. In deinem steht doch eine Couch. Wie steht es damit?«

»Bist du nun hier oder nicht?«, fauchte sie zurück.

»Das wirst du sehen. Ich gedenke nicht, dir meine Termine mitzuteilen.«

Elena stampfte mit dem Fuß auf. Bevor sie eine ihrer üblichen Tiraden gegen ihn loswerden konnte, packte Florian sie, schob sie sanft zur Türe raus und verschloss diese hinter ihr. Er spürte die Wärme ihrer Haut unter seinen Händen und hätte sie liebend gerne an weiteren Stellen berührt, um sie dann endlich wieder zu seinem Bett zu führen. Sie teilte jedoch seine Empfindungen nicht und trommelte wütend mit ihren Fäusten gegen das Holz. Florian wusste aus Erfahrung, wenn er auf ihren Ärger nicht reagierte und ihr keinen neuen Zündstoff bot, trollte sie sich nach ein paar Minuten in ihr eigenes Zimmer. Ihre Zündschnur war ziemlich kurz. Rasend schnell auf 100, beruhigte sie sich allerdings ebenso schnell wieder. Sie wusste außerdem ganz genau, dass es gegen ihre Absprachen war, jemanden während seiner Abwesenheit in seinem Zimmer übernachten zu lassen. Wobei Absprachen mit ihr nicht allzu viel wert waren. Man sollte sich nicht darauf verlassen, dass Elena diese einhielt. Er sehnte sich so sehr zurück nach den Tagen, als er in die beinahe gleichaltrige Frau frisch verliebt war. Da hatte sie sich von ihrer charmantesten Seite gezeigt und war absolut unwiderstehlich. Irgendwie war sie ihm ganz anders vorgekommen, wie eine gänzlich andere Person. Er hätte was darum gegeben, die Elena, die so heftig mit ihm geflirtet und in die er sich verguckt hatte, zurückzubekommen. Aus seiner Sicht war das eine verdammt gute Zeit gewesen. Hoffentlich befand sie sich nur in einer Phase, die vorüberging. Das redete er sich schon seit geraumer Zeit ein. Florian war weder besitzergreifend noch nachtragend. Er hätte ihr jederzeit die Nächte verziehen, die sie mit anderen teilte. Außerdem war er geduldig und konnte warten. Er war Anfang 30, da hatte er noch viel Zeit vor sich. Wenn Elena sich ausgetobt hatte, fand sie zu ihm zurück. Denn seiner Ansicht nach lohnte sich das Warten unbedingt. Auch wenn er sich selbst die Wartezeit neulich mit einem nächtlichen Spektakel im Luisenpark versüßt hatte. Was für eine Nacht! Der Vollmond war der Grund für seine nächtliche Runde gewesen, die regelrecht in einem Parkfieber ihren Höhepunkt fand. Die Nacht war klar und auf eine für ihn nur schwer zu beschreibende Art mystisch gewesen. Im Heilpflanzengarten war er auf diese Frau getroffen, die dort verbotenerweise Kräuter erntete. Alles, was danach geschah, gründete auf ihrer Initiative. Seiner Meinung nach lag der Höhepunkt der Begegnung allein an ihr, auch wenn er genau betrachtet nichts dagegen einzuwenden gehabt hatte. War er nicht genauso frei wie Elena? Außerdem wusste die gar nichts davon.

Die Frau war danach einfach verschwunden, ohne ihm ihren Namen oder ihre Telefonnummer zu geben. Er hatte keine Ahnung, wie er sie wiedersehen sollte, aber diese ungewöhnliche Begegnung spukte weiterhin durch seinen Kopf. Es war ja nicht so, dass er sich eine Beziehung mit der Fremden, für ihn namenlosen, gewünscht hätte. Aber gegen eine erneute Begegnung dieser ganz besonderen Art gab es von seiner Seite aus ganz sicher keine Einwände. Diese Frau hatte ihm eine ganz neue Art des gemeinschaftlichen Höhenfluges verschafft. Es war anders als mit Elena gewesen. Konnte man die Begegnungen überhaupt miteinander vergleichen? Er schämte sich insgeheim Elena gegenüber beinahe ein wenig dafür, dass die Vereinigung am Kutzerweiher mit der Fremden derart lustvoll verlaufen war. Aber er durfte doch träumen! Außerdem nahm er Elena damit rein gar nichts weg. Schließlich war ja noch alles dran an ihm. Vielleicht war diese absolute Knaller-Frau beim nächsten Vollmond erneut im Heilpflanzengarten anzutreffen? Er selbst jedenfalls nahm sich vor, zur Stelle zu sein, und hoffte dabei auf eine trockene, laue Nacht. Alleine von der Vorstellung wurde ihm ziemlich warm zumute.

Er trat vor den Spiegel und begutachtete sich von der Seite. Sein Bild stimmte ihn durchaus zufrieden, er war doch tatsächlich ein richtig gut aussehendes Mannsbild. Seine Auftragslage war mehr als befriedigend, die Tendenz zeigte steil nach oben. Schon jetzt hatte er nur an zwei Tagen pro Woche keine Termine. Seine Erfolgskurve brachte Elena schon noch zum Umdenken. Da war er sich ganz sicher. Sie konnte jederzeit bei ihm einsteigen, dann waren sie auch beruflich verbunden, was ihre Gemeinschaft stärkte. Irgendwann waren sie beide wieder ein richtiges Paar. Geduld war eine seiner Stärken. Elena war seiner Meinung nach eine Frau, auf deren erneute Gunst es sich zu warten lohnte. Ganz sicher war sie keine 08/15-Frau. Wer wollte schon so eine haben? Damit war Langeweile vorprogrammiert. In seinen Augen war dies der Tod jeder Beziehung. Ein komplett emotionsloses Nebeneinanderherleben erschien ihm nicht reizvoll. Dagegen war ja selbst die momentane Situation einer bloßen WG mit Elena anregender. Aber dieser Zustand war zeitlich angezählt. Elena kam bald ganz zu ihm zurück. Er war sich völlig sicher. Die Wartezeit bis dahin konnte er durchaus mit der Schönen von der Vollmondnacht überbrücken. Er schloss die Augen und erkundete mit seinen Händen sanft seine Lenden, wobei die Gesichter der beiden Frauen in seiner Fantasie zu einem einzigen verschmolzen.

4

Letztlich wusste Norbert meinem neuerlichen Aufenthalt in der Kurpfalz nichts entgegenzusetzen. Wie bereits zur Bundesgartenschau verabredeten wir seine Besuche für die Wochenenden. Was bedeutete, er setzte sich am Freitagabend in Stuttgart in den Zug und war bereits wenig später an seinem Zielort angelangt. Schließlich gab es Berufspendler, die befuhren diese Strecke täglich! »Frischer Wind tut uns beiden gut, Norbert!«, munterte ich ihn auf. »Wenn du am Sonntagabend in den Zug steigst, um zurückzufahren, freust du dich bereits wieder auf den Freitag. Du wirst sehen, die Tage vergehen ganz geschwind.«

Bei der Einfahrt meines Zuges am Heidelberger Hauptbahnhof stand Wiebke schon am Bahnsteig. Bereits vor dem Aussteigen entdeckte ich sie, als ich durch die Fenster blickte.

»Sie haben sich überhaupt nicht verändert, Edelgard!« Unsere Umarmung war ehrlich gemeint. »Willkommen zurück! Wir sind ja so froh, Sie wieder hier zu haben.« Mit Schwung griff sie nach meinem Koffer und ging voraus zur Rolltreppe. »Wir fahren mit der Straßenbahn. Haben Sie noch die App für die Fahrkarte auf Ihrem Smartphone?«

Ich nickte, denn ich hatte nicht daran gedacht, sie zu löschen. Nun ersparte ich mir die erneute Installation. Über unsere Anrede allerdings hatte ich während der Zugfahrt nachgedacht, denn zu Beginn unserer Bekanntschaft hatten die beiden Buchhändlerinnen und ich intuitiv das sogenannte Hamburger »Sie« gewählt, wobei man den Vornamen nannte. Irgendwie hatte es sich so ergeben, und ich fand es nett. Außerdem waren die beiden meine Chefinnen. Es sprach aus meiner Sicht nichts dagegen, unsere Anrede beizubehalten. Bald schon waren wir in Handschuhsheim angelangt. Als ich das schmiedeeiserne Tor zu dem gepflegten Garten aufdrückte, wurde mir warm ums Herz. Die terrakottafarbene Villa am Fuße des Heiligenberges stand unverändert da und hielt dem Lauf der Zeit stand, so als wäre nichts in der Zwischenzeit geschehen. Dieses Haus hier strahlte eine behäbige Wohligkeit aus. Um die Fenster des um 1900 erbauten Hauses schlangen sich farblich abgesetzte Stuckverzierungen. An einer Seite rundete sich ein beeindruckender Erker. Der zog sich über beide Etagen hoch bis unters malvenfarbene Schindeldach. Wie bei meiner ersten Ankunft blühten Blumen zwischen akkurat gestutzten Buchsbäumchen. Es fühlte sich für mich wie ein Déjà-vu an. Der Kies unter meinen Schuhen knirschte, während mein Gefühlszustand in komplettes Entzücken überging. Da kam auch noch Willi auf mich zu! Der Kater mit seinem roten Fell, in den ich seit unserer ersten Begegnung rettungslos verknallt war. Begleitet von lautem Schnurren, rieb er seinen Kopf an meinem Schienbein, gerade so, als wäre ich nie weg gewesen. In Gedanken setzte ich Leckerlis auf meine Einkaufsliste.

»Na, da hat Sie einer wohl ziemlich vermisst!« Wiebke lachte, als ich mich zu ihm hinunterbeugte und sein Kinn kraulte. Es war nicht nötig, den metallenen Türklopfer in Form eines Löwenkopfes anzuschlagen, da Tamara bereits von sich aus die Tür öffnete. Auch diese Umarmung fiel sehr herzlich aus. Es war für mich eine Art von Nachhausekommen, als ich den Flur langging, der in den Erker führte. Er war mit einer hölzernen Bank ausgekleidet. Wie auch schon bei meinem letzten Aufenthalt lagen darauf etliche Kissen in Pastelltönen. Die altmodischen Sprossenfenster darüber aus weiß lackiertem Holz ermöglichten großzügige Blicke in den Garten. Ein üppig blühender Busch dominierte die Pracht. Der Tisch in der Runde war für drei Personen eingedeckt.

»Wiebke hat gebacken.« Tamara lud mich mit einer Handbewegung zum Platznehmen ein.

Mein Blick streifte die Marzipantorte. »Das haben Sie sich gemerkt? Dass ich die so gerne mag?« Ich war ganz gerührt. Mein Mann und ich hatten die beiden Frauen auf einer Fähre auf der Ostsee kennengelernt und waren ihnen kurz darauf während unserer Rundreise in der Lübecker Bucht erneut begegnet. Die Lübecker Marzipantorte erschien mir wie eine Reminiszenz an jene ereignisreichen Tage.

»Wir haben auch schon einen Studenten gefunden, der Sie an Ihren freien Tagen vertritt. Wir schulen Luca in unserem Laden in der Heidelberger Altstadt ein, das Kassensystem ist ja identisch. Er studiert Germanistik, seinen Bachelor hat er schon und jetzt macht er weiter bis zum Master. So wie wir den einschätzen, promoviert er anschließend und bleibt uns eine ganze Weile als Aushilfe erhalten.«

»Na, da kann ja nix schiefgehen! Ich freue mich darauf, ihn kennenzulernen.«

Als ich wenig später das Bad aufsuchte, bemerkte ich, dass die Tür zu dem Raum, der bei meinem letzten Aufenthalt permanent verschlossen war, nur angelehnt war. Ich konnte nicht umhin, die Tür zu öffnen, und betrat einen komplett leeren Bereich. Wiebke war, von mir unbemerkt, hinter mir hergekommen. »Ich habe das Zimmer endlich leer geräumt. Es war das Reich von Oma Amelie, die uns das Haus vermacht hat. Wir werden demnächst renovieren und ein weiteres Gästezimmer einrichten. Wir überlegen, es auf einer Urlaubsplattform anzubieten und zeitweise zu vermieten.«

»Ist die Frau hier drin gestorben?«, wollte ich wissen.

Wiebke nickte. »Wir haben Oma Amelie bis zu ihrem Ende gepflegt. Tamara war bei ihr, als sie eingeschlafen ist.«

»Für diese Pflege haben Sie die Villa bekommen.«

»Genau. Durch eine Kundin wurden wir darauf aufmerksam. Sie hatte niemanden, der sich um sie gekümmert hätte. Das haben wir übernommen. Sie musste nicht ins Heim, und wir haben dafür das Haus geerbt.«

»Das war sicher anstrengend, nicht wahr?«

»Ziemlich. Wir konnten sie nicht alleine lassen, es musste immer eine von uns bei ihr bleiben. Sie ließ volle Töpfe auf dem eingeschalteten Herd stehen und lauter solche Sachen. Das war ganz schön stressig für uns.«

»Sie ins Heim zu geben kam für Sie nicht infrage?«

»In dem Fall wären wir komplett leer ausgegangen. Sie hat sich abgesichert und alles beim Notar hinterlegt.«

Beinahe wäre mir herausgerutscht, dass diese Amelie als Pflegefall auch noch zehn Jahre länger hätte leben können, aber zum Glück konnte ich diese pietätlose Bemerkung gerade noch zurückhalten. Ich fand es wirklich aufopfernd von den beiden, der alten Dame den Wunsch nach häuslicher Rund-um-die-Uhr-Pflege zu erfüllen.

»Das Zimmer ist wirklich schön«, sagte ich stattdessen. »So geräumig! Da lässt sich was draus machen.«

»Das denken wir auch. Tamara will es lindgrün streichen. Wir stellen eine Bettcouch hinein, dann haben die Gäste tagsüber mehr Platz.«

»Bei den Tourismuszahlen in Heidelberg müssen Sie sich um die Vermietung sicher keine Sorgen machen.«

»Wir überlegen, die Übernachtungen mit Frühstück anzubieten. Auf jeden Fall stellen wir ein gefülltes Bücherregal hinein.«

»Zimmer mit Leseglück!«

»So in etwa denken wir uns das.«

Später, nachdem ich mein Zimmer im oberen Stockwerk in Beschlag genommen hatte, rief Norbert an. Er lobte mein Essen, denn ich hatte ihm für die ersten Tage vorgekocht und die vorbereiteten Speisen in den Kühlschrank gestellt.

»Das Ragout heute war besonders lecker, Edelgard, vor allem die Gemüsebeilage.«

»Welche Gemüsebeilage?«

»Die Schale mit dem Deckel, die im obersten Fach gleich daneben stand. Ein bisschen viel war es vielleicht für einen allein.«

»Norbert! Das war keine Beilage! Das Gemüsegericht war für morgen geplant!«

5

»Hilfe!« Ich japste nach Luft. Luisas Umarmung wurde mir ein wenig zu eng. Die drückte mich nämlich im Überschwang ziemlich heftig an sich.

»Edelgard! So eine Freude! Dass du wieder in Mannheim bist! Wer hätte das gedacht?« Luisa lockerte endlich ihren Griff und betrachtete mich eingehend. »Wie lange haben wir uns nicht gesehen? Ach, Edelgard, darauf müssen wir anstoßen! Weißt du was? Ich komme später mit einem selbst gemachten Kräuterlikör vorbei, und wir trinken ein Gläschen zusammen!« Nun ließ sie mich endlich los. Hatte sie noch eben vor Freude gestrahlt, flog ein Ausdruck von Kummer über ihr Gesicht. »Es ist gut, dass du da bist. Weißt schon, der Florian …«

»Spielt er immer noch den Kini?«, wollte ich wissen. Florian mochte ich. Der trat nicht nur im Park in seinem Fantasiekostüm als König Ludwig II. auf, er hatte auch im *Bücherhimmel* mit angepackt, als ich in der tintenschwarzen Patsche wegen dem Verschwinden von Frida gesessen hatte. Er war mit Tamara und Wiebke befreundet. Eigentlich eher mit Wiebke, glaubte ich mich zu erinnern. Ich merkte, dass ich mich darauf freute, ihn wiederzusehen.

»Ich mache mir Sorgen um den. Der hat sich irgendwie verändert, seitdem du weg bist. Ich glaube, mit dem stimmt was nicht.«

»Wie meinst du das?«

»Der sondert sich immer mehr ab, habe ich den Eindruck.« Luisa blickte hektisch auf ihre Armbanduhr. »Mist, ich muss los. Eine Gruppe wartet auf mich. Bis nachher!« Sie griff nach ihrem Korb.

Erst jetzt fiel mir auf, was an ihr selbst anders war. Die gesamte Zeit während unseres Gespräches war ich nicht drauf gekommen, aber endlich fiel bei mir der Groschen. Im Gegensatz zu unseren früheren Begegnungen war Luisa geschminkt. Auf ihren Wangen war etwas Rouge aufgetragen, die Augen betonte sie mit einem zarten Lidstrich in derselben Farbe wie ihr taubenblaues Leinenkleid. Während dies früher ihre Figur weit umspielte, war es nun auf Taille genäht. Was bedeuteten diese Veränderungen? Sie war jedoch bereits aus meinem Blickfeld entschwunden.

Ich strich meine weiße Bluse glatt, die ein wenig unter ihrer stürmischen Umarmung gelitten hatte. Die war schließlich frisch gebügelt! Wiebke und Tamara hatten mich ja selbst mit der Frage überrascht, ob ich mir nochmals vorstellen könnte, die kleine Buchhandlung im Mannheimer Luisenpark zu übernehmen. Und nun war ich erneut in der Kurpfalz, wohnte bei ihnen in ihrer Heidelberger Villa, fuhr täglich nach Mannheim und freute mich auf schöne Monate. Mein Sommer bei der Bundesgartenschau war zum Ende hin ziemlich getrübt worden, als Frida, die Freundin unseres Sohnes Julian, abtauchte. Wie sich im Nachhinein herausstellte, hatte sie sich auf ein meiner Ansicht nach ziemlich blödes Sozialexperiment eingelassen, bei dem sie einige Tage keinen Kontakt zu Menschen haben durfte. Dabei hatte der Typ das alles lediglich deshalb arrangiert und vorgeschoben, damit es so aussah, als ob ich an ihrem Verschwinden beteiligt gewesen wäre. Wie der sich das vorgestellt hatte? Wollte der am Ende bei ihr in der Hütte im Odenwald, wo er sie versteckt hielt, auftauchen und sie ermorden? Ich habe seitdem oft darüber nachgedacht. Frida ist zwar nicht mein persönlicher Traum einer Schwiegertochter, aber es geht ja schließlich hier auch um meinen Julian! Was hätte so eine Tat mit ihm gemacht? Wäre es mir möglich gewesen, ihn zu trösten? Mutter bleibt man ein Leben lang. Egal wie alt die Kinder sind. Ich jedenfalls will immer nur das Beste für ihn. Allerdings genau aus diesem Grund hätte ich mir jemand anderes als ausgerechnet diese Frida für ihn gewünscht! Norbert sieht das deutlich gelassener als ich. Er meint, Julian müsse schon selbst wissen, mit wem er sein Leben teilen will. Mein Mann macht es sich da leicht mit seiner pragmatischen Einstellung. Neulich meinte er, ob es für mich nicht schöner gewesen wäre, seine Mutter hätte mich damals mit offeneren Armen empfangen. Wollte er mich etwa mit ihr vergleichen? Das kann ja wohl nicht wahr sein! Außerdem ist die Steigerungsform hier gänzlich unangemessen. Die Arme meiner Schwiegermutter waren gänzlich verschränkt gewesen, beinahe verknotet. Erst als ich vor wenigen Jahren heimlich einfädelte, dass die langjährige Witwe endlich nicht mehr ihren einzigen, längst erwachsenen Sohn als ausschließlichen Lebensmittelpunkt betrachtete, haben wir ein entspannteres Miteinander. Beinahe hätte ich mir selbst auf die Schulter geklopft! Die Idee, ihr hinter ihrem Rücken in gereiften Jahren zu einem Lebenspartner zu verhelfen, war eine meiner besten überhaupt! Doch nun betrat ein Kunde den Laden. Zeit, mit meinen Gedanken bezüglich Gustava und ihrem Theodor, den ich außerordentlich reizend fand und der so gut zu ihr passte, für heute abzuschließen.

6

»Hallo, Berken! Passt es gerade? Kann ich bleiben? Oder hast du Termine?«

Florian hatte die drei Stufen auf einmal genommen und die gläserne Tür zu *Barbier Berken* aufgestoßen. Nun stand er in dem hellen, mit roten Terrakottafliesen ausgelegten Raum, nicht größer als 20 Quadratmeter, dessen Front zur Straßenseite hin komplett verglast war.

»Silav, Florian. Kannst bleiben. Habe gleich fertig. Nächster kommt erst in 15 Minuten. Setz dich.«

Der drahtige, knapp 40-jährige Berken stand direkt hinter einem der beiden schwarzen Frisierstühle, auf welchem sein momentaner Kunde saß, und hielt einen langen Faden in seinen Händen, den er nun an den Enden verknotete und zu einer Acht formte. Mit einer unglaublichen Behändigkeit zupfte er mithilfe dieses Fadens bei dem jungen Mann die Stelle über der Nase zwischen den Brauen von unerwünschten Härchen frei. Zuvor hatte er ihm bereits die Nackenhaare wegrasiert und das Haupthaar perfekt auf Fade Cut getrimmt sowie die Konturen nachgearbeitet. Als er mit den Brauen fertig war, legte er den Faden weg und griff nach der Flasche mit seinem besonderen Massageöl, welches er selbst mixte. »Augen zu«, forderte er und klatschte eine ordentliche Portion Öl in seine zur Schale geformte Hand, um daraufhin mit Hingabe das Gesicht und den Nacken seines Kunden zu salben. »Ist gut, fertig.« Berken nahm ein dunkles Frottiertuch von einem bereitliegenden Stapel und rieb seine Hände gründlich ab.

Florian war es schleierhaft, wie die Sache mit dem Faden funktionierte. Berken machte das derart flink, dass es alleine durch Zuschauen unmöglich herauszufinden war. Der junge, schlaksige Mann, dem soeben Berkens Aufmerksamkeit uneingeschränkt zuteilgeworden war, betrachtete sich im Spiegel. Seinem Gesichtsausdruck nach zu urteilen, war er überaus zufrieden mit dem, was ihm da entgegenblickte. Er strich mit der flachen Hand über seinen Kopf, erhob sich und folgte Berken an die kleine Theke, an deren Rückseite sich in einer Schublade die Kasse verbarg, und legte einen Zwanziger darauf. »Nächster Freitag? Selbe Uhrzeit?«

Berken nickte. »Alles klar. Bis nächste Woche. Ich trage dich ein. Alla, mach's gut.«

»Alla, mach's gut.«

»Der kommt jede Woche?«, staunte Florian, als er mit dem Barbier alleine im Laden war.

Berken fegte hurtig die auf dem Boden liegenden Stoppeln weg. »Bitte. Nimm Platz.« Er entnahm aus dem neben dem Spiegel befindlichen Regal einen schwarzen Umhang und umhüllte Florian damit. »Jede Woche, ja. Er gönnt sich das. Aussehen ist ihm wichtig. Sagt, er kann hier so gut entspannen.« Berken hob mit einer theatralischen Geste seine beiden Hände. »Großmutter sagte schon zu Klein Berken: Du hast heilende Hände! Liegt auch an Öl, nach Rezept von ihr.«

Florian schluckte. Er selbst legte doch auch Wert auf ein gepflegtes Äußeres, es war sozusagen sein Kapital. Aber alle acht Tage hier aufzukreuzen? Elena warf ihm schon Verschwendungssucht vor, weil er einmal im Monat seine Locken optisch auf den Look König Ludwigs II. trimmen ließ. Glücklicherweise waren seine Haare von Natur aus stark gewellt. Hatte ihm das während seiner Jugendzeit die

Frotzeleien der meist männlichen Mitschüler eingebracht, war er heute froh darüber. Die dunkle Farbe passte immerhin auch zu der seines Vorbildes. Obwohl er in letzter Zeit einige weiße Fäden vom Kopf gezupft hatte. Er blickte mittels des Spiegels Berken in die Augen und sagte laut: »Wie immer. Nachschneiden.« Die hellen Lampen rund um den Spiegel leuchteten sein Gesicht detailgenau aus, mit allen feinen Fältchen, die in einigen Jahren zu Furchen wurden, da gab er sich keinerlei Illusionen hin. Florian wandte den Blick ab. Der Kini war bloß 40 Jahre alt geworden. Wenn er den über dieses Alter hinaus immer noch spielte, musste er sich etwas überlegen und gegen den Alterungsprozess vorgehen. Aber noch war er keine 40 Jahre alt, es hatte also noch Zeit.

»Keine Lust, was Neues auszuprobieren?«, zog Berken ihn auf. Dabei wusste er nur zu gut, welch lukrativen Job Florian ausübte und aus diesem Grund an seiner Frisur festhielt. Hatte er doch schon oft Männern, die wegen ihrer Hochzeit einen Termin bei ihm vereinbarten, den Hinweis auf den royalen Ringboten gegeben.

»Schmarrn! Er weiß doch genau, dass wir diese Frisur tragen!« Florian fiel theatralisch in sein Gebaren, mit welchem er bei Trauzeremonien die Ringe auf einem Samtkissen darbot.

»Viele Termine, ja?« Berken zog einen Spezialkamm für Locken aus einer seiner Schubladen und widmete sich ausgiebig dem Kämmen. »So viele Haare, Bro! Für drei.« Er blickte anerkennend und zog den Scheitel exakt. Das Foto des Kini benötigte er dazu nicht erneut, er frisierte Florian bereits eine Weile und wusste, wie er ihn zufriedenstellen konnte.

»Alleine morgen vier! Dabei muss ich auch noch durch die Gegend fahren. Das wird anstrengend. Am Sonntag geht es gleich weiter. Aber mit immerhin nur dreien.«

»Sonntag?«

»Freie Trauungen, ohne Kirche. Da gibt es keine Predigt, da sind Trauredner dabei. Eine der Vermählungen findet komplett im Freien statt.« Florian blickte auf seine Haare im Spiegelbild. »Ich hoffe, es regnet nicht. Das ist der erste der drei Termine. Ich brauche meine Frisur noch für die beiden weiteren.«

»Bro! Nimmst du Schirm.« Berken hielt bereits die Schere in der Hand, um die Haare seines Kunden exakt um den einen Zentimeter zu kürzen, die sie jeden Monat zulegten.

»Schirm? Wir können doch nicht mit Schirm … was hast du? Was ist los?« Berkens Blick nach zu urteilen, befürchtete Florian, der Barbier habe eine sich abzeichnende kahle Stelle an seinem Hinterkopf entdeckt. Nicht auszudenken, der Märchenkönig mit Glatze und Haarkranz! Ein absolutes No-Go. »Was denn? Sag schon!«

»Weißes Haar. Zum Glück nur eines.«

Florian schwankte zwischen Erleichterung und Sorge. Was war schlimmer zu werten: der Verlust der Farbe oder gleich der ganzen Pracht? »Reiß es aus«, verlangte er.

»Spinnst du oder was? Geht jemand vorbei an Schaufenster und sieht, dass Berken in seinem Laden Haar ausreißt! Bist du verrückt oder wie? Stell dir vor, jemand macht Foto davon und lädt es irgendwo hoch! Da kann ich gleich den Laden hier komplett dichtmachen.«

7

Ich versuchte erst gar nicht, meine Rührung zu verbergen, und wischte sogar ein klitzekleines Freudentränchen von meiner Wange. Erst jetzt war mir bewusst, wie sehr ich sie alle tatsächlich vermisst hatte. Mir wurde sprichwörtlich warm ums Herz, als ich sie der Reihe nach begrüßte. Das würde ein wunderbarer Sommer mit Freunden werden! Luisas Buschfunk funktionierte offenbar hervorragend gut. »Edelgard, du wirst sehen, sie kommen.« Sie behielt recht, und nun saßen Florian, Franzl und Mette gemeinsam mit ihr auf der Terrasse des *Bücherhimmels*. Sie wirkten bestens gelaunt und einander freundschaftlich verbunden, auch wenn sie sich gelegentlich gegenseitig ein wenig aufzogen. Das war jedoch nie böse gemeint, sondern humorvoll. Schon während der Bundesgartenschau war ihr Treffpunkt bei mir gewesen, um ihre Erfahrungen kollegial auszutauschen. Diese nette Tradition ließen sie zu meiner großen Freude nun wieder aufleben. Über ein Jahr lang hatten wir uns nicht gesehen! Einmal mehr wurde mir bewusst, wie sehr ich sie alle mochte! Für Außenstehende wirkten sie womöglich etwas seltsam in ihren Kostümen, aber ich war selbstverständlich eingeweiht, weshalb sie sie trugen. Sie führten nämlich in historischen Kostümen durch den Luisenpark und vermittelten dabei ihren Gästen Wissenswertes, auch aus der wechselvollen und überaus interessanten Geschichte der Gegend. Luisa war zur Bundesgartenschau als die Köchin Stéphanies von Baden aufgetreten und hatte mich ausführlich über diese Frau informiert. Die war nämlich Napoleons Tochter, die er aus taktischen Gründen in ziemlich jungen Jahren ins Badische verheiratet hatte und die dann als Witwe zunächst mit ihren Töchtern ungefähr 40 Jahre im Mannheimer Schloss wohnte. Ihre beiden Söhne hatte sie auf besonders tragische Weise bereits in deren Kinderjahren verloren, was bis heute die Fantasien zahlreicher Menschen erhitzte. Der Findling Kaspar Hauser soll ihr verborgen gehaltener Sohn gewesen sein, aber dies ließ sich bis heute nicht beweisen. Bei adeligen Damen war es zu der Zeit üblich gewesen, bereits den Witwensitz in den Ehevertrag mit aufzunehmen, und in ihrem Fall war es ein Seitenflügel des Mannheimer Schlosses. Es war mit seinen 450 Metern Länge nach Versailles die zweitgrößte Barockschlossanlage Europas. Auf Stéphanies Wunsch hin entstand der Schlosspark, der damals bereits weitestgehend für die Bevölkerung zugänglich war und zum Teil noch heute erhalten ist. Lediglich einen kleinen Bereich nutzte Stéphanie ausschließlich für sich und ihre Töchter. »Luisa, ich danke dir, dass du alle eingeladen hast, euch wieder bei mir zu treffen.« Sie hatte mir neulich schon erzählt, dass sie in diesem Sommer als Kräuterkundige auftrat. Wobei Luisa nicht nur über die kulinarische Verwendung von Kräutern umfänglich informiert war, sondern auch über deren Heilkräfte Bescheid wusste.

An Mette gewandt, fragte ich: »Du warst doch im vorletzten Jahr die Stéphanie von Baden. Aber du trägst jetzt ein anderes Kleid? Auch deine Haare sind anders frisiert. Steht dir übrigens hervorragend!«

Mettes Wangen färbten sich tatsächlich ein wenig rot. »Danke, Edelgard. Das darf ich zurückgeben.« Sie strahlte mich regelrecht an. »Du siehst ziemlich gut aus.«

»Mir geht es auch gut, danke, du Liebe. Ich freue mich,

wieder hier im *Bücherhimmel* zu sein. Wenn ihr wüsstest, wie ihr mir alle gefehlt habt!«

»War dir arg langweilig ohne uns, gell.« Der Franzl trug eine Art Gehrock, mit dem er sich optisch auf das frühe 19. Jahrhundert zurechtmachte. Der Franzl, den ich wie seine Kollegen gerne mochte, war einer meiner Stammkunden für die Süßigkeiten, die ich zusätzlich zu Büchern anbot. Franzl trat bei seinen Führungen als Freiherr von Drais auf. Der gebürtige Karlsruher erfand in seiner Mannheimer Zeit nicht nur die Laufmaschine, sondern noch vieles mehr. Zum Beispiel einen Vorläufer der Schreibmaschine, das sogenannte Schreibklavier. Die Laufmaschine allerdings war seine berühmteste Erfindung. Der Freiherr lebte sogar eine Weile in Südamerika, was ich für die damalige Zeit absolut beachtlich fand.

»Und wie! Ich habe meinen Garten gehegt, der ist so prächtig geworden, da könnte ich jetzt auch Leute drin herumführen.«

Mette Baumgartner gluckste vor Lachen. »Was würde denn dein Mann dazu sagen, wenn da Touristen in Bussen zu euch kommen?«

»Keine Ahnung. Wenn die Eintritt bezahlten, wäre es ihm womöglich sogar recht. Aber nun sag, wen stellst du zum Parkjubiläum dar?«

»Das liegt doch auf der Hand, nicht wahr?« Franzl klatschte sich mit der flachen Hand auf den Oberschenkel. »Nach wem wurde denn der Park benannt? Na?«

»Luise, denke ich.« Ehrlich gesagt, hatte ich mir bislang keine Gedanken darüber gemacht, warum der Park so hieß. Allerdings legte es der Name des Parks nahe, dass es immerhin eine Frau gleichen Namens gegeben haben musste. Jedoch hatte ich keinen blassen Schimmer, wer das war. Falls ich es mal gehört hatte, war es mittlerweile meinem Gedächtnis komplett entfallen.

»Großherzogin Luise von Baden, um genau zu sein.« Mette nickte. »Das war nämlich so: Der Heidelberger Professor Carl Fuchs hat der Stadt Mannheim in seinem Testament 20.000 Goldmark vermacht, damit die einen Park anlegen. Das war im Jahr 1886. Nach zwei Jahren benannte man den Park um in Luisenpark. So hieß die damalige Großherzogin von Baden.«

»Eine Tochter des deutschen Kaisers, hört hört!« Florian schaltete sich ins Gespräch ein.

»Gibst du wieder den Kini?«, wollte ich wissen.

»Klar. Der Franzl lenkt mein Schwanenboot wieder über den Kutzerweiher.« Er nickte ihm zu. »Die Luise war die Tochter von Kaiser Wilhelm I. Ihre Tochter Viktoria wiederum heiratete nach Schweden, somit ist sie die Vorfahrin der heutigen Kronprinzessin Victoria.«

Ich war ziemlich beeindruckt von Florians Kenntnissen der Genealogie des Hauses Baden. Ob er beim Friseur oder beim Zahnarzt immer die Ausgaben der Regenbogenpresse las? »Eine Kaisertochter also. Auch nicht schlecht. Aber sagt mir doch, was wollt ihr denn trinken? Heute geht das auf mich. Weil ich mich so arg freue, euch alle wiederzusehen. Das wird ein ganz toller Sommer werden!« Insgeheim hoffte ich natürlich, er ginge besser für mich aus als der vorletzte, als ich wegen dem Verschwinden von Julians Freundin kurioserweise als Hauptverdächtige galt und das *Café Landes*, wie die Mannheimer Justizvollzugsanstalt im Volksmund heißt, immerhin für einen kurzen Zeitraum von innen kennenlernen durfte. Eine Erfahrung, die ich allerdings für verzichtbar hielt.

Als alle ihre Wünsche geäußert hatten, verschwand ich im *Bücherhimmel* und hantierte an meinem Kaffeeautomaten. Da ich meine Gäste dank Luisa bereits erwartet hatte, war ich nicht unvorbereitet und stellte zusammen mit den fertigen Getränken einen saftigen Zitronenkuchen auf den Tisch. In den noch nassen Zuckerguss hatte ich vor seiner Aushärtung hauchdünne Scheibchen einer Limette gedrückt.

Luisa stieß einen spitzen Schrei aus. »Edelgard! Du bist ein Schatz! Der sieht lecker aus!«

Das hörte ich natürlich gern.

»Was gibt es da zu plärren?«, beschwerte sich Franzl. »Man könnte meinen, du hast dich verletzt.« Der Franzl mochte es gerne ruhiger. Luisa, die ihn zumindest in meiner Erinnerung unverhohlen anhimmelte, war ihm mal wieder zu laut.

»Geh fort, man wird sich doch noch freuen dürfen.« Luisa griff nach dem bereitliegenden Messer und nahm sich einen der Teller. »Ich darf doch, Edelgard, gell? Wer will auch ein Stück?« Sie übernahm bereitwillig die Rolle der Gastgeberin und legte den anderen ebenfalls auf, wobei sie Franzl zuletzt bedachte. Offenbar war die Schwärmerei für ihn Schnee von gestern.

»Apropos verletzt. Wisst ihr eigentlich, dass Luise von Baden quasi das Rote Kreuz mitgegründet hat? Also, so eine Art Vorläufer zumindest.« Mette genoss ihren Wissensvorsprung, während sie mit der Gabel ihr Stück Kuchen zerkleinerte. »Das Karlsruher *Luisenhaus* war der Ursprung der *Badischen Schwesternschaft des Roten Kreuzes*. Sie hat viel für die Kranken- und Kinderpflege getan. Und sie gründete einen Frauenverein, in dem die Frauen kochen lernten.«

Ich gab zu bedenken: »Kochen lernen klingt aber jetzt nicht so direkt nach Emanzipation.«

»Damit hatte sie auch rein gar nichts am Hut. Aber für die gesunde Ernährung war dies natürlich sehr wichtig. Es gab auch Kurse in Hauswirtschaft.«

»Und die Emanzipationsbewegungen?«

»Edelgard, du musst es aus der damaligen Zeit heraus betrachten. Du kannst doch nicht heutige Maßstäbe anlegen! Luise war schließlich ein Geschöpf ihrer Zeit und genoss als Tochter des Preußenkönigs und späteren Kaisers sicherlich keine Erziehung zur Suffragette, wie Frauenrechtlerinnen dann, als sie selbst schon hochbetagt war, genannt wurden. Ich persönlich finde, dies schmälert allerdings nicht ihre Verdienste, die sich die als ziemlich energisch bekannte Person erworben hat. Der *Badische Frauenverein* gilt als Vorläufer der *Badischen Schwesternschaft vom Roten Kreuz*. Krankenpflege wurde zu einem Beruf und zu einer Erwerbsmöglichkeit für unverheiratete Frauen. Großherzogin Luise wurde wegen ihrer Verdienste im Gesundheitswesen sogar von der Universität Freiburg mit einem Ehrendoktor der Medizin ausgezeichnet.«

»Durften denn Frauen da überhaupt schon studieren?«

Franzl gab darauf die Antwort. »Das Großherzogtum Baden hat 1900 Frauen den vollen Zugang zur Universität erlaubt. Damit waren sie Vorreiter in Deutschland.«

»Apropos reiten. Wie geht es deiner Laufmaschine?«, fragte Florian.

»Gut geht's ihr. Der Schreiner, der sie für mich gebaut hat, hat sie gecheckt, ein wenig nachgebessert und sie dann für in Ordnung befunden.«

»Ich meine ja nur, nicht dass du dir den Hals brichst, wenn du damit herumläufst.«

»I wo. Sie ist absolut sicher. Jedenfalls sicherer als so manches Mountainbike, mit dem die Leute durch den Wald rasen.«

»Dabei hat man damals das Fahren auf den Gehwegen verboten. Aus Sicherheitsgründen«, wusste Luisa. Sie kannte sich aufgrund ihrer verschiedenen historischen Rollen, die sie bei Führungen spielte, ziemlich gut in der Geschichte

Mannheims aus. Manchmal kam sie mir vor wie ein wandelndes Lexikon.

»Geh fort, da warst du doch noch gar nicht geboren!«

»Meinst du die Stéphanie oder die Luise?« Mette lachte. Ich fand, der Punkt ging an sie.

Franzl ignorierte ihre Frage. »Die Fahrradklingel war halt noch nicht erfunden worden und man trug Sorge um die Menschen, die zu Fuß unterwegs waren.«

»So viel Alternativen der Fortbewegung hatten sie ja um 1800 herum nicht. Ein Pferd oder Kutschfahrten konnte sich nicht jeder leisten. Es war zu Lebzeiten von Stéphanie, als der Freiherr mit seiner Laufmaschine von den Mannheimer Quadraten bis zur Rheinau fuhr.« Ich zeigte, dass mir die Erzählungen meiner Freunde durchaus präsent waren. »Aber wo hat denn diese Großherzogin Luise eigentlich gewohnt?«, wollte ich wissen.

Mette antwortete: »In Karlsruhe, im Schloss. Das ist übrigens sehr hübsch. Ich war dort schon im Museum. Die Stadt wurde wie ein Fächer angelegt, der vom Schloss ausgeht. Da fällt mir ein, in Karlsruhe gab es das erste deutsche Mädchengymnasium, gegründet 1893, in der Sophienstraße.«

»Die Karlsruher. Ziemlich fortschrittlich!« Franzl nickte. »Immerhin meine Geburtsstadt. Und die von Carl Benz.«

»Geh fort, du kommst doch nicht aus Karlsruhe«, kicherte Luisa.

»Freiherr von Drais war gebürtiger Karlsruher. So was weiß man doch!«

»Der schon, aber du nicht, du spielst den ja bloß. Der hat außerdem seine Erfindungen genauso wie Carl Benz in Mannheim gemacht«, triumphierte Luisa, »auch wenn das die Karlsruher sehr bedauern. Die wetteifern ja heute ständig mit Mannheim darum, wer die zweitgrößte Stadt im Ländle ist. Da geht es immer um ein paar Einwohner mehr oder weniger. Mal liegen die einen vorne, dann wieder die anderen. Karlsruhe hatte übrigens auch eine Bundesgartenschau, wenige Jahre, bevor sie dann in Mannheim stattfand. Und die erste hier war 1975, im Oberen Luisenpark.«

»Als ob wir das nicht alle wüssten.« Franzl gab sich gelangweilt und täuschte ein Gähnen an. »Vielleicht gibst du uns auch noch eine Übersicht über den Baumbestand im Unteren Luisenpark, der für alle frei zugänglich ist.«

Zwei Frauen steuerten auf unser Grüppchen zu und unterbrachen mit ihrem Auftauchen eine Ausweitung der Frotzelei. »Gibt es den *Bücherhimmel* wieder? Wir haben Sie schon vermisst«, rief die jüngere der beiden in meine Richtung. Alle wandten sich ihnen zu.

Jetzt erkannte ich sie. Die beiden gehörten während der Bundesgartenschau zu meinen Stammkundinnen. »Schön, Sie beide wiederzusehen!« Die Freundinnen hatten über die Monate hinweg einen nicht unerheblichen Betrag im *Bücherhimmel* ausgegeben.

»Die Herrschaften in ihren schönen Kostümen sind auch wieder dabei! Fabelhaft! Da machen wir doch gerne wieder eine Führung.« Die Frau im geblümten Kleid lächelte in die Runde, um sich daraufhin mir zuzuwenden. »Haben Sie was Neues dabei?«

»Selbstverständlich. Schauen Sie sich gerne um, ich komme gleich zu Ihnen.« Ich nahm meine Tasse und trank sie leer.

»Apropos Neues, Edelgard. Ich hätte ein paar Ideen für dich. Hast du nachher Zeit?«, frage Luisa.

»Machst du wieder Stéphaniengutsel?« Franzl, das Süßmäulchen, war ganz Ohr. Seine verbalen Händel legte er spontan ad acta.

»Mit Süßem fängt man dich, gell, Franzl? So wie Mäuse mit Speck«, zog Luisa ihn auf. »Musst schon ein wenig auf deine Figur aufpassen! Oder kann man bei deinem Kostüm die Seitennähte herauslassen?« Von ihr also nun doch ein kleiner Seitenhieb.

Er ignorierte den jedoch völlig. »Die Gutsel waren vorzüglich. Ich kaufe die sofort wieder!«

»Franzl, einer meiner besten Kunden!« Ich stand auf, um mich zu den beiden Frauen zu gesellen und sie zu beraten. Neben neuen Kriminalromanen aus der Gegend wies mein Sortiment auch neue Kochbücher auf. Soweit ich mich erinnerte, interessierten sie sich neben Romanen auch für diese. Derart gute Kundinnen ließ man natürlich nicht unnötig warten.

»Was hast du denn für Ideen?«, hörte ich Mette draußen fragen, während ich schon bei meinen Kundinnen war.

»Wenn ich durch den Heilpflanzengarten bummle, geht mir dies und das durch den Kopf.«

»Kräuterschnaps, wie wäre es damit?« Das kam von Florian.

»Likör kann ich einfacher herstellen«, sagte Luisa. »Aber ich habe auch ein schönes neues Rezept für Gutsel. Wenn ihr allerdings Anregungen für mich habt, nur her damit!« Jetzt, wo sie mit ihm und den anderen beisammensaß, ließ sie sich bezüglich ihrer Bemerkung, er verhalte sich sonderbar, nichts anmerken. Ich nahm mir vor, sie demnächst in einem Vieraugengespräch danach zu fragen. Mir fiel jedenfalls an seinem Verhalten nichts Ungewöhnliches auf und ich konnte mir nichts unter ihrer Anmerkung vorstellen. Ein wenig skurril war er vielleicht, aber so hatte ich ihn bereits zur Bundesgartenschau erlebt. Das Verhalten seiner gespielten Figur färbte im Zeitablauf immer mehr auf ihn ab. Manches Mal erweckte er den Eindruck, er verhalte sich privat wie der von ihm verkörperte Kini bei seinen Auftritten. Zumindest ein klein wenig. Aber was meinte Luisa wohl tatsächlich mit ihrer ominösen Andeutung? Ich konnte mir keinen Reim darauf machen.

»Ich steh total auf Quittenlikör.« Franzl beteiligte sich rege am allgemeinen Brainstorming auf meiner Terrasse. Irgendwie schien er es allerdings meinem Empfinden nach nun doch zu bedauern, nicht mehr unumschränkt die Aufmerksamkeit Luisas zu genießen, auch wenn er sich nichts aus Frauen machte. Ich war eine der wenigen, die er ins Vertrauen gezogen hatte. Er wohnte im Odenwald in einem netten Häuschen mit seinem Mann zusammen und zwar sehr glücklich. Ich seufzte. Manchen Männern konnte man es einfach nie recht machen. Angehimmelt zu werden war offenbar doch etwas sehr Schönes, auch wenn es, wie in diesem Falle, eine völlig aussichtslose Schwärmerei war.

Luisa kramte in ihrem Leinenbeutel nach einem in schwarzes Wachspapier eingeschlagenen Notizbüchlein und einem Stift. »Ich notier mir gleich alles, was euch so einfällt. Womöglich ist da etwas Brauchbares dabei.«

Mehr konnte ich nicht hören, weil mich meine beiden Kundinnen in Beschlag nahmen. Das heitere Geplauder auf meiner Terrasse mutierte akustisch zur Hintergrundkulisse. Die Idee, Produkte, die mit dem Heilpflanzengarten in Verbindung standen, anzubieten, begeisterte mich spontan. Das kam bei meiner Kundschaft sicherlich gut an. Ich musste dem Gärtlein unbedingt einen erneuten Besuch abstatten. Womöglich erschloss sich mir vor Ort selbst die eine oder andere Idee. Während der Bundesgartenschau ließ ich mich dort für mein eigenes Kräuterbeet zu Hause in meinem eigenen Garten inspirieren. Norbert schätzte die neuen Zutaten für unsere Küche sehr. Frische Kräuter krönten jedes Gericht auf unglaublich schmackhafte Weise. Und gesund waren sie obendrein.

Mein Smartphone machte sich mit dem Klingelton, der für unseren Sohn reserviert war, bemerkbar.

»Julian! Wie geht es dir?«

»Mom, alles gut. Bist du schon in Mannheim?«

»Ja, Julian. Und alle meine Freunde sind auch wieder da.«

»Wir wollten eigentlich auch kommen, Mom. Also, Frida und ich.«

Ich schluckte. Es war mir deutlich lieber, Julian besuchte mich alleine. Mit Frida konnte ich einfach nach wie vor nicht so viel anfangen. Für mich blieb die Schwedin sprichwörtlich die Kühle aus dem Norden. Norbert meinte zwar, ich solle mich endlich damit abfinden, dass die beiden ein Paar sind. Immerhin waren sie noch nicht verheiratet. Ein schwacher Funke blieb am Glimmen, Frida könne doch noch jemand anderen finden. Selbstverständlich würde ich alles Erdenkliche der Welt unternehmen, um meinen Sohn zu trösten. Auf keinen Fall wäre ich tieftraurig über das Ende dieser Beziehung, hütete mich jedoch davor, dies meinem Sohn zu zeigen.

»Wir haben ein neues Projekt in der Firma, und ich habe bis auf Weiteres Urlaubssperre.«

»Urlaubssperre? Meine Güte, Julian, das klingt ein wenig nach Knast.«

Mein Sohn lachte. »Mom, du hast Nerven. Aber es passt schon alles so, wie es ist. Zwei meiner Kollegen aus Mannheim sind jetzt übrigens auch hier in Berlin.«

»Ach ja? Wer denn?«

»Du hast sie nicht kennengelernt. Lila und Raffael.«

Die Kundinnen legten Bücher an der Kasse ab.

»Julian, ich muss Schluss machen und abkassieren.«

»Alles klar, Mom. Ich wollte mich nur mal wieder bei dir melden und hören, wie es dir geht. Wir telefonieren am Wochenende.«

Die kleine Gesellschaft auf der Terrasse löste sich auf.

8

Der Mann, der soeben in den *Bücherhimmel* kam, sah ausgesprochen gut aus, außerdem wirkte er ziemlich nett. Ich unterdrückte ein Grinsen. Wer weiß, was Luisa daraus spann, wenn sie zufällig vorbeikäme und durch die verglasten Seiten blickte? Sie nahm allzeit ziemlich regen Anteil am Leben anderer. Wobei ich ihre Neugierde nie als bösartig empfand. Bei genauer Betrachtung war es eigentlich etwas Gutes, sich füreinander zu interessieren und nicht mit Scheuklappen, die einen daran hinderten, nach rechts und links zu gucken, durch das Leben zu jagen. Vielleicht käme es dann auch nicht immer wieder zu diesen Betrugsfällen, wo Leute sogenannte Schockanrufe tätigten, um danach Geld oder Wertsachen an der Haustür ihrer Opfer abzuholen. In der Straße, in der ich wohne, achten wir aufeinander. Wenn da ein Auto vorfährt, das nicht in die Straße gehört, passen wir besonders auf. Auf meiner Kommode in der Diele zu Hause liegt ein Block, auf dem ich in diesen Fällen die Autokennzeichen notiere. Man kann schließlich nie wissen, ob man nicht im Zuge von polizeilichen Ermittlungen danach gefragt wird.

Geschäftsbewusst wandte ich mich dem Herrn zu. Er war in etwa in meinem Alter, trug eine salbeifarbene Twillhose, kombiniert mit einem beigefarbenen Leinenhemd. Ich tippte auf einen gut situierten Mittelständler, eventuell schon im Vorruhestand. »Darf ich Ihnen helfen? Suchen Sie etwas Bestimmtes?« Mein von Wiebke sorgfältig zusammengestelltes Sortiment umfasste neben Krimis aus der Region Bestimmungsbücher für Pflanzen, Kochbücher und hübsche bibliophile Geschenkbände.

Er blickte mich direkt an. Braune Augen, von einem feinen Strahlenkranz aus Fältchen umgeben. Sein Haar, von etlichen grauen Strähnen durchzogen, trug er aus dem Gesicht gekämmt. »Welch ein Schmuckstück!«

Meinte der etwa mich, so wie er mich unverwandt anblickte? Zum Glück errötete ich nicht, denn das geschah ausschließlich dann, wenn ich ein wenig mogelte.

»Ein Bücherladen im Luisenpark! Klasse.«

Bedachte er wirklich nur mein Geschäft mit dem Ausdruck? So, wie er sich verhielt, konnte ich es durchaus auf mich beziehen.

»Waren Sie zur Bundesgartenschau nicht hier? Da gab es den *Bücherhimmel* auch schon.« Ich strich mein Haar zurück. Lieber Himmel, ich benahm mich wie eine 14-Jährige, die soeben ihre Wirkung aufs andere Geschlecht entdeckt hat.

»Ehrlich gesagt, war mir da zu viel Trubel. Über zwei Millionen Besucher, habe ich gelesen.«

»Da ist Ihnen aber viel entgangen!«

Seinem Blick nach zu urteilen schloss er sich meiner Meinung an.

»Es ist nie zu spät, nicht wahr?«

»Die Seilbahn! Sie haben die Seilbahn verpasst.« Ich überlegte fieberhaft, womit ich meine plötzliche Aufgeregtheit überspielen konnte. Lieber Himmel, ich war davon ausgegangen, der Schalter für solche Empfänglichkeiten sei bei mir schon längst auf »off« gestellt. Selbstverständlich stand für mich fest, dass ich selbst noch lange nicht zu den Frauen gehörte, die ab einem gewissen Alter quasi unsichtbar wurden. Aber ich war gefühlt seit einer Ewigkeit verheiratet und hatte neue Bekanntschaften für meine eventuelle Witwenschaft reserviert. Schließlich konnte man nie wissen, ob man tatsächlich gemeinsam mit seinem Partner alt wird, nicht wahr. Sollte das bei uns beiden nicht der Fall sein, sah mein Plan B keineswegs vor, alleine zu bleiben. »Es war fabelhaft, zwischen den Parks zu schweben, wirklich ein ganz tolles Erlebnis.«

»Ja, schade, da habe ich offenbar viel verpasst.«

Er blickte mich immer noch unverwandt an. Täuschte ich mich oder flirtete der mit mir? Sogar ziemlich offensiv für mein Dafürhalten. Ich war ein wenig aus der Übung, fand zu meiner Überraschung aber dann doch hinein und setzte ein Lächeln auf, welches ich für bezaubernd hielt.

»Darf ich Ihnen ein Buch empfehlen?«

»Immer.«

Ich wandte mich an eines der Bücherregale. »Wofür interessieren Sie sich besonders?« Meine Güte, hoffentlich sah er mich nicht wieder auf diese ganz besondere Art an, die leichten Schwindel bei mir auslöste. Es konnte doch nicht sein, dass ich wie ein Teenager in Ohnmacht fiel! Das sähe womöglich so aus, als würde ich es auf eine Mund-zu-Mund-Beatmung anlegen!

Doch der Mann fasste sich plötzlich an seinen Oberbauch. Dem Gesichtsausdruck nach zu urteilen verspürte er einen überaus heftigen Schmerz. »Haben Sie bitte ein Glas Wasser für mich?«

»Geht es Ihnen nicht gut?«

Er schleppte sich zu den Stühlen auf der Veranda, während er eine Blisterpackung aus seiner Hosentasche zog.

Eilig goss ich ein Glas Wasser ein und stellte es vor ihm auf dem Bistrotischchen ab, als er eine Tablette aus der Folie drückte und sie in den Mund schob.

Als er das Glas absetzte, murmelte er: »Das sieht schlimmer aus, als es tatsächlich ist. Lediglich heftiges Sodbrennen. Das kann einen ganz schön ärgern. Obwohl es eigentlich eine absolute Bagatelle ist.«

Mit Erleichterung vernahm ich dies, war ich doch bereits kurz davor gewesen, einen Notarzt anzufordern. Nicht auszumalen, wenn dieser nette Herr einen medizinischen Notfall erlitten hätte! Hier vor meinen Augen! Ich legte meine Hand auf seinen Arm. »Solche sogenannten Bagatellen können einen ganz schön piesacken!«

»Ich habe Sie hoffentlich nicht erschreckt!« Er legte wie selbstverständlich seine Hand auf meine. »Darf ich mich mit einem Essen revanchieren?«

Ich überlegte. Mit einem Mann essen zu gehen verstieß nicht gegen mein eheliches Treuegelöbnis. Das ließ eine Menge Spielraum. War es außerdem nicht so, dass Norbert in der Kantine des Finanzamtes, wo er als Jurist tätig war, ebenfalls mit anderen Frauen am selben Tisch saß? Da war also wirklich nichts dabei, wenn ich es ihm gleichtat. »Gerne«, sagte ich. Und meinte es auch so.

»Passt es bei Ihnen an einem der nächsten Tage?«

»Donnerstag.«

»Das *Seerestaurant* hier im Park ist sehr nett. Sind Sie damit einverstanden?«

Ich nickte. Sollte Luisa mich ruhig dort sehen, ich hatte schließlich nichts zu verbergen. Mit einem Kunden essen zu gehen war quasi eine Art Geschäftsessen. Darin etwas Verwerfliches zu sehen grenzte ja beinahe schon an üble Nachrede!

»Ich hole Sie also am kommenden Donnerstag ab. Passt 17.30 Uhr?«

Ich nickte. Meine Öffnungszeiten waren fließend. Wiebke und Tamara setzten mir hierfür keine starren Regeln.

Zur Verabschiedung deutete er eine Verbeugung an.

Als er weg war, stellte ich fest, dass er gar nichts gekauft hatte. Dieser Mann war also tatsächlich nur wegen mir in meinen Laden gekommen. Irgendwie fühlte ich mich plötzlich beschwingt, vom Alter her um etliche Jahre verjüngt, so Ende 30. Da ging also noch was, stellte ich fest. Noch zählte ich nicht zum *Klub der Unsichtbaren*, zu dem alle Frauen angeblich irgendwann ab einem bestimmten Alter gehören. Nicht dass ich da eigene Erfahrungen hätte, es wurde mir allerdings von Frauen, die deutlich älter sind als ich, so berichtet. Irgendwann wird man nicht mehr als weibliches Wesen wahrgenommen, so als wäre man nur noch ein dienstbarer unsichtbarer Geist im Hintergrund. Aber ging es denn alten Männern nicht ähnlich? Wer verknallte sich schon in einen welken Greis ohne fettes Konto? Obwohl es mir zugegebenermaßen ziemlich schmeichelte, nahm ich mir fest vor, es bei dieser einen Essenseinladung zu belassen. Wie hieß der Herr eigentlich? Ich war tatsächlich mit jemandem verabredet, dessen Namen ich nicht kannte. Aber wir trafen uns immerhin bei Tageslicht mitten im Park, was sollte da schon geschehen? Außerdem hätte ich es doch mit meiner untrüglichen Spürnase sofort bemerkt, wenn mit dem irgendetwas nicht in Ordnung wäre? Da war ich mir sicher, auch wenn Norbert manchmal meinte, ich läge nicht immer richtig damit. Aber was wissen Männer schon von Intuition? Wir Frauen sind doch weitaus besser darin!

Apropos Essen! Luisa hatte mit ihren selbst gemachten Stéphaniengutsel das Sortiment meines Lädchens zur Bundesgartenschau bereichert, die wurden nachgefragt wie die sprichwörtlichen warmen Semmeln. Während ich auf der Veranda des kleinen hölzernen Häuschens unter dem großen Sonnensegel die Stühle um die kleinen Bistrotische neu anordnete, dachte ich darüber nach, wie diese Kooperation fortzusetzen sei. Luisa und ich mussten unbedingt zusammen brainstormen! Dabei fiel mein Blick auf den großen Tontopf neben meiner Eingangstür mit dem besonders schönen Blumenarrangement. Das war ein sehr netter Gruß der Parkverwaltung. Dieser Topf mit den verschiedenfarbenen Blumen stand unter meiner persönlichen Fürsorge, und ich stellte soeben fest, dass er dringend Wasser benötigte. Während ich meine Gießkanne befüllte, summte ich eine Melodie.

»Over the rainbow.« Unbemerkt von mir war Luisa hinter meinem Rücken in das Lädchen gekommen und summte mit.

»Magst du das auch so gern?«

»Nettes Lied, ja, und so eine eingängige Melodie. Sag mal, hättest du gerade Zeit?«

»Klar.«

»Ich habe ein paar Ideen gesammelt.« Das grenzte tatsächlich an Gedankenübertragung!

»Willst du einen Kaffee zum Reden?« Ich goss das Wasser der Gießkanne in den Topf.

Luisa strahlte. »Ach, Edelgard, du weißt immer ganz genau, was ich gerade brauche. Das ist dein siebter Sinn!«

Nachdem wir Platz genommen hatten, zog sie ihr schwarzes Notizbüchlein hervor.

»Hilft dir deine Nachbarin wieder?«

Luisas Blick beschattete sich. »Habe ich das gar nicht erwähnt? Die ist im letzten Sommer verstorben. Das kam völlig überraschend für mich.« Tränen glitzerten in ihren Augen. »Ich denke, sie wusste, dass sie so schlimm krank ist, und hat es mir verschwiegen. Sie musste ins Krankenhaus, aber sie ließ mich im Glauben, es handle sich um einen Routineeingriff, irgendeine Kleinigkeit, die nicht schlimm ist. Vielleicht wollte sie mich nicht damit belasten, vielleicht wollte sie einen traurigen Abschied vermeiden, ich weiß es nicht. Als sie in das Taxi stieg, winkte ich ihr vom Balkon aus zu. Das war das letzte Mal, dass wir uns sahen. Ich habe sie noch nicht mal im Krankenhaus besucht, weil sie mir verheimlichte, in welches sie kam. Sie wäre doch bald zurück, das waren ihre Worte. Dabei musste ihr klar gewesen sein, dass das gar nicht sicher war.« Die Tränen kullerten nun über Luisas Wangen. »Sie war so eine nette Person, immer freundlich und hilfsbereit. Ich mochte sie gerne.« Sie nestelte in ihrem Stoffbeutel und zog ein mit zarter Spitze umhäkeltes Taschentuch heraus. »Sie fehlt mir ziemlich. Irgendwie war ich total an sie gewöhnt. Es war fein, sie als Nachbarin zu haben. Wir haben uns richtig gut verstanden und waren immer füreinander da.«

»Das tut mir leid, Luisa. So ein schlimmer Verlust für dich. Ihr wart beste Freundinnen, nicht wahr?«

Sie schnaubte sich lautstark ihre Nase. »Ja, das waren wir. Und wir haben wirklich gut zusammengearbeitet. Die Veronika hat die kleinen Säckchen für unsere Gutsel selbst genäht, und die Kordeln zum Schließen drehte sie aus Baumwollgarn. So was können heute viele Menschen gar nicht mehr selbst machen. Socken stricken konnte sie auch. Wer weiß denn heute noch, wie man eine Ferse strickt? Ich habe noch zwei Paar, die sie mir geschenkt hat. Sogar in meiner Lieblingsfarbe. Wenn ich die trage, denke ich besonders an die Zeit mit ihr zurück.«

»Wer ist denn in die Nachbarwohnung eingezogen?«

Das benutzte Taschentuch wurde in dem Stoffbeutel versenkt. Luisa machte eine Pause und sah knapp an mir vorbei.

»Niemand Nettes?« Doch mit dieser Deutung lag ich komplett daneben, wie sich rasch herausstellte.

»Im Gegenteil. Die Wohnung war nur kurz frei, irgendwelche entfernten Verwandten von ihr haben die leer geräumt. Ich hatte die nie zuvor gesehen. Die haben gar nicht gefragt, ob ich ein Erinnerungsstück haben möchte. Dabei hätte ich mich wirklich sehr darüber gefreut. Das war regelrecht so eine Nacht- und Nebelaktion von denen.« Luisa nahm einen Schluck von dem Kaffee, den ich für sie zubereitet hatte. »Luigi wohnt da jetzt. Du kannst dir nicht vorstellen, wie viele Bewerbungen es für die Wohnung gab, das weiß ich von unserer Hausverwaltung. Die Besichtigungen bedeuteten zwei Tage volles Programm für die, und da waren noch nicht mal alle eingeladen, die sich beworben hatten. Wir anderen Mieter haben ja leider kein Mitspracherecht. Du kannst dir vorstellen, dass es ziemlich aufregend für mich war abzuwarten, wer da einziehen wird. Man will schließlich nicht Gefahr laufen, gleich, wenn man aus der Wohnungstür geht, ein mürrisches Gesicht im Hausflur zu treffen. Ganz ehrlich, das will doch wirklich niemand.«

»Und dieser Luigi hat die Wohnung bekommen? Wie ist er denn so?« Ich konnte mich nicht des Eindrucks erwehren, Luisa zögere mit ihrer Antwort.

»Hab ich doch schon gesagt! Jemand Nettes.« Sie vermied es weiterhin, mich anzublicken, und nestelte an ihrem Kleid.

»Nun erzähl doch schon! Wieder jemand, der dir hilft? Etwa beim Nähen?«

»Wir machen Likör zusammen.«

»Ah, genau, wir wollen ja drüber reden, was du mir zum Verkaufen bringst. Was macht ihr denn für welchen?«

»Quitte, Birne und einen Kräuterlikör, für den wir mehrere verschiedene Kräuter verwenden.«

»Wo habt ihr die her?«

»Wir sammeln die selbst. Auf Wiesen. Außerdem bekommen wir größere Mengen von einer Bekannten, die einen Garten hat.«

»Das darf man einfach so? Ich meine, auf Wiesen Kräuter sammeln?«

»Kiloweise ist es nicht erlaubt. Aber gegen einen Strauß

kann keiner etwas einwenden.« Immer noch vermied sie direkten Blickkontakt mit mir.

»Jetzt erzählt doch mal! Ist Luigi in deinem Alter?«

»Er ist ein halbes Jahr älter als ich.«

»Lebt er alleine? Oder ist jemand mit ihm eingezogen?«

Luisas Wangen färbten sich tatsächlich rot.

»Verstehe, er ist noch zu haben«, lachte ich.

»Was du schon wieder meinst«, wiegelte sie ab.

»Ich mein gar nix, Luisa. Das mit dem Likör ist eine gute Idee. Bring mir ein paar Flaschen zur Probe, wir testen, ob das läuft. Ich stelle sie zu meinen Kräuterbüchern dazu. Wegen des Preises musst du allerdings mit Wiebke sprechen, das läuft über sie.« Ich hatte nun eine konkrete Vermutung, worauf Luisas leichte optische Veränderung zurückzuführen war. Der Grund hatte soeben einen Namen bekommen, der mit L begann.

»Was ist mit den Gutsel? Die liefen doch so gut. Hast du dir was Neues ausgedacht?«

Luisa nickte. »Genau, das ist der nächste Punkt. Wie findest du die Bezeichnung *Luisenbussel*?«

»Hervorragend! Das passt super zum Parkjubiläum, wenn die Bussel nach der Namensgeberin heißen.«

»Das sind Bonbons mit Himbeergeschmack. Die Nachbarin aus dem Erdgeschoss hat einen Schrebergarten in Feudenheim, von der kriege ich die Himbeeren. Das ist auch die mit dem Kräuterbeet.«

»Kann ich die *Luisenbussel* denn probieren?«

»Klar doch.« Sie kramte eine kleine altertümliche Dose aus Blech hervor und nahm den Deckel ab.

Ich schob das Gutsel lutschend eine Weile mit der Zunge im Mund hin und her. »Fantastisch! Die verkaufen sich ganz bestimmt toll. Für die finden sich Stammkunden, die die regelmäßig kaufen! Wie verpackst du sie?«

»Ich nähe die Stoffbeutelchen jetzt alleine. Zum Glück habe ich Veronika immer ganz genau zugeschaut, auch, wie sie die Kordeln gedreht hat.«

»Luigi leistet dir dabei Gesellschaft?«, wollte ich nun doch wissen. Wenn es um sie selbst ging, ließ sich Luisa aber wirklich sprichwörtlich alles aus der Nase ziehen.

»Kann sein.«

»Bevor du gehst, musst du mir aber noch sagen, was du mit deiner Andeutung wegen Florian gemeint hast.«

»Er wird seltsam, finde ich. Ich glaube sogar, er schleicht nachts durch den Park.«

»Woher weißt du das? Du bist doch nicht etwa …«

»Natürlich halte ich mich nachts nicht im Park auf. Das wäre viel zu unheimlich für mich.«

»Woher weißt du es dann?«, bohrte ich nach.

»Er hat es mir selbst erzählt. Gib's zu, so was macht doch kein normaler Mensch? Das macht man doch nur, wenn etwas nicht mit einem stimmt.« Sie blickte auf ihre Uhr. »Jö, ich hab mich mit dir verquatscht. Ich muss echt weiter! Alla, dann!«

Bevor ich sie noch fragen konnte, ob sie sich in der Lage sah, für mein Sortiment kleine Seifen mit Kräuterduftnoten herzustellen, verschwand sie. In feines Seidenpapier eingewickelt, ließen sich Seifen bestimmt gut verkaufen. Bevor ich noch weiter darüber nachdenken konnte, betrat ein junger Mann den *Bücherhimmel*.

Sein von gelocktem rotem Haar umrahmtes Gesicht war von Sommersprossen übersät. »Hi, ich bin Luca.«

»Ah, meine Vertretung? Wiebke und Tamara haben mir von Ihnen erzählt.«

»Genau. Ich dachte, ich schau mich schon mal ein wenig um, bevor ich meinen ersten Tag habe. Ist denn viel los?«

»Das ist ganz verschieden. Mal mehr, mal weniger. Aber

insgesamt läuft es ziemlich gut. Bei schönem Wetter wird es richtig voll.«

»Nett ist es hier, würde meine Oma sagen.«

»Na, na, wir haben auch viele jüngere Kunden.«

Er grinste. »Ist bloß so ein Spruch von mir. Ich mag meine Oma übrigens ziemlich gern.«

»Kaffee?«, fragte ich. Sein Lachen klang für mich unwiderstehlich sympathisch.

»Gerne. Wenn Sie nichts dagegen haben, bleibe ich ein wenig und gucke mich schon mal um. Wiebke und Tamara haben mich schon in ihrem Geschäft in Heidelberg angelernt. Die Kasse ist vermutlich die gleiche?«

Ich nickte. »Genau. Wichtig ist auch, die verkauften Bücher einmal täglich an die beiden durchzugeben, damit die rechtzeitig nachbestellt werden.«

»Das kriege ich hin.«

9

Er hatte diese Stelle mit großer Sorgfalt und nach langem Überlegen ausgewählt, denn sie war perfekt geeignet für sein detailliert geplantes Vorhaben. Seit bald einer halben Stunde kauerte er jetzt schon im Gebüsch und wartete. Die getarnte Wildkamera, die er 50 Meter entfernt positioniert hatte, lieferte ihm via *Bluetooth* Bilder auf sein Smartphone, die gut genug waren, um die Größe und vor allem das Geschlecht der Laufenden zu erkennen. Bereits zwei weibliche Exemplare waren sorglos und nichts ahnend an ihm vorbeigerannt. Die waren ziemlich hübsch und jeweils alleine. Es war seiner Meinung nach dumm von Frauen, alleine unterwegs zu sein, noch dazu an solch abgelegenen Stellen. Er selbst hatte es allerdings nicht auf weibliche Wesen abgesehen. Seine Aufmerksamkeit galt Männern, athletisch und jung. Trotzdem schien ihm das Verhalten der Frauen absolut leichtsinnig zu sein. Als er erneut auf den Bildschirm seines Smartphones blickte, schnellte sein Adrenalinpegel spontan hoch. Das Bild zeigte eindeutig einen Mann. Kaum größer als er selbst. In einem verdammt lächerlichen Outfit. Eine rote eng anliegende Hose mit grünen Streifen, die kurz über dem Knie endete. Das Teil diente wohl in erster Linie dazu, seine Kronjuwelen, die sich überdeutlich abzeichneten, anzupreisen. Dazu trug er ein neongelbes Achselshirt. Es war ihm unerklärlich, weshalb die jungen Leute ihren Sport teilweise in Clownsanzügen ausübten.

Er spannte mit geschmeidigen Bewegungen das robuste Seil, das auf dem staubigen Boden lag und welches auf der anderen Seite des Weges auf ungefähr 20 Zentimetern Höhe bereits um den dicken Ast eines Busches geschlungen war. Das nahm er mit, wenn er es für heute zu Ende gebracht hatte. Als er geduckt verharrte, spürte er eine Welle des Schmerzes anrollen, dem er seit wenigen Wochen in immer kürzeren Abständen ausgeliefert war. Das war für sein Vorhaben ein ungünstiger Moment. Er biss knirschend die Zähne zusammen und fokussierte sich. Er hatte jetzt keine Zeit für diesen Eindringling in seinem Leben. Die Einnahme der Schmerzmittel musste warten, bis er hier fertig war. Er umschloss mit der Rechten einen scharfkantigen Stein aus Granit. In seinem Blick lag Entschlossenheit. Wie immer trug er diese dünnen Einweghandschuhe sowie Plastiküberzieher über seinen Schuhen. Auch dieses Mal hinterließ er keine Fingerabdrücke und auch keine verwertbaren Fußspuren für die Bullen. Die bissen sich an ihm die Zähne aus. Und heute starb nicht sein letztes Opfer. Der Jogger fluchte, als er sich am gespannten Seil verfing und der Länge nach hinfiel. Zu einem weiteren Laut fehlte ihm allerdings die Zeit.

10

Sie verzog das Gesicht auf eine Art, als ob sie gleich niesen würde. Florian duckte sich, um nichts abzubekommen. Statt eines heftigen Niesanfalles brach sie jedoch in lautes Lachen aus. Elena schlug sich mit beiden flach ausgestreckten Händen auf die Oberschenkel und krümmte sich. Sie lachte so heftig, dass sie nach Luft ringen musste. »Du?«, sie zeigte mit dem ausgestreckten Finger auf ihn. »Du?« Und wieder brach sich ein Lachen regelrecht Bahn, wurde hinausgeschleudert aus ihrem Mund, den sie weit aufriss, wobei sie ihren Kopf in den Nacken legte. Tränen perlten über ihre Wangen. »Ich kann nicht mehr!« Nun schlug sie mit der Faust auf den Tisch, an dem sie beide saßen. Florian hatte extra die Küche als neutralen Ort gewählt, um ihr seine neue Geschäftsidee zu unterbreiten. Insgeheim hatte er gehofft, sie spränge auf den seiner Meinung nach bereits fahrenden Zug auf und stieg als seine Partnerin mit ein. Dann machten sie endlich wieder etwas gemeinsam, das brachte sie einander wieder näher. So war sein Plan gewesen, den er für ziemlich schlau hielt.

»Weddingplaner! Aber du hast doch keine Erfahrung damit! Du bist doch selbst nicht verheiratet.«

»Der Redner, der bei einer Beerdigung spricht, ist auch noch nie selbst gestorben.«

»Das kannst du doch nicht vergleichen, Alter! Ehrlich, du siehst nicht unbedingt nach Hetero-Mann aus.«

»Du weißt …«

»Dass du auf Frauen stehst? Stimmt, das habe ich mitbekommen. Da war mal was.« Sie grinste anzüglich. »Welche Hochzeiten willst du denn planen?« Sie lachte erneut los. »Jetzt habe ich es kapiert! Dieser neue Trend *Single-Hochzeiten*! Das haben irgendwelche Promis vorgemacht! Leute, die sich selbst heiraten!« Sie schlug erneut mit der Hand auf den Tisch. »Das ist auch nur die halbe Arbeit für dich! Die andere Hälfte fällt ja weg.« Zwischen ihren Lachern quetschte sie ein nur begrenzt salonfähiges »Leck mich fett« heraus.

Florian war ehrlich zerknirscht. »Ich dachte wirklich …« Das gemeinsame Projekt wäre eine überaus tolle Gelegenheit für sie beide gewesen, sich endlich wieder ganz privat anzunähern. Denn das war es, was ihm eigentlich vorschwebte, woran er am Tag dachte und wovon er bei Nacht träumte.

»Dass ich bei so etwas mitmache? Gib dir keine Mühe. Ich weiß mir meine Zeit durchaus selbst einzuteilen.«

»Du planst auch etwas Neues?« Wusste er doch nur so viel, dass sie in einem Drogeriemarkt jobbte. An besonderen Tagen modellierte sie dort die Fingernägel der Kundinnen.

»Das geht dich nichts an.« Sie strich mit der Hand über ihr Gesicht, als wolle sie ihr Lachen wegwischen. »Es ist ganz allein meine Sache. Ich ziehe das alleine durch. Ganz sicher brauche ich dich nicht dazu. Nur so viel verrate ich dir, dass es sich echt lohnt für mich.«

Zu gerne hätte Florian nachgefragt. Er wusste jedoch aus Erfahrung, dass man Elena mit Neugierde nicht beikam. Kam man ihr überhaupt mit irgendetwas bei? Sie war für ihn der sprunghafteste Mensch, den er kannte. Genau aus diesem Grund mochte er sie und schätzte ihre Gesellschaft. Mit ihr war es nie langweilig. Dass sie neuerdings mehr

Kohle zur Verfügung hatte, ahnte er jedoch. Sie benutzte ein neues richtig teures Tablet, das sie manchmal in der Küche liegen ließ.

»Du sprachst kürzlich von Besuch. Wen erwartest du denn?«

»Willst du für uns kochen, oder was?«

»Lass dir doch nicht alles aus der Nase ziehen!«

»Wenn du es unbedingt wissen willst! Meine Schwester kommt mich besuchen.«

»Schwester? Du hast eine Schwester?«

»Was dagegen?«

»Aber du hast nie von ihr erzählt.«

»Wozu auch?«

»Wo lebt die denn?«

»Ist das ein Verhör oder was wird das jetzt?«

»Wie lange bleibt sie? Sie kommt doch nur kurz zu Besuch, oder?« Florian graute davor, sein geliebtes Badezimmer mit einer zusätzlichen Person teilen zu müssen.

»Das wirst du dann schon sehen. Keep calm.«

»Ich bin hier gleichberechtigter Mieter, vergiss das nicht. Du kannst sie nicht dauerhaft hier wohnen lassen. Nicht ohne meine Einwilligung. Die Wohnung ist zu klein für drei Leute.«

»Entspann dich, Alter. Sie kommt nur zu Besuch. Wer will schon freiwillig dauerhaft mit dir zusammenwohnen? Glaub mir, wenn es nach mir ginge, wäre das längst nur noch meine Wohnung.« Sie verschränkte ihre Arme. »Aber womöglich ergibt sich etwas Neues. Mal sehen.«

Trotz mehrmaligen Nachfragens wollte sie zu dem Thema nichts mehr sagen. Hatte sie in Wahrheit vor, einen Liebhaber hier einzuquartieren? Schade war jedenfalls, dass sie null Bock zeigte, gemeinsam mit ihm als Weddingplaner zu arbeiten. Für einen allein war das too much. Was hatte sie selbst Neues vor? Bei ihr wusste man nie, ob sie sich am nächsten Tag noch an ihre Pläne erinnerte oder diese bereits wieder komplett umgekrempelt hatte. Aber er war geduldig. Er war in der Lage, darauf zu warten, bis sie sich ihm wieder zuwandte.

11

Es war einer jener Tage, an denen es ohne Unterlass schüttete. Zumindest seitdem ich aufgestanden war. Ein erster Blick aus dem Fenster war kaum möglich, da fette Schlieren über die Scheiben rannen. Für nichts auf der Welt benutzte ich heute mein Fahrrad! Kurz überlegte ich, mir ein Taxi zu gönnen. Weichei, schimpfte ich mich selbst. Als ob mir ein Spaziergang an frisch gewaschener Luft bis zur Straßenbahnhaltestelle bleibende Schäden verursachte!

In der Küche traf ich auf Tamara. »Guten Morgen, Edelgard. Wiebke ist schon los. Ich warte noch ein wenig, bis der Regen nachlässt.«

Verdutzt drückte ich auf die Taste des Kaffeeautomaten. Selbst der sportlichen, wettergestählten Tamara war es heute zu nass. Wenn es so weitersiffte, waren bis mittags die Holzbestände in den Baumärkten ausverkauft, weil die Menschen anfingen, Archen zu bauen. Den Witz behielt ich für mich, so ganz taufrisch war er wirklich nicht mehr. »So ein Mist. Eigentlich bin ich heute Mittag mit Luisa verabredet. Wir wollen uns im Heilpflanzengarten treffen.«

»Wieso das denn?«

»Sie hat wieder gute Ideen für Selbstgemachtes. Likör, Gutsel …«

»Klingt toll. Das könnten wir auch für unseren Laden in Heidelberg übernehmen. Natur läuft gut bei unserer Kundschaft. Da besteht echt Nachfrage.« Sie dachte kurz nach.

»Ein Schaufenster mit Büchern zur Heilpflanzenkunde, Kochen mit Kräutern, Geschenke aus Kräutern wie etwa Seifen und dazu Luisas Produkte.«

»Das hört sich klasse an. Ich denke auch, dass das gut läuft.«

»Macht sie das immer noch mit ihrer Nachbarin zusammen? Die ihr mit den Gutseln geholfen hat?«

»Die Nachbarin ist leider verstorben. Jetzt wohnt ein Mann in der Wohnung nebenan, der ihr hilft. Sie hat übrigens neue Gutsel kreiert, mit Himbeergeschmack. Ich habe schon eines getestet. Die schmecken wunderbar und gehen sicher wieder weg wie die sprichwörtlichen warmen Semmeln. Wollen wir die übernehmen?«

»Unbedingt! Sagen Sie ihr bezüglich der Gutsel gleich zu. Die Preisgestaltung machen wir so ähnlich wie bei der Bundesgartenschau, womöglich schlagen wir ein klein wenig drauf. Ich rechne das heute Abend durch, okay?«

Ich nickte und blickte auf meine leere Tasse. »Ich stapfe schon mal los. Zu Fuß benötige ich länger zur Straßenbahnhaltestelle. Das Fahrrad lasse ich heute stehen.« Zum ersten Mal während unserer Bekanntschaft bedauerte ich zutiefst den Autoverzicht meiner beiden Arbeitgeberinnen. So konsequent wie die beiden war ich selbst nicht. Tamara belieferte die Stammkundschaft mit ihrem Lastenfahrrad und beförderte damit auch ihre Einkäufe. Und das bei jedem Wetter. Diese Frau war echt tough.

Als ich im Luisenpark über die nasse Wiese zu meinem *Bücherhimmel* schritt, vernahm ich beim Heben meiner Füße saugende Geräusche. Bei diesem Wetter rechnete ich nicht mit viel Kundschaft. Der graue Himmel verhieß einen komplett verregneten Tag. Der Grundwasserpegel der Region hatte dies allerdings dringend nötig. Der Oberrheingraben war klimatisch begünstigt, was im Klartext bedeutete, dass es hier immer schon wärmer war als in anderen Regionen Deutschlands. Kein Tropfen Wasser, der vom Himmel fiel, war zu viel. Obschon mir das klar war, haderte ich mit dem Wetter. Die Tropfen prasselten ohne Unterlass laut auf das Flachdach. Meine Aussicht auf die Freizeitwiese wurde von den Schlieren auf den großen Scheiben behindert. Bis zu meiner Mittagspause hatten sich lediglich eine Handvoll Menschen zu mir verirrt, die viel Nässe in meinen Laden brachten. Die Luft war von Feuchtigkeit gesättigt. Das war natürlich Gift für meine Buchlieblinge, weshalb ich mich um sie sorgte. Sie mochten es lieber trocken. In dieser Hinsicht glichen wir uns sehr. Nach jedem Gast wischte ich den Boden kurz und wrang draußen den Lappen aus, um wenigstens diese Feuchtigkeit zu beseitigen. Die Zeit schlich träge dahin wie eine überfressene, zufriedene Schlange, die erst in drei Tagen nach einem erneuten Opfer Ausschau hält. Der Regen brachte Kälte, und die fand ihren Weg durch Ritzen und schwappte durch die Tür, die sich heute nur selten öffnete. Das Wetter blieb den ganzen Tag über unverändert gleich einem unliebsamen Gast, den man nur zu gerne möglichst rasch wieder losgeworden wäre.

Heute jedenfalls brachten mich keine zehn Pferde in den Heilkräutergarten. Wie schön es doch dort bei Sonnenschein war! Allein schon wegen des Duftes hielt ich mich dort viel lieber bei trockenem Wetter auf, auch wenn mir klar war, dass der Regen nicht nur den Kräutern, sondern dem gesamten Park überaus guttat. Schenkte man der Wetterprognose Glauben, war es an den kommenden Tagen wieder trocken. Also konnte ich beruhigt abwarten. Dieser Regentag jedoch dehnte sich im *Bücherhimmel* unendlich lange, und kaum jemand fand den Weg zu mir, um mir die Zeit wenigstens gefühlt zu verkürzen.

In der Mittagspause griff ich nach meinem Regenschirm und lenkte meine Schritte am Insektenhügel vorbei zur Unterwasserwelt. Die Gondolettas, deren Anlegestelle sich in unmittelbarer Nähe davon befand, ruhten heute wegen des Dauerregens. Das Szenario wirkte irgendwie traurig auf mich. Da sich insgesamt wenige Gäste im Park aufhielten, fand ich auf Anhieb Einlass in die Unterwasserwelt, wo sich Aquarien aneinanderreihten wie Fenster in eine fremde Welt. Ich schritt den grauen Gang entlang, vorbei an Roten Piranhas, und malte mir lieber nicht aus, ihnen in einem Gewässer direkt zu begegnen. Ein prächtiger Leopard-Panzerwels zeigte sich in seiner ganzen Schönheit dicht hinter der Glasscheibe. Die Leopard-Rochen trugen eines der Lieblingsmuster meiner Kleidung: Weiße Punkte auf dunklem Grund. Ich setzte mich auf einen der weißen Hocker mit den blauen Polstern und ließ den Raum auf mich wirken. Wenige Menschen flanierten an mir vorbei und unterhielten sich mit gedämpften Stimmen. In ihrer Schlichtheit hatte die Unterwasserwelt etwas Sakrales an sich, durchaus angemessen der Demut, die wir gegenüber der Schöpfung empfinden sollten.

Nach einer geraumen Weile verließ ich den Ort. Draußen war es kaum heller geworden. Ich spannte meinen Schirm erneut auf, folgte dem Weg zu den Pinguinen und freute mich spontan über das Glück, just zu ihrer Fütterung an ihr Gehege zu kommen. Einige ebenfalls mit Schirmen geschützte Gäste standen bereits davor. Die Tierpflegerin hockte neben einem Eimer, aus dem sie Fische entnahm. Die kleinen Gesellen, die durch ihren Watschelgang so ulkig wirken, wankten zu ihr und nahmen ihre Ration mit dem Schnabel auf. Als die Frau sich erhob und die restlichen Fische ins Wasser warf, begaben sich die Pinguine in das tiefe Becken und wirkten schwimmend und tauchend schlagartig elegant.

12

Die Erinnerung an die Erniedrigung kochte immer häufiger in ihm hoch und brodelte in seinem Innern wie ein Vulkan. Dabei hatte er gehofft, sie für immer aus seinem Gedächtnis gebannt zu haben. Während seiner mittleren Jahre war sie ihm entfallen wie ein verlorenes, beschmutztes Taschentuch, welches man ohnehin loswerden wollte. Aus den Augen, aus dem Sinn. Einen eigentlichen Auslöser dafür, weshalb diese Szene aus den Tiefen seines Unterbewusstseins wieder an die Oberfläche gespült wurde, konnte er nicht benennen. Wenn er es recht besah, war das auch kein Gegenstand, über den er reflektieren wollte. Gerade jetzt stand sie erneut glasklar vor seinem Inneren, und er musste wie in überdeutlicher Schärfe einer Makro-Kamera, die jedes noch so kleine Detail gnadenlos wiedergibt, den Film in seiner Erinnerung erneut über sich ergehen lassen. Es fühlte sich an, als erlebte er die Demütigung nochmals und wäre dabei wie gelähmt, absolut unfähig, sich zu bewegen. Währenddessen schlug sein Herz heftig, gleichzeitig bekam er Atemnot, und ihm war so, als läge eine Bleiplatte schwer auf seiner Brust. Er konnte nichts dagegen ausrichten, stand wie neben sich und war komplett wehrlos den Erinnerungen wie Flashbacks ausgesetzt. Ihm blieb einzig abzuwarten, bis es abklang und ihn in einem Zustand wie ausgewrungen zurückließ.

Sie hatten ihn von Anfang an gemobbt. Seit sie hierhergezogen waren, in die kleine Stadt am Neckar, wo der Vater in einer Chemiefabrik arbeitete. Er sprach ihren Dialekt nicht, gewöhnte sich den eigenen nur mühsam ab. Im Unterricht meldete er sich kaum mehr, schien abwesend und unbeteiligt zu sein, was ihm auch noch den Unmut des Lehrkörpers einbrachte. »Träumerle« war noch einer der netteren Ausdrücke, mit dem sie ihn bedachten. Bis er wegen eines Vorfalls, für den er absolut nichts konnte, von der Schule flog, was ihm seinen gesamten weiteren Lebensweg nachhaltig versaute.

Besonders verhasst waren ihm die Sportstunden, wo er oft im Vorbeigehen eine reingedrückt bekam. Der Lehrer wollte es nicht sehen, es war absolut sinnlos, sich zu beschweren. Wie immer war er bei der Aufstellung der Mannschaften beim Völkerball der Letzte geblieben. Keiner wollte ihn in seiner Gruppe haben, aber eine musste ihn wohl oder übel nehmen. »Mädchen«, raunte ihm Rainer zu. Der war der Anführer der Klasse, hatte klar das Sagen. Im Gegensatz zu den meisten von ihnen spross auf seiner Oberlippe deutlich ein Flaum, färbte sie dunkler. Seine Stimme kiekste nicht mehr wie die der anderen, sondern war bereits in männlichen Tönen gefestigt. Allein das hätte genügt, um ihn zum Anführer zu machen, zu dem, auf den alle hörten. Dessen Befehle unwidersprochen ausgeführt wurden. Seine Bizepse, die er in stundenlangen Übungen trainierte, trugen ein Übriges dazu bei. Seine im Sommer bevorzugten Achselshirts betonten seine hart erworbene Maskulinität. Auch der Haarwuchs quoll bei ihm bedeutsamer als bei den anderen in der Klasse aus seinen Achselhöhlen. Zwei fette dunkle Büschel streckten selbst bei anliegenden Armen ihre gekrausten Spitzen ins Licht. Diesen Rainer hätte er gerne auf den »Highway to Hell« geschickt. Der Song röhrte aus allen Radios. Bevor das Spiel zu Ende war, verschwand Rainer, was ungewöhnlich war, denn für eine schwache Blase war er nicht bekannt. Da saß er selbst schon längst auf der Bank der Abgeschosse-

nen. Ein besonders harter Prellball war ihm gegen die Seite geprallt und bescherte ihm das Aus.

Nachdem der Lehrer die Stunde abpfiff, drückte er sich mit hängendem Kopf in die Umkleide, wo Testosteron in der schweißgeschwängerten Luft waberte und sich mit dem Geruch aus abgestellten Schuhen vermengte. Als er sich suchend umblickte, fand er zwar seine Schultasche, aber weder seine Klamotten noch die Schuhe. Hing das damit zusammen, dass Rainer sich vorhin aus der Sportstunde verdrückt hatte? Lagen seine Sachen in einer großen Mülltonne am Rande des Schulhofes? Seine Mutter ließ es an ihm aus, wenn er seine Sachen verdreckte. »Na, du Mädchen, suchst du deine Sachen?«, raunte ihm Rainer zu, der plötzlich neben ihm stand. »Hast du sie auf der Mädchen-Toilette liegen lassen, als du es dir dort selbst besorgt hast?« Er lachte laut über seinen Witz. Seine Kumpels stimmten mit ein, ohne zu wissen, worum es ging. Wenn der Boss lachte, lachte man mit. So war das eben.

Es blieb ihm nichts anderes übrig, als den Hinweis aufzunehmen und wie ein geprügelter Hund ins Mädchenklo zu schleichen, um dort nach seinen Sachen zu suchen. Wobei er inständig hoffte, Imelda käme nicht gerade herein, als er in der dritten Kabine von rechts fündig wurde. Was sollte sie von der Situation halten? Das Beste wäre, die Kabine abzuschließen und sich da drinnen eilig anzukleiden. Doch kaum hatte er sich seiner Sportkleider entledigt und trug nur noch seine Unterhose, wurde die Tür zum Waschraum aufgerissen. Lieber Gott, lass es bitte bitte nicht Imelda sein, sandte er ein Stoßgebet in Richtung Himmel. Für die schwärmte er schon seit einiger Zeit. Nur allzu gerne wäre er mal mit ihr alleine gewesen, aber doch nicht an den Waschbecken vor den Mädchentoiletten! Wie wäre seine Anwesenheit hier zu erklären gewesen? Dass seine Kleider neben dem Klo lagen, weil Rainer sie hier abgelegt hatte? Er verstand zwar nicht viel von Mädchen, aber dass man mit dieser Geschichte keine Pluspunkte sammelte, war wohl klar. Jemand klackerte auf hohen Absätzen auf dem gefliesten Boden, schritt von Kabine zu Kabine und durchsuchte die. Er hielt den Atem an. Was ging da draußen vor sich? Wer stand da vor seiner Kabine und rüttelte genau jetzt an der Tür?

13

Nach diesem Drehtag ließ sich die Hauptdarstellerin Fee Zoe nicht in ihr Hotel zurückbringen, obwohl Regisseur Mikael eigentlich darauf bestanden hatte. Aber wofür hielt der sich? Als ob sein Ansinnen nach Drehschluss für sie von irgendeiner Bedeutung wäre! Was bildete der sich eigentlich ein? Dass er rund um die Uhr über sie bestimmen könne? »Heute Abend habe ich frei, verstehst du, frei!« Mit diesen Worten war sie vom Filmset im Mannheimer Stadtteil Neckarstadt abgerauscht. Sie brauchte keinen von ihm bestellten Chauffeur, der sie in ihre Unterkunft brachte. Schließlich konnte sie sich selbst ein Taxi organisieren. Wie kam der dazu, sie wie ein unmündiges Kind zu behandeln? Dabei war ihr Job als Influencerin wesentlich einträglicher als seiner. Die Zahl ihrer Follower war verdammt hoch. Wenn nur die Hälfte von denen ins Kino ging, um ihren ersten Film zu sehen, war Mikael mit den Einnahmen, die sein Produzent einstreichen konnte, auf der sicheren Seite. Genau deshalb war sie doch als Hauptdarstellerin besetzt worden. Dieser Typ jedoch war so unentspannt, überhaupt nicht locker. Dauernd musste der irgendetwas beweisen. Dass er der Coolste war, zum Beispiel. Wovon er meilenweit entfernt war. Jedenfalls lief er ihrer Meinung nach die meiste Zeit herum wie ein Eichhörnchen auf Ephedrin. Für solche Typen hatte sie nur ein genervtes Schulterzucken übrig. Der war lediglich in seiner eigenen Wahrnehmung wichtig, womit eine unglaubliche Divergenz zur Außenwirkung bestand! Die Spanne hätte nicht größer sein können. Er ging ihr total auf die Nerven mit seiner Wichtigtuerei und seinem Chefgehabe. Von Teamarbeit, bei der alle auf Augenhöhe behandelt wurden, trennten ihn Lichtjahre.

Sie querte den Neckar über die Brücke und hielt sich rechter Hand, wo sie rasch eine Bar fand und eine Bekanntschaft machte. Wie ganz anders im Vergleich zu Mikael war diese Chloé! Auf diese tiefenentspannte Frau war sie regelrecht gestoßen. Wobei es schon ziemlich witzig war, dass die Straßen hier keine Namen, sondern Buchstaben und Nummern trugen, wie bei einem Schachbrett. Wobei sie selbst von Schach nichts verstand. Das sei ein Strategiespiel, hatte mal jemand zu ihr gesagt. Wie dem auch sei, ihre eigene Strategie bestand darin, mit viel Spaß noch mehr Geld zu verdienen. Diese Rechnung ging für sie selbst auf. Die Zahl ihrer Follower in den sozialen Medien steigerte sich täglich.

»Autsch!«, schrie Fee Zoe, als diese Frau mit Elan aus der Toilette und um die Ecke in Richtung Tresen gestürmt war. Die hatte sie überhaupt nicht gesehen und dabei regelrecht über den Haufen gerannt. Als die beiden sich wieder gefasst hatten und sich gegenseitig musterten, mussten sie trotzdem lachen. Irgendwie war es, als blickten sie in einen Spiegel. Gerade so wie in einer viel zu schnell abgedrehten Komödie mit wenig Etat. Sogar der Schnitt ihrer schwarzen Haare schien vom selben Friseur zu stammen.

»Tut mir leid! Ich war so in Gedanken.« Chloé meinte es ehrlich. »Darf ich dich einladen? Dein Getränk geht auf mich. Ich heiße übrigens Chloé.«

»Klar.« Sie zeigte auf sich. »Fee Zoe.«

»No! Wir heißen auch noch ähnlich. Wenn das mal tatsächlich ein Zufall ist, dass wir uns kennenlernen!«

Kurz darauf saßen sie an der Bar nebeneinander. In Chloés Glas schimmerte es besorgniserregend grün, Fee Zoe hatte sich für einen roten Drink entschieden. Die beiden verstanden sich auf Anhieb absolut prächtig. Fee Zoe war es, die es als Erste aussprach. »Wir sind wie Zwillinge, die bei der Geburt getrennt wurden.« Woraufhin sie ein gemeinsames Lachen anstimmten. Wieder einmal.

»Cool hier.«

»Was machst du in Mannheim?«

»Ich drehe einen Film.«

»Spannend.«

»Klar. Wenn man es spannend findet, zu nachtschlafender Zeit am Set zu sein und den ganzen Tag über Kommandos des Regisseurs auszuführen.«

»Und sonst? Wenn du nicht am Set bist?«

»Ich bin Influencerin.«

»Echt jetzt? Wow! Ich habe noch nie eine kennengelernt.«

»Klar.«

»Eine von denen, bei denen es richtig fett läuft?«

Fee Zoe nickte und zog ihr Smartphone aus der hinteren Hosentasche. Sie wischte auf dem Display und spielte ein Video ab.

»Krass.« Chloé blickte auf das Smartphone, das vor ihr auf dem Tresen lag. Obwohl ein Filter auf die Aufnahme gelegt worden war, erkannte sie die Akteurin auf Anhieb. »So viele Likes hast du dafür gekriegt?«

»Ey, muss das echt sein?« Der Barkeeper legte ein Baumwolltuch, mit dem er Gläser polierte, zur Seite. »Könnt ihr nicht das Ding weglegen und euch einfach unterhalten?«

»Keep calm.« Fee Zoes Versuch, ihn abblitzen zu lassen, scheiterte. Der Typ war abgebrüht im Umgang mit Gästen.

»Hier sitzen noch mehr außer euch beiden. Mach den Ton aus, verstanden?«

»Stress nicht so rum.«

»Du machst hier den Stress. Und jetzt stell den Ton ab!«

Sie hatten bereits die Aufmerksamkeit mehrerer Gäste an den nächstliegenden Tischen auf sich gezogen. Betont lässig kam Fee Zoe der Aufforderung nach.

»Lass uns woanders hingehen.« Sie nickte im Aufstehen Chloé zu, die einen Geldschein auf den Tresen knallte. Während des Hinausgehens registrierte sie die Blicke, die sie als Duo auf sich zogen. Die Frau neben ihr war die perfekte Bitch. Bei ihr selbst war es eher Maskerade, aber diese Type hier neben ihr hatte es voll drauf. So wie die ihren Arsch bewegte, steckte sie tatsächlich voller Selbstbewusstsein und zog es sich nicht wie eine leicht abnehmbare Kappe über. Die Frau schauspielerte nicht, die war unbedingt authentisch.

Nach wenigen Minuten erreichten sie den Marktplatz, wo um diese Uhrzeit noch viele Menschen unterwegs waren. Etliche standen in Grüppchen zusammen, wobei es bei einigen lauter zuging.

»Dieses Denkmal in der Mitte«, Fee Zoe ging darauf zu, »wofür steht das?«

»Oh, ganz oben steht Merkur.«

»Und die Frau mit dem Zettel in der Hand?«

Chloé lachte laut. »Zettel? Alter! Das ist der Stadtplan von Mannheim.«

»Ist sie die Stadtgöttin?«

»Kann sein.«

Zwei junge Männer, die auf der Bank vor dem Ziergitter saßen, ließen ihre Blicke über die beiden Frauen streifen. Einer von beiden zückte sein Smartphone und machte, ohne zu fragen, ein Foto von ihnen.

»Ey, hast du uns eben fotografiert?« Chloé ging direkt auf ihn zu.

»Chill mal! Ich habe den Mond fotografiert.« Der junge Mann gluckste vor Lachen über seinen durchschaubaren Witz, wobei er seinen Kumpel mit dem Ellbogen anstieß.

Chloé ballte ihre rechte Hand zur Faust und machte Anstalten, ihm eine zu verpassen.

Fee Zoe packte sie beherzt am Arm, denn das Letzte, was sie selbst gebrauchen konnte, war negative Publicity. So eine Auseinandersetzung mit testosterongesteuerten Youngsters konnte leicht kippen. Nicht auszudenken, wenn einer der beiden die Szene filmte und ins Netz stellte. So etwas passte nicht zur ihrer Credibility. Sie zog Chloé resolut in eine der kleinen Seitenstraßen. »Echt cool hier, die ganzen Läden und so«, gab sie sich betont fröhlich beeindruckt von der Umgebung. »Sieht tatsächlich aus wie im Urlaub irgendwo im Ausland.«

Die Ablenkung funktionierte prompt. »Little Istanbul.«

»What?«

»Hier kommst du überall mit Türkisch durch, ohne Deutsch zu können. Es gibt hier total leckeres Essen! Du musst unbedingt tagsüber herkommen.« Chloé zeigte auf das Schaufenster eines Konditors, in dem farbenprächtige kleine Torten ausgestellt waren.

»Boah, die sehen toll aus!« Fee Zoes Begeisterung war echt, auch wenn sie sich eigentlich beim Kuchenessen wegen des vielen Zuckers zurückhielt. Aber diese Prachtstücke sahen ziemlich verlockend aus. Vermutlich enthielten sie die Kalorienmenge einer gesamten Woche.

»Willst du eine?«

»Der hat doch längst zu.«

»Ich dachte eher an morgen. Wenn die wieder offen haben. Da können wir einen kaufen.«

»Wer denkt schon an den Morgen, wenn die Nacht noch nicht zu Ende ist?«

»Lass uns noch irgendwo was trinken gehen. Ich habe Durst!« Unvermittelt fragte sie: »Hast du eigentlich einen Freund?«

»Du meinst so was Festes? Wo man den Beziehungsstatus auf sozialen Medien mitteilt?«

»Zum Beispiel, ja. So was meine ich.«

»Mister Right hat noch nicht bei mir geklingelt.«

»Aber man muss doch nicht zölibatär leben, bis Mister Right sich dazu bequemt, endlich zu klingeln. Womöglich kommt man aus der Übung.«

»Als ob man das verlernen würde!« Fee Zoe rang vor Lachen nach Luft.

»Kein Lückenfüller?«

»Nee, im Moment nicht. Ehrlich gesagt habe ich auch viel zu viel zu tun. Da ist einfach kein Platz für Beziehungsblabla. Und wie sieht es bei dir aus? Jemand Festes?«

»Ich bleibe lieber spontan. So ganz ohne Stress. Verstehst du?« Chloé dachte kurz an die letzte Vollmondnacht am Kutzerweiher. Das war verdammt spontan gewesen. Der Typ war echt gut drauf und sicherlich kein Anwärter für ihr Spezialprodukt. Gegen ein erneutes Stelldichein hätte sie nichts einzuwenden gehabt. Diesbezüglich musste sie allerdings auf den Zufall eines erneuten Treffens vertrauen, da sie noch nicht einmal seinen Namen wusste. Aber die nächste Vollmondnacht kam unausweichlich, sie war dann im Heilpflanzengarten pünktlich zur Stelle. Mit etwas Glück war er ebenfalls da. Zumindest hoffte sie darauf, ihn dort erneut zu sehen.

Fee Zoe verstand die Sache mit der Spontaneität, hielt sie es doch ähnlich. Sie arbeiteten sich im weiteren Verlauf der Nacht durch drei weitere Bars und standen plötzlich vor der Tür des Hauses, in dem Chloé wohnte. »Du kannst bei mir übernachten, wenn du willst«, sagte die mit einem Blick auf ihre Uhr.

Fee Zoe blickte auf ihre *Smartwatch.* »Mist! Es ist verdammt spät. Echt, das ist toll, dass du mir das anbietest, das mache ich prompt. Alter! Ich soll morgen, also vielmehr heute, um 8 Uhr am Set sein. Keine Ahnung, ob ich das schaffe.«

»Das ist ja nicht mehr lange bis dahin. Bekommst du Ärger, wenn du zu spät dort aufkreuzt?«

Fee Zoe straffte ihre Schultern. »Die können mich mal. Also, vor allem der Regisseur ist doof. Echt. Der bildet sich sonst was drauf ein, so wahnsinnig toll zu sein. Dabei kocht der auch nur mit Wasser. Aber so was von. Der checkt nicht, dass er *mich* braucht, nicht umgekehrt.«

Chloé öffnete die Haustür und machte Licht. Als sie an einer der Türen im Erdgeschoss vorbeigingen, rümpfte sie die Nase. »Die haben schon wieder ihre Schuhe im Hausgang stehen. Ekelhaft!«

»Wollen wir reinpinkeln?«, kicherte Fee Zoe.

Alter, die hatte wirklich viel zu viel intus, dachte Chloé. Laut sagte sie: »Das ist ja noch ekeliger. Komm mit hoch, wir müssen in den zweiten Stock.«

»Ohne Aufzug?«

»Das schaffst du! Nur Mut.«

In der Wohnung angekommen, staunte Fee Zoe nicht schlecht. Ihre neue Freundin war so ähnlich eingerichtet wie sie selbst. Zumindest hätte auch sie die Möbel aussuchen können, die hier standen. Sie fühlte sich in diesen Räumen auf Anhieb wohl.

»Du kannst auf der Couch pennen.« Chloé fegte mit einer Armbewegung einen Stapel Kleider auf den Boden. »Ich bring dir was zum Zudecken.«

Als sie aus ihrem Schlafzimmer zurückkam, wo sie im Schrank rasch fündig geworden war, schlief ihr Gast bereits mit leicht geöffnetem Mund. Um genau zu sein, passte eher der Ausdruck auf sie, dass sie schnarchte wie ein kugelrunder Bär. Immerhin hatte sie ihre Schuhe abgestreift. Mit angezogenen Knien lag sie da wie ein kleines, schutzbedürftiges Kind.

Chloé legte die leichte Decke über ihren unverhofften Gast. Hoffentlich bekam sie die am Morgen irgendwie wach. Was der Regisseur und die Kollegen am Set davon hielten, wenn die in denselben Kleidern wie am Vortag auftauchte? Die hatten sicher einen Fundus, aus dem sie ausgestattet wurde, und sie agierte nicht in ihren eigenen Klamotten vor der Kamera.

Chloé ging ins Bad und griff nach ihren Abschminkpads. Irgendwie war sie zwar ebenfalls müde, jedoch gleichzeitig auf eine gewisse Art überdreht, sodass sie sich nicht gleich hinlegen wollte. Es war nicht ihre Angelegenheit, wenn die Ärger bekam. Ganz sicher nicht. Die vielen Drinks gingen nicht auf ihr Konto. Auf die beiden letzten war sie sogar eingeladen worden, wobei sie selbst so schlau gewesen war, diese durch alkoholfreie zu ersetzen. Andererseits spürte sie eine intensive Nähe zu dieser Frau, die sie erst seit einigen Stunden kannte. Es kam ihr so vor, als kenne sie sie schon seit ewigen Zeiten. Nicht nur ihre optische Ähnlichkeit war tatsächlich verblüffend. Sie tickten auf eine gewisse Weise auch ähnlich, so fand sie zumindest schon jetzt nach derart kurzer Zeit. Mehr als einmal fing eine von ihnen beiden im Laufe des Abends einen Satz an, und die andere beendete ihn spontan. War das endlich die Person, nach der sie sich seit Jahren sehnte? Die eine, mit der sie sich ohne jegliche Worte verstand? Die sogar wusste, was sie selbst dachte? Irgendwie war das so eine Angelegenheit des Urinstinkts, den wir alle in uns tragen. Wir wünschen uns den einen Menschen, der uns komplettiert. Jemand, mit dem man durch dick und dünn gehen und sprichwörtlich Pferde stehlen konnte. So eine Person vermisste sie seit ihrer Kindheit, trotz der Gang, zu der sie damals in ihrem Viertel gehörte. Dort war sie anerkannt, weil sie sich rau gab. Wie es in ihr drin aussah, wusste von denen keiner. Außer vielleicht Dietrich. Aber wenn überhaupt, dann bloß ein wenig. Er war nicht ihre »andere Hälfte« gewesen, sondern mehr so eine Art älterer Bruder, der auf sie achtete und der sie auch beschützte. Sie hatten nie darüber gesprochen, weshalb er das tat. Vielleicht gefiel er sich einfach in dieser Rolle. Vielleicht fand er zu Hause so wenig Zuneigung wie sie selbst und sah einen Ersatz in der geschwistergleichen Liebe zu ihr. Auch wenn manche sie eine Weile sogar für ein Paar hielten, so waren sie nie wirklich eines gewesen. Zumindest nicht in dem Sinne, dass sie das Bett miteinander geteilt hätten. Sie waren sich auf einer anderen Ebene begegnet. Genau deshalb hielt sie seit Jahren zu ihm und besuchte ihn seit seiner Einbuchtung. Ihre Inobhutnahme durch ihn verstärkte damals ihr Ansehen in der damaligen Clique enorm. Aber immerhin war es zu einem Teil auch dem Umstand zu verdanken, dass sie, wie Frauen oft unterstellt wurde, keinerlei Schlaghemmung gegenüber anderen verspürte. Wenn ihr einer blöd kam, haute sie dem ruckzuck aufs Maul. Ohne Wenn und Aber, ohne lange darüber nachzudenken. Weil der kräftige Dietrich als ihr Beschützer galt, bezog sie dafür nie ernsthaft Prügel. Dabei fiel ihr ein, dass sie ihn mal wieder im Knast besuchen musste. Schließlich war sie der einzige Besuch, den er hin und wieder bekam. Sie war diejenige, die sich nach seinem letzten Einbruch nicht von ihm abwandte. Er hatte doch nichts dafür gekonnt, dass der Hausbewohner zu früh nach Hause kam und ihn überraschte. Damit seine Tat als Mord galt, hätte es des Vorsatzes bedurft. Trotzdem bekam er einige Jahre dafür aufgebrummt.

Während sie kritisch in den Spiegel blickte, überkam sie eine verrückte Idee. Waren sie und Fee Zoe womöglich tatsächlich Zwillingsschwestern, und ihre eigene Mutter hatte die nettere von ihnen beiden verkauft? An Leute mit viel Kohle, die keine eigenen Kinder bekommen konnten? Zuzutrauen war es ihr unbedingt. War der Kontrollzwang ihr gegenüber in Wirklichkeit Ausdruck ihres schlechten Gewissens wegen der verkauften Tochter? Sie zu fragen ergab keinen Sinn, da sie ihr gegenüber nie etwas zugab, das ihr nicht in den eigenen Kram passte. Chloé ließ voll aufgedrehtes kaltes Wasser über ihre Hände laufen. Welch eine verrückte Idee das doch war! In der dritten Bar hatte ihr Fee Zoe von ihren Eltern erzählt, die tatsächlich ziemlich betucht waren. Außerdem war sie deren einziges Kind. Das allein sagte nichts aus, denn dies traf auf sie selbst ebenfalls zu. Es erschien ihr überaus reizvoll, die neue Bekannte als Schwester zu sehen. Eigentlich war es ziemlich egal, ob sie blutsverwandt waren oder nicht. Sie fühlte sich zu ihr hingezogen wie zu einer Schwester, das war das Wichtigste, und nur dies zählte. Blut war nicht immer dicker als Wasser, wie es in einem dämlichen Spruch hieß. Sie beide hatten sich über ihre Sternzeichen ausgetauscht, und die waren zu ihrem Leidwesen verschieden. Während bei ihrer Geburt das Sternzeichen des Löwen galt, war es bei Fee Zoe die Jungfrau gewesen. Was ausgezeichnet zu ihrem Erfolg als Influencerin passte, galten Jungfrauen doch als fleißig und zielstrebig. Ihre beiden Geburtstage lagen wenige Wochen auseinander, auch wenn sie im gleichen Jahr geboren worden waren. Allerdings hätte niemand einen beinahe zwei Monate alten Säugling als Neugeborenes durchgehen lassen. Und außerdem: Wenn da Geld geflossen wäre, wo war es geblieben? Sie erinnerte sich an einige Tage während ihrer Kindheit, an denen sie ohne Abendessen ins Bett geschickt wurde. Ihre Mutter wäre doch nicht etwa so weit gegangen, sie hungern zu lassen, obwohl es ein Finanzpolster gab? Hätte die tatsächlich Geld ausschließlich für sich selbst verwendet und ihre Tochter darben lassen? Sie spritzte sich Wasser ins Gesicht und stellte es danach ab. Es war nur eine verrückte Idee, die völlig haltlos war. Die Fantasie war mit ihr durchgegangen. Wie dem auch tatsächlich war, auf jeden Fall hatte sie endlich genau die Freundin gefunden, nach der sie sich seit so vielen Jahren unbewusst gesehnt hatte. Seelenschwestern waren sie auf jeden Fall, auch wenn ihre DNA verschieden war. Blieb nur zu hoffen, Fee Zoe betrachtete dies genauso. Sie nahm sich fest vor, sich selbst von ihrer Schokoladenseite zu zeigen, um die neue Freundin komplett für sich zu gewinnen. Mit diesem Gedanken begab sie sich endlich auf ihr Bett, nicht ohne vorher ihre Kleidung gegen ein bequemes Schlafshirt im L-Format auszutauschen.

14

Jules Mail mit der Einladung an Marja war noch keine zwei Stunden alt, als die Anfrage ihrer Redaktion für ein Interview kam. Beides ergänzte sich hervorragend!

»Marja, du kennst dich doch aus in Mannheim?«, hatte der zuständige Redakteur am Telefon mehr festgestellt als gefragt.

»Kommt drauf an, worum es geht.«

»Du warst bei der Bundesgartenschau, hör mal! Deine Reportage über den Mord am Panoramasteg war top! Der Artikel hatte mega viele Aufrufe. Unser Chef schwärmt noch heute davon!«

»Blumen und Mord? Willst du etwas in die Richtung? Der Mörder ist immer der Gärtner?« Sie unterdrückte einen Seufzer.

Emil lachte. »Die Mannheimer feiern dieses Jahr groß ihr Parkjubiläum. Der Luisenpark in seiner heutigen Form wird 50. Machst du was dazu?«

»Verstehe. Denkst du an was Konkretes?«

»Ich habe gehört, da lässt sich so ein Typ im Königskostüm von einem Schwan über den Weiher ziehen. Dazu spielt Musik von Wagner. Wie schräg ist das denn bitte sehr? Komplett aus der Zeit gefallen! Ich stelle mir ein Porträt über diesen Menschen vor. Zusätzlich so eine Art Publikumsbefragung. Was den Gästen aufstößt, zum Beispiel. So eine kleine Reihe, vier, fünf Artikel.«

Marja behielt für sich, dass sie diesen »Typen« kannte, um ihren Aufwand nicht bereits im Vorfeld kleinzureden. »Okay, ich mache den ausfindig. Unterkunft in Mannheim ist mit drin? Dir ist schon klar, auf der A5 steht man mehr im Stau, als dass man fährt.«

Emil seufzte. »Von der Zugverbindung zwischen Karlsruhe und Mannheim hast du schon mal gehört?«

»Und wer schleppt mein ganzes Equipment? Das sind hin und zurück zwei Stunden Fahrt! Täglich. Wenn der Zug überhaupt fährt. Ich erinnere mich gut an diverse Streiks. Weißt du noch, als zwischen Mannheim und Darmstadt Kupferkabel an der Strecke geklaut wurden? Das legte ebenfalls Züge lahm. Da stünde ich prompt wie eine Bekloppte mit meinen Koffern da.«

Der angekündigte Auftrag passte perfekt zu der Einladung, die auf ihrem Laptop eingetroffen war. Synergieeffekte nannte man das, und die wusste sie durchaus zu nutzen. Das behielt sie selbstverständlich für sich und verhandelte geschickt.

Emil knickte ein. Marja war eine seiner besten Schreiberinnen. Das Dumme war bloß, dass die selbstbewusste Freelancerin das ebenfalls wusste. »Meinetwegen mit Übernachtung und Benzinpauschale.«

Bingo! Marja sagte prompt zu. Die Pauschale reichte für ihren Anteil an der Ferienwohnung, die Jule anmieten wollte. Die meldete sich turnusmäßig im Abstand von zwei Jahren mit einem Vorschlag bei ihrer Clique, die schon zu ihrer gemeinsamen Schulzeit aus fünf Freundinnen bestand. Jule übernahm dann zu ihrer Studienzeit die Organisation für ihre Treffen und schlug auch die Orte vor, die immer wechselten. Die Devise lautete, jedes Mal eine andere Stadt auszuwählen. Dieses Jahr war es Mannheim. Die Wohnung lag direkt in den Quadraten, mit mehreren Restaurants und Bars in der unmittelbaren Umgebung. Ihr Programmvorschlag umfasste neben einem Besuch der Kunsthalle eine Theateraufführung sowie einen Bummel im Luisenpark. Eins zu null für mich, dachte Marja und öffnete Jules E-Mail erneut. »Ich freue mich auf euch! Dank dir fürs Organisieren, du Liebe«, schrieb sie ans Ende ihrer Antwort.

Sie ging in die Küche ihrer Karlsruher Wohnung, deren Fenster auf die große Dachterrasse wiesen. Hier saß sie abends gerne mit ihrem Ehemann Oliver. Leider kam der nicht immer so früh nach Hause, wie sie sich das wünschte. Als Jurist in einer Kanzlei konnte er nicht immer pünktlich Feierabend machen, wenn noch Arbeit anstand. Akten ins Homeoffice mit nach Hause zu nehmen kam für ihn nicht infrage. Seine Arbeit war irgendwie ein »Saisongeschäft«, je nachdem, wie viele Mandanten es für ihn zu betreuen gab. Marja nahm eine Tasse aus einem der Schränke und schob sie unter den Auslauf ihres Kaffeeautomaten. Immerhin beschwerte er sich im Gegenzug nicht darüber, wenn sie für eine Reportage ein paar Tage verreiste. Zumindest verlief sein Protest dagegen in der Regel moderat.

Vier Tage hatten sie sich für Mannheim vorgenommen. Für Donnerstag planten sie die Anreise, am Sonntagabend fuhren sie wieder in alle Himmelsrichtungen davon. Jule, die immer ihre Treffen organisierte, kam aus Hamburg, wo sie in einem Museum arbeitete. Hannah wohnte seit zwei Jahren bei ihrem Lebenspartner in Leipzig und arbeitete dort in der Pressestelle einer öffentlichen Einrichtung. Ann hatte mit ihrem Mann zwei Kinder. Ihre Schwiegermutter in Ulm sprang ein, damit sie sich diese kleine Auszeit von ihren Aufgaben als Hausfrau und Mutter nehmen konnte. Das gemeinsame Architekturbüro betrieb seit einer Weile schon ihr Mann ohne sie. Dann war da noch Mirjam. Die hatte so oft ihre Jobs gewechselt, dass Marja gar nicht wusste, was die derzeit machte.

Sie nahm die Milchtüte aus dem Kühlschrank, gab etwas von dem Inhalt in ein Kännchen, schäumte ihn auf und goss ihn zu dem Kaffee. Mit ihrem Getränk trat sie auf die Dachterrasse und nahm auf einem der bequemen Sessel Platz. Ihr Schreibpensum für heute war so gut wie erfüllt. Da war nach ihrem Dafürhalten eine Pause durchaus angemessen. Während sie den ersten Schluck nahm und über die Dächer der angrenzenden Häuser blickte, überlegte sie, was sie von den Freundinnen wohl alles für Neuigkeiten erfahren würde. Zwei Jahre waren eine ganz schön lange Zeit mit Raum für Veränderungen. Ob Jule immer noch Single war? Bei ihrem letzten Treffen hatte sie gerade eine unschöne Trennung von einem gewissen Malte hinter sich gebracht, mit der sie zu diesem Zeitpunkt noch nicht ganz abgeschlossen hatte. Malte war ganz plötzlich aus der gemeinsamen Wohnung ausgezogen. Dass es seit ein paar Wochen eine Neue in seinem Leben gab, hatte er ihr verschwiegen, »um sie nicht unnötig zu belasten«. »Wie soll ich noch jemals jemandem vertrauen? Der Arsch hintergeht mich mit der neuen Kollegin, hat nicht den Mumm, es mir zu sagen, und gibt es als Schonung für mich aus! Das ist doch wirklich das Letzte!«, waren ihre Worte gewesen. Marja war nichts eingefallen, womit sie die Freundin hätte trösten können. Sie hatte nur genickt, als Jule ihren Ex mit diesem Schimpfwort bedachte, und sie in den Arm genommen. Sie stimmte ihr unumschränkt zu. Der Kerl hatte sich um die fällige Aussprache gedrückt und versuchte, es so hinzudrehen, als wäre das aus purer Rücksichtnahme ihr gegenüber geschehen.

Hannah in Leipzig hatte vor dem letzten Weihnachtsfest geheiratet, aber nur mit der Familie im ganz kleinen Kreis gefeiert. Sie hatte in ihrer Mail zum Jahreswechsel angekündigt, bei ihrem nächsten Treffen für alle einen auszugeben, quasi als Entschädigung für eine große Feier. Marja war es ganz recht gewesen, so kurz vor Weihnachten nicht auch noch zu einer Hochzeit eingeladen zu werden. Ihre eigenen Eltern waren zwar bereits verstorben, aber die Eltern ihres Mannes wohnten wie sie selbst ebenfalls in Karlsruhe, so wie auch noch zwei seiner drei Brüder. Die Familie feierte immer groß, und sie beteiligte sich an den Planungen, verband sie doch mit ihrer Schwiegermutter ein überaus herzliches Verhältnis. Sie füllte nach all den Jahren die Lücke nahezu aus, die der frühe Tod ihrer eigenen Mutter in ihr Leben gerissen hatte. Dazu kamen noch die Feier ihres Redaktionsbüros, an deren Planung sie beteiligt war, und die Essenseinladung von Olivers Kanzlei, immer in einem sehr chicen Restaurant. Zu den Vorbereitungen kam noch der Kauf der Geschenke für die Familie ihres Mannes hinzu, was Oliver großzügig an sie zu delegieren pflegte. Marja lächelte bei dieser Überlegung. Denn eigentlich war es eher so, dass es eben keine Geschenke für seine Familie gäbe, wenn sie sich nicht darum kümmerte. Dabei war ihr Mann ihr gegenüber ziemlich aufmerksam und brachte oft Blumen mit nach Hause, was an dem prächtigen Marktstand in der Nähe ihrer Wohnung lag.

Eigentlich sprach nichts dagegen, ihm auch mal wieder etwas richtig Gutes zukommen zu lassen. Mit einem Teller über sein Lieblingsgericht gebeugt, bei einem Glas badischen Weins ließ sich ihm die Nachricht ihrer baldigen Abwesenheit besser unterbreiten. Sie griff nach ihrem Smartphone, das sie vorhin auf den kleinen Gartentisch gelegt hatte, und öffnete die Website ihres Lieblingsrestaurants, das einen hervorragend funktionierenden Lieferservice betrieb. Wie sie wusste, fand Oliver Tintenfischnudeln absolut unwiderstehlich. Gegen eine süße Nachspeise gab es von seiner Seite aus ebenfalls nie Einwände.

15

Er war tatsächlich pünktlich. Pünktlich wie ein Uhrwerk, um genau zu sein. Es war exakt 17.30 Uhr. Als ich in die Schublade unter meiner Kasse nach dem Schlüssel für die Eingangstür griff, trat er durch die Tür. Ich trug zu einem schmalen dunklen Rock eine hellbraune Bluse mit weißen Tupfen. Die hatte ich gekauft, als Julian uns das letzte Mal besucht hatte. Seine Freundin Frida hatte sich von ihrer Arbeit nicht freimachen können und war in Berlin geblieben, wo sie beide derzeit wohnten. Darüber war ich ganz und gar nicht traurig gewesen, so hatten wir unseren Sohn für die Dauer seines Besuchs für uns alleine und konnten uns ungestört unterhalten. Ich griff nach meiner Handtasche.

»Sind Sie bereit?«, fragte der Mann, der dieselben Kleider trug wie schon vor einer Woche. Da sie allerdings völlig knitterfrei waren, schloss ich darauf, er hatte sie nicht die ganze Zeit über angehabt.

»Wir können los.« Draußen schloss ich die Tür ab.

»Wie unverzeihlich von mir! Ich habe mich Ihnen neulich gar nicht vorgestellt. Gereon ist mein Name, Gereon Schnittmacher.«

»Edelgard Buchmann.«

»Edelgard, welch reizender Name.«

So reagierte noch nie jemand auf meinen von mir ungeliebten Vornamen! Ich spürte einen warmen Impuls und belohnte Gereon mit einem charmanten Lächeln. Mir persönlich wäre es wesentlich lieber gewesen, wenn meine Mutter einen anderen Namen für mich ausgewählt hätte. Warum nicht Monika oder Gerlinde, wie in meiner Jahrgangsstufe einige Mädchen gerufen wurden? Aber ich hieß nun mal nach meiner Patentante, die über 100-jährig und quietschfidel in einer Seniorenresidenz lebte. Der Vorsatz meiner Mutter, sie über mich quasi zu beerben, lag nach wie vor in weiter Ferne. Meine Patentante dachte überhaupt nicht daran, sich von dieser Welt zu verabschieden, und wurde alleine schon aus dem Grund, für uns den Erbfall nicht eintreten zu lassen, ganz sicher 120 Jahre alt. Mindestens! Zu ihrem 100. mussten Norbert und ich persönlich bei ihr antanzen. Zu ihrem unverblümt geäußerten Unverständnis wusste sich unser Sohn Julian der ungeliebten Einladung zu entziehen. Sogar meine eigene Mutter ließ mich hängen, weil sie sich ihren Fuß verstaucht hatte. Was ehrlich gesagt in meinen Ohren ziemlich unglaubwürdig klang. So musste ich die Feier auf einem Flusskreuzfahrtschiff ohne weitere familiäre Unterstützung überstehen. Zu allem Überfluss wurde uns unmittelbar, bevor wir an Bord gingen, der Koffer geklaut. Tante Edelgard borgte mir deshalb für die Feier eines ihrer pastellfarbenen plissierten Kleider. Welch eine grauenvolle Erinnerung! Das Ungetüm von Kleid kratzte außerdem fürchterlich am Hals. Immerhin existierte kein Foto als Beleg dieser Verkleidung, worüber ich durchaus zur Dankbarkeit neigte.

»Darf ich?« Gereon bot mir galant seinen Arm an.

»Danke, geht schon.« Ich hielt lieber etwas Abstand. Arm in Arm mit einem Fremden durch den Luisenpark zu flanieren, erschien mir doch etwas zu gewagt. Nicht auszudenken, was meine Freundin Luisa dahinter vermutete, wenn sich zufällig unsere Wege kreuzten. Das »wandelnde schwarze Brett« war immer irgendwie überall, vor allem an Stellen, wo man sie nicht vermutete. Ihrer anteilnehmenden Aufmerksamkeit, die durchaus gutmütigen Ursprungs sein mochte, entging kaum etwas. Wir lenkten unsere Schritte zu den Gärten der Partnerstädte, die ich besonders mochte.

»Eine reizende Idee, nicht wahr«, sagte ich, als wir an den liebevoll angelegten Gärten vorbeischlenderten und auf die kleine Brücke zusteuerten, die im weiteren Verlauf direkt zu den Pinguinen führte, »dies mit den Partnerstädten.«

»Durchaus, durchaus«, pflichtete Gereon mir bei, »dies mutet wie eine kleine Reise durch die verschiedenen Länder an, die sich an dem Projekt beteiligten. Ich halte mich besonders gerne in diesem Teil des Parks auf.«

»Ich mag ja besonders den von der Partnerstadt Klaipėda, dessen heller Sand am Weiher an die Kurische Nehrung erinnert. Dort war ich nämlich schon.« Vermintes Gelände, denn dort war ich doch mit meiner besseren Hälfte in Urlaub gewesen! Bevor ich mich diesbezüglich verplapperte, vollführte ich blitzschnell einen Themenwechsel. »Zu den Pinguinen gibt es übrigens eine äußerst nette Geschichte! Die waren während des Neubaus ihrer Anlage in Frankfurt. Also im Zoo. Dorthin waren sie ausquartiert. Und weil sich einer von ihnen verliebt hat, durfte er in Frankfurt bleiben und musste nicht mit den anderen zurück, als die neue Anlage hier fertig war. Das Paar hat sogar Nachwuchs bekommen.«

Gereon lächelte sinnig und blickte mich dabei unumwunden an.

Mist, schon wieder ein blödes Thema. Dabei ging ich doch lediglich mit einem Kunden essen, also sozusagen so was Ähnliches wie ein Geschäftsessen, nicht wahr? Da war schließlich überhaupt nichts dabei! So etwas machen andere Leute täglich! Ich betrachtete meine rechte Hand. Meinen Ehering zierte ein Brillant, sodass er nicht auf Anhieb als Zeichen ewiger Treue erkennbar ist. Das Modell war seinerzeit meine Idee gewesen.

Trotz der beliebten Uhrzeit fanden wir im *Seerestaurant* überraschend schnell einen freien Tisch. Gereon rückte mir den Stuhl zurecht und wartete, bis ich saß. Als er mich zart an der Schulter berührte, stellten sich die feinen Härchen auf meinen Armen hoch. Es war durchaus angenehm, mit Aufmerksamkeit bedacht zu werden. Erst im Anschluss daran nahm Gereon selbst Platz. Auf so eine höfliche Geste war Norbert noch nicht einmal zu Beginn unserer Beziehung gekommen. Für seine Entlastung sprach, dass wir beide damals Schüler waren. Irritiert stellte ich fest, dass ich Vergleiche zwischen Gereon und meinem Mann anstellte. Dabei war das Essen hier doch gar kein Date!

»Ein Gläschen Sekt vorneweg?«

Ich nickte. Obwohl ich mich ein klein wenig wunderte, denn Gereon litt doch an Sodbrennen! Da war Alkohol weiß Gott nicht angemessen. Aber bestimmt hatte er seine Tabletten dabei, falls es zu einer erneuten Attacke käme. Bei der Auswahl der Speisen wunderte ich mich erneut, bestellte er doch für sich ein Fleischgericht aus der Pfalz, wohingegen ich mich für einen bunten Salatteller entschied. Säße meine Schwester Hilde mit uns am Tisch, wäre jetzt unweigerlich ein Vortrag über gesunde Ernährung fällig geworden. Ihrem Spleen folgend, klärte sie ständig ihre gesamte Umgebung ungefragt über zu hohes Cholesterin und weitere Blutwerte auf, zu deren Nutzen unbedingt auf gesunde Ernährung zu achten sei. Als ob das irgendjemand ausgerechnet beim Essen hören möchte! Sie erwies sich in dieser Beziehung bei jedem unserer Treffen als absolut unsensibel. Norbert meidet sie aus diesem Grund wie sprichwörtlich der Teufel das Weihwasser.

»Was machen Sie eigentlich beruflich?«, fragte ich nach dem Aufgeben der Bestellung. Es interessierte mich sehr, womit dieser nette Mann sein Geld verdiente.

»Privatier.« Er lächelte vielsagend. Das Thema schien damit aus seiner Sicht erschöpfend behandelt worden zu sein, und er äußerte sich nicht weiter dazu.

Das konnte alles zwischen Rentner, Vorruhestand und Arbeitslosigkeit bedeuten. Gerne hätte ich nachgefragt, dies erschien mir allerdings als zu neugierig zu wirken, da er sich derart konsequent ausschwieg. Dieses Risiko wollte ich nicht eingehen, denn ich war wild entschlossen, mich von meiner besten Seite zu zeigen. Meiner allerbesten, sozusagen. Genau deshalb war die Entscheidung auf diese Bluse gefallen, zu der ich schon viele Komplimente erhalten hatte. Es tat mir gut, einfach in netter Gesellschaft hier zu sitzen und die Umgebung zu genießen. Ob ich es verlernt hatte zu flirten? Ein wenig Übung konnte nicht schaden.

»Die Farbe steht Ihnen gut, Edelgard. Ich darf Sie doch beim Vornamen nennen?« Der Kellner brachte die beiden Gläser Sekt und stellte sie vor uns ab.

Gereon nahm eines in die Hand und reichte es mir. »Auf den Augenblick, Edelgard. Ich bin übrigens Single.«

Beinahe hätte ich mich ob dieser direkten Ansage verschluckt. Das war eine Überraschung für mich. Gewisse Dinge waren bei mir also doch noch nicht eingerostet. Vergessen hatte ich sie ohnehin nicht. Lieber Himmel, es gab im Lauf der Zeit natürlich viele Angebote für kleine Seitensprünge, nicht wahr, das wäre bei einer Person mit meiner Ausstrahlung ein Wunder gewesen, wenn es keine Offerten gegeben hätte. Ich lächelte nun ebenfalls vielsagend und hüllte mich bezüglich meines persönlichen Beziehungsstatus in Schweigen. Aber war es, genau betrachtet, nicht so, dass ich momentan, also zumindest temporär, ebenfalls Single war? Immerhin war ich alleine in die Kurpfalz gekommen und mein Ehegatte zu Hause geblieben. Ich schob diese philosophische Frage beiseite und schnitt gesprächstechnisch neues Terrain an. »Wohnen Sie direkt in Mannheim?«

»Ein wenig außerhalb. Ich mag es lieber ruhig. In der Stadt ist immer viel los. Autos, Menschen, von allem zu viel.«

»Verstehe. Sie sind also Naturliebhaber.«

»Kann man so sehen, ja. Und Sie?«

»Ich wohne in Handschuhsheim.« Mist. Das Thema war doch nicht so genial gewählt, wie von mir gedacht. Denn eigentlich wohnte ich in Stuttgart. Mit meinem Ehemann. Ein erneuter Themenwechsel kam auf den Plan. »Was lesen Sie am liebsten? Welches Genre?«

»Eigentlich alles. Gerne Historisches.« Er griff nach meiner Hand. »Wobei ich mich durchaus für die Gegenwart interessiere.«

Seine Hand umschloss meine ganz vorsichtig. Sie war warm und glatt. Ich mag es nicht leiden, wenn Hände sich anfühlen wie nasse Waschlappen, die man in die Hand gelegt bekommt. In dem Moment brachte der Kellner zum Glück das Essen, und ich nutzte die Gelegenheit, um meine Hand zurückzuziehen, ich fühlte ohnehin schon ein Kribbeln im ganzen Körper. Es fühlte sich gut an, begehrt zu werden. Dabei stapelten sich auf dem Teller meines Gegenübers tatsächlich Speisen, die durchaus auch Norbert zur Ehre gereicht hätten. Eine dicke Scheibe Blutwurst lag in trauter Gesellschaft mit Kartoffelsalat. Alleine vom Betrachten bildete sich an meiner Hüfte ein Pölsterchen. Der Salat auf meinem Teller gefiel mir weitaus besser. Auf einem Bett aus Endivienherzen gesellten sich geschmackvolle Cocktailtomaten zu Avocadoscheibchen mit Ringen aus hellen Gemüsezwiebeln, liebkost von einer Soße auf Joghurtbasis. Irgendwie verübte ich offenbar eine lustvolle Anziehungskraft auf Männer, die gerne deftig aßen. Weshalb um alles in der Welt war das bloß so? Dabei benutze ich weder Leberwurstduft noch Griebenparfüm. Es blieb mir ein Rätsel, das ich nicht zu entschlüsseln vermochte. Immerhin sah man meiner Nasenspitze nicht meine herausragenden Kochkünste an, die eine gute Erklärung gewesen wären.

Zum Nachtisch gönnte sich meine neue Bekanntschaft ein Stück Schwarzwälder Kirschtorte, während ich ein Joghurthimbeertörtchen schlemmte. Dazu gab es den von Gereon für uns bestellten Wein. Immerhin war er, im Gegensatz zu Norbert, kein Biertrinker.

»Welch überaus anregender Abend, Edelgard. Lassen Sie uns das gerne wiederholen. Es ist reizend, in Ihrer Gesellschaft gut zu speisen.«

Unwillkürlich wartete ich die gesamte Zeit über auf einen erneuten heftigen Anfall von Sodbrennen meines Tischgenossen. War es möglich, die Medikamente dagegen prophylaktisch einzunehmen? Den Magen quasi mit einer Schutzschicht auszustatten, um sich daraufhin ungeniert Deftiges ungestraft einzuverleiben? Gerne hätte ich danach gefragt, zügelte jedoch meine Neugierde, um weiterhin einen guten Eindruck zu erwecken. Denn wenn ich ehrlich war, genoss ich es absolut, von diesem netten, gut aussehenden Mann Komplimente zu hören. Wem hätte das nicht gefallen? Ich fühlte mich um Jahre verjüngt und heiter.

Später, als ich längst in der Heidelberger Villa war, rief Norbert an. Seine Stimme klang traurig. »Ich kann leider am Wochenende nicht kommen.«

»Warum denn nicht?«

»Mutti und Theodor haben sich angesagt.«

Ich schluckte und hoffte, meine Schwiegermutter käme nicht auf die Idee, in Heidelberg oder Mannheim aufzukreuzen.

»Die beiden wollen die Reise besprechen.«

»Ah, sie machen Urlaub?«

»Du weißt schon, die Reise nach Wien, die sie wegen Theodors Unpässlichkeit absagen mussten.«

»Du meinst ihre Hochzeit.« Theodor hatte es vor einer Weile tatsächlich geschafft, um Gustavas Hand zu bitten. Wir wollten alle gemeinsam ab Passau mit einem Schiff nach Wien fahren. Dort war für die Trauung eine katholische Kirche vorgesehen. Denn die hatte zivilrechtlich, sofern sich das traute Paar davor nicht zum Standesamt begab, keine Relevanz. Sie wären vor Gott ein Paar, wie Theodor sich ausgedrückt hatte, aber Gustavas Witwenrente wäre davon nicht betroffen. Eine geniale Lösung, wie mein Mann, der Finanzbeamte, zustimmte. Theodor hatte uns beide dazu eingeladen, unseren Sohn mit seiner Freundin und selbstverständlich seine eigene Enkeltochter, mit der zusammen ich heimlich das Kennenlernen des Paares eingefädelt hatte. Aber kurz vor der Reise rief Gustava bei uns an. Theodor war wegen akuter Brustschmerzen mit dem Rettungswagen in die Chest Pain Unit der nächstgelegenen Klinik unterwegs. Dort wurde er versorgt und gründlich untersucht. Mit zwei Stents, die ihm während einer Herzkatheter-Untersuchung eingesetzt wurden, konnte er nach ein paar Tagen die Klinik verlassen. Seine Gusti, wie er meine Schwiegermutti liebevoll nannte, kümmerte sich rührend um ihn.

»Theodor hat sich bestens von dem Vorfall erholt. Die beiden wollen die Reise unbedingt nachholen.«

Die Idee, von Passau aus nach Wien mit einem Flusskreuzfahrtschiff zu reisen, erschien mir verlockend, zumal es die Wiederholung einer Reise wäre, die ich mit Norbert vor einer Weile bereits unternommen hatte.

»Schade, dass du am Wochenende nicht kommen kannst, Schatz«, sagte ich pflichtschuldig.

»Ach, Edelgard, ich vermisse dich so sehr.«

Mich oder meine Kochkünste, das war die entscheidende Frage, die mir spontan in den Sinn kam.

»Aber du wirst nicht alleine sein. Mutti ist ja bei dir«, tröstete ich ihn. In Gedanken plante ich mein Wochenende ohne ihn.

16

Meine erste Kundin an diesem Morgen war strenggenommen keine Kundin. Noch während ich meine Tasche in dem Fach unter der Kasse verstaute und meine Schuhe gegen bequeme Treter tauschte, bemerkte ich, dass ich nicht mehr alleine im *Bücherhimmel* war. Ich hob den Blick. Luisa. Au Backe! Hatte die mich gestern Abend heimlich beobachtet und kam nun her, um mich auszuquetschen, mit wem ich essen war? Eine Befragung durch Luisa kam der spanischen Inquisition gleich. Derart früh am Morgen war ich völlig unvorbereitet auf ihren Überfall. Hoffentlich quetschte sie nichts aus mir heraus, was ich eigentlich gar nicht preisgeben wollte.

»Luisa!« Ich versuchte, ein möglichst harmloses Lächeln hinzukriegen. »So früh schon? Magst du einen Kaffee? Ich habe den Automaten noch gar nicht eingeschaltet.«

»Kaffee?« Sie wirkte abwesend. »Ja, meinetwegen.«

Was war denn da im Busch? Sonst sagte sie einem Koffeinshot immer unumwunden zu. War sie womöglich überhaupt nicht wegen mir da? Lastete etwas anderes auf ihrer Seele? Sie erweckte durchaus einen bedrückten Eindruck.

Während ich am Kaffeeautomaten hantierte, verlor ich sie aus meinem Blickfeld, da ich ihr den Rücken zuwandte. Als ich frische Bohnen und Wasser auffüllte, überlegte ich weiter, was der Grund ihres frühen Besuches sein konnte. »Weißt du was? Ich trinke eine Tasse mit dir mit.« Ich verschwieg ihr, dass ich heute Morgen zu knapp dran gewesen war, um mir noch schnell eine zweite Tasse zu genehmigen, bevor ich mit dem Fahrrad zur Straßenbahnhaltestelle fuhr. Nachdem ich die beiden Tassen gefüllt hatte, stellte ich sie auf die Theke. Der Duft erfüllte den gesamten Raum. Luisa schien auf seine anregende Wirkung heute nicht anzusprechen. Sie wirkte abwesend. Ihre Stirn lag in Sorgenfalten.

»Was ist denn los, Luisa?« Ich erschrak. Teilte sie mir gleich eine schreckliche Diagnose mit? So in der Art, sie habe noch drei Monate zu leben, vielleicht auch nur zwei? »Luisa! Sprich mit mir. Du weißt, du kannst mir alles sagen.« Mein Blick sollte aufmunternd wirken, und ich hoffte inständig, es gelang mir. Hatte sie am Ende Liebeskummer? Die Schminke sowie die plötzlich auf Taille genähten Kleider führte ich auf ihren neuen Nachbarn zurück. Gab es Streit zwischen den beiden? Ich führte meine Tasse an den Mund und nahm ganz langsam einen Schluck, um ihr die Größe meines für sie reservierten Zeitfensters zu signalisieren.

Zeitgleich zu einem harten Seufzer strich sie sich mit der Hand über die Stirn. »Ich habe eine Stalkerin.«

Beinahe wäre mir meine Tasse aus der Hand geglitten. »Du wirst gestalkt? Von einer Frau?« Meine Verblüffung hätte nicht größer ausfallen können, denn Luisa galt für mich als der Inbegriff der heterosexuellen Frau. Wirklich nie und nimmer wäre ich auf die Idee gekommen, eine Frau würde sie begehren. Womöglich hatte sie etwas an sich, das mir selbst bislang verborgen geblieben war.

Luisa nickte bekümmert. »Erst war ich mir nicht sicher. Aber nun weiß ich es ganz genau.«

»Du musst unbedingt zur Polizei gehen, Luisa! Stalker können gefährlich werden! Wenn ihr Opfer nicht auf sie eingeht, werden sie aus verschmähter Liebe rabiat! Das passiert immer wieder.«

»Liebe? Um Himmels willen… wo denkst du denn hin?«

»Aber du sagtest doch gerade, du wirst gestalkt! Aber du hast natürlich recht, Besitzdenken hat nichts mit Liebe zu tun. Mir ist bloß nicht das richtige Wort eingefallen. Es ist ja auch noch sehr früh am Morgen, nicht wahr.« Meine grauen Zellen waren noch nicht zur Hochform aufgelaufen.

»Geh fort! Liebe! Besitzdenken! So ein Unsinn. Meine Ideen klaut das Mistweib mir. Verstehst du! Meine Ideen bezüglich der Kräuter. Die verfolgt mich und beobachtet mich ganz genau. Die will ausspionieren, was ich mit den Pflanzen mache. Ich sage dir: Die macht das nach! Aber du weißt Bescheid! Wenn die Dame hier aufkreuzt und dir Kräuterlikör für dein Sortiment anbietet, meldest du dich umgehend. Das ist der Beweis, den ich brauche! Damit habe ich sie.«

Beinahe hätte ich vor Erleichterung gelacht. Es war kein Liebeskummer, der Luisa plagte, niemand wollte sie wie ein Eigentum besitzen, und sie erfreute sich offenbar bester Gesundheit.

»Aber wie kommst du denn darauf?«

Nun, da sie den Anfang gemacht hatte, schien es ihr bereits ein wenig besser zu gehen. Sie griff nach der Tasse und trank sie zur Hälfte leer. »Da ist so eine Frau, die fällt mir schon seit ein paar Tagen auf. Sie ist oft im Heilpflanzengarten, wenn ich dort bin.«

»Ist sie schon da, wenn du kommst, oder kommt sie nach dir?« Mein Ermittlerinstinkt reagierte prompt.

»Das … keine Ahnung. Weiß nicht.«

»Das ist von Bedeutung, Luisa. Du musst darauf achten.«

»Jedenfalls hält sie sich in meiner Nähe und beobachtet ganz genau, was ich mache.«

»Du meinst, welche Kräuter du anschaust. Du erntest dort doch nicht etwa?«

»Ich hab mich für die Pflege der Kräuter gemeldet. Natürlich müssen die zurückgeschnitten werden.«

»Hat sie dich angesprochen?«

»Gott behüte! Ich rede doch nicht mit der. Das ist so eine, dir nur meine Ideen klauen will. Das spüre ich.«

»Und wenn sie sich mit dir austauschen will? Vielleicht weiß sie selbst auch Dinge, die sie mit dir teilen kann. Ihr könntet von so einem Austausch beide profitieren.«

»Die teilt nix mit mir. Die klaut nur, so wie die aussieht. Manchen Menschen sieht man ihren Charakter an, da können die gar nichts dagegen tun.« Sie schloss die Augen und strich mit der Hand über ihr Gesicht. »Es ist eine Katastrophe. Mein Heft mit allen Rezepturen ist weg. Das war sie, ich spüre das.«

»Das Heft mit dem schwarzen Einband aus Wachspapier?«

Luisa nickte bekümmert. »Da steht mein ganzes gesammeltes Wissen drin. Wofür oder wogegen etwas ist, vor allem aber meine Rezepte.«

»Hast du eine Kopie?« Der so oft wiederholte Ausspruch meines Sohns Julian fiel mir ein, der uns ständig einschärfte, den Inhalt unseres PCs zu sichern.

»Natürlich nicht.« Nun kullerten Tränen über ihre Wangen.

»Aber«, versuchte ich, sie zu trösten, »du hast das meiste schon so oft gemacht. Diese Rezepte weißt du doch auswendig.«

Sie schüttelte bekümmert ihren Kopf. »Gedächtnis wie ein Sieb. Ich merke mir nichts, ich schreibe alles auf. Ich steh puddelnackisch da. Weschd, wie ich määän?« In besonders emotionalen Momenten drückte sie sich dialektal aus.

Ich bemühte mich darum, Zuversicht auszustrahlen, obwohl mir klar war, welche Katastrophe der Verlust ihrer gesamten Notizen für sie bedeutete. »Jetzt beschreibst du mir ganz genau diese Dame und erzählst mir alles, was du über sie weißt. Das ist der erste Schritt unserer Ermittlungen.«

»Dame ist die keine. Alleine schon, wie die rumläuft. Wie ein Luder, das sag ich dir.« Sie schnaubte verächtlich. »Die trägt so enge Sachen, also nein, so wäre ich nie im Leben herumgelaufen. Auch nicht, als ich jung war und es mir von der Figur her hätte durchaus leisten können.«

Auf dieses Frauenbild der 70er-Jahre des letzten Jahrhunderts wollte ich nicht näher eingehen. Das war die Zeit, als Frauen eingeredet wurde, sie wären selbst schuld, Opfer von sexuell motivierten Übergriffen zu sein, wenn ihre Röcke nicht lang genug waren.

»Jetzt sag mir, wie groß sie ist, wie alt, Haarfarbe und so was, damit ich sie erkenne, falls sie mir über den Weg läuft.«

»Herrje. Da muss ich nachdenken.«

Nach ein paar Minuten stand Luisas Beschreibung fest, nach der diese Person immerhin einigermaßen spektakulär zu sein schien. Mir selbst war die Frau noch nicht im Park aufgefallen. Ich versprach Luisa hoch und heilig, meine Augen weit offen zu halten und sie im Fall des Falles umgehend zu informieren.

»Ahjoh, du meldest dich bei mir, wenn du sie siehst, gell? Dieses Luder bringen wir gemeinsam zu Fall!«

17

Die Stelle am Altneckar war ihm schon vor einer Weile als überaus geeignet in den Sinn gekommen. Früher war er hin und wieder in einen am Fluss gelegenen Biergarten in Seckenheim eingekehrt und danach durch das linksseitig des Neckars gelegene Naturschutzgebiet in Richtung Neckarhausen spazieren gegangen. Es gehörte zu der auf der anderen Flussseite liegenden Inselgemeinde Ilvesheim. Irgendwo hatte er gelesen, die Zuordnung käme daher, weil der Flusslauf in früherer Zeit ein anderer gewesen war. Er bog vom Wörthfelder Weg ab zu den Wiesen unterhalb des Dammes und schlüpfte neben der Schranke vorbei, die Autolenkern das Ende ihrer Fahrt in die Natur verdeutlichte. Ein Schild machte Hundebesitzer auf die Leinenpflicht aufmerksam. Das war ganz in seinem Sinne, so war er vor herumschnüffelnden und laut anschlagenden Vierbeinern sicher. Aber es waren ohnehin ganz wenige Leute unterwegs. Das war einerseits gut, weil er Publikum scheute, andererseits hoffte er auf genau den einen, für den er selbst gekommen war. Aber einer der Vorzüge des Älterwerdens lag in der Geduld, die man lernte. Geduld zahlte sich in vielerlei Hinsicht aus, für diese Weisheit war man in der Jugend wenig zugänglich.

Dort oben auf dem Damm gab es einen Weg, der einen weiten Blick bot. Aus diesem Grund war die ausgekundschaftete Stelle besonders gut für sein Vorhaben geeignet. Längs des Flusses, der an dieser Stelle an die Bedeutung seines Namens, wilder Geselle, vor allem bei Hochwasser erinnerte, wucherte dichtes Gestrüpp. Das war so undurchdringlich, dass kein Durchkommen möglich war. Mit knappem Abstand dazu gab es parallel einen Trampelpfad, der von Joggern genutzt wurde. Bis auf zwei meterhohe Büsche waren die Wiesen bis zum Damm hin frei von Sträuchern. Auf deren Höhe gab es allerdings einen schmalen Pfad zwischen dem hohen Gestrüpp hindurch direkt ans Wasser. Dieser Weg führte durch eine kleine vegetationsarme Senke und war sowohl von den Wiesen her als auch von der gegenüberliegenden Flussseite aus nicht einsehbar. Eine überaus geeignete Stelle für sein Vorhaben. Nachdem er sich vergewissert hatte, von niemandem beobachtet zu werden, positionierte er seine Wildkamera, nicht ohne zuvor das Bluetooth zu aktiveren. Nachdem er in der Senke aus dem allgemeinen Blickfeld verschwunden war, setzte er seinen Rucksack ab und bereitete den Rest vor. Eine geeignete Stelle, an der sich das dicke Seil mit einem Zimmermannsknoten fixieren ließ, war schnell ausgemacht. Wegen der Brombeerranken handelte er sehr vorsichtig, um sich nicht die Haut aufzureißen. Nach der Kontrolle auf seinem Smartphone bezüglich der Verbindung zur Kamera nahm er den kantigen Stein aus seinem Rucksack, mit dem er seine Taten ausführte. Zu guter Letzt zog er dünne Einweghandschuhe an, solche, wie sie Krankenhauspersonal trug. Nun blieb ihm nur noch zu warten. Aber hieß es nicht immer, Vorfreude sei die schönste Freude? Er fühlte ein warmes Kribbeln im Abdomen. Das wurde heute sein Dritter. Die anderen beiden hatten die Bullen längst gefunden, aber es gab keine Hinweise auf ihn. Die tappten bezüglich des Täters komplett im Dunkeln. Es waren dann drei, an denen er seine Rache vollzogen hatte. Drei hielt er für eine gute Zahl. Vor seinem eigenen Ableben sorgte er für die Wiederherstellung der Gerechtigkeit. Diese durchtrainierten Typen gingen davon aus, ihnen gehöre mit ihren Muskelpaketen, die kaum in ihre Anzüge passten, die Welt. Sie trugen das eingebildete Wissen in sich, besser zu sein als die anderen, die Untrainierten, über die sie ihre Witze machten und denen sie sich überlegen fühlten. Das waren die, welche den Kampf der Selbstoptimierung erst gar nicht aufnahmen. Seiner Meinung nach war diese Selbstertüchtigung komplett sinnfrei. In jedem Menschen lauerten Krankheiten, die bei dem einen ausbrachen und bei dem anderen eben nicht. Und im Grab moderten die Trainierten ebenso wie die Untrainierten vor sich hin und wurden von Würmern gefressen und verdaut. *Denn aus Staub bist du und zum Staub wirst du zurückkehren.* So lautete der Bibelspruch, den der Pfarrer bei der Beisetzung seiner Eltern zitierte. Man zerfiel zu Dreck, egal, ob man sich davor in der Muckibude abmühte oder dies bleiben ließ. Genau solche Typen mit ihrem Mehrwertgefühl hatten ihm damals seinen eigenen Start ins Leben nachhaltig versaut. Danach hatte er sich immer nur weggeduckt, um nicht erneut Aufmerksamkeit zu erwecken und sein Fett abzubekommen. Aber nun war endgültig Schluss damit. Von der Bühne des Lebens trat er nicht geprügelt ab, sondern mit dem Wissen, es Kerlen wie diesen heimgezahlt zu haben. Dieses Wissen zauberte ihm ein Lächeln ins Gesicht. Er ging nicht verbittert von der Bühne des Lebens ab, sondern als Held. Als einer, der sich endlich gewehrt hatte.

Aller guten Dinge waren drei. Dies war heute sein Dritter. Die ersten Läufer ließ er passieren. Zum einen, weil sie weiblich waren, und gegen Frauen hatte er schließlich nichts, ganz im Gegenteil, und zum anderen, weil sie nicht in sein Schema passten. So einen abgehungerten kurvenlosen Körper zu erlegen verschaffte ihm keine Befriedigung. Ein richtig Durchtrainierter, das traf es. Genau das verschaffte ihm den Kick, nach dem er sich sehnte. Einer, der für sein lächerliches Muskelpaket alles zu geben bereit war und unzählige Stunden in den Aufbau investierte. Er selbst fand diese Muskelpakete optisch nicht sonderlich ansprechend. Die Polizei tappte bezüglich des Täters komplett im Dunkeln. Zumindest hatten sie ihn nicht auf dem Schirm, denn er blieb bislang völlig unbehelligt, und das sollte auch weiterhin so bleiben. Er war viel zu clever für die. Auch das war Teil seiner Genugtuung. Ob die schon einen Profiler eingeschaltet hatten? Zwei Morde bislang. Gab es Übereinstimmungen, nach denen sie suchten? Bald konnten die ganz lange vergeblich über drei Morden brüten, bis ihre Gehirne qualmten. Aber ihn kriegten sie nicht. Ihm waren sie nicht gewachsen. In dem bisschen Zeit, die ihm noch blieb, führte er die Bullen weiter an der Nase herum. Es war ein Spiel, das ihm immer besser gefiel. Morgen stand er wieder auf den Titelseiten der Zeitungen, wobei nur er allein wusste, dass es um *ihn* ging. Er stand im Mittelpunkt, ohne dass irgendjemand von ihm ahnte, denn er hielt alle Fäden in seiner Hand. Es war sein persönliches Machtspiel. Die gesamte Region hatte Angst wegen des Serienmörders. Das fühlte sich gut für ihn an. Er genoss diese Macht sehr.

Plötzlich übermittelte ihm die Wildkamera über Bluetooth auf sein Smartphone das Foto eines potenziellen Kandidaten. Blitzschnell entschied er, dies sei der richtige für heute. Vielleicht war es doch nicht sein letzter. Nach dreien war nicht immer alles gut. Das war lediglich einer aus einer Vielzahl dummer Sprüche. Ein vierter würde sich finden lassen, einer, der sich für was absolut Besonderes hielt. Den belehrte er eines Besseren, und zwar ziemlich bald. Auch wenn dieses neu erworbene Wissen von sehr kurzer Dauer war. Für den bereitete er etwas ganz Spezielles vor, das würde den Profiler ganz schön aus seinem Konzept bringen. Womöglich ging der von einem Trittbrettfahrer aus. Diese falsche Fährte brachte keinen Anteil zum Erfolg der Ermittlungen. Da er aber jetzt gleich seine persönliche Nummer drei, den Sportler, dazu bringen musste, von seinem Weg abzuweichen und zu ihm in die von außerhalb nicht einsehbare Senke zu kommen, öffnete er eine Tondatei. Eine Frauenstimme rief, leise genug, um nicht auch noch weiter weg gehört zu werden, um Hilfe. Der Typ gab prompt den Ritter, hielt inne, lauschte und kam direkt auf ihn zu, während er, hinter dem Gestrüpp verborgen, darauf wartete, im perfekten Moment ruckartig an dem von ihm drapierten Seil zu ziehen. Der Sportler spielte heute zum letzten Mal den Retter für eine Dame, die sich seiner Meinung nach in Not befand. Es war die perfekte Falle.

Der Jogger machte es ihm komplett leicht. Er stolperte, und nach einem heftigen Schubs fiel er wie geplant voll auf die Schnauze. Bevor der auch nur seinen Kopf heben konnte, um sich zu orientieren, bekam er mit dem kantigen großen Stein einen kräftigen Hieb übergezogen. Die Zeit für einen eigenen Hilferuf bekam er nicht zugebilligt. Um sicherzugehen, dass der Jogger wirklich tot war, schlug er ihm den Stein mit Wucht noch einmal gegen die Schläfe.

Er wartete kurz und tastete wie erhofft vergeblich nach dessen Puls. Dann zog er seine Einweghandschuhe ab, stopfte sie in seine Hosentasche und löste rasch das Seil von dem Stamm. Dabei verletzte er sich leichtsinnig an dem Brombeergebüsch. Ein roter Striemen zog sich quer über seinen Handrücken und brannte nicht schlecht. Er unterdrückte einen Fluch, verstaute Seil und Stein in seinem Rucksack. Ein letzter Blick auf Nummer drei veranlasste ihn jedoch, sich erneut zu ihm zu bücken und die *Smartwatch* von dessen Handgelenk zu lösen und sie dann in seine Hosentasche zu schieben. Dann trat er aus der Senke und dem vor Blicken schützenden Gestrüpp, um mit einer betont lässigen Bewegung die Wildkamera einzustecken. In einiger Entfernung hielt ein Mann einen Dobermann an einer extrem kurzen Leine. Eine Frau nahm nervös ihren Pinscher auf den Arm und rief dem anderen Hundehalter irgendetwas zu. Gut so, die beiden waren mit sich selbst beschäftigt. Mit gleichgültiger Miene schlenderte er gemächlich davon. Irgendwie war er ziemlich gespannt darauf, wie lange es dauerte, bis jemand das frische, noch warme Opfer fand, und machte sich bereit, einen gellenden Schrei wahrzunehmen. Doch als der erklang, befand er sich selbst längst außer Hörweite auf dem Fußweg der Eisenbahnbrücke, die über den Neckar nach Ladenburg führte. Dort, wo der Neckar ein breiter Fluss war, bevor er unmittelbar vor Ilvesheim geteilt wurde.

Auf dem Parkplatz beim nahen Ladenburger Bahnhof warf er seinen Rucksack in den Kofferraum seines Autos, das unauffällig zwischen den Autos der Pendler parkte.

18

Sandra Vollrath traf vor Melanie Härter am Fundort der Leiche ein, so wie sie überhaupt oft vor ihr am Tatort war. Wie die anderen auch hatte sie ihren Wagen vor der Schranke abgestellt und die restlichen Meter zu Fuß zurückgelegt. Als Erste waren die Kollegen vom Kriminaldauerdienst vor Ort gewesen. Denen war das rot-weiß gestreifte Flatterband zu verdanken, mit dem der Fundort abgesperrt war. Wegen der offensichtlichen Parallelen zu den beiden kürzlich erfolgten Morden hatten sie umgehend die *SOKO Athlet* informiert. Zwei Versuche von Passanten, den Toten zu filmen, mussten bereits unterbunden werden. Eine blass wirkende Frau saß mit etwas Abstand auf dem Boden. Ihr kurz angeleinter Hund, ein brauner Zwergpudel, saß zu ihren Füßen.

Melanie Härter fragte bei ihrem Eintreffen zunächst nach dem Rechtsmediziner. »Hallo, Sandra! Ist Doktor Hertold unterwegs?«

Sandra nickte. »Ich habe ihn beim Squash gestört. Er müsste eigentlich auch gleich kommen.«

»Wen muss man verständigen, um das Vorhängeschloss an der Schranke zu öffnen?«

»Ich telefoniere mal.«

»Wir können den ja schlecht zu Fuß bis da vorne hintragen.«

»Klar. Ich kümmere mich darum, dass der Bestatter durchfahren kann.«

»Wer hat den Toten gefunden?«

Sandra wies zu der blassen Frau. »Eigentlich ein Hund. Die Frau ist mit dem Gassi gegangen und hat uns informiert. Sie steht unter Schock. Eine Ärztin ist bereits unterwegs, die nach ihr sehen wird.«

»Hat er Papiere bei sich?«

»In einer Wallet in einer inneren Hosentasche stecken Kreditkarten und sein Ausweis.«

»Die Presse, kümmerst du dich darum?« Melanie blickte auf ihre Uhr. »Es ist zwar knapp, aber es könnte noch klappen, dass die morgen ein Foto in ihrer Ausgabe haben, verbunden mit einem Zeugenaufruf. Du kannst das Foto vom Ausweis nehmen.«

»Ich versuche es.«

Melanie näherte sich der Frau, die etwas abseits auf dem Boden kauerte, und setzte sich behutsam neben sie. »Es kommt gleich eine Ärztin zu Ihnen und kümmert sich um Sie. Fühlen Sie sich in der Lage, mir ein paar Fragen zu beantworten?«

Die Frau blickte wie durch Melanie hindurch und nickte abwesend.

»Haben Sie jemanden in der Nähe beobachtet? Jemanden wegrennen sehen?«

Die Frau schüttelte den Kopf. »Nein. Da war keiner. Ich habe sofort die 110 angerufen.« Sie legte ihre zitternde Hand auf den Kopf des Hundes, der ergeben zu ihr hochblickte. »Egon war bei mir. Wir gehen hier immer um dieselbe Zeit längs.«

»Wie viel Zeit ist bis zu Ihrem Anruf verstrichen?«

»Gar keine. Ich habe gleich gewusst, der ist tot. So, wie der da liegt, war mir das klar. Ich habe trotzdem versucht, seinen Puls zu fühlen, da war aber nichts.«

Melanie ersparte sich die Frage nach der Uhrzeit, die

ohnehin aus dem Anrufprotokoll hervorging, und nahm den Namen und die Adresse auf.

»Wer tut so was? Die Welt ist komplett irre geworden. So etwas macht doch kein normaler Mensch. Der Mann wollte vielleicht bloß pinkeln, und dann schlägt ihn jemand nieder! Ich hätte den gar nicht gesehen, wenn Egon nicht angeschlagen hätte.«

Eine Frau mit einem Arztkoffer, die von den Kollegen des Kriminaldauerdienstes durch die Absperrung gewunken wurde, blickte sich suchend um. Melanie erhob sich und ging auf sie zu. »Sind Sie die Ärztin?«

Die Frau nickte. »Doktor Fischer. Man sagte mir, hier sitzt eine Frau, für die ich gerufen wurde.«

»Ja, genau.« Melanie wies ihr die Richtung. »Ich tippe auf einen Schock. Sie hat das Opfer gefunden.«

»Gut. Ich kümmere mich um sie.«

Das gedankenlos hingeworfene »gut« kommentierte Melanie nicht, denn die Ärztin hatte es gewiss nicht so gemeint. Für die Frau, die da wie ein Häufchen Elend saß, war nämlich überhaupt nichts gut. Melanie hoffte, die Ärztin fände im weiteren Umgang mit der Frau passendere Worte.

In der Nähe der Leiche des Mannes standen zwei Spurensicherer im weißen Schutzanzug. Sie hielten durchsichtige Asservatentaschen in den Händen.

»Wonach sieht es aus?«, fragte Melanie den Kollegen Bertram Asshold vom Kriminaldauerdienst, der Abstand hielt, um keine Spuren zu verwischen.

»Verdammt ähnlich wie bei den beiden letzten Fällen. Wieder ein Sportler. So wie es auf mich wirkt, war er beim Lauftraining. Das Opfer hat eine Wunde am Hinterkopf.« Er nickte über Melanies Schulter dem eintreffenden Rechtsmediziner zu. »Doktor Hertold! Hallo.«

»Kundschaft knapp nach Feierabend.« Der Arzt steckte selbst in Sportkleidern. Er rückte seine runde Brille zurecht. »Na, dann wollen wir mal.« Aus seiner Tasche nahm er Schuhüberzieher sowie einen weißen Schutzanzug. Nachdem er beides übergestreift hatte, wandte er sich an die Spurensicherer. »Ich schaue mir den mal genauer an.«

Nach einer Weile kam er zurück zu Melanie Härter. »Vermutlich war ein heftiger Schlag auf den Hinterkopf todesursächlich oder der gegen die Schläfe. Mehr kann ich dazu erst sagen, wenn ich ihn auf dem Tisch habe. Ist schon ein Bestatter für den Transport beauftragt?«

Bertram Asshold übernahm die Antwort. »Der kommt, wenn wir hier fertig sind, und übernimmt die Leiche. Er befindet sich quasi im Stand-by-Modus. Übernimmt heute noch jemand in Heidelberg?«

»Ich kümmere mich persönlich darum.« In Gedanken notierte er, seiner Frau Bescheid zu geben, dass es bei ihm heute spät werden könnte. Dabei war sie heute schon dran gewesen, ihre Tochter aus der Betreuung abzuholen, wohin die nach der Schule ging. Aus dem gemeinsamen Abend bei einem Glas Wein wurde heute wohl nichts mehr. Er musste, sobald er in der Rechtsmedizin war, den Toten seiner Kleidung entledigen. Auf dem T-Shirt hatte er bereits Blutspuren wahrgenommen. Die konnten sowohl vom Opfer als auch vom Täter stammen. Das Kleidungsstück musste umgehend in einem Asservatenbeutel in den Trocknungsschrank des kriminaltechnischen Instituts gebracht werden. Mit etwas Glück fanden sich DNA-Spuren des Täters darauf. Auch wenn es sehr spät werden würde, nahm er sich vor, die Obduktion noch heute durchzuführen. Dann fiel ihm noch etwas ein, und er wandte sich an Melanie. »Die Person, die den Toten gefunden hat, ist die noch hier? Hat sie ihn berührt?«

Melanie nickte. »Sie hat nach dem Puls getastet.«
»Dann hat sie Spuren hinterlassen, die sich ihr zuordnen lassen. Ich bitte sie um eine DNA-Probe.«

19

Zum Glück saß ich. Und zwar in der Straßenbahn. Wir waren nur noch wenige Stationen von Neuostheim entfernt, wo ich immer in die Linie umsteige, die direkt am Haupteingang des Luisenparks hält. Der Mann, der in Seckenheim am Alten Rathaus hinzukam und den Platz mir gegenüber einnahm, schlug seine Zeitung auf. Als er sie hochhielt, erregte ein Foto meine Aufmerksamkeit. Ich kannte den Abgelichteten! Der junge Mann war gestern am späten Nachmittag mit dieser Linie gefahren. Und zwar in die Gegenrichtung, auf meinem Heimweg. Ich hatte ein wenig früher Schluss gemacht, mich von Luca ablösen lassen und wunderte mich noch, weil der Mann in der Straßenbahn Laufklamotten trug. Er fragte mich, wo er aussteigen muss, wenn er nach Ladenburg laufen wolle. Dort gäbe es einen schönen Weg nach Heidelberg, von wo aus er mit der S-Bahn zurück in sein Hotel in den Mannheimer Quadraten fahren wolle. Er nehme an einem Mediziner-Treffen teil und wolle sich nun am Abend körperlich ein wenig auspowern, um den Kopf freizukriegen. Wir unterhielten uns eine kurze Weile sehr angenehm. Der Mann war mir in seiner offenen Art auf Anhieb sehr sympathisch. Am OEG-Bahnhof Seckenheim verließ er auf meinen Rat hin mit mehreren anderen Fahrgästen gemeinsam die Straßenbahn, und ich sah ihm hinterher. Leichtfüßig, wie es der Jugend beneidenswerterweise zu eigen ist, startete er los in Richtung des Naturschutzgebietes am Altneckar. Als sich die Bahn in Bewegung setzte, verlor ich ihn schon bald aus meinem Blickfeld.

Und nun prangte sein Bild auf der ersten Zeitungsseite. Ich beugte mich vor, um genau lesen zu können.

Mein Gegenüber musterte mich. »Hawwe Sie keine eigene Zeitung? Die gibt es am Kiosk zu kaafe!«

»Was ist mit dem Mann auf dem Foto?«, fragte ich unbeirrt.

Er wendete die Ausgabe. »Ach, der. Den hawwe sie gestern umgebracht. Der ist tot.«

Mein Mund wurde spontan trocken. »Was?«

»Steht doch da. Das ist ein Aufruf. Wer ihn am Tag des Mordes gesehen hat, soll sich bei der Polizei melden.«

Die Trockenheit kroch meinen Hals hinunter. Mit zittrigen Händen fischte ich mein Smartphone aus der Tasche. »Darf ich das abfotografieren?«

»Wenn es sein muss«, brummte er. »Ist übrigens schon der Dritte, den sie umgebracht hawwe.«

»Was?«

»Lesen Sie denn nie die Zeitung? Da draußen rennt einer rum, der junge Kerle umbringt. Ich frage mich, wie viel der noch ermordet, bis sie den endlich mal einbuchten.«

Wie betäubt verließ ich in Neuostheim die Bahn. Die fünf Minuten an der frischen Luft, bis mein Anschluss eintraf, taten mir gut. Ich stützte mich mit beiden Händen am Übergang für die Fußgänger ab und versuchte, mich zu beruhigen. Eine Gruppe Jugendlicher trottete vorbei. Waren denn schon wieder Ferien? Keine Ahnung. Aber dass ich mich vorgestern mit einem Mann unterhalten hatte, der kurz danach ermordet worden war, das war eine hässliche Gewissheit, welche ich kaum zu ertragen vermochte. Als ich in meine neue Bahn einstieg, zitterten meine Knie, und ich suchte einen Sitzplatz. Immer noch in Gedanken, verließ ich die Bahn direkt am Haupteingang zum Luisenpark und querte die Straße. Ich hielt meine Einlasskarte vor das Lesegerät am Eingang, worauf dieser für mich passierbar wurde. Die Aufsichtsperson nickte mir freundlich zu. Trotz der frühen Uhrzeit war ich nicht die Erste im Park, ganz im Gegenteil waren schon etliche Besucher hier. Die großen Staudenbeete, an denen ich in unmittelbarem Anschluss vorbeiging, standen in voller Blüte, wie immer hatten die Gärtner ein zauberhaftes Arrangement angelegt. Man konnte regelrecht von einer wahren Blumenlust sprechen, denn sie boten Anregungen für alle Sinne. Sie sahen betörend aus, bezauberten mit ihrem Duft, und es gab Blüten, die waren sogar essbar. Die Blüten wetteiferten in ihrer Schönheit miteinander, so, als wäre überhaupt nichts passiert. Als gäbe es nicht für mich diese unmittelbare Verbindung zu einem entsetzlichen Ereignis mit dem Opfer eines furchtbaren Verbrechens. Es schien alles auf eine gewisse Art unwirklich. Der Weg führte mich weiter an dem Naturgarten vorbei, den ich besonders mochte. Auch hier war alles wie immer, obwohl doch etwas Ungeheuerliches geschehen war. Ein Mord an einem jungen Mediziner. Ein Kardiologe, das war in dem Zeitungsartikel gestanden. Sicher war der am Beginn einer Karriere gestanden, in deren weiterem Verlauf er vielen Menschen zu helfen vermocht hätte. Noch am Freizeithaus vorbei, und dann war ich auch bald angekommen an der Freizeitwiese und damit bei meinem *Bücherhimmel.* Da wollte ich ganz schnell rein, mich hinsetzen und in Ruhe mit der Polizei telefonieren.

Drinnen wischte ich über das Display meines Smartphones und vergrößerte den abfotografierten Zeitungsausschnitt. Bei dem Aufruf war eine Telefonnummer angegeben, die ich nun mit zittrigem Finger eintippte.

»Können Sie rasch zu uns kommen? Ihre Aussage ist sehr wichtig.«

»Ich kann hier nicht weg.«

»Wo sind Sie denn?«

»Im Luisenpark, in dem Buchgeschäft in der Nähe des Freizeithauses. *Bücherhimmel* heißt das.«

»Da, wo die Seilbahn während der Bundesgartenschau abgefahren ist?«

»In etwa. Wenn Sie genau da stehen, wo die abfuhr, sehen Sie den *Bücherhimmel*.«

»Ich schicke Ihnen jemanden vorbei, der Ihre Aussage aufnimmt. Vielen Dank für Ihren Anruf!«

Kaum hatte ich ein Glas Wasser getrunken, nahm mich auch schon Kundschaft in Beschlag und lenkte mich ab. Deshalb kam es mir ziemlich schnell vor, als eine mir bestens bekannte Frau den *Bücherhimmel* betrat. Die eine, die mich im vorletzten Sommer zur »Befragung« in die Kriminalpolizeidirektion nach Heidelberg abgeholt hatte, als Julians Freundin Frida spurlos verschwunden war. Aus der Befragung war sehr schnell eine Vernehmung geworden und die hatten mich sogar in Untersuchungshaft gesteckt. Komplett absurd! Ausgerechnet diese Person besaß die unglaubliche Chuzpe, erneut in meinen *Bücherhimmel* zu kommen. Wie damals trug sie Jeans und Lederjacke. Darunter zeichnete sich ein Schulterholster ab. Ihre langen Haare trug sie im Nacken zu einem Zopf geflochten.

»Tag, Frau Buchmann. Meinen Namen kennen Sie ja. Wir sind uns schon mal begegnet.«

Sollte das ein Witz sein? Wenngleich ein nicht sehr gelungener. Selbstverständlich erinnerte ich mich an diese Melanie Härter. Meine Nackenhärchen stellten sich auf. Bei dieser Frau legte ich vorsorglich jedes Wort auf die Waagschale. Womöglich verdächtigte sie mich erneut! War es ein Fehler, den es bald schon zu bereuen galt, mich als Zeugin zur Verfügung gestellt zu haben? Zweifel überfielen mich und ließen sich nicht abschütteln.

»Sie haben bei uns angerufen. Ich war in der Nähe, deshalb bin ich zu Ihnen gekommen. Außerdem weiß ich ja, wo Sie zu finden sind.«

Mathematisch betrachtet ergibt Minus mal Minus eine positive Zahl. Jedoch ergeben zwei schlechte Witze zusammengenommen definitiv keinen guten. »Der ermordete Mann auf dem Foto in der Zeitung, ich habe den gestern gesehen, in der Straßenbahn. Der hat mich gefragt, wo er aussteigen soll, wenn er am Altneckar längs nach Ladenburg laufen will. Von dort wollte er weiter nach Heidelberg. Wir haben uns ein wenig unterhalten.«

»Frau Buchmann, Sie sind womöglich die letzte Person, die das Opfer lebend gesehen hat, oder zumindest die, die mit ihm gesprochen hat. Einiges spricht dafür. Was Sie zu sagen haben, ist von enormer Wichtigkeit. Können Sie den Laden kurz schließen?«

Ich entnahm der Schublade meines Tresens das »Geschlossen«-Schild, welches sie mit dem daran befestigten Saugnapf von innen an die Glastür drückte. Ihre Bewegungen zeugten von kalkulierter Entschlossenheit, da war nichts Überflüssiges dabei. Es wirkte auf mich wie eine Art von effizienter Energiekontrolle.

»Sie haben nichts dagegen, wenn ich Ihre Aussage aufzeichne?« Schon hatte sie ihr Smartphone in der Hand und die Aufnahmefunktion gestartet.

Ich nickte. »Wie hieß der Mann?«

»Weshalb wollen Sie das wissen?«

»Er war nett. Sehr sogar. Ich muss öfters an ihn denken. Er war bestimmt ein guter Arzt. So einer, wie man ihn sich wünscht, mit Empathie. Einer, für den man nicht bloß eine Nummer ist. Der auch den Menschen sieht, der zu ihm in die Praxis kommt und seine Hilfe sucht. Einer, der sich Zeit nimmt. Auch, wenn er sie nicht immer mit der Kasse abrechnen kann.«

»Dazu können wir seine Patienten befragen. Von Ihnen will ich jetzt ganz genau den Ablauf der Begegnung mit Volker Hartweg wissen. In den Pressemitteilungen wird er Volker H. genannt. Sie halten sich bitte ebenfalls daran. Woher wissen Sie, dass er Arzt war?«

»Er hat es mir erzählt. Das war überhaupt der Grund für seinen Aufenthalt, denn er nahm an einer Fortbildung für Kardiologen an einer der Kliniken teil.« Ich verkniff mir eine Bemerkung darüber, ob die Journalisten nicht schon auch längst den vollen Namen herausbekommen hatten! Dazu musste man wirklich nicht Journalismus studieren. Zwei, drei Klicks im Internet, und man landete bestimmt bei dem Webauftritt seiner Praxis. Um mich besser konzentrieren zu können, schloss ich die Augen und versuchte, mich an unseren Dialog zu erinnern. Ich gab alles wieder, was mir einfiel, und versuchte dabei, möglichst genau zu sein. Zusätzlich zum Mitschnitt unseres Gesprächs machte sich die Kommissarin Notizen.

»Was trug Herr Hartweg?«

»Laufklamotten.«

»Genauer.«

»Eine anthrazitfarbene Hose. Und ein blaues T-Shirt mit dem Logo des Treffens, an dem er in Mannheim teilnahm. Das war so ein stilisierter Pulsschlag, als Grafik gestaltet.«

»Ist Ihnen weiter etwas aufgefallen? Denken Sie nach.«

»Eine Uhr am linken Handgelenk. So eine, mit der man den Puls und alles Mögliche messen kann. Es gibt sogar welche, mit denen kann man telefonieren. Mein Sohn …«

»Frau Buchmann, bleiben Sie bei Herrn Hartweg.«

»Mein Sohn hat die gleiche.«

Sie wirkte plötzlich angespannt. »Von welchem Hersteller ist die?«

Nun war diese Uhr also doch interessant für sie. Aber erst

mal versuchen, mich abzuwürgen! Diese Person nervte mich unsäglich mit ihrem überheblichen Verhalten. Zwischen uns beiden stimmte die Chemie überhaupt nicht. Die tat gerade so, als ob man meinen Redefluss ausbremsen müsste. Behandelte die mich wegen meines Alters so? Galt man für die ab 55 Jahren schon als Seniorin, die nicht mehr ganz so fit im Kopf ist wie sie selbst? Dabei wird man schneller älter, als einem lieb ist. Und ehe man es sich versieht, gehört man selbst der Generation an, die man zuvor noch belächelt hat.
»Keine Ahnung. Er wollte meinem Mann auch eine zu Weihnachten schenken, aber …«

Sie unterbrach mich erneut. Diese Frau und ich werden keine Freundinnen mehr in diesem Leben, so viel stand fest. Die deutete nämlich meiner Meinung nach alles, was von mir kam, grundsätzlich falsch. Ich bezog mein Wissen schließlich aus unzähligen Krimis, die ich las und im Fernsehen verfolgte! Dabei müsste sie mir als Ermittlerin doch eigentlich neutral gegenüberstehen. Mein Eindruck, dass sie mich ganz unprofessionell nicht leiden konnte, verstärkte sich. Was ein Witz war, denn wie oft hatte ich schon zu hören bekommen, ich hätte eine überaus sympathische Ausstrahlung! An dieser Frau allerdings prallte die ab wie Wasser vom Blatt einer Lotuspflanze. Es war so offensichtlich, dass sie mich nicht leiden konnte. Aus welchem Grund auch immer.

»Können Sie Ihren Sohn anrufen?«

»Weshalb?«

»Wegen des Herstellers. Das Opfer trug nämlich keine Uhr mehr.«

Das war für mich eine Gelegenheit, mich ebenfalls pampig zu geben, quasi als Retourkutsche für ihre Unterbrechungen. »Mein Sohn hat vormittags oft Besprechungen. Da findet er es nicht wirklich prickelnd, von seiner Mutter angerufen zu werden. Was denken Sie, wie das auf seine Kollegen wirkt?«

»Schreiben Sie ihm eine Nachricht.«

Ich gab mich geschlagen und öffnete die App des Messengerdienstes, auf der ich mit ihm chatte. »Hi Julian, von welcher Firma ist deine *Smartwatch*?«

Ein ploppender Wassertropfen zeigte akustisch umgehend die Antwort an. Ich hielt sie dieser Melanie Härter unter die Nase.

Sie nickte. »Haben Sie jemanden beobachtet, der Herrn Hartweg gefolgt ist?«

Ich hoffte, sie frage nicht als Nächstes, ob ich ebenfalls ausgestiegen war und ihm folgte, denn ich traute ihrer sogenannten Kombinationsgabe durchaus erneute Fehlschlüsse zu. »Da sind mehrere Leute aus der Bahn raus. Ich selbst bin bis Heidelberg drin sitzen geblieben«, ergänzte ich vorsorglich und hoffte gleichzeitig, sie glaube mir.

»Hatten Sie den Eindruck, er wäre verabredet? Er wolle unterwegs jemanden treffen? Vielleicht auf der Ladenburger Seite des Neckars?«

»Keine Ahnung. Gesagt hat er jedenfalls nichts dazu.«

»Die Uhrzeit, Frau Buchmann. Wann verließ Herr Hartweg die Bahn?«

»Die 5, ab Neuostheim. Ich steige da immer um aus der Linie 6.«

»Wie spät war es?« Schon wieder versuchte sie nicht einmal ansatzweise, ihre Ungeduld zu verbergen.

»Ich habe gestern früher Schluss gemacht. Es könnte so um 16.30 Uhr herum gewesen sein, als er ausstieg.«

»Genauer?«

»Eher kurz danach. Vielleicht fünf Minuten später.«

Melanie Härter legte ihre Visitenkarte auf den Tresen. Mit festen Schritten eilte sie zur Tür und entfernte das »Geschlossen«-Schild. Mit den Worten »Wenn Ihnen noch was einfällt, Frau Buchmann, rufen Sie mich umgehend an. Alles kann wichtig sein!« verließ sie das Geschäft.

Wie um mich daran festzuhalten, griff ich nach meinem Schild. Nun hatte ich immerhin einen Namen für diesen Mann, der, so wie es sich darzustellen schien, vor seinem gewaltsamen Tod sein letztes Gespräch mit mir geführt hatte. Aber wer sagte denn, dass er vom Täter vor seinem Tod nicht in ein Gespräch verwickelt wurde? Erst jetzt fiel mir auf, dass diese Polizistin sich gar nicht dazu geäußert hatte, wie der Arzt genau ums Leben kam, und ich hatte völlig vergessen, sie danach zu fragen. Wurde er erschossen? Oder wurde er ohnmächtig in den Neckar gestoßen und ist ertrunken? Momentan war der Wasserstand des Altneckars zwar niedrig, aber im Zustand der Bewusstlosigkeit konnte eine Pfütze zur Todesfalle werden, wenn man mit dem Gesicht nach unten lag. Musste der nette Arzt vor seinem Tod leiden oder ging es für ihn schnell? Diese Fragen ließen mir keine Ruhe. Aber was hatte der Mann vorhin in der Bahn noch gesagt? Das war schon der dritte Mord an einem jungen Mann? Zum Glück arbeitete mein Sohn nicht mehr in Mannheim. Hatte ich sonst junge Männer in meinem Bekanntenkreis? Florian! War der womöglich gefährdet? Dieser Arzt war beim Joggen getötet worden. Betrieb Florian Laufsport? Ich überlegte hin und her, ob ich ihn im vorletzten Jahr, als ich den ganzen Sommer über hier war, mal im Sportdress gesehen hatte, konnte mich aber nicht daran erinnern. Menschen ändern allerdings auch ihre Gewohnheiten, nicht wahr? Trotzdem konnte ich mir nicht vorstellen, Florian habe sich dahingehend verändert, sportlich geworden zu sein. Florian war also von daher nicht in Gefahr. Wer um alles in der Welt sollte ihm etwas Böses wollen? Plötzlich fiel es mir siedend heiß ein. Weshalb hatte ich nicht sofort an ihn gedacht? Luca!

Der sah im Gegensatz zu Florian ziemlich athletisch aus. Ich musste Luca unbedingt warnen, vorsichtig zu sein! Auf keinen Fall sollte er alleine joggen!

20

Melanie achtete darauf, sich außer Hörweite des *Bücherhimmels* und anderer Besucher des Parks zu befinden, als sie den Leiter der *SOKO Athlet* anrief. Diese war seit dem aktuellen Vorfall auf 80 Leute aufgestockt worden. Sie arbeiteten nach diesem dritten Mord unter Hochdruck an der Aufklärung und wurden dabei von den Spezialisten des Landeskriminalamtes in Stuttgart unterstützt. Es galt, unbedingt einen weiteren Mord zu verhindern, indem sie endlich den Täter fassten. Klaus Meinhardt hatte Erfahrung im Leiten solcher Sokos und war auch dieses Mal wieder eingesetzt worden. Ein forensischer Fallanalytiker aus dem Landeskriminalamt in Stuttgart unterstützte sie direkt vor Ort. Bislang gab es keinerlei Hinweise auf den Täter. DNA-Abgleiche mit diversen Datenbanken hatten keine Ergebnisse erbracht, wobei noch nicht einmal klar war, ob bei den Spuren auf den Opfern überhaupt die DNA des Täters dabei war. Sie vermuteten jemanden, der bis vor der Mordserie nicht kriminell tätig geworden war und dessen Daten nicht vorlagen. Das begründete den Verdacht des Fallanalytikers, im Leben des Täters habe sich etwas Außergewöhnliches ereignet, das ihn zu diesen Taten trieb. Ein Verlust womöglich. Auf jeden Fall ein Auslöser für eine tiefer gehende Lebenskrise.

»Klaus, hör zu. Unser letztes Opfer besaß eine *Smartwatch*. Das hat mir eine Zeugin soeben berichtet, die ihn unmittelbar vor dem Mord in der Straßenbahn gesehen und mit ihm gesprochen hat. Sie hat sich auf unseren Aufruf hin gemeldet, und ich war soeben bei ihr. Wir haben keine *Smartwatch* bei ihm gefunden, das heißt, der Täter hat sie ihm vermutlich abgenommen. Setz bitte jemand dran, der sich beim Hersteller nach einer Cloud erkundigt, in der die Daten automatisch übermittelt werden. Vielleicht haben wir Glück und unser Mann hat der Übermittlung seiner Daten nicht widersprochen.«

»Damit hätten wir den exakten Todeszeitpunkt.«

»Zumindest den Zeitpunkt, zu welchem ihm die Uhr abgenommen wurde.«

»Sandra soll sich sofort darum kümmern.«

»Alles klar.« Melanie nannte ihm den Hersteller, drückte das Gespräch mit ihrem Chef weg und begab sich auf den Weg zum Ausgang. Der Park war voll mit fröhlichen Menschen. Einige Kinder mit dickem Windelpopo erweckten mit ihrem wackeligen Auftritt den Anschein, sie probten ihre allerersten Schritte im Park. Melanie wich mehreren gut gelaunten Grüppchen von Personen aus. Sie selbst hatte doch tatsächlich am Einlass ihren Dienstausweis vorzeigen müssen, um zu belegen, dass ihr Besuch dienstlich war und sie, ohne den Eintritt zu berappen, Einlass bekam. Das Lächeln des jungen Mannes geriet schief, als sich ihre Jacke beim Griff in die Hosentasche verschob und er die Waffe im Schulterholster sah. Immerhin ließ er sie daraufhin sofort und ohne weitere Fragen zu stellen passieren. Als sie jetzt durch das Drehgitter hinausging, um den Park zu verlassen, gab er eine Spur zu betont vor, sie nicht zu bemerken.

Ihr Wagen parkte bei dem großen Technikmuseum auf der anderen Straßenseite. Einen kleinen Stich zwar nur, aber immerhin einen, den sie registrierte, versetzte es ihr, als ihr Blick das Museum streifte. Als ihr Sohn klein war, war sie an Wochenenden oft mit ihm darin zu Besuch gewesen. Vor allem die Dampflok hatte es ihm als Steppke angetan. Wie lange war das her? Im Nachblick kam es ihr vor wie ihr halbes Leben. Das ging sich zwar rein rechnerisch für die Mittvierzigerin nicht ganz genau auf. Aber was waren schon ein paar wenige Jahre hin oder her? Ihre Eltern hatten sie von Anfang an unterstützt, war sie doch schnell alleinerziehend gewesen. Vor allem ihr Vater war immer noch der stolzeste Großvater der gesamten Bergstraße. Damit hatte ihn seine Frau immer geneckt. Felix war heute ein junger Mann und ging längst eigene Wege. Was er ihr als kleine Auszeit angekündigt hatte, erwies sich nun als ein längeres Fernbleiben. Er hatte sich unmittelbar nach seinem Abitur nicht mit einem einzigen »Work-and-Travel-Jahr« in Australien begnügt, sondern war jetzt im zweiten Jahr immer noch dort. War es andererseits nicht genau das, was sie sich für ihn gewünscht hatte? Dass er seinen ganz eigenen Weg im Leben fand? Aber warum genau am anderen Ende der Welt, derart weit weg von ihr? Als sie sich am Fuße der Treppe befand, die zum Eingang des Museums hochführte, war eine Kindergartengruppe dabei, diese zu erstürmen. Dem Alter nach waren sie in ihrem letzten Vorschuljahr. Die Vorfreude war den lebhaften Kleinen anzumerken. Die Erzieherinnen hatten ihre liebe Mühe, den Haufen zusammenzuhalten. Der Stich ins Herz ging nun doch tief und schmerzte. Sie hatte ihren Felix seit beinahe zwei Jahren nicht mehr in den Arm nehmen können. Diese Videotelefonie war zwar ganz nett, aber eben doch kein vollwertiger Ersatz für persönliche Begegnungen. Wenn sich das mit seinem Aufenthalt in Australien noch länger hinzog, musste sie doch noch ihre Flugangst überwinden und diesen ewig langen Flug in Angriff nehmen. Wovor ihr jetzt schon graute. Sie schob die schmerzlichen Gedanken über die Abwesenheit ihres Sohnes beiseite. Sie musste sich auf den Fall konzentrieren. Es galt unbedingt zu verhindern, dass der Täter ein weiteres Mal zuschlug. Melanie war sich aufgrund ihrer langen Berufserfahrung sicher, es handelte sich bei allen drei Morden um ein und denselben Täter. Verdammt noch mal, es gab keinen noch so winzigen Anhaltspunkt dafür, wer dieser Scheißkerl war!

21

So genau konnte ich es mir selbst nicht erklären, weshalb ich mich spontan dazu entschloss, abends während der Heimfahrt an der Haltestelle OEG-Bahnhof in Seckenheim die Straßenbahn zu verlassen. Es war irgendwie so ein plötzlich einsetzendes Bauchgefühl, das mich dazu brachte und dem ich nachgab. Das Schicksal von Volker Hartweg ging mir ziemlich unter die Haut. Natürlich hatte ich, kaum dass die Kommissarin den *Bücherhimmel* verließ, seinen Namen in eine Suchmaschine eingegeben. Auf dem Webauftritt seiner Gemeinschaftspraxis reihte er sich mit Kollegen sowie Mitarbeiterinnen auf einem Foto auf. Sie trugen alle das gleiche T-Shirt mit einem Pulsschlag als Grafik auf Brusthöhe. Außerdem hatte er einen Account in einem sozialen Netzwerk. Auf den Fotos dort war er mit einer Frau zu sehen, die ziemlich nett wirkte. Aufgrund der Vielzahl der Fotos schloss ich, die beiden waren ein Paar. Ich folgte der Straße weg von der Haltestelle nach unten an den Altneckar. Zur linken Seite des Flusses erhob sich ein Stück weiter vorne das Seckenheimer Schloss. Aber mein Weg führte mich nach rechts, in Richtung Neckarhausen. Dort gelangte man nämlich über eine Brücke nach Ladenburg. Die Eisenbahnbrücke verfügte über einen Fußweg, so viel wusste ich von einem früheren Ausflug her, als ich mit meinem Mann Norbert Urlaub an der Bergstraße gemacht hatte, wozu Ladenburg gehört. Nicht weit weg von der Brücke wurde der Neckar geteilt in den schiffbaren Neckarkanal und in den Altneckar, an dem ich gerade entlangging. Auf der gegenüberliegenden Seite lag Ilvesheim, das durch die Teilung des Neckars tatsächlich zu einer Insel geworden war. In Mannheim, am Ende der Maulbeerinsel, wurden beide wieder vereint. Ob vielleicht von Ilvesheim aus jemand die Tat beobachtet hatte? Auf dem dortigen Damm gab es einen hübschen Fußweg, zu dem ich hinüberblickte. Momentan zumindest war dort niemand unterwegs. Außer ein paar Schafen, die auf den Wiesen, die zum Fluss führten, grasten und die ich als weiße Flecken wahrnahm. Aber hätte ein Augenzeuge sich nicht bei der Polizei gemeldet? Oder einen Notruf abgesetzt?

Bis zur Eisenbahnbrücke in Neckarhausen wollte ich aber gar nicht gehen, auch wenn es in Neckarhausen Cafés oder immerhin Bäcker gab, wenn ich mich recht entsann. Aber es war vor der Corona-Pandemie gewesen, als ich mich dort umsah. Womöglich hatten die Einrichtungen den tiefgehenden Einschnitt nicht überstanden. Ich wollte nicht riskieren, vergeblich dorthin zu spazieren. Es musste ohnehin ein ganzes Stück vor den ersten Häusern von Neckarhausen geschehen sein, noch hier auf den Neckarplatten, die, wie ein Schild auswies, ebenfalls zu Ilvesheim gehörten.

Ein paar Radfahrer, die zu dritt nebeneinander fuhren, überholten mich am Wörthfelder Weg. Ich bog ab auf den Damm und folgte dem Weg darauf, der längs des Neckars durch das Naturschutzgebiet führte. Dort musste es dem Zeitungsartikel nach, den ich abfotografiert hatte, geschehen sein. Ich blickte um mich. Plötzlich wurde mir doch ein wenig mulmig zumute. Bislang waren die Opfer junge Männer gewesen. War das jedoch tatsächlich eine Garantie dafür, dass der Serienmörder, von dem meiner Meinung nach auszugehen war, mir nichts antat? Ich atmete tief ein und langsam wieder aus. Weshalb sollte er mich angreifen? Außerdem war er längst auf und davon, der war vermutlich nicht so doof und hielt sich nach Tagen noch immer in der Nähe des Tatorts auf. Obwohl ich in Fernsehkrimis schon gesehen hatte, dass Täter die Ermittlungsarbeiten beobachteten. Aber die Spurensicherer waren in dem Fall, um den es hier ging, längst abgezogen. Die hatten alles genau untersucht und waren wieder weg. Die Wahrscheinlichkeit, den Mörder hier zu treffen, ging, nüchtern betrachtet, gegen null. Das betete ich mantramäßig vor mich hin, als ich den Fußweg entlangging. Weit und breit war niemand zu sehen. Ich war allein. Die Anmut des Naturschutzgebietes stand im krassen Gegensatz zu dem brutalen Mord, der hier verübt worden war. Ebenfalls hatte ich mittlerweile im Netz herausgefunden, dass das Opfer erschlagen worden war. Als ich mich an meine Unterhaltung mit ihm erinnerte, kullerten Tränen über meine Wangen. Der Mann war mir derart sympathisch gewesen. Und nun war er tot. Ob er noch immer in der Rechtsmedizin lag? Mit einem ziemlich grob vernähten Y-Schnitt? So, wie ich es im Fernsehen schon oft gesehen hatte? War seine Lebenspartnerin gekommen, um ihn zu identifizieren? Oder übernahmen das seine Kollegen? Ich wischte die Tränen von meinen Wangen, verließ den Damm und ging über die Wiese in Richtung Fluss. An einem Stamm nahm ich eine grüne Farbmarkierung wahr. War es hier bei diesen Büschen geschehen? Mit Blicken suchte ich die Umgebung akribisch ab. Mit meinen Händen bog ich Äste auseinander. Fand ich womöglich einen Hinweis, den die Polizei übersehen hatte? Wie gerne trüge ich zur Aufklärung dieses Verbrechens bei! Polizisten waren auch nur Menschen, und Menschen übersahen mal etwas, nicht wahr. Vielleicht konnte ich helfen, weil ich etwas fand, worauf erfahrene Ermittler nicht ansprangen. Irgendein Detail, welches sie aufgrund seiner Gewöhnlichkeit nicht wahrgenommen hatten. Ich sah vor meinem geistigen Auge schon die Schlagzeile »Gewiefte Hobby-Ermittlerin löst Fall«. Selbstverständlich stand ich dann für Interviews bereit. Plötzlich spürte ich eine Bewegung an meiner Schulter. Wie unbedacht von mir! Außer diesem einen Täter konnten doch noch weitere unterwegs sein! Womöglich einer, den die Gelegenheit zum Dieb machte, und ich befand mich zur falschen Zeit am falschen Ort! Einem dämlichen Trittbrettfahrer ausgeliefert! Davon hatte ich schon oft in meinen Krimis gelesen. Leute, die sich wichtigmachten, indem sie eine Tat nachahmten. Instinktiv griff ich nach meiner Halskette. Die war ein altes Familienerbstück, das einzige, das meine Patentante, der ich meinen altertümlichen Vornamen verdanke, aus freien Stücken aus dem Familienerbe herausgerückt hatte. Wenn nun jemand von mir die Herausgabe ausgerechnet dieser Kette forderte? Die gab ich nicht her! Auf gar keinen Fall. Dieser Typ sollte mich bloß nicht für eine wehrlose Frau halten! Das war ich meiner Mutter und meinen Schwestern schuldig! Diese Kette blieb in der Familie, und ich reichte die Kette irgendwann, wenn unser Sohn verheiratet war, an meine Schwiegertochter weiter. Die musste, wenn es nach mir ging, nicht unbedingt Frida heißen.

Entschlossen, mich bis zum Äußersten zu verteidigen, wandte ich mich mit geballten Fäusten um. Die Daumen hielt ich natürlich außerhalb der Faust, das war schließlich Anfängerwissen für Boxer. Lesen bildet ungemein! Aber da war niemand. Hatte ich mir die Berührung bloß eingebildet? Da entdeckte ich die vermeintlichen Angreifer. Eine Fledermausfamilie war durch mich aufgeschreckt worden. Eigentlich waren die nachts auf Nahrungssuche unterwegs. Vermutlich hatte ich selbst sie geweckt. Erleichtert atmete ich tief durch und erklomm die Böschung hoch zum Damm und ging in Gedanken versunken ein kleines Stück. Welch schöner Spazierweg das doch eigentlich war, wenn man sich nicht in Gedanken mit einem Mord beschäftigte! Ich setzte mich auf eine der Bänke, um mich gänzlich zu beruhigen, schnellte aber gleich wieder hoch. Neben der Bank stand ein Abfalleimer. Ob die Polizei den untersucht hatte? Immerhin lag er nur ein Stück von dem von mir vermuteten Tatort entfernt. In dem Eimer lag obenauf eine rote Plastiktüte mit Hundekot. Ich hätte etwas darum gegeben, Handschuhe, wie sie die Spurensicherer in Fernsehkrimis trugen, überstreifen zu können. Aber immerhin steckte der gesamte Müll in einer grauen Plastiktüte. Ich blickte mich kurz um, packte entschlossen die Enden der groben Tüte, zog an dem gesamten Sack und holte ihn aus dem Eimer heraus. Nach dem roten Tütchen griff ich mit spitzen Fingern und versenkte es in dem Kübel. Mit flugs verknotetem Sack machte ich mich auf zurück zur Straßenbahnhaltestelle in Seckenheim. Ein Grüppchen von Leuten kam mir entgegen, die munter miteinander plapperten. Ich hielt den grauen Müllsack auf meinem Rücken und wich zur Seite, um sie an mir vorbeizulassen.

22

Fee Zoe zog die dünne Decke über ihr Gesicht. Der Helligkeit nach zu urteilen, war es nicht mehr früh am Morgen. Der Duft von Kaffee verteilte sich im Raum.

»Hey, bist du wach?« Chloé war bereits angezogen.

»Hast du ein Aspirin für mich?«, tönte es leise unter der Decke hervor.

»Du kannst einen Kräutertee haben.« Chloé klappte eine Schranktür auf. »Ingwer und Wacholder. Das hilft gegen Kopfschmerzen.«

»Der letzte Drink gestern war der eine zu viel.« Langsam setzte sich Fee Zoe auf. Ihr Kopf brummte unerträglich. »Aspirin wäre mir lieber. Hast du welches hier?«

Chloé verschwand im Bad, wo sie im Spiegelschrank fündig wurde. Zurück in der Küche, drückte sie eine Tablette aus dem Blister in ein Glas mit Wasser. Die war zwar vor zwei Monaten abgelaufen, aber das hieß ja schließlich nicht, dass sie giftig wurde. Wenn überhaupt, dann war sie nicht mehr zu 100 Prozent wirksam. Chloé drückte Fee Zoe das Glas in die Hand, in dem es heftig sprudelte, weil die Tablette bereits dabei war, sich aufzulösen. »Einen Moment noch, gleich kannst du es trinken. Am besten ex.«

Fee Zoe griff in ihre Hosentasche und zog ihr Smartphone heraus. »Alter! Zehn Anrufe in Abwesenheit.« Sie warf das Telefon neben sich auf die Couch.

»Solltest du nicht um 8 Uhr an deinem Set sein?«

»Die stressen wegen nichts! Die können einfach eine Szene vorziehen.«

»Hast du nicht die Hauptrolle?«

Fee Zoe sog das Wasser mit der aufgelösten Tablette regelrecht ein. »Das heißt doch nicht, dass ich die gesamte Zeit über zu sehen bin. Es gibt genug Szenen ohne mich.«

Das Aufleuchten des Displays zeigte einen erneuten Anruf an. Genervt angelte sie nach dem Smartphone. »Ja?«

Chloé hörte nur Fee Zoe antworten.

»Hmm.«

»Ich bin krank. Ganz starke Kopfschmerzen.«

»Nur heute. Morgen müsste es wieder klappen.«

»Du mich auch.«

Chloé lachte. »Was war das denn?«

»Ansgar. Der Typ für alle Fälle. Eigentlich ist er als Schießhund für den Regisseur gedacht, aber das schafft er nicht. Der ist total nett zu mir.« Sie erhob sich. »Die drehen heute ohne mich. Ansgar hat ein paar von den bereits gebuchten Komparsen angerufen, die kommen früher.«

»Schmeißen die dich jetzt raus?«

»So ein Quark. Natürlich nicht.«

»Ich mach dir einen doppelten Espresso.«

Fee Zoe begutachtete die große Wohnküche, in der sie auf dem Sofa gepennt hatte. An der Wand gegenüber dem roten Sofa verlief eine schwarze Küchenzeile. Dazwischen stand ein kleiner Esstisch mit zwei Stühlen. Links und rechts neben dem Sofa baumelten Querstangen, die mit Seilen an der Decke befestigt waren und an denen Klamotten hingen. Links von ihr lag die Eingangstür, auf der rechten Seite gab es ein raumhohes Fenster, einen sogenannten französischen Balkon, vor dessen unterer Hälfte ein Gitter prangte.

»Echt cool bei dir. Nur zwei Stühle? Du kriegst nicht viel Besuch?«

»Wird das ein Verhör?« Chloé sprach zu ihr über ihre Schulter, während sie am Kaffeeautomaten hantierte.

»Quatsch. Was machen wir heute? Hast du Zeit?«

»Hab ich. Bis 18 Uhr.«

»Und dann?«

»Wie, und dann?«

»Was ist um 18 Uhr?«

»Ich erwarte einen Kunden.«

»Einen …? Hä?«

»Alter! Woran denkst du denn? Ich bin Lebensberaterin, die Leute quatschen mich voll, und ich gebe ihnen Ratschläge. Mit ein bisschen Zauber und so.«

»Du meinst Kaffeesatzlesen?«

»So ähnlich. Ich arbeite mit Kräutern. Es gibt welche, die stärken das Immunsystem. Meine Mischungen sind gut für das Ich.«

»Wow. Klingt spannend.«

Chloé stellte zwei dampfende Tassen auf den Tisch und setzte sich auf einen der beiden Chromstühle.

»Läuft bei dir, was?« Fee Zoe erfasste mit Kennerblick den Wert der Stühle. Das waren Originaldesignerstücke, keine Nachbauten.

Chloé zuckte mit den Schultern.

»Wir können was zusammen machen, wo ich heute unverhofft frei habe. Hast du Zeit?«

»Wie schon gesagt, bis 18 Uhr.«

»Bingo! Ich habe nämlich eine Idee.«

»Lass hören.«

»Du hast gestern erzählt, du kennst dich mit Kräutern aus. Wir machen ein Video für meine Social-Media-Kanäle.«

»Echt? Das würdest du für mich tun?«

»Klar.« Fee Zoe verschwieg, dass das ein Novum für sie darstellte. Eigentlich waren ihr ihre Accounts heilig, und sie ließ da keine andere mit drauf. Der Konkurrenzkampf zwischen den Influencerinnen war knallhart. Die meisten waren sich nicht grün und gönnten sich gegenseitig nichts. Aber das hier war etwas anderes. Chloé war die Freundin, auf die sie seit Jahren gewartet hatte, und keine Konkurrentin. Ganz im Gegenteil. Es fühlte sich für sie an, als kannten sie sich schon seit Ewigkeiten. »Ich muss vorher in mein Hotel.« Übertrieben theatralisch roch sie an ihren Armen. »Eine Dusche wäre ganz gut.«

»Dusch doch hier.«

»Und Klamotten?«

Chloé musterte die Figur ihrer neuen Freundin. »Du hast exakt meine Kleidergröße. Small, tippe ich?« Sie wies mit der Hand auf die Kleider an den Stangen. »Such dir was aus. Im Schlafzimmer ist noch mehr.«

Chloé öffnete eine der Schranktüren, während ihr Fee Zoe folgte. Die dahinterliegenden Regale waren vollgestopft mit T-Shirts. »Was ist deine Lieblingsfarbe?«

»Weiß.«

Chloé zerrte an einem der Stapel und balancierte ihn in die Küche, um ihn dort auf der Couch abzulegen. »Such dir eines aus. Ich hole dir noch Jeans dazu.« Sie grinste. »Und frische Unterwäsche. Zeug zum Schminken steht im Bad.«

Als Fee Zoe endlich ausgehfertig vor ihr stand, zog sie sie vor den Spiegel, der neben der Couch an der Wand hing, und kicherte. »Wir sehen total aus wie Zwillinge.«

Fee Zoe konnte nicht anders, als ihr zuzustimmen. Sie beide sahen sich wirklich verdammt ähnlich. »Ich bringe dich groß als Kräuterbitch raus. Was hältst du davon?«

»Aber wir filmen nicht hier. Nicht in meiner Wohnung.«

»Okay, wo dann? Schlag was vor.«

»Wir fahren mit der Straßenbahn.«

»Meine Sachen?«

»Die lässt du hier.«

»Was ist mit den Teilen, die ich gerade trage?«

»Kannst du behalten.«

Fee Zoe blickte an dem hautengen bauchfreien T-Shirt hinunter zu den hüfthohen Jeans mit den Löchern auf Kniehöhe. »Danke! War zwar bislang nicht mein Stil, aber mal was Neues auszuprobieren schadet nicht!« In Gedanken überlegte sie bereits, welcher Sponsor zu diesem Outfit passte. Wie ihre Follower darauf reagierten? Am besten stellte sie es zur Diskussion. Das erweckte den Eindruck, als könnten sie mitentscheiden, was Fee Zoe trug. Was natürlich völliger Quatsch war und reines Kalkül. Bezüglich ihrer Social-Media-Auftritte überließ sie nichts dem Zufall. Alles war von ihr geplant und lange durchdacht. Und sie war gut darin, sich von Trends inspirieren zu lassen, die sie als ihre eigenen ausgab.

Chloé fischte unter dem Stapel T-Shirts, der noch immer auf ihrer Couch lag, ein surrendes Zweit-Handy heraus. Dessen Rufnummer war speziellen Kunden vorbehalten, die sie unter dem Siegel der Verschwiegenheit durch Mundpropaganda weitergaben. Keiner von denen wusste ihren richtigen Namen. Sie gab das über diese Nummer Bestellte grundsätzlich nur gegen Bargeld heraus.

»Ja?«

»Ich brauche was. Heute Abend habe ich ein Date und da will ich meinen Mann stehen. Deine Mischung ist die beste überhaupt! Nicht mal das Nashornpulver, das mein Kollege vor einigen Wochen aus seinem Urlaub mitgebracht hat, kann da mithalten.«

Chloé wurde beinahe schlecht. Nashornpulver? Ging's noch? Die Typen waren völlig durchgeknallt. Spontan beschloss sie, den Preis ihrer Aphrodisiaka zu verdoppeln. Wenn der Typ so einen kranken Scheiß kaufte, konnte er für ihre Kräutermischung ruhig mehr blechen.

»Ich brauche es heute Abend.«

»Lässt sich einrichten.«

Er nannte ihr Ort sowie Uhrzeit und sie ihm den neuen Preis. »Bar, wie immer.«

»Aber warum ist das jetzt so teuer?«

Wie erbärmlich war das denn? Das gewissenlose Schwein unterstützte Wilderer und nölte jetzt herum wegen des Aufpreises für Kräuter! »Der trockene Sommer, du verstehst. Das hat die Kräuterernte ziemlich beeinträchtigt.«

»Also gut. Aber nur, weil dein Kräuterzeug wirklich gut ist. Um nicht zu sagen exzellent.«

Chloé drückte das Gespräch weg. Es war alles gesagt worden, was an Infos wichtig war. Übergabezeit und Ort reichten ihr. Aus einem kleinen Karton nahm sie ein Tütchen, das neben sorgsam ausgewählten Kräutern einen von ihr streng geheim gehaltenen Zusatz enthielt. Sie hatte sich diesen nach der Bestellung im Internet an eine Paketstation in Ludwigshafen liefern lassen. Die kleinen blauen Pillen, zerstampft in einem Mörser aus Marmor, potenzierten die Wirkung der Kräuter immens. Während sie das Tütchen in ihre Tasche schob, erklärte sie Fee Zoe: »Okay, wir können los.«

23

»Ansgar!«

Der Schall brach sich an den Wänden der schmalen Straße, warf den Hall zurück und prügelte auf seine Ohren. Ansgars Wut stieg. Wie kam Mikael dazu, hinter ihm herzubrüllen wie nach einem Straßenköter? Was ging bloß in dem Typen vor, dass er sich ständig ihm gegenüber wie der allerletzte Idiot verhielt? Konnte der nicht normal mit ihm reden? Er ließ keine Gelegenheit aus, ihn vor den anderen dumm anzumachen. Immer irgendwie total von oben herab. Am liebsten hätte er ihn geköpft. Hier und auf der Stelle. In einer der Seitenstraßen des Mannheimer Stadtteils Neckarstadt, um danach seinen Kopf bis zum Neckar zu tragen und dort in den Fluss zu kicken. Es war unglaublich, dass hier so wenig los war, während sie sich doch in der Nähe zum Alten Meßplatz befanden, wo sich immer viele Menschen aufhielten. Er ertappte sich immer öfter dabei, sich nach den Zeiten der Pandemie zurückzusehnen, als überall deutlich weniger Menschen unterwegs gewesen waren. Wo man nicht überall an Körper stieß. Ungewollt, versteht sich. Mikael war ein Arsch, der Ansgars Ansicht nach nichts von seinem Handwerk verstand. Sich aber für den Größten hielt. Und er selbst war gezwungen, diesen Hirnamputierten auszuhalten. Einen ganzen Monat lang. So lange dauerte das Projekt, für das er angeheuert worden war. Als persönlicher Assistent für den Typen, der teure Sportschuhe trug und dessen Arm eine unsäglich teure *Smartwatch* zierte. Eines jener Teile, deren ästhetische Schlichtheit mit dem Preis stieg. Kalkuliertes Understatement für Wohlhabende. Ansgar selbst brauchte so ein Ding nicht, um zu spüren, wenn sein Puls hochschnellte, so wie jetzt gerade. Er benötigte jedoch schlicht und ergreifend die Kohle, die dadurch in seine mal wieder klamme Kasse mehr tröpfelte als floss. Mikael war ein »Nepo Baby«. Das Kind prominenter Eltern, dem Ansgars Ansicht nach alle Türen weit aufgerissen wurden. Dass ein großer Name ein Anspruch war, an dem man selbst gemessen wurde, entzog sich seiner Einsicht. Mikaels Vater war ein bekannter, mit Preisen überhäufter Filmregisseur und im Gegensatz zu seinem Sohn richtig talentiert, ein Genie auf seinem Gebiet. Die Mutter, die längst in der Schweiz an einem See residierte, stammte aus altem Geldadel. Diese phänomenal tollen Startbedingungen hatten Mikael von Geburt an ganz nach vorne katapultiert. An die Spitze der Gesellschaft. Er hatte selbst schon mehrere Preise für seine Schauspielerei erhalten und meinte nun, auch noch Regie führen zu müssen. Als ob es nicht genügend Menschen so wie Ansgar gab, die das weitaus kreativer und mit ungewöhnlichen Methoden hätten machen können. Ohne weich gespülten Mainstream. Irgendjemand in der zuständigen Sendeanstalt hatte die Idee gehabt, einen Krimi in Mannheim für die Kamera zu inszenieren. Mit der dunkelhaarigen Fee Zoe Hürtenreiter in einer der Hauptrollen. Die war eine angesagte Influencerin mit unzähligen Followern. Natürlich trug sie als Künstlernamen lediglich ihre beiden Vornamen. Die waren jedoch echt und tatsächlich ihrer Mutter zu verdanken, der Nachname ihrem Vater, dessen Hauptaufgabe darin bestand, das ererbte Familienvermögen zu verwalten. Mit ihr als Besetzung für die Hauptrolle hofften die Macher, jugendliches Publikum vor die Bildschirme zu locken. Fee Zoe war im Film nicht das Opfer, so viel stand fest. Genauso wenig, wie sie es in ihrem realen Leben war. Obwohl es für Ansgar nichts mit der Realität zu tun hatte, jeden Schritt per Selfie zu dokumentieren und sofort ins Netz zu laden. Mit einer Geschwindigkeit, die an automatisches Sichern der Handyfotos in einer Cloud erinnerten. Das war es auch, eine Cloud, in der sich Menschen wie Fee Zoe und Mikael bewegten. Immer auf Wolke sieben, von Geburt an. Immerhin war Fee Zoe im Gegensatz zu Mikael absolut sympathisch und ohne jeglichen Dünkel. Die Frau verfügte über ausreichend Bodenhaftung. Trotzdem wäre es Ansgars Meinung nach ihren Fähigkeiten entsprechender gewesen, das Leben hätte ihnen allen ihre jeweiligen Rollen gerade andersherum zugeteilt, und er selbst befände sich on the top. Aber das Leben war eben nicht gerecht, vor allem nicht zu ihm selbst. Und er war weit davon entfernt, sich damit abzufinden. Es war so erniedrigend für Ansgar, zehn Jahre älter zu sein als der Anfangdreißiger und sich als sein Assistent verdingen zu müssen. Nur weil er selbst in einem Mehrfamilienhaus mit Sanierungsstau aufgewachsen war, als jüngster von vier Brüdern, denen man keine Türen sperrangelweit aufriss. Der, seitdem er auf der Welt war, den Aggressionen und Attacken anderer ausgesetzt war. Er zählte innerlich bis 20. Seit der Pubertät, während der er begann, konsequent Muskeln aufzubauen und seinen Körper darüber zu definieren, vergriff sich keiner mehr an ihm. Heute Abend reagierte er sich beim Training an seinem Boxsack ab. Sich selbst beinahe ausknocken, bis er keinen klaren Gedanken mehr fassen konnte. Über seine eigenen Grenzen zu gehen machte ihn stärker als die anderen. Er atmete tief ein und stieß die Luft aus. Danach hatte er sich endlich im Griff und wandte sich mit einem betont gelangweilten Gesichtsausdruck um. »Mikael, was läuft?«

Mikael blieb keuchend stehen. »Alter! Hörst du schlecht? Warum muss ich hinter dir herbrüllen? Die Hauptdarstellerin ist noch nicht da. Setz deinen Arsch in Bewegung und hol sie ans Set! Wir beginnen Punkt 8 Uhr am Neckarufer. Unterhalb der Brücke.«

»Sitzt sie in der Maske?«

»Spreche ich chinesisch? Sie ist nicht da. Mach was! Wo wolltest du überhaupt hin?«

»Zu den Komparsenräumen. Durchzählen, ob alle da sind.«

»Ich brauche Fee Zoe! Verstanden? Ob hinter ihr einer durchs Bild läuft, ist jetzt nicht so wichtig. Aber direkt vor der Kamera, in ganz, ganz Groß, steht Fee Zoe. Und sie ist nicht da. Ich hoffe, sie ist gestern nicht versackt. Egal wie sie heute aussieht, bring sie her. Hast du das kapiert?«

Ansgar hatte es von Anfang an für eine dumme Idee gehalten, die Crew in einem Hotel bei Wieblingen, einem Stadtteil von Heidelberg, unterzubringen. Die A656, die Mannheim mit Heidelberg verband, war jeden Morgen zur Hauptverkehrszeit hoffnungslos verstopft. Wollte man um 8 Uhr pünktlich ankommen, musste man trotz der wenigen Kilometer, die zwischen den beiden Städten lagen, entsprechend früh losfahren. Mikael selbst war auf seinen Wunsch hin in Heidelberg untergebracht. Mit Blick auf die wohl berühmteste Schlossruine der Welt. Sogar von der Badewanne aus hatte man einen atemberaubenden, wenngleich ziemlich teuren Blick auf die märchenhafte Kulisse. In Mannheim war nichts Vergleichbares zu finden, auch wenn einige wenige meinten, die am gegenüberliegenden Ufer residierende Chemiefabrik sähe des Nachts in ihrer Beleuchtung wie ein Palast aus. Wozu es allerdings eines großen Maßes an Fantasie bedurfte. Selbstverständlich musste es immer das Beste vom Besten für Mikael sein. Ansgar wusste dies, weil er die teuren Koffer seines zeitweiligen Chefs hatte befördern dürfen. »Heidelberg ist wie die vornehmere Schwester einer Familie. Mannheim hingegen ist rau, Top-Kulisse für unseren Krimi.« Das hatte er Mikael schon öfter ins Telefon sagen hören. Der trug diesen Satz tatsächlich immer wieder aufs Neue so vor, als wäre er ihm soeben erst in den Sinn gekommen. Man wusste bei Mikael nie, wann er schauspielerte und wann er selbst echt war. Außer, wenn er sauer war, so wie gerade eben. In diesem Zustand war er ziemlich er selbst. Der Kerl hatte seine Emotionen einfach nicht im Griff. Zufrieden schien er nur zu sein, wenn alle nach seiner Pfeife tanzten. Zu sagen, er behandelte andere auf Augenhöhe, wäre glatt gelogen. Ansgar spuckte auf den Boden.

Seine eigenen Ortskenntnisse waren mit einer der Gründe dafür gewesen, ihn für den Job anzuheuern. Dabei war er bereits im Vorfeld bei der Suche nach einzelnen Locations für die Drehs behilflich gewesen. Die war bereits vor einem Vierteljahr erfolgt, und er hatte tatsächlich ein paar seiner Geheimtipps bezüglich Lost Places, die sich filmisch perfekt als Kulisse für einen Krimi eigneten, ausgeplaudert. Das Team war ganz begeistert von seinen Fähigkeiten als Scout und hatte die abgerechneten Stunden wirklich großzügig aufgerundet. Die waren echt alle in Ordnung und fanden seine Vorschläge toll. Nur ausgerechnet wegen des Hotels bei Wieblingen für Fee Zoe, da hatten sie ihn nicht nach seiner Expertise gefragt. »Die paar Kilometer«, hatte es in der Produktionsfirma geheißen, »die könnte man ja beinahe mit dem Fahrrad zurücklegen.« Wobei es sich dabei um einen Witz handelte, denn aus versicherungsrechtlichen Gründen war Fee Zoe das Fahrradfahren während der Dreharbeiten untersagt. Die S-Bahn wollte man ihr nicht zumuten, denn schließlich kamen die Hauptakteure nicht unglamourös mit der S-Bahn an den Set. Hätten sie vorher seine Meinung eingeholt, hätte er es ihnen gleich gesagt, dass auf der Autobahn, über die man ihr einen Wagen schickte, täglich Stau war. Denn er kannte sich aus. Seine eigene Einzimmerwohnung lag hier in der Mannheimer Neckarstadt. Über einem Keller, in dem es Schlafplätze für Menschen ohne Papiere gab. Für Leute, die keinen Aufenthaltsstatus nachweisen konnten, strich der Hauseigentümer 300 Euro im Monat pro Matratze ein. Minimum. Bar auf die Hand, versteht sich. Alle im Haus hielten die Klappe. Es war ein Milieu, in dem es gesünder war, sich um seinen eigenen Kram zu kümmern. Das war auf lange Sicht nachhaltiger für die eigene Lebensdauer. Wer es nicht kapierte, dem wurde es beigebracht. Mit dem Job hier hatte alles so gut begonnen. Ansgar sah ihn als Sprungbrett für weitere Aufträge, bis dann der Regisseur dazustieß. Zwischen ihm und Mikael stimmte vom ersten Augenblick an schlicht und ergreifend die Chemie nicht. Mikael führte sich auf wie ein Alphatier, ohne nach Ansgars Ansicht auch nur den Ansatz von Talent dazu zu haben. Es war lediglich der Stall, aus dem er stammte und dessen Geruch ihn umgab.

Mikael wandte sich von Ansgar ab und entfernte sich von ihm, der Richtung nach zu urteilen ging er zur Brücke. Ansgar zog sein Smartphone aus der Innentasche seiner anthrazitfarbenen Weste und suchte in den Kontakten nach der Nummer von Fee Zoe. Die mochte er sogar, denn im Gegensatz zu Mikael war sie in ihrem Verhalten anderen gegenüber kein bisschen herablassend. Er war überrascht, als er sie zum ersten Mal sah, denn in echt war sie kaum wiederzuerkennen. Für die Maske war es eine Hochleistung, die Frau so herzurichten, dass ihr Aussehen im Film mit den bearbeiteten Fotos, die sie in den sozialen Netzwerken von sich hochlud, einigermaßen übereinstimmte. Dazu kamen noch diverse Kamerafilter zum Einsatz. Eigentlich fand er sie sogar nett, das musste er sich nach anfänglichem Zögern eingestehen. Irgendwie war die Frau im persönlichen Kontakt total unkompliziert, gänzlich ohne Diva-Gehabe. Er hätte sich sogar gerne auf einen Drink mit ihr getroffen. Aber das lag für ihn komplett außen vor. Diese Braut entsprach nicht seiner Kragenweite. Noch bevor es einmal tuten konnte, sprang bereits die Mailbox an. Eine roboterhafte Stimme teilte ihm mit, die Inhaberin der Nummer sei derzeit nicht erreichbar. Aber er könne eine Nachricht für sie hinterlassen. Ansgar riss sich zusammen, damit seine Stimme so freundlich, wie es ihm irgendwie möglich war, klang. »Mensch, Fee Zoe, wo steckst du? Mikael ist ziemlich aufgebracht, weil du nicht pünktlich am Set bist. Soll ich dich irgendwo abholen? Melde dich bitte. Sofort. Egal wo du bist, ich komme überall hin. Okay?«

Ansgar hoffte, seine Nachricht in der Mailbox habe genügend Überzeugungskraft, und Fee Zoe meldete sich rasch zurück. Trotzdem hatte er ein absolut ungutes Gefühl, als er die Beenden-Taste antippte. Verdammt noch mal, wo steckte die bloß? Hoffentlich war ihr nichts zugestoßen. Nicht nur wegen des noch nicht beendeten Films wäre das eine Katastrophe. Er konnte die junge Frau nämlich wirklich sehr gut leiden.

24

Beinahe wäre der Duft ihres Haares bei ihm in Vergessenheit geraten, aber nun erinnerte sich sein Körper wieder daran. Ihr Zopf war gelöst und das hüftlange, nach Honig duftende Haar umwogte sie wie der Umhang einer Königin, während sie ihn ritt. Er konnte nicht anders, als nach ihren Brüsten zu fassen, von denen die linke etwas kleiner als die rechte war. Sie kamen ihm vor wie zwei Früchte, nach denen er sich so sehr gesehnt hatte. Von ihrem Venushügel aufwärts bis zum Bauchnabel war der Flaum ihrer Körperbehaarung etwas dunkler, ließ ihre Haut wie die eines Pfirsichs wirken. Ein süßer Pfirsich, dessen Duft sich mit dem von Honig vermischte. Endlich wieder in ihr zu sein fühlte sich an wie eine Vorstufe zum Himmel, und er vergaß alles andere um sich herum. Wären gleich auch noch Harfe spielende Engel aufgetaucht, wäre er nicht verwundert gewesen. Genauso fühlte sich Glück an. Ein Glück, das er endlich wieder erleben durfte. Seine Elena war die Frau, auf deren Gunst es sich zu warten lohnte, das war ihm die ganze Zeit über schmerzlich bewusst gewesen. Nun war die Wartezeit endlich beendet. Die Auszeit, die sie ihrer beider Beziehung verpasste, verzieh er ihr. Nur mit ihr erlebte er derartige Höhenflüge. Elena war etwas ganz Besonderes und ganz sicher keine Nullachtfünfzehn-Frau. Das Zusammensein mit ihr deklarierte die Worte Langeweile und Routine zu bloßen Worthülsen, die sich für ihn nicht mit Bedeutung füllten. Das war das Leben, genauso wie er es fühlen wollte.

»Hast du es so sehr vermisst wie ich?« Florian gab sich einer Welle von Wärme und Glück hin, während er unvermeidlich dem höchsten aller Gefühle zustrebte. Elena war endlich wieder scine alte Elena, die, in die er sich Hals über Kopf verliebt hatte, als er sie zum ersten Mal sah. Mit der das Zusammensein in ekstatischen Momenten derart unvergleichlich war. Mit keiner anderen Frau erlebte er solche Höhepunkte. Elena war absolut einzigartig. Das Spiel, welches sie mit ihm spielte, war unendlich reizvoll und verstärkte seine Sehnsucht nach ihr, um in einer fulminanten Erfüllung zu gipfeln.

»Sch, sch, nicht reden, Flo.« Elena lächelte mit geschlossenen Augen. Während sie sich mit der linken Hand auf dem weichen Kissen, auf dem er lag, abstützte, suchte ihre rechte nach seinen Brustwarzen und spielte damit.

Seine Synapsen glühten beinahe durch, als für einen kurzen Moment eine Erinnerung aus der letzten Vollmondnacht durch sein Gedächtnis flimmerte. An jene Frau im Luisenpark mit den schwarzen Haaren, die ihn vom Heilkräutergarten zum Kutzerweiher führte. Von der er nicht einmal den Namen wusste. Plötzlich sah er überdeutlich ihr Gesicht mit der prägnanten Nase vor sich und die im Mondlicht glänzenden dunklen Augen, die ihr etwas Geheimnisvolles gaben. Er wusste nicht einmal ihren Namen. Aber das spielte auch keine Rolle mehr für ihn, denn endlich hatte Elena vorhin an seine Tür geklopft, und er riss sie regelrecht für sie auf. Da stand sie vor ihm, frisch aus der Dusche, mit lediglich einem großen weichen Handtuch umhüllt. Seit sie ihn schweigend entkleidet und ihn zu seinem Bett geführt hatte, sprach sie kein Wort zu ihm. Aber es bedurfte ohnehin keines Dialogs. Was sie mit ihm anstellte, entschädigte ihn für alle Wörter dieser Welt.

Das Klopfen wurde lauter. Wer pochte da erneut an seine Tür? Dazu vernahm er wie durch Watte hindurch eine laute Stimme. Es dauerte eine Weile, bis er wahrnahm, alleine auf seinem zerwühlten Bett zu liegen. Die Stimme wurde klar hörbar, als er vollends wach war, und steigerte sich zum überkippenden Stakkato.

»Hey, Florian, bist du taub oder was? Im Bad ist schon wieder das Klopapier alle. Du bist diese Woche dran mit Einkaufen!« Elena stieß mit ihrem Fuß krachend gegen die Tür. »Kannst du dich nicht einmal an etwas halten? Oder denkst du, du wärst im echten Leben ein König, dem man alles hinterherträgt? Du Loser!«

Mist. Alles war bloß geträumt. Sie waren nur im Traum erneut ein Paar auf den Wogen der Lust. Ach, Elena, warum bist du nur so spröde?, dachte Florian traurig. Nun musste er ihr auch noch zustimmen, denn diese Woche war er dran mit Einkaufen. Lieber Himmel, diese profane Anforderung war seinem Gedächtnis komplett entfallen. Er nahm sich verschlafen vor, am Nachmittag loszulegen, eine Liste zu erstellen und die online einem Geschäft durchzugeben, welches ins Haus lieferte. Selbst einen Einkaufswagen zu schieben, durch viel zu schmale Gänge mit viel zu vielen Menschen, die laut telefonierten oder sich unterhielten, suchend umherzuirren und dann alles im Auto zu verstauen, war nicht nach seinem Geschmack. Ein Lieferservice war die perfekte Lösung für Menschen, die sich kein eigenes Personal leisten konnten. Entspannt dehnte er sich auf seinem Bett und hing gedanklich seinem wunderschönen Traum nach, wobei er sich seiner Hände bediente. Ach, Elena, wie lange ließ sie ihn wohl noch warten?

25

Blöderweise war die Straßenbahn rappelvoll. So war ich gezwungen, den Müllsack von den Neckarplatten die gesamte Zeit über festzuhalten. Mit der anderen Hand sicherte ich mich durch Festhalten an einer der Schlaufen über meinem Kopf. Zu meinem Bedauern waren die Zeiten, in denen Damen meines Alters Sitzplätze in der Bahn angeboten wurden, leider vorbei. Früher war doch nicht alles schlechter als heute gewesen! Eine Gruppe Jugendlicher lümmelte auf einem Vierersitz und daddelte selbstvergessen auf ihren Handys. Die bekamen noch nicht mal mit, dass hier Personen, die nicht mehr ganz so jung wie sie selbst waren, stehen mussten! Jedes Mal, wenn die Straßenbahn anhielt, kam ich ordentlich ins Wanken. Selbst eine Frau mit grauem Dutt, die deutlich älter war als ich, legte die Fahrt bis zum Heidelberger Hauptbahnhof ebenfalls im Stehen zurück. Dort schreckten die jungen Leute in ihren zerschlissenen Wohlstandsjeans wie auf ein geheimes Kommando, das von wer weiß woher kam, hoch und drängten sich an mir vorbei ins Freie, wobei ich auch noch einen Ellbogen in die Seite gerammt bekam. Nur mit Mühe unterdrückte ich den Impuls, dem Flegel ein Bein zu stellen.

Während ich auf die Straßenbahn nach Handschuhsheim wartete, überlegte ich, wo der Inhalt des Sackes am besten zu untersuchen sei. Sollte ich ihn tatsächlich mit in Wiebkes und Tamaras Haus nehmen? Wenn die beiden mich damit sahen, war eine Erklärung fällig. Schließlich ging ich nicht jeden Tag mit einem vollen Müllsack spazieren. Dabei wussten sie noch nicht einmal von meiner Bekanntschaft mit dem späteren Mordopfer. Bislang hatte sich noch keine Gelegenheit dazu ergeben, mit ihnen darüber zu reden. Was Norbert wohl dazu sagte, wenn er davon erfuhr? Er unkte doch immer, ich fände ständig Leichen. Bloß dass sich dieses Mal die Bekanntschaft etwas früher ergab, quasi schon vor dem Status als Leiche. Von dem Besuch dieser Kommissarin, die mich vor zwei Jahren absurderweise in U-Haft gesteckt hatte, musste ich ihm auf jeden Fall berichten. Wie lächerlich das damals gewesen war! Als ob ich tatsächlich Frida, der Freundin meines Sohnes, etwas angetan hätte! Nie im Leben würde ich etwas unternehmen, das Julian in Traurigkeit stürzte. Aber im Moment war dieser Sack am Bein, vielmehr in der Hand, mein vorrangiges Problem. Ich beschloss, im Neuenheimer Feld die Bahn zu verlassen und mich über die Treppe an der Ernst-Walz-Brücke hinunter zur Neckarwiese zu begeben. Dort konnte ich ungestört den Inhalt meiner Beute unter die Lupe nehmen.

Ich fand ein Plätzchen zwischen den Grüppchen von Menschen, die direkt nebenan picknickten. Erfreulicherweise zogen sie die Aufmerksamkeit einer Meute von gierigen Nilgänsen auf sich. Wie sollte ich vorgehen? Den Inhalt des Sackes auf die Wiese kippen? Dabei fiel womöglich etwas Kleines zwischen die Grashalme, das sich nie wieder finden ließ und auf Ewigkeit verloren war. So entschied ich mich nach einigem Überlegen dafür, den verknoteten Sack auf den Boden zu legen und ihn seitlich vorsichtig aufzureißen. Damit diente er gleichzeitig als Unterlage. Wobei ich wirklich hoffte, keine weiteren Hundekotbeutel ans Licht zu befördern. Kurz befiel mich der Gedanke, ob ich mir durch das Wühlen im Abfall einen Krankheitserreger einfangen könnte, ich schob diese Überlegung allerdings fort und zerrte beherzt die Sachen auseinander. Es galt schließlich, in einem Mord zu ermitteln.

Enttäuscht entdeckte ich eine gammelige Bananenschale, benutzte Taschentücher und eine leere Getränkedose, bei der der ehemalige Besitzer auf die Einlösung des Pfandes verzichtet hatte. Die ganze Aktion hätte ich mir also sparen können! Aber lugte, bei genauerem Hinsehen, nicht etwas unter einem der Papiertücher hervor? Mit der Schuhspitze schob ich es beiseite. Da lag tatsächlich eine *Smartwatch*, in derselben Farbe wie der Plastiksack, deshalb war sie mir vermutlich nicht sofort aufgefallen. Wer warf denn so was in den Müll? Ob die dem Arzt gehört hatte? Die Kommissarin hatte doch erwähnt, dass er keine mehr trug. Die hier wirkte nicht wie ein Billigmodell, für so eine waren ein paar 100 Euro fällig. Bei genauerem Hinsehen war es genau die Marke, die mein Sohn ebenfalls trug und die ich am Arm von Volker H. wiedererkannt hatte. Ich kramte in meiner Handtasche nach etwas, mit dessen Hilfe sie sich einstecken ließ, ohne meine Fingerabdrücke darauf zu platzieren. Kurz entschlossen zog ich einige Taschentücher aus ihrer Hülle. Von dem Müllsack riss ich ein Eckchen ab, damit schützte ich meine Finger vor direktem Kontakt mit dem Stück, das es zu sichern galt, und ließ es in das Plastiktütchen gleiten. Mit der Fußspitze schob ich den restlichen Inhalt des Sackes auseinander. Außer einem offensichtlich benutzten Präservativ fand sich nichts Bemerkenswertes.

Nun hatte ich doch die Aufmerksamkeit einiger aufgeregter Nilgänse erlangt. Aus der Nähe betrachtet waren deren Schnäbel ziemlich groß! Hastig ergriff ich die Enden des Müllsackes, achtete darauf, nichts zu verlieren, und verknotete ihn erneut. An der Treppe mit den bunten Graffitis stopfte ich ihn in einen Abfalleimer.

»Guck, die Oma entsorgt ihren Hausmüll!«, rief einer der Skater auf dem Platz unter der Brücke einem anderen zu. »Alt und kriminell!«

Die Frechheit ignorierend, mich altersmäßig einer Personengruppe zuzuordnen, der ich noch lange nicht angehörte, hastete ich die Treppe hoch.

Erneut stieg ich an diesem Abend in eine Straßenbahn. Während der nun nur noch kurzen Fahrt überdachte ich die Lage. Zweifelsohne steckte die *Smartwatch* eines Mordopfers in meiner Tasche, was sich ziemlich seltsam anfühlte. Es galt, mein weiteres Vorgehen zu planen. Sollte ich tatsächlich in eine Polizeiwache reinspazieren und sie dort abgeben? Was wären deren Fragen? Meine Neigung, mich selbst auch nur im Entferntesten mit dem Mordgeschehen in Verbindung zu bringen, ging gegen null. Aber ich konnte das Teil unmöglich behalten! Der Teenager, der an der nächsten Haltestelle zustieg und mir gegenüber Platz nahm, hörte mit seinen Ohrhörern so laut Musik, dass es bei mir für einen Tinnitus reichte. Zum Glück war mein eigener Ausstieg ganz nah. Erleichtert ging ich nach draußen und fragte mich irritiert, wie man ein solch akustisches Zuballern ertrug. Die überraschende Frische des Abends ließ mich unwillkürlich meine Schultern hochziehen. Es war nun doch etwas später als sonst geworden, als ich nach Hause kam. Am Gartentor angekommen, rief jemand meinen Namen, woraufhin ich mich umwandte.

Florian stand auf der gegenüberliegenden Straßenseite und winkte mir zu.

»Florian! Ich war so in Gedanken, ich habe Sie gar nicht gesehen.«

»Schon gut.«

»Wohin des Weges?«, formulierte ich scherzhaft in Anspielung auf seine historische Rolle, in die er so gerne schlüpfte.

Er kam über die Straße auf mich zu. »Sie wirken bekümmert, Edelgard.«

Normalerweise freute ich mich über die aufmerksame Empathie meines Gegenübers, aber gerade jetzt band ich ihm den wahren Grund meines Gedankenkarussells nicht auf die Nase, denn das war etwas, das handelte ich besser zunächst mit mir selbst aus. »Ich bin bloß müde. War ein anstrengender Tag heute, und ich war noch in der Stadt, um mir ein T-Shirt zu kaufen, fand aber nichts Passendes.«

»Viel Kundschaft heute?«

»Die haben den *Bücherhimmel* heute beinahe leer gekauft«, flunkerte ich schon wieder. Heute war der Umsatz ungewöhnlicherweise eher mau gewesen. Luisas Bemerkung bezüglich Florian, dass er sich verändert habe, kam mir in den Sinn. Aufmerksam guckte ich ihn an. Vielleicht war er etwas angespannt. Das feine Netz von Fältchen, das sich in wenigen Jahren zweifelsohne vertiefen würde, zeichnete sich bereits jetzt als Vorahnung seines späteren Aussehens ab.

Er wandte sich ab. »Ich muss los. Termine!«

»Vielleicht trinken wir mal wieder einen Tee zusammen?«, rief ich ihm hinterher, nach einer Gelegenheit suchend, Luisas Worten auf den Grund zu gehen. Bei einem gemütlichen Plausch konnte ich mir ein eigenes Bild von seinem Gemütszustand machen. Rein oberflächlich betrachtet ergab sich nichts Besorgniserregendes für mich. Aber wie sollte man jemandem auch ansehen, was sich in seinem Innersten abspielte?

»Klar!« Damit verschwand er aus meinem Blickfeld.

Ich wandte mich um. Der von Wiebke liebevoll gepflegte Vorgarten lag in zauberhafter Anmut vor mir, und ich schritt an üppigen Stauden und Blumen vorbei auf die terrakottafarbene Villa mit ihrem heimeligen Erker zu. Doch gleich, nachdem ich die prächtige Haustür aufgeschlossen hatte, vernahm ich einen gellenden Schrei: »Nein!«, der mir wie ein Stich ins Ohr schnitt. Es war zweifelsfrei Tamara, die sich akustisch auf dramatische Weise bemerkbar machte.

Was ging da drinnen vor sich? Mit meiner Tasche noch am Arm versuchte ich, die Richtung zu orten, und war mir sicher, Tamaras Schrei kam aus dem Bad. War jemand ins Haus eingedrungen und bedrohte sie? Ein Perverser, der darauf gewartet hatte, bis sie nackt unter der Dusche stand? Dabei war mir doch niemand aufgefallen, der um das Haus schlich, um uns auszuspähen. Außerdem machte sich Tamara nichts aus Männern, das war kein Geheimnis. Blitzschnell beschloss ich, die Haustür offen stehen zu lassen, um dem Eindringling nicht den Fluchtweg abzuschneiden. Womöglich bedrohte er auch noch mich! Wer weiß, welche Waffen der bei sich trug? Vielleicht eines der großen Messer aus der Küche! Ein weiterer gellender Schrei bestätigte mir die Richtung. In dem Moment schoss Kater Willi mit eng angelegten Ohren wie ein Pfeil an mir vorbei. Ergriff der Kater die Flucht, anstatt mit ausgefahrenen Krallen sein Frauchen zu verteidigen? Dieser Hosenscheißer! Dabei sind Katzenkrallen ein wirklich effizientes Mittel der Verteidigung. Wenn er damit einem Einbrecher übers Gesicht strich, war der ganz schön bedient. Ich sog die Luft ein und schmiss entschlossen meine Tasche auf den gefliesten Boden. Was war hier los? Allerdings zeigte der mehrmalige Schrei an, dass Tamara immerhin noch lebte. Vorsichtig und mit entsetzlicher innerer Anspannung schlich ich auf das Bad zu und stieß die Tür, welche einen Spalt weit offen stand, mit dem Schlimmsten rechnend ganz auf. Natürlich guckte ich nach, ob jemand hinter der Tür stand. So etwas lernt man in jedem Kriminalfilm! Zu meiner Erleichterung fand ich jedoch Tamara alleine vor. »Was ist denn los?« Ich blickte mich um. »Ist noch jemand im Haus?«, fragte ich schnell.

Tamara verneinte: »Ich bin allein«, während sie nach einem bunten großen Badetuch griff, in das sie sich schleunigst einwickelte, »schon gut.«

»Nichts ist gut!«, sagte ich. Der Duschvorhang hing in Fetzen von seiner Stange. »Das versorgen wir am besten mit Wundsalbe.« Ich zeigte auf die Kratzer an ihrer Schulter. »Nicht dass sich das entzündet.«

»Halb so wild«, wiegelte sie ab, griff nach einem kleineren Handtuch und verbarg darunter ihre nassen Haare. »Ich kann jetzt einen Kräutertee vertragen. Mit einem Löffel Sanddornhonig.« Als sie das Handtuch zu einem Turban schlang, entdeckte ich zusätzliche tiefe Kratzer auf ihrer rechten Hand.

Den Wink verstehend, machte ich mich auf den Weg in die Küche. Eine Durchsuchung des Hauses sparte ich mir, da sie ja versichert hatte, alleine zu sein. Beim Blick in den Garten, bevor ich die Haustür schloss, erspähte ich Willi, der mit Hingabe seine Pfoten leckte. Tamara erklärte mir sicherlich gleich, was vorgefallen war. So lange musste ich mich gedulden, auch wenn dies meinem Wesen nicht entsprach. Ich zog in der Küche eine der Schranktüren auf, entnahm eine Kräuterteemischung und stellte den Wasserkocher auf 90 Grad. Der Sanddornhonig neben dem Brotkasten erinnerte mich an eine Reise nach Sankt Peter-Ording. Von dort hatte ich damals ein paar Gläser mitgebracht. Als der Tee fertig war, kam Tamara in die Küche und setzte sich auf einen der Stühle an den hölzernen Tisch. Sie hatte eine lockere Hose angezogen und ein T-Shirt übergestreift. Eine Glastür führte von der Küche aus auf die Terrasse. Dort hatten wir im vorletzten Jahr, zur Zeit der Bundesgartenschau, ein schönes Fest mit viel Kuchen gefeiert. Norbert war dabei gewesen, unser Sohn Julian mit seiner Freundin Frida und auch meine Schwiegermutter Gustava mit ihrem Lebensgefährten Theobald. Ich erinnerte mich gerne an diese glücklichen Stunden. Aber jetzt stand Willi auf der anderen Seite der Glastür und drückte mit seiner Pfote dagegen, zum Zeichen, dass wir ihm aufmachen sollten.

»Vor was ist er denn abgehauen?«, fragte ich und betätigte den Riegel an der Tür, um sie zu öffnen.

»Nein, nein! Nicht aufmachen. Der bleibt draußen.« Tamara nahm die bauchige Kanne, die ich auf den Tisch gestellt hatte, und goss Tee in ihre Tasse. Während sie nach dem Honigglas griff, sprach sie weiter. »Der soll ruhig merken, dass das nicht geht.«

»Was nicht geht?«, wollte ich wissen.

»Also echt, das war wie eine Szene aus Hitchcocks Film *Psycho*. Ich stehe unter der Dusche und schäume gerade meine Haare ein, als Willi plötzlich gegen den Vorhang springt. Natürlich gibt der nach, und der Kater landet auf meiner Schulter, wo er sich festkrallt. Mann, das brennt vielleicht! Keine Ahnung, was in den gefahren ist, echt! Als ich vor Schmerz schreie, krallt er sich erst recht fest. Ich schlage ihn im Affekt weg, er verheddert sich im Duschvorhang und ruiniert den komplett.« Sie versenkte ihren Teelöffel im Honig und leckte ihn ab. Erst die zweite Löffelladung landete in ihrer Tasse. »Der ist so was von hinüber. Wir müssen einen neuen kaufen.«

»Aber warum hat Willi das gemacht?«, wollte ich wissen. »Hat ihn etwas erschreckt? Er ist doch eigentlich lammfromm.« Vor der Terrassentür miaute Willi gekränkt, denn der hübsche Kater mit dem roten Fell war es gewohnt, dass seine Wünsche durch sein Personal, als das er uns sah, prompt ausgeführt wurden. Die Umschreibung, er sei verwöhnt, traf es punktgenau.

»Keine Ahnung, was da in ihn gefahren ist.«

»Da saß sicher etwas auf dem Duschvorhang, das er fangen wollte.«

»Ah, das kann sein. Das wäre eine Erklärung. Schließlich ist unser verschmuster Herr eigentlich ein Raubtier. Ich bin irgendwie noch so geschockt von seinem Überfall, dass ich da nicht von selbst drauf gekommen bin.«

»Eine Spinne oder so. Der Jagdtrieb ist mit ihm durchgegangen.«

»Oder eine von den Eidechsen. Sie spazieren manchmal durch das gekippte Fenster herein. Wenn es draußen sehr heiß ist, suchen sie Feuchtigkeit.«

Ich füllte die zweite Tasse, die auf dem Tisch stand, für mich mit Kräutertee. »Und jetzt soll er wirklich draußen bleiben?« Ich zeigte mit dem Finger auf ihre Schulter. »Das hat der Arme doch nicht mit Absicht gemacht. Er ist bloß ein Kater. Er muss in Panik geraten sein, als er am Duschvorhang keinen Halt fand. Eigentlich kann er doch gar nichts dafür.«

Tamara stöhnte. »Der hat Sie voll um den Finger gewickelt, nicht wahr? Wenn er wegen Mordes vor Gericht stünde mit Ihnen als Richterin, bekäme er prompt einen Freispruch.«

»Nun ja«, protestierte ich, »es gibt ja Unfälle mit Todesfolge. Davon würde ich bei einem Angeklagten namens Willi immer ausgehen.«

»Ach, machen Sie schon die Tür auf«, gab sie nach. »Es stimmt schon, man kann ihm einfach nicht lange böse sein.«

Als er sein Ziel erreicht hatte, stapfte der Kater mit den weißen Pfoten schnurstracks zu Tamara, sprang auf ihren Schoß und blinzelte auf den Tisch.

»Verfressen ist er auch noch. Er denkt, wir essen gleich«, lachte Tamara. Offenbar hatte sie ihm den Übergriff bereits verziehen, als sie mit der linken Hand an die Stelle zwischen seinen Ohren tastete und ihn kraulte.

Nachdem ich den Schreck verdaut und sich nun glücklicherweise herausgestellt hatte, dass kein menschlicher Eindringling versucht hatte, Tamara unter der Dusche zu killen, wanderten meine Gedanken in Richtung meiner Tasche, die ich vorhin im Flur fallen ließ. Denn da war etwas drin, das mir nicht gehörte. Sollte ich es morgen einfach in den Briefkasten bei einer Polizeiwache stecken? Aber deren Zugänge wurden sicher mit Kameras überwacht. Und dieser Melanie Härter traute ich zu, mich in einem Video sogar mit Hoodie und Sonnenbrille zu erkennen. Ganz allein schon aus dem Grund, weil sie mich erkennen wollte! Mir fiel ein, Babyklappen wurden nicht videoüberwacht, um die Leute nicht davon abzuhalten, in einer ausweglosen Lage ihre Kinder dort abzulegen. Aber sollte ich meinen Fund tatsächlich in eine Babyklappe legen? Welch ein doofer Gedanke. Ich hoffte inständig auf eine Eingebung, wie ich die *Smartwatch* ohne nervige Nachfragen der Polizei zuspielen konnte.

26

Während Florian in seinem Zimmer vor dem hohen Spiegel stand, fiel es ihm plötzlich sprichwörtlich wie Schuppen von den Augen. Nichts im Leben geschah ohne Grund. Es gab keine Zufälle! Weshalb genau hatte er sich ausgerechnet den Kini für seine Auftritte ausgesucht? Das war eben nicht lediglich aus einer Laune heraus passiert! Er wandte den Kopf zur Seite und besah sein Profil. Wenn er das Kinn etwas anhob, war es unübersehbar. Er wurde seinem Idol immer ähnlicher. Ein Schauder breitete sich von seinen Schultern über den Rücken hinab aus, erfasste den Lendenbereich bis hin zu den Pobacken. Wieso kam er da jetzt erst drauf? Es kam keine andere Erklärung dafür infrage. Dass er selbst so lange dafür gebraucht hatte, deutete für ihn auf die Echtheit seiner Empfindung hin. Er stützte sich schwer atmend mit beiden Händen neben dem Spiegel an der Wand ab. Die Erkenntnis überrollte ihn wie ein Beben. Er hob sein Gesicht an und blickte in den Spiegel. Es war eindeutig. Er war König Ludwig II. in Reinkarnation. War es ihm bei seinem Besuch in Herrenchiemsee nicht so vorgekommen, als wäre es eigentlich sein Schloss, durch welches er schritt? Wieso nur hatte er damals den aufblitzenden Gedankengang unterdrückt und unterlassen, ihn weiterzuverfolgen? Und war er denn nicht in Sichtweite des Schlosses in Edenkoben in der Pfalz geboren worden, als seine Eltern zunächst bei den Großeltern mütterlicherseits wohnten? Das Schloss Ludwigshöhe war die Sommerresidenz von König Ludwig I. von Bayern, dem Großvater des Märchenkönigs. Die Pfalz gehörte damals nämlich zu Bayern. Als Kind hatte Florian in seinen Ferien mit den Nachbarskindern in dem beim Schloss liegenden Wald gespielt und Esskastanien gesammelt, »Keschde«, die seine Großmutter für die gesamte Familie lecker zubereitete. Der Wittelsbacher König Ludwig I. ließ Hunderte von Esskastanienbäumen um seine Sommerresidenz bei Edenkoben pflanzen.

Selbstverständlich kannte Florian seit seinen Jugendjahren die skandalträchtige Geschichte um Lola Montez, mit der der König eine Affäre hatte. Sah Elena ihr nicht sogar frappierend ähnlich? Warum um Himmels willen hatte er das nie zuvor bemerkt? War das eine letztendlich nicht ähnliche Verbindung zwischen ihnen beiden wie zwischen dem Monarchen und der Tänzerin, die damals unglücklich endete? War es vorherbestimmt, dass Elena nicht zu ihm zurückkehrte? Diese zahlreichen Berührungspunkte mit der Familiengeschichte der Wittelsbacher konnten unmöglich dem Zufall geschuldet sein. Alles ergab plötzlich einen Sinn, fügte sich zu einem Ganzen. Benommen taumelte er zu seinem Bett und fiel der Länge nach darauf.

Durch das offene Fenster drang der Ruf einer Drossel. Der Spottruf des Vogels machte ihn nachdenklich. Sollte er wirklich damit schon zum jetzigen Zeitpunkt an die Öffentlichkeit gehen? War es nicht vielmehr besser, er behielt die Erkenntnis, nein, die Gewissheit für sich? Zumindest fürs Erste, bis er einen endgültigen Beweis fand. Aber womit bewies man eine Reinkarnation? Durch hypnotische Rückführung? Darüber nachzudenken überforderte ihn für den Moment. Die Zeit wird es richten, beschloss er. Alles hatte einen Sinn, deshalb konnte er darauf vertrauen, selbst mit einem Beweis konfrontiert zu werden, der derart stichhaltig war, dass niemand ihm den absprechen konnte. Das Leben würde ihm diesen Beweis zuspielen. Einen, den keine Hater und Neider negieren konnten. Erschöpft übermannte ihn ein tiefer, traumloser Schlaf.

27

»Autsch!« Ann riss ihren Arm hoch und rutschte im selben Moment mit einer ruckartigen Bewegung vom Rand weg.

»Alter! Was machst du?« Jule hielt sich mit beiden Händen am Vordersitz fest.

»Das Vieh hat mich gebissen!«

»Immerhin lebst du noch! Sag mal, warum hältst du überhaupt deine Hand ins Wasser? Du siehst doch die fetten Dinger, die da schwimmen.«

»Die sehen so nett aus.«

»Nett? Gierig sehen die aus, wie sie einen mit ihren Glupschaugen anstarren. Und die Mäuler sind ganz schön groß. Da passt was rein!«

Marja, die in der vordersten Reihe saß, beschwichtigte die beiden. »Jetzt hört schon auf damit.« Sie wandte sich zu Ann um. »Zeig mal her.«

Ann streckte ihr den Finger entgegen. »Tut weh.«

»Selbst schuld«, bemerkte Jule.

»Es ist gut, Jule.« Marja beäugte den Finger. Der Karpfen hatte offenbar nur mit den Lippen zugeschnappt. »Da ist nichts zu sehen, Ann. Der Schmerz lässt sicher gleich nach.«

Jule setzte noch einen drauf. »Tetanus haste wohl, oder?«

»Klar.« Ann kapierte nicht, dass die Frage scherzhaft gestellt war. »Vor vier Wochen erst aufgefrischt.«

Marja hielt kurz die Luft an. Jule antwortete allerdings

nicht auf Anns Information und zeigte mit von ihr abgewandtem Gesicht eine amüsierte Grimasse.

Begleitet von einer ganzen Horde adipös wirkender Karpfen glitt das helle Boot mit dem markanten signalgelben Segeldach auf dem Kutzerweiher dahin. Vereinzelt sonnten sich am Ufer Schildkröten mit gereckten Hälsen. Auf dem Dach eines entgegenkommenden leeren Bootes saß ein Reiher. Mehrere imposante Pelikane glitten auf dem Wasser dahin. Die Boote wurden von einem Seilsystem gezogen. Das man allerdings nicht sehen konnte, weil es sich unter der Wasseroberfläche befand. Marja war wie ihre ehemaligen Klassenkameradinnen gestern Abend in Mannheim angereist. Dabei hatte sie Ann, die aus Ulm kam, am Karlsruher Hauptbahnhof aufgelesen und die letzten 70 Kilometer der Strecke in ihrem Auto mitgenommen. Unterwegs plapperte Ann unentwegt munter von ihren Kindern. Marja war nun selbst hervorragend in der Lage, die Lieblingsessen der beiden aufzusagen, und wusste außerdem, dass die kleinere von beiden auch schon aufs Töpfchen ging. Als sie in der Ferienwohnung in den Mannheimer Quadraten eintrafen, waren Jule, Hannah und Mirjam bereits da. Jule hatte sogar schon für Sekt im Kühlschrank gesorgt. Sie waren bis spät in die Nacht hinein auf der kleinen Dachterrasse, die auf einen Innenhof führte, beieinander gesessen. Heute Vormittag, nach einem ausgiebigen Brunch in einem der Cafés am Marktplatz, hatten sie sich in Richtung Luisenpark aufgemacht. Nicht weit hinter dem Eingang Fernmeldeturm waren sie zur Anlegestelle der Gondolettas gegangen.

»Weißt du noch, als du seekrank wurdest?«, prustete Jule plötzlich los.

»Meinst du mich?«, fragte Ann indigniert, nachdem keine der anderen reagierte.

»Das kannst du unmöglich vergessen haben! Als wir uns am Chiemsee trafen und mit dem Boot auf diese Insel mit dem Schloss fuhren.«

»Herrenchiemsee!«, rief Hannah. »Dieser verrückt gewordene König hat das bauen lassen.«

»Leute! Ich war schwanger! Da verträgt man keine Bootsfahrt.«

»Der See war so glatt wie die blanke Fläche eines Bügeleisens.« Jule kicherte.

Ann überging die Bemerkung und fand, es sei Zeit für einen Themenwechsel. »Wisst ihr was? Ich war vor Kurzem bei einer Hochzeit. Da kam tatsächlich einer im König-Ludwig-Kostüm und reichte dem Brautpaar die Ringe auf einem Samtkissen!« Ann kicherte. »Das war echt total abgefahren.«

»Er trug so einen langen blauen Umhang mit Pelz verbrämt?«, fragte Marja.

»Pelz? Igitt!«, protestierte Jule.

»Kein echter. Ein nachgemachter«, erinnerte sich Ann. »Genau, der Samt war blau.«

»Na, der ganze Typ war ja wohl nachgemacht!« Jule war kurz vor einem Lachanfall. »Da war tatsächlich einer im Königskostüm bei der Hochzeit?«

»Der hat das echt gut gespielt. Irgendwie war das etwas ganz Besonderes. Also, mir hat es gefallen. Auch wenn ich es schade fand, dass er nicht zur Feier blieb. Er wollte nach seinem Auftritt wieder weg, unterhielt sich mit niemandem. So, als ob er geradezu scheu sei.«

Marja dachte spontan an Florian. »Ich glaube, ich kenne den.« Sie erinnerte sich sehr gut an Florian und seinen Auftritt mit dem Schwanenboot, den sie mit Norbert, Edelgards Ehemann, vom Ufer aus verfolgt hatte. Sie beide waren während der Bundesgartenschau im Luisenpark unterwegs gewesen, um Beweise für Edelgards Unschuld zu sammeln. Die saß damals sogar in Untersuchungshaft, weil jemand mit falschen Spuren den Eindruck zu vermitteln versuchte, sie habe etwas mit dem Verschwinden der Freundin ihres Sohnes zu tun. Zunächst schien dieses Vorhaben sogar geglückt, aber sie und Norbert waren in das Haus der beiden in Stuttgart gefahren, weil der Nachbarsjunge bemerkt hatte, dass jemand ins Haus eingedrungen war. Der Mann hatte sich auf diesem Weg DNA-Material von Edelgard besorgt, das er daraufhin auf Fridas Sachen, die in Mannheim gefunden wurden, platzierte. Zum Glück ließ sich das Ganze aufklären und Edelgard wurde umgehend aus der Untersuchungshaft entlassen.

»Echt jetzt? War der bei eurer Hochzeit auch?«, fragte Ann.

»Nee, Quatsch, natürlich nicht.«

»Bei euch war bestimmt alles Bio und so. Außerdem waren wir nicht eingeladen.« Jule hob schalkhaft ihren Zeigefinger.

»Ja, sorry. Alter! Wie lange liegt das zurück? Streichst du mir das jetzt bei jedem Treffen um die Ohren?« Marja dachte an ihre Reportage, denn für sie bestand der Mannheim-Aufenthalt nicht nur aus bloßem Vergnügen. Sie musste das Angebot irgendwie so verpacken, dass die Freundinnen anbissen. »Was haltet ihr eigentlich davon, wenn ich euch interviewe?«

»Für die *Vogue*?«, lachte Mirjam, die neben ihr in der vorderen Reihe saß. Jule und Ann hatten in der zweiten Platz genommen, Hannah in der dritten. Ihr war es durch einen schnellen Wurf ihres Rucksackes auf die Sitzbank zu verdanken, dass sich ein Mann sichtlich reiferen Alters nicht zu der Frauenrunde gesetzt hatte. Es blieb ihm nichts anderes übrig, als merklich enttäuscht das nächste Boot zu nehmen. Dem Vernehmen nach saß dort eine Familie, die lauthals mit ihren Kindern »Alle meine Entchen« in Endlosschleife intonierte. Ihr Mitleid mit dem Mann hielt sich in engen Grenzen.

»Mindestens!«, lachte Marja. Die anderen stimmten ein.

»Jetzt sag schon! Was hast du vor?«, bohrte Hannah nach.

Marja druckste herum. »Also, na ja. Es ist so.«

Jule knuffte sie sanft in den Rücken. »Sag doch endlich!«

»Okay. Ich schreibe eine Reportage über den Luisenpark. Weil die doch Jubiläum haben. Dabei soll ich auch ein paar Gäste interviewen.«

»Du denkst dabei an uns?«, fragte Ann.

»Irgendwie schon.«

»Oh, wie praktisch! Wisst ihr noch, als sie damals den Schulleiter interviewt hat, als sie für die Schülerzeitung eine Person des öffentlichen Lebens porträtieren sollte?«, platzte Jule heraus.

»Ich muss auch nicht eure Namen dazu schreiben.«

»Verstehe. Informantenschutz.« Jule nickte.

»Seht es positiv! Ich kann viel mehr mit euch zusammen sein, wenn ich nicht durch den Park pirsche und fremde Leute anspreche. So ganz entspannt. Einfach nur eure Eindrücke. Was euch gefällt, was ihr nicht so toll findet. So halt in der Richtung.«

»Anonym finde ich in Ordnung«, rief Hannah nach vorne. »Du verpasst uns Pseudonyme.«

In dem Boot hinter ihnen gab die stimmkräftige Familie mittlerweile »Ein Jäger aus Kurpfalz« zu Gehör, wobei sie die Noten nicht immer trafen. Die Freundinnen waren erleichtert, der unfreiwilligen akustischen Berieselung zu entrinnen, denn am Anleger bei der Neuen Mitte hielt ein kräftiger Mann ihr Boot fest, während sie an Land stiegen.

»Ann, brauchst du Hilfe?« Marja stand als Erste auf dem Steg und reichte ihr die Hand. »Lasst uns ein wenig bummeln. Und danach erzählt ihr mir eure Eindrücke. Ich nehme das mit meinem Handy auf.« Unbewusst führte sie das Grüppchen in die Richtung, wo während der Bundesgartenschau die Station der Seilbahn gestanden hatte, mit der sie mehrmals gefahren war. Die Fahrt über den Neckar war spektakulär gewesen. Wie viele andere bedauerte sie den Abbau der Attraktion, deren Unterhalt sich nun mangels Fahrgastaufkommens nicht mehr rechnete. Gleich waren sie an der Stelle angelangt, wo damals der *Bücherhimmel* positioniert war. Nach der Bundesgartenschau gab es noch ein paar Telefonate mit Edelgard Buchmann, aber nun war sie schon seit einer Weile nicht mehr dazu gekommen. Ihr eigener Alltag lastete sie ziemlich aus. Zu Marjas Überraschung stand da immer noch der *Bücherhimmel*. »Moment mal«, murmelte sie. War der etwa geöffnet? Das konnte doch nicht wirklich wahr sein! Es gab tatsächlich ein Comeback dieser Einrichtung? Sie lief die letzten Meter und achtete nicht auf die Rufe ihrer Freundinnen. Am *Bücherhimmel* angekommen, stürmte sie hinein.

Edelgard blickte sie verdutzt an. »Marja! Wo kommen Sie denn her?«

Die beiden umarmten sich. »Der *Bücherhimmel*! Toll! Ich freue mich so!«

»Das ging so schnell für mich! Als ich davon erfuhr, dass der *Bücherhimmel* wieder aktiviert wird, musste ich beinahe schon los. Ich war total überrascht von dem Revival. Zwischendurch gab es hier einen Souvenirverkauf, aber der Mann, der das vorübergehend übernommen hat, ist in Rente gegangen. So konnten die beiden Heidelberger Buchhändlerinnen das Lädchen wieder pachten.«

»Wohnen Sie wieder bei Wiebke und Tamara?«

Edelgard nickte. Marja sandte der Himmel! Ihr konnte sie von ihrem Fund erzählen und gemeinsam mit ihr über ihr weiteres Vorgehen nachdenken. Der Plan wurde allerdings von vier weiteren Frauen vereitelt, die den *Bücherhimmel* betraten. Marja machte sie der Reihe nach mit Edelgard bekannt. »Unser Klassentreffen ist dieses Jahr in Mannheim.«

»So ein Zufall!«

»Nicht ganz. Wir sind wegen des Parkjubiläums hier«, erläuterte Jule. »Schließlich verbinden wir mit unserem Treffen immer ein Programm und machen was Schönes gemeinsam.«

»Ich schreibe eine Reportage über den Park«, ergänzte Marja.

»Sie beutet unsere Eindrücke aus!«, grinste Hannah. »Sie kann es einfach nicht lassen zu arbeiten. Sogar wenn sie ihre Freundinnen trifft.«

»Du kannst doch diese reizende Buchhandlung in deinem Artikel erwähnen!«, schlug Ann vor. An Edelgard gewandt, fragte sie: »Haben Sie auch Kinderbücher?«

»Klar!« Edelgard zeigte auf ein Regal, dessen Regalböden von Wiebke persönlich ein Anstrich in jeweils einer anderen Farbe des Regenbogens verpasst worden war. »*Backen mit Kindern* ist mein momentaner Bestseller. Das bestelle ich täglich nach.«

»Das ist eher ein Geschenk für meine Schwiegermutter. Die bäckt so gerne mit meinen Kindern.«

»Welch ein Glück«, prustete Mirjam los. »Ich erinnere mich an einen Kuchen, in den du statt 150 Gramm Zucker 150 Gramm Salz gepanscht hast.«

»Die Behältnisse für die sahen total gleich aus!«, verteidigte sich Ann. »Das hätte jeder von uns passieren können. Das ist außerdem Jahre her!«

»Unser Nachbarshund hat sich sehr über den Kuchen gefreut, obwohl er eigentlich für meinen Geburtstag gedacht war.«

»Olle Kamellen, Mädels! Ich schlage vor, wir trinken hier Kaffee. Die Runde geht auf mich!« Marja beschwichtigte ihr Gewissen gegenüber den Freundinnen mit ihrer Spendierfreudigkeit.

Während Hannah, Jule und Mirjam bereits auf der kleinen Veranda Platz nahmen und Ann im Kinderbuchregal stöberte, nutzte Marja die Gelegenheit für eine Frage an Edelgard. »Und sonst, alles okay?«

Edelgard hätte nur zu gerne von dem Mordfall erzählt. So wie sie Marja kannte, interessierte die das bestimmt. Schließlich war sie Journalistin. Aber sollte sie das wirklich vor deren Freundinnen ausbreiten? Sie wollte die fröhliche Unbeschwertheit der jungen Frauen nicht stören. Und so sagte sie: »Jaja, alles gut«, während sie begann, an ihrem Kaffeeautomaten zu hantieren. »Wie geht es Ihrem Mann, hoffentlich auch gut?«

»Oliver arbeitet so viel in seiner Kanzlei, der merkt gar nicht, wenn ich mal weg bin.« Das war gelogen, denn Oliver vermisste durchaus die Abende mit ihr, auch wenn er nicht um Punkt 17 Uhr seinen Schreibtisch im Büro verließ, sondern oft später. »Kann ich was helfen?«

»Stellen Sie doch schon mal das Zuckerdöschen und die Milch draußen auf den Tisch, während ich den Kaffee mache.« Edelgard dachte darüber nach, wie es sich einrichten ließ, Marja alleine zu treffen. »Wie sieht es denn heute Abend bei Ihnen aus?«

»Oh, wir gehen zusammen essen.«

»Hannah holt ihre Hochzeitsfeier mit uns nach!« Ann lauschte offensichtlich bei ihnen mit.

»Hochzeitsfeier?«, echote Edelgard verständnislos.

»Sie hat kürzlich im kleinen Kreis geheiratet. Ohne uns. Und dafür sind wir heute eingeladen«, erklärte Marja, »sozusagen als Ersatz.«

»Verstehe«, Edelgard versuchte, ihre Enttäuschung darüber, Marja heute nicht alleine treffen zu können, zu verbergen. Über ihren Fund hätte sie sich gerne im persönlichen, vertraulichen Gespräch ausgetauscht und nicht am Telefon. Ihre Aufmerksamkeit wurde jedoch spontan von einem kleinen Mädchen in Anspruch genommen, welches in den Laden fegte und auf das Regal mit den Plüschtieren zustrebte. Im unteren Fach standen die Pinguine, die sich auch in Stoffform großer Beliebtheit erfreuten. Die Schildkröten waren etwas weniger begehrt und teilten sich den Beliebtheitsrang mit den bunten Papageien im oberen Fach. Das Mädchen hielt seine Hände auf dem Rücken und bestaunte mit verzücktem Gesichtsausdruck die Pinguine.

Ann beugte sich zu dem Mädchen hinab. »Wo ist denn deine Mama?«

Das Mädchen zeigte nach draußen.

»Und wie heißt du?«

Bevor die Kleine antworten konnte, stürmte eine Frau in den Laden. »Annalena! Was machst du denn da? Du sollst doch nicht einfach weglaufen.«

»Alles gut. Sie schaut sich nur ein wenig um«, beschwichtigte Edelgard die Frau, die allem Anschein nach die Mutter der Kleinen war. Ann wandte sich wieder den Büchern zu.

»Entschuldigen Sie bitte. Sie liebt die Pinguine so sehr. Wir sind hauptsächlich wegen denen im Park. Sie hat die Stofftiere von draußen gesehen und ist mir entwischt.«

»Wer liebt die nicht? Die sind ja auch ganz reizend.« Edelgard lächelte Annalena an.

Was die als Aufforderung betrachtete, nach einem der Pinguine zu greifen und ihn liebevoll an sich zu drücken. Ihre Mutter versuchte vergeblich, ihn ihr aus den Händen zu nehmen. »Annalena, du weißt doch …«, verschämt brach sie mitten im Satz ab, während sich zugleich ein Ausdruck von tiefer Resignation auf das Gesichtchen des Kindes legte. Edelgard registrierte die extrem schlichte Kleidung sowohl des Kindes als auch der Mutter. Die Haare der Kleinen wirkten schräg geschnitten. Womöglich hatte die Frau am Parkeingang einen Gutschein für bedürftige Familien eingelöst. Das ruhige Mädchen mit den großen braunen Augen rührte spontan Edelgards Herz. Ihr eigenes Budget gab es locker her, der Kleinen das Stofftier zu schenken. Aber was war, wenn sich das herumsprach? Kamen dann täglich kleine Besucher mit wenig Geld zu ihr? Das konnte sie unmöglich stemmen. Schließlich musste der Laden nicht nur seine Kosten einspielen, sondern nach Möglichkeit auch einen Gewinn, von dem seine Betreiberinnen ihren Lebensunterhalt bestreiten konnten. Sollte sie jedoch die kleine Person tatsächlich einfach derart enttäuscht abziehen lassen? Ein weiterer trauriger Tag im Leben eines Kindes armer Eltern?

Währenddessen hatte die Mutter obsiegt und Annalena das Stofftier entwunden und ins Regal zurückgestellt. Ein temperamentvolleres Kind, das gewohnt war, seinen Willen durchzusetzen, hätte sicher lautstark dagegen protestiert. Annalena jedoch gab keinen einzigen Laut von sich, gerade so, als ob es eine Situation sei, die sie schon öfter durchlebt hatte und als ob sie ganz genau wisse, dass Widerspruch völlig sinnlos war, wenn das zur Verfügung stehende Geld gerade mal für Essen und das Notwendigste zum Leben reichte.

Die Frau nahm ihre Tochter auf den Arm und schickte sich an, den *Bücherhimmel* zu verlassen. Die Augen der Kleinen waren ausdruckslos, so, als ob sie nach innen blicke. Als habe sich eine Tür, die für einen kurzen Augenblick einen kleinen Spalt offen zu sein schien, geschlossen und sei nun verriegelt. Betretenes Schweigen trat im Bücherhimmel ein.

»Warten Sie!« Edelgard nahm den Pinguin in die Hand und überlegte sich fieberhaft eine Geschichte, die glaubwürdig und absolut überzeugend klang. Schließlich wollte sie weder, dass ihr Samaritertum nun täglich angefordert wurde, noch die Frau beschämen. »Mein 1000. Besucher erhält ein Geschenk. Das ist eine einmalige Aktion. Na«, sie lächelte das Mädchen aufmunternd an, »Annalena, du hattest Glück! Du bist mein 1000. Gast!«

»Das …« Die Frau wandte sich ab und versuchte verschämt, sich an Edelgard vorbei aus der Tür zu drängen.

»Das ist wahr!« Marja, die die Szene mitverfolgt hatte, durchschaute Edelgards Plan und sprang ihr umgehend bei. »Ums Haar wäre ich das gewesen! Aber ich war bloß die Nummer 999. Das hat man mir vorhin gesagt, und nun waren wir alle hier ganz gespannt, wer als Nächstes in den Laden kommt. Das nennt man wirklich Glück, junge Dame!« Sie lächelte dem Mädchen aufmunternd zu.

Die blickte erst zu ihrer Mutter, und als von der keine Einwände kamen, zu Edelgard. Ungläubig nahm sie den Pinguin an sich und schmiegte ihn selig an ihre Wange. »Danke.«

Als die beiden weg waren, bedankte sich Edelgard bei Marja. »Ihr Eingreifen hat es der Mutter erleichtert, das Geschenk für ihre Tochter anzunehmen. Irgendwie schien sie mir meine Geschichte nicht so ganz abzukaufen. Aber mit Ihrer Unterstützung dann doch.«

»Geschichte? Also ich finde, das war überaus glaubwürdig!« Ann zog einen Zehneuroschein hervor, legte ihn neben die Kasse und sagte mit bestimmendem Ton, der keinen Widerspruch duldete: »Wir teilen uns das. Mir hat die Kleine auch total leidgetan.« Dabei dachte sie an die vollen Zimmer ihrer beiden eigenen Kinder.

28

Luca kam auf meinen Anruf hin am späten Nachmittag in den *Bücherhimmel*, um mich abzulösen, denn ich machte heute den restlichen Tag frei. Endlich kam ich dazu, ihn zu fragen, ob er Sport betreibe. Zunächst quittierte er meine Frage mit Lachen.

»Wollen Sie mitmachen? Wir haben tatsächlich einen Lauftreff.«

»Laufen?«, echote ich. »Habt ihr denn nichts von den Morden gehört?«

»Die drei Jogger?« Luca wurde ernst. »Das haben wir, ja. Schrecklich. Aber wir sind davor schon immer in der Gruppe gelaufen. Der harte Kern sind zehn Leute. Ich denke, uns wird keiner angreifen.«

»Und Sie laufen wirklich nie alleine, Luca?«

»Das Beste am Sport ist doch, ihn gemeinsam auszuüben. Und danach miteinander den Flüssigkeitspegel wieder aufzufüllen.«

»Ich muss mir also keine Sorgen machen?«

»I wo! Ich renne garantiert nirgends alleine hin. Ehrenwort!«

Erleichtert verabschiedete ich mich. Es wäre nicht auszudenken gewesen, wenn ein weiterer Mord in der Region geschah und ich kannte das Opfer wieder persönlich. Luca war durchaus glaubwürdig mit seiner Version, ausschließlich in der Gruppe zu laufen. Er war sympathisch und gesellig. Mehrere Kunden hatten mir bereits bestätigt, dass Luca unglaublich gut mit Menschen umzugehen verstand. Der verlässliche junge Mann war ein wirklicher Gewinn für den *Bücherhimmel*.

Es war für mich nicht weiter schwierig gewesen, das Hotel des Mordopfers zu finden. Der Arzt hatte mir die Lage so genau beschrieben, dass ich es sogar ohne den Namen gefunden hätte. Was ich hier wollte? Mich lediglich ein wenig umsehen. So etwas konnte nie schaden. Vielleicht war der Mann kein Zufallsopfer und es gab gar keinen Serienmörder, wie in der Zeitung stand. Das Foyer war mit einem Teppich ausgelegt, so einem mit Muster, auf dem man nicht gleich alle Flecken sieht. Von der Größe trug es sicherlich seinen Teil dazu bei, dieses Haus drei Sterne führen zu lassen. Oft korrelierte die Größe der Zimmer zu der des Foyers, die oft umso kleiner waren, je größer die Eingangshalle war. Mir persönlich war es lieber, wenn ich beim Umrunden meines Hotelbettes mit dem Rücken nicht die Wand streifte. Gleich links neben dem Eingang stand neben einer Bar eine senffarbene Couchlandschaft. Geradeaus lief man direkt auf die Anmeldung zu, die momentan nicht besetzt war. Das passte allerdings gut in mein Konzept, so lief ich nicht sofort Gefahr, nach dem Grund meines Hierseins gefragt zu werden. Schließlich wollte ich kein Zimmer mieten. Obwohl dies sicher eine gute Tarnung gewesen wäre. Aber die 120 Euro, die ich im Internet recherchiert hatte, waren ein stolzer Preis, um das mal eben so aus der Hosentasche zu schütteln. Hinter der Bar stand eine Frau mittleren Alters. Ich ging direkt auf sie zu.

»Kann ich hier etwas trinken?«

Sie musterte mich. »Ahjo, des kriege wir hin. Was darf es sein?«

Mein Blick glitt über die Tafel hinter ihrem Rücken. »Einen Milchkaffee, bitte.«

»Nehmen Sie Platz«, sie wies auf die Couches, »ich bringe es Ihnen.«

Während meines Wartens öffnete sich die Tür für ein Grüppchen, das aus zwei Männern und drei Frauen bestand.

»Ich reise morgen ab.« Der Mann mit dem von silberfarbenen Strähnen durchzogenen Haar trug eine Tasche bei sich, auf der dasselbe Logo prangte wie auf dem T-Shirt des Arztes in der Straßenbahn.

»Sollen wir nicht bleiben, bis hier alles geklärt ist?« Das kam von dem zweiten Mann, der ein paar Jahre jünger und drahtiger als der andere zu sein schien. Als er sich umwandte, war auf seinem Rücken ein Rucksack mit eben diesem Logo zu sehen.

»Das kann dauern! Außerdem wurden wir doch bereits alle befragt. Die haben sogar unsere Kontaktdaten. Wenn die noch was wissen wollen, können die uns anrufen. Ich muss nach Hause! Meine Patienten brauchen mich. Ich kann nicht noch länger wegbleiben.«

»Was ist mit der Beisetzung?« Eine der Frauen mit auffallend blondem Haar fragte in die Runde. »Fahrt ihr dorthin? Es müsste doch herauszufinden sein, wann die stattfindet.«

»Willst du seiner Frau kondolieren?«, meinte eine der beiden anderen. Sogar von meinem Platz aus war zu sehen, dass bei der Fülle ihrer Lippen nachgeholfen worden war.

Ich horchte auf. Denn da war ein ironischer Unterton in dieser Frage, der nicht zur bisher geführten Unterhaltung passte.

Die Gefragte gab sich verblüfft. »Was willst du damit sagen?«

»Jetzt tu doch nicht so. Ihr beide standet euch nahe. Seit der Weiterbildung in Aachen, da ging das los. Seitdem habt ihr immer nebeneinanderliegende Zimmer.«

»Sag mal! Was willst du damit andeuten? Geht's noch? Sag es einfach direkt, als hier Verdächtigungen zu äußern! Hast du das etwa auch der Polizei gesagt?«

»Keep calm, Maria! Nein, natürlich nicht. Das werden die schon selbst herausfinden.«

»Das wussten doch alle, dass ihr euch *sehr* nahestandet. Zwischen euch hat es ziemlich heftig gefunkt.« Der ältere Mann grinste.

»Bitte?« Die Blonde gab sich verärgert.

»Ach, hör doch auf. Das ist das immer gleiche Muster! Man trifft sich nach einem anstrengenden Tag weit weg von zu Hause an der Bar, kommt ins Plaudern und stellt rasch fest, dass es da Gemeinsamkeiten gibt. Der Alkoholpegel leistet einen nicht unerheblichen Beitrag zu dieser Art des Näherkommens.«

»Sprichst du aus eigener Erfahrung?« Der zweite Mann grinste.

»Ich bin Single. Mein Beruf lässt mir keine Zeit für eine eigene Familie. Außerdem trinke ich keinen Alkohol.«

»Und das macht dich den anderen überlegen, oder wie?«

»Ich vermisse zumindest nichts. Mein Bruder hat drei Kinder. Für die bin ich der nette Onkel mit dem dicken Geldbeutel.«

Jetzt hatte ich immerhin den Vornamen der Geliebten. Ich tat so, als checkte ich etwas auf dem Smartphone, und machte unauffällig ein Foto von der Gruppe. Zu meiner Erleichterung war der Blitz tatsächlich noch immer deaktiviert. Leider hingen nicht mehr wie zu früheren Zeiten Schlüssel mit übergroßen Zimmernummern an einem Brett hinter dem Tresen der Anmeldung. Wie leicht war es damals gewesen, auf Anhieb herauszufinden, in welchen Zimmern sich gerade niemand aufhielt. Diese heutigen Schlüsselkarten waren ein Graus für Ermittler! Immerhin konnte ich erspähen, dass Maria im offenen Lift auf die zwei drückte. Volkers Zimmer hatte sich also ebenfalls in der zweiten Etage befunden. Und offenbar gab es eine Geliebte, die im Zimmer direkt nebenan residierte: diese Maria. Eine Ehefrau, so hatte ich eben gehört, gab es auch. Ein klassischeres Motiv für einen Mord aus Eifersucht gab es nicht! Es konnte sich doch auch so abgespielt haben, dass seine Frau ihm nach Mannheim gefolgt war, um endlich Gewissheit für seine Untreue zu haben? Schließlich waren an der Haltestelle in Seckenheim OEG-Bahnhof mehrere Menschen ausgestiegen. Ich konnte mich unmöglich an sie alle erinnern! Gut möglich, dass da seine Frau darunter war. Sie war ihm an den Neckar gefolgt, hatte eine Aussprache herbeigeführt. Dabei war es zu einem Streit gekommen. Sie hatte ihrem Mann einen kräftigen Schubs verpasst, dabei war er gefallen und unglücklich gestürzt. Sollte ich der Kommissarin Härter meine Theorie unter die Nase reiben? Verdient hatte die Frau meine Unterstützung weiß Gott nicht. Jedenfalls kam ich zu dem Schluss, dass es für mich wenig Sinn machte, den Täter im Kreis der Kollegen zu vermuten.

Das Bild allerdings, welches ich bislang von dem netten Arzt hatte, bekam Risse.

Ein paar Straßen weg vom Hotel lag ein Schreibwarengeschäft, welches noch geöffnet hatte. Einer spontanen Eingebung folgend trat ich ein und kaufte einen mittelgroßen Umschlag aus dünnem Karton, der in Folie eingeschweißt war. Auf einer der Bänke zwischen den Blumenrabatten auf dem Paradeplatz riss ich die Folie vorsichtig ab und benutzte sie als Schutz, um das Kuvert nicht mit meinen Fingern anzufassen. Ich schrieb auf die Pappe »Polizei Mannheim« und ließ vorsichtig, ohne sie zu berühren, die *Smartwatch* des Arztes hineingleiten. Mit der Straßenbahn fuhr ich nach Ludwigshafen und steckte dort in der Fußgängerzone das Kuvert in einen Postkasten. Ich war mir sicher, das Kuvert wurde auch ohne Marke zugestellt.

29

»Stell dir vor! Jemand hat es an der Hauptkasse abgegeben.« Luisa zeigte mir ihr Notizheft. »Ich habe dir doch davon erzählt, dass es weg war. Heute Morgen, als ich in den Park ging, hat mir die Frau an der Kasse gewunken. Es sei gestern bei ihrer Kollegin abgegeben worden, sie weiß aber nicht, von wem.«

»Siehst du. Die Frau, die du verdächtigst, hat es gar nicht gestohlen.«

»Vielleicht will sie nur von sich ablenken. Was, wenn sie alles abfotografiert hat, bevor sie es an der Kasse abgab?«

»Luisa! Also ehrlich. Sei doch froh, dass du dein Heft mit all deinen Ideen wiederhast. Vermutlich hast du es irgendwo liegenlassen. Es ist doch toll, dass es abgegeben wurde und du es wiederbekommen hast.«

»Ich bleibe dabei, die will nur von sich ablenken. Die meint, damit ist die Sache erledigt! War denn jemand hier und hat dir Sachen zum Verkauf angeboten? Irgendwas mit Kräutern?«

»Nein, Luisa, ich kann dich beruhigen.«

»Läuft der Verkauf gut?«

»Bestens! Aber sag mal, könntest du vielleicht kleine Seifen herstellen? In feines Seidenpapier gewickelt, müssten die sich gut verkaufen lassen. Was hältst du davon?«

»Seifen? Noch mal was Neues? Edelgard! Mein Tag hat auch nur 24 Stunden!«

»Hättest du gerade Zeit? Ich mache gleich Mittagspause. Gehst du mit mir in den Kräutergarten?«

»Meine nächste Führung ist erst in zwei Stunden. Worauf warten wir noch?«

Der Heilkräutergarten lag vom *Bücherhimmel* aus nicht weit entfernt und führte uns zunächst am Bauernhof vorbei, dann an einem Spielplatz und des Weiteren an der Anlage mit den Alpakas. Die Tiere, die dank ihres Gesichtsausdrucks immer so freundlich wirkten, ästen auf der Wiese. Die Gondolettas auf dem Kutzerweiher waren wie meist voll besetzt. »Bist du eigentlich schon mit denen gefahren?«, wollte Luisa wissen.

»Du?«, fragte ich zurück. Kichernd mussten wir beide zugeben, dass dieses Erlebnis für uns noch ausstand. »Wir können doch mal zusammen damit fahren?«

»Stimmt.«

»Weißt du, wie lange das dauert?«

»Die Rundfahrt? Ich glaube, eine Stunde, weiß es aber nicht genau.«

Der Außenbereich des architektonisch markanten *Cafés Gondoletta* war gut besetzt.

»Warst du dort schon mal drin?«, fragte ich Luisa.

»Ach, geh fort, ich trinke meinen Kaffee immer bei dir.«

Einige der Gäste, die uns gut gelaunt entgegenkamen, zogen Bollerwagen hinter sich her, in denen Spielsachen für ihre Sprösslinge verstaut waren. Ob ich auch mal so einen Bollerwagen ziehen würde, in dem mein Enkelkind thronte? Momentan deutete nichts darauf hin, von unserem Sohn Julian eine Beförderung zur Großmutter zu erhalten. Ich vermied es auch, ihn danach zu fragen. Falls er je Vater wurde, dann geschah das sowieso weit von uns weg, und die Enkelkinder wären für uns hauptsächlich per Videotelefonie präsent. Außerdem wäre, so wie es momentan aussah,

Frida ihre Mutter. Dies war kein Gedanke, der mich glücklich machte.

Plaudernd erreichten wir den Heilkräutergarten. Dort trat Luisa plötzlich hinter mich, versteckte sich quasi hinter mir. Das erinnerte mich an ein Kinderspiel. »Was gibt das denn?«, fragte ich lachend und setzte zum Schritt zur Seite an, woran sie mich allerdings durch Festhalten hinderte.

»Pst, sei ganz leise«, flüsterte sie mir ins Ohr, »das da vorne, das ist sie.«

»Ist wer?« Ich verstand nicht, was sie mir mitteilen wollte.

»Na die, von der ich dir erzählt habe. Diese Hexe, die mich ausspioniert und mein Notizheft abfotografiert hat.«

Dabei hatte ich gehofft, sie habe diese in meinen Augen wirre Fantasie endlich überwunden. »Aber das vermutest du doch nur! Du *weißt* es nicht!« Mein Blick folgte Luisas Arm, den sie unter meinem hindurchreckte. Von vorne betrachtet musste ich momentan, wenngleich entfernt, an die hinduistische Göttin Shiva erinnern. Die hatte vier Arme, ich brachte es optisch immerhin auf drei. Ich sah eine junge, sehr attraktive Frau, die vermutlich etwas jünger als mein Sohn war. Sie war modisch gekleidet und trug ihr glattes schwarzes Haar kinnlang. Die Augen wurden von einer großen Sonnenbrille mit blauem Rahmen verdeckt. »Dein Heft hast du selbst verloren, und irgendwer hat es zurückgebracht«, zischte ich zurück. Ich konnte mir beim besten Willen nicht vorstellen, dass diese Frau Notizhefte abfotografierte. Das klang ein wenig nach altertümlicher Spionage, und danach sah die wirklich überhaupt nicht aus. Die jungen Leute hatten heute ganz andere Möglichkeiten, sich Wissen anzueignen, und guckten etwa online irgendwelche Tutorials. Sogar Norbert machte das manchmal, wenn eine kleine Reparatur im Haus fällig war, für die wir keinen Handwerker fanden, weil die für Aufträge unter 1.000 Euro kaum ins Haus kamen.

Die Frau wirkte ziemlich selbstbewusst und durchaus nicht so, als ob sie auf andere angewiesen wäre. Luisas Benehmen fand ich ziemlich albern und machte deshalb einen beherzten Schritt zur Seite, um die blöde Situation aufzulösen.

Doch die klammerte sich mit ihren Fingern an meine Hüften und hielt sich weiter dicht hinter mir. »Luisa! Das tut mir weh!« Ich hörte damit auf, meine Tonlage zu drosseln. Morgen zeichneten sich bestimmt zwei blaue Flecken an meinen Seiten ab.

»Jetzt schaut sie zu uns her. Das habe ich dir zu verdanken!«

Was war bloß los mit Luisa? So kannte ich sie gar nicht. Die Situation war nicht mehr nur albern, sondern wurde peinlich. Ziemlich sogar.

»Jetzt gehe ich zu der Hexe und sage ihr meine Meinung.«

Bevor ich sie hätte aufhalten können, stürmte Luisa mit hochrotem Gesicht und wutentbrannt auf die Fremde zu. »Sie da! Sie klauen meine Ideen! Sie müssen nicht denken, dass ich mir das gefallen lasse! Ich habe Sie schon oft hier herumschleichen sehen!«

Die Frau blickte verdutzt zu Luisa, die nun direkt vor ihr stand.

»Wer sind Sie?«

»Das fragen Sie auch noch, wo Sie mir die ganze Zeit über schon nachspionieren?«

»What?«

Ich war unentschieden darüber, ob die Frau gleich zurückschreien oder einen Lachanfall bekommen würde. Meiner Ansicht nach waren beide Möglichkeiten offen.

Sie entschied sich für Schreien. »Verfluchte alte Schrapnelle! Du hast wohl einen an der Waffel? Verpiss dich!«

»Edelgard!« Luisa wandte sich zu mir um. »Hast du das gehört? Jetzt hab ich sie. Die hat mich beleidigt! Das gibt eine

Anzeige.« Luisa stemmte ihre angewinkelten Arme in die Seiten. Sie wirkte kampflustig. »Edelgard, nimm dein Telefon und schneide das hier mit! Dann habe ich einen Beweis, wenn ich zur Polizei gehe, dass mich diese Person beleidigt!«

Aber die Fremde dachte offensichtlich nicht daran, den ihr aufgedrängten Disput fortzusetzen. Kopfschüttelnd drehte sie sich um und eilte mit schnellen Schritten fort.

»Die haut ab! Mach was, Edelgard!«

Oje. Ich hatte mich so sehr auf die kleine Pause im Heilkräutergarten gefreut. Und nun veranstaltete Luisa hier so ein Drama. Ich selbst war ja überzeugt davon, dass sie sich das Hinterherspionieren durch diese Frau lediglich einbildete. Das war aus mir unerfindlichen Gründen eine fixe, völlig unbegründete Idee von ihr. Die junge Frau war sicherlich lediglich zufällig, genau wie Luisa auch, im Garten gewesen. Vielleicht hatte die Fremde etwas an sich, das Luisa unbewusst an etwas ganz anderes erinnerte. Irgendetwas für sie ziemlich Unangenehmes, vielleicht eine Person, die sie früher einmal sehr geärgert oder in eine dumme, ziemlich unangenehme Situation gebracht hatte. Auch den frommsten Menschen konnte man auf die Palme bringen, wenn man den Hebel richtig ansetzte. Und nun reagierte sie völlig unangemessen in einer Art von Übertragungshandlung auf diese Frau. Ich eilte zu Luisa und versuchte, sie zu beschwichtigen. »Komm, Luisa, ich mache dir im *Bücherhimmel* einen schönen Kaffee. Mit ganz viel Milchschaum.«

»Wir können die nicht einfach so abhauen lassen! Jetzt, wo ich dich als Zeugin dabeihabe! Du hast doch genau gehört, was die zu mir gesagt hat. Schrapnelle! Das geht doch nicht, dass die mir am helllichten Tag einfach so etwas an den Kopf wirft! Die spinnt wohl komplett! Wo kommen wir denn da hin, wenn diese jungen Dinger derart respektlos zu uns Älteren sind?«

Lieber Himmel, Luisa redete sich regelrecht in Rage. Derart aufgebracht hatte ich sie noch nie erlebt. Ich unterließ den Hinweis darauf, dass die verbale Attacke immerhin von ihr ausgegangen war und die andere sich mehr oder minder verteidigt hatte. Die war ein wenig im Heilkräutergarten spazieren gegangen, und da fiel Luisa aus heiterem Himmel wie eine angriffslustige Hyäne über sie her. In so einer Situation hätte sie eigentlich mit einer noch ganz anderen Gegenwehr rechnen müssen. Eigentlich war es ein Glück, dass diese Person nicht weiter darauf reagierte, sondern ihre Angreiferin einfach stehen ließ. »Komm, Luisa, beruhige dich. Lass uns weggehen.«

»Ich soll klein beigeben?«

»Der Klügere gibt nach.«

»Damit die Dummen das Sagen haben?«

»Nein, Luisa.« Sie strapazierte meine Geduld wirklich immens. Aber sie in diesem aufgebrachten, überreizten Zustand einfach alleine zurücklassen? Wir kannten uns immerhin schon eine ganze Weile und kamen immer gut miteinander aus. Die soeben offenbarte unschöne Seite war mir bislang verborgen geblieben. Einige Parkgäste hielten weiterhin inne und beobachteten neugierig die Szenerie. »Nicht deshalb. Sondern weil mir etwas an dir liegt. Du sollst dich nicht so aufregen. Denk doch bloß an deinen Blutdruck und deinen Puls! Weißt du, das kann überhaupt nicht gut für dich sein. So was ist ziemlich schädlich für das Herz. Mir liegt viel an dir, und ich möchte nicht, dass du etwas unternimmst, das dir schadet. Beruhige dich bitte und begleite mich zum *Bücherhimmel.*« Ich hakte meinen Arm bei ihrem ein und zog sie mit mir fort. Die paar Schaulustigen, die uns beäugten, wandten nun, da das Spektakel so offensichtlich beendet war, ihre Aufmerksamkeit wieder anderen Dingen zu. Die junge Frau mit den dunklen Haaren entdeckte ich nirgends mehr. Irgendwie klang ich wohl ziemlich überzeugend, denn ich schaffte es, Luisa dazu zu bewegen, mit mir weiterzugehen.

30

Das Rütteln an der Tür zu der Kabine der Mädchentoilette, hinter der er, lediglich mit seiner Unterhose bekleidet, bibbernd stand, wurde heftiger. Nun schlug auch noch eine Hand gegen die Tür. Plötzlicher Harndrang überkam ihn. »Mach auf! Ich weiß, dass du da drin bist!«

Wie durch einen Nebel hindurch erkannte er die Stimme der ungeliebten Mathematiklehrerin. Gab es nicht eine eigene Toilette für die Lehrerinnen? Die gingen doch gar nicht auf dieselbe wie sie. Zu spät dämmerte ihm, dass er sich in einer Falle befand, als er ihr Kramen in einer Tasche vernahm. Mit einer Münze entriegelte sie von außen die Tür und riss sie auf.

Vor Schreck nässte er sich ein. Das warme Rinnsal suchte sich einen Weg über den Saum seiner Unterhose über die Innenseite seiner Oberschenkel und lief weiter nach unten, wo es auf dem Boden eine Pfütze bildete.

Die kräftige Frau erfasste mit einem Blick die Szene und verpasste ihm eine heftige Ohrfeige. Sie schnaubte verächtlich. »Du machst die Sauerei hier weg. Und dann ziehst du dich an. In Unterhose auf dem Mädchenklo! Wie ekelhaft. Beeil dich! Ich warte draußen auf dich.«

An die nächsten, unmittelbar darauffolgenden Minuten erinnerte er sich nicht mehr so genau. Irgendwie hatte er mit Papiertüchern den Boden gewischt und sich angezogen. Die Mathematiklehrerin hatte ihn bis zum Schulhof eskortiert.

»Dir ist klar, dass das Folgen für dich hat. Auch wenn du unerwartetes Glück hattest und keines der Mädchen angetroffen hast. Was hattest du vor? Läuft da ein Film in deinem Kopf ab, wie du auf dem Klo ein Mädchen belästigst?«

Jetzt, wo alles für ihn auf das Ende zusteuerte, kam diese Sache mit Macht hoch und wirbelte seine Emotionen durcheinander. Später, auf dem Heimweg, lauerte Rainer ihm auf, zog ihn hinter ein Gebüsch und verdrosch ihn. Dieser Teil der Erinnerung stand allerdings gestochen scharf vor ihm. Als er auf dem Boden lag, zog der Muskelprotz seinen Hosenschlitz auf. »Du treibst dich doch so gerne auf Mädchentoiletten herum. Jetzt kannst du es aus nächster Nähe sehen, wie jemand pisst, du Sau.« Wie auf ein geheimes Kommando hin waren plötzlich Kumpels aus dem Sportverein des Arschlochs erschienen, bildeten einen Kreis um sie beide und klatschten Beifall, während der Urin auf ihn prasselte. Der brannte scheußlich in den Augen. Zwei der seiner Ansicht nach mit Anabolika Gepäppelten machten es dem Typen nach und erleichterten sich johlend ebenfalls auf ihm. »Hau ab, wir wollen dich nicht an unserer Schule haben!«

Er krümmte sich, als ihn die Erinnerung überrannte. Wie gerne hätte er sie aus seinem Gedächtnis gelöscht! Aber sie kam immer und immer wieder, und er musste sie, gerade so, als ob er alles erneut durchlebte, in einem Zustand, als sei er komplett gelähmt, über sich ergehen lassen. Sein Herz raste, und das Atmen fiel ihm schwer. Er musste sich damals mit den nassen Kleidern quer durch die ganze Stadt nach Hause schleppen. Wie ein geprügelter Hund, der den Schwanz zwischen den Beinen einklemmt. Die Leute, die ihn sahen, gingen auf Abstand zu ihm und tuschelten.

Am helllichten Tag. »Du stinkst«, war alles, was seine Mutter zu ihm sagte. Seine Wunden zu versorgen, bot sie ihm nicht an. Sie war bereits von der Schulleitung telefonisch über den Vorfall informiert worden. Eines der Mädchen, die für Rainer bedingungslos schwärmte, hatte der Mathematiklehrerin gesteckt, auf dem Klo befände sich ein Junge. Rainer hatte ihr von dessen angeblicher Vorliebe erzählt, sich dort aufzuhalten. Mit gespielter Empörung stachelte er sie auf. »Das kann man der Sau doch nicht durchgehen lassen. Dem gibt das was, wenn ihr nebendran Pipi macht. Das ist doch nicht normal, oder? Wer weiß, was ihm als Nächstes einfällt!«

»Man muss sich schämen, so etwas zum Sohn zu haben«, war des Vaters Kommentar am Abend. »Wie stehen wir jetzt da? Vor all den Leuten.« Er schnaubte verächtlich. »Eine einzige Schande bist du.«

Damals wurde die Vereinbarung getroffen, den Vorfall unter den Teppich zu kehren, wenn er mit sofortiger Wirkung die Schule verließ. Die Garde der alten Lehrer fühlte sich bestätigt in der ihrer Ansicht nach Verwahrlosung der Sitten, die seltsame sexuelle Neigungen zutage förderte. Begriffe wie antiautoritärer Umgang mit Jugendlichen, Nachsicht und all so ein Unsinn schwappte über den Rand großer Städte. Damit wollten sie nichts zu tun haben. Sie, die selbst mit Zucht und Ordnung aufgewachsen waren, hielten unerbittlich an ihren Regeln fest.

Wenig später war er ausgezogen und hatte seine Alten danach nicht mehr gesehen. Der Bauboom der damaligen Zeit bescherte ihm eine Stelle als Hilfsarbeiter, der er im weiteren Verlauf blieb. Er war zeitlebens beruflich weit unter seinen Fähigkeiten geblieben. Alles hätte anders sein können. Die Erinnerung stand vor ihm wie eine beschriebene Wand. Nicht er hatte den Stift für die Eintragungen geführt. Andere hatten die Regie übernommen für sein Leben, durch das er sich irgendwie nur treiben ließ. Nach dem zufällig gleichzeitigen Tod der Eltern vor einigen Jahren erhielt er vom Nachlassgericht eine Kopie des handgeschriebenen Testaments. Die beiden hatten noch zu ihren Lebzeiten alles in ihrem Sinn geregelt. Ihr Vermögen war vor ihrem Tod auf ihre Nichten und Neffen übertragen worden. So verhinderten sie, dass er auch nur einen Heller von ihnen hätte erben können. Wo es nichts zu erben gab, existierte auch kein Pflichtteil. Immerhin sorgten die Nichten und Neffen für die Beerdigung. An der er teilnahm, und wenn es nur deshalb war, um sich davon zu überzeugen, dass seine Erzeuger tatsächlich tot waren. Dem anschließenden Leichenschmaus war er ferngeblieben, seine Cousins und Cousinen erkannten ihn ohnehin nicht. Zu einer eigenen Familie hatte er es nicht gebracht. Einige seiner losen Bekanntschaften hielten immerhin ein paar Monate lang. Sein Vertrauen war dahin. Die Angst, zurückgestoßen zu werden, hatte sich tief in seinem Inneren eingefressen. Genau betrachtet waren es das fortwährende Mobbing und die damit verbundenen schmählichen Erlebnisse, die mit dem Erwachen seiner eigenen Sexualität in der Erinnerung unlösbar verschmolzen. Die meisten Jahre seines Lebens war er einsam gewesen. Ein angeschlagener Wolf, der das Leben der anderen aus der Ferne beobachtete und selbst nicht daran teilnahm. Schade, dass die erst kürzlich geschlossene Bekanntschaft nicht mehr dauerhaft vertieft werden konnte. Diese Frau war anders als all die anderen davor. Wäre er ihr früher begegnet, hätte sein Lebensweg eine Wendung erfahren. Das spürte er ganz genau. Mit ihr an seiner Seite wäre vieles völlig anders verlaufen. Vielleicht hätte er sogar einen Sohn. Einen, der stolz auf seinen Vater sein konnte. Diese Frau war durch und durch ehrlich zu ihm, das fühlte er tief in seinem Inneren. Er vertraute seinem Bauchgefühl in dieser Hinsicht gänzlich. Dank der rechtzeitigen Einnahme von Pankreasenzympräparaten und Zuführung von Insulin war das Essengehen mit ihr neulich problemlos möglich gewesen. Einmal noch würde er ganz groß mit ihr ausgehen, ihr etwas ganz Besonderes bieten. Etwas, womit sie ihn für immer in ihrer Erinnerung behielt, wenn er nicht mehr da war. Er musste Vorsorge treffen, dass sie über seinen Abgang informiert wurde. Sie sollte nicht den Eindruck von ihm haben, er melde sich plötzlich nicht mehr bei ihr. Wäre er gesund, würde er um ihre Hand anhalten. Ganz bieder. Mit einem schönen Ring. Er schloss die Augen und malte sich die Szenerie bei Kerzenschein und einem guten Glas Wein aus. Es war für ihn in seinem Empfinden so, als vernehme er tatsächlich ihr Jawort.

Wie er es auch drehte und wendete, jetzt war es unumkehrbar zu spät für alles, was hätte werden können. Denn er war nicht nur angezählt, sondern bereits ausgezählt. Wenn Bauchspeicheldrüsenkrebs erkannt wurde, war es in der Regel zu spät für eine Heilung. Das war das Tückische an dieser Erkrankung. Sie nistete sich heimlich ein, fraß sich fest, und wenn sie sich zu erkennen gab, bekam man sie nicht mehr los. Lästig wie ein ungebetener Gast, der heimlich ins Haus eindringt, das gesamte Mobiliar sowie die Fenster zerschlägt und die Füße mit den Schuhen auf den Tisch legt, um sich daraufhin auf dem Sofa festzukleben.

Immerhin konnte er sich vor seinem eigenen Ableben an ein paar durchtrainierten Muskellackaffen rächen. Solche wie die, die ihn damals gedemütigt hatten, die außer seiner Reichweite waren. Weil die nämlich wenige Jahre nach diesen letzten Vorfall, der sich unauslöschbar in seine Erinnerungen gebrannt hatte, bei einem Autounfall anlässlich einer gemeinsamen Urlaubsfahrt umgekommen waren. Das war damals groß in allen Zeitungen gestanden. In einem Tunnel löste sich ein Stützteil und fiel auf das Auto der Idioten, worauf Rainer das Auto in den Laster vor ihnen krachen ließ. Sie waren sofort tot, dabei brannten sie sicherlich schon vor lauter Vorfreude auf gemeinsame Abenteuer am Strand, wo sie ihre Muskeln zur Schau stellen wollten. Schade, dass es nicht dazu gekommen war, sich an der armseligen Bande zu rächen. Ihr Unfall, bei dem sie, ohne zu leiden, sofort starben, bereitete ihm keinerlei Genugtuung. Ganz im Gegenteil, es wurmte ihn unsäglich, ihrer nicht mehr habhaft werden zu können. Ihnen vergeben, weil sie selbst nicht mehr am Leben waren? Nein, das konnte er nicht. Dafür krallte sich die Erinnerung in ihm und das erneute Durchleben der Schmach viel zu fest. Es ließ sich durch nichts abschütteln. Diese Ersatzhandlungen an Muskelprotzen, denen er das ihm Angetane heimzahlte, verschafften ihm jeweils für eine Weile so etwas wie innere Ruhe, verbunden mit einer tiefen Genugtuung. Einen Affen holte er noch, einen vierten. Einmal noch ging er los. Auch dabei ließ er sich selbstverständlich nicht erwischen, denn er war ja nicht blöd. Nach dieser letzten Vergeltung war er bereit für seinen Abgang. Es gab kein Zurück. Sein Krebs war in einem Stadium, in dem ihm nur noch wenige Monate blieben, womöglich auch nur noch einige Wochen, das wusste niemand so ganz genau. Das Angebot zur psychoonkologischen Begleitung war bei ihm auf Ablehnung gestoßen. Seine ganz spezielle Wahl, seinen letzten Weg zu gehen, bedurfte keiner Begleitung. Mit seinem Abgang von dieser Welt hinterließ er den Bullen ein großes ungelöstes Rätsel. Gleich vier Cold Cases auf einmal. Ein zufriedenes Lächeln breitete sich in seinem Gesicht aus. Seine Geschichte hätte jede Runde einer Selbsthilfegruppe gesprengt.

31

Rein zahlenmäßig war es die größte SOKO, die sie seit längerer Zeit zusammengestellt hatten. Drei Morde in Serie waren eine Katastrophe, die es zu stoppen galt. Melanie saß in dem nüchtern, jedoch mit moderner Technik ausgestatteten Raum neben Sandra. Rechtsmediziner Doktor Hertold war ebenso anwesend wie Kollegen vom Landeskriminalamt in Stuttgart, die sie nur flüchtig von früherer Zusammenarbeit her kannte.

Der Leiter der *SOKO Athlet*, Klaus Meinhardt, begrüßte die Runde mit den Worten: »Fundort der Leiche ist gleichzeitig der Tatort«, um das Wort direkt an den Rechtsmediziner zu übergeben.

»Todesursächlich war tatsächlich ein heftiger Schlag auf den Hinterkopf, wie ich bereits bei der ersten Inaugenscheinnahme angenommen habe. Der vermutlich zweite Schlag gegen die Schläfe wäre gar nicht mehr nötig gewesen. Striemen mit Hautabschürfungen an den Vorderseiten der Beine, knapp über den Knöcheln, könnten auf ein gespanntes Seil hinweisen, mittels dessen das Opfer zu Fall gebracht wurde.« Ohne seinen weißen Kittel fühlte Doktor Hertold sich beinahe seiner Uniform beraubt. Aber es wäre mehr als albern gewesen, ihn zur Besprechung bei der Kripo zu tragen. Mehr noch, damit hierherzufahren.

»Das bedeutet, unser Täter ist nicht unbedingt sehr kräftig?«, fragte Melanie.

»Der Schlag auf den Kopf wurde mit großer Wucht ausgeführt. Dazu braucht es schon eine gewisse Kraft. Den Wundrändern nach zu urteilen wurde ein einziger, extrem heftiger Schlag ausgeführt. Der Stein muss demnach eine gewisse Größe aufweisen sowie eine scharfe Kante.«

»Gibt es Abwehrverletzungen?«, fragte Hiltrud Conrad, eine Kollegin, die vor zwei Jahren der Liebe wegen aus Tübingen in die Kurpfalz gewechselt hatte. Sie war unübersehbar schwanger, was für sie bedeutete, ausschließlich Schreibtischarbeit zu verrichten. Ihrem fürsorglichen Ehemann, einem Mitarbeiter des städtischen Ordnungsdienstes, wäre es indes deutlich lieber gewesen, sie wäre schon jetzt ganz zu Hause geblieben. Zu seiner Beruhigung konnte sie sich als Beamtin immerhin nach der Geburt eine jahrelange Auszeit gönnen, um nach einer Familienpause wieder einzusteigen. Wie lange sie die allerdings in Anspruch zu nehmen gedachte, verriet sie ihm noch nicht. Wenn es nach ihm ging, bliebe sie zwölf Jahre daheim. Das Kind, welches sie beide erwarteten, sollte nämlich seiner Meinung nach kein Einzelkind bleiben.

Doktor Hertold verneinte. »Keine Spuren an Händen und Armen, auch nichts unter den Fingernägeln. Nichts weist auf einen Kampf hin.«

»Also ist der Mann über ein gespanntes Seil gestolpert und bekam sofort einen heftigen Schlag auf den Hinterkopf«, resümierte Sandra.

Der Rechtsmediziner nickte. »Dieselbe Sachlage wie bei den anderen beiden Opfern.«

»Haben wir Faserspuren des Seiles?«, hakte Hiltrud nach, die erfolgreich eine Übelkeitsattacke verbarg. Der Geruch von frischem Kaffee schlug ihr schon seit vier Wochen auf die Magennerven.

»Leider nein. Deshalb tippe ich auf ein extrem stabiles

Seil aus einem Material, das keinen oder kaum Abrieb hinterlässt. Womöglich war es mit irgendetwas ummantelt, um dem vorzubeugen.« Doktor Hertold fügte hinzu: »Seile sind in jedem Baumarkt und außerdem regelmäßig bei den Discountern erhältlich. Die Gemeinsamkeit aller drei Opfer besteht darin, dass sie jeweils einen großen Anteil an Muskelmasse hatten, zudem waren sie männlich und in etwa im selben Alter.«

»Beruflich waren sie sehr unterschiedlich unterwegs«, resümierte Sandra. »Nummer eins, ein Mann namens Finn Kammerhuber, gemeldet in Ladenburg und 32 Jahre alt, stand kurz davor, sich selbstständig zu machen, wie sein letzter Arbeitgeber berichtete. Nummer zwei hieß Luca Assenhold, war 29 Jahre alt und arbeitete in einem Hallenbad als Schwimmmeister. Nummer drei war ein 34-jähriger Kardiologe, der nicht hier aus der Gegend stammte. Dieser Volker Hartweg nahm an einer Fortbildung für Kardiologen teil und war das Opfer mit dem höchsten Bildungsabschluss. Also, ich sehe in beruflicher Hinsicht keinerlei Übereinstimmungen. Das ist alles ziemlich verschieden.«

Melanie überlegte laut: »Sieht nach einem Hass auf Sportler aus. Junge, durchtrainierte, gesunde Männer, alle beim Lauftraining. Was könnte dahinterstecken?«

Klaus Meinhardt griff ihre Frage auf. »Der Fallanalytiker des Landeskriminalamtes geht von einem männlichen Täter aus. Ein mögliches Merkmal kann sein, dass der Täter aufgrund einer Verletzung seine Profi-Karriere als Sportler nicht weiter verfolgen konnte. Irgendwas hat ihn zum Aufhören gezwungen. Verletzungen sind bei Hochleistungssportlern ja nichts Seltenes. Alle drei Opfer wurden bei ihrem Lauftraining getötet, waren männlich und in etwa im selben Alter. Neid auf körperliche Unversehrtheit könnte eine Rolle spielen. Alter 50 Jahre plus/minus ein paar Jahre.«

»Sollen wir jetzt die *Rainbow-Press* nach invaliden Supersportlern in der Region durchforsten?« Was von Sandra mehr oder weniger als Scherz gedacht war, griff Klaus sofort auf. »Gute Idee. Übernimmst du das? Wir dürfen nichts unversucht lassen.«

Sandra fügte sich. Obwohl sie wenig Bock darauf hatte, die Gazetten diesbezüglich zu durchforsten. Immerhin lief es auf eine Online-Recherche hinaus, und sie musste sich nicht durch abgegriffene Papierberge wühlen.

Doktor Hertolds Smartphone machte sich bemerkbar. »Entschuldigung, da muss ich drangehen.« Er erhob sich, ging an eines der Fenster und nahm den Anruf entgegen. Nachdem er ihn beendet hatte, wandte er sich an Klaus Meinhardt. »Braucht ihr mich noch? Ein Opfer häuslicher Gewalt wurde von euren Kollegen in die Rechtsmedizin begleitet. Es gilt, Spuren zu sichern und zu dokumentieren.«

»Ich denke, Sie haben uns alles gesagt, was die Obduktion ergeben hat.«

»Alles klar. Dann bin ich also hier fertig und verabschiede mich.« Er deutete eine Verbeugung an.

»Weitere Übereinstimmungen bei den Opfern? Vielleicht im Persönlichen? Mitgliedschaft im selben Sportverein? Besuch derselben Schule?«, fragte Melanie, nachdem der Rechtsmediziner den Raum verlassen hatte.

Meinhardt verneinte. »Wir haben keine Berührungspunkte zwischen den dreien gefunden. Das Einzige, was die gemeinsam hatten, war das Lauftraining.«

Melanie hakte nach. »Da muss es irgendetwas geben. Etwas, das wir alle übersehen haben. Außerdem liegen die Tatorte nicht weit auseinander. Es muss jemand aus der Gegend sein.«

»Ladenburg hat einen S-Bahnhof. Schon vergessen? Von dort aus sind alle drei Tatorte leicht fußläufig zu erreichen«, gab Sandra zu bedenken. »Außerdem kann er mit dem Auto gekommen sein. Von wer weiß woher. Die S-Bahn fährt bis nach Frankfurt.«

»Wir haben die Spuren vom Tatort ausgewertet«, schaltete sich Rudi Kanter vom Landeskriminalamt ein. »Ein besonders aufmerksamer Kollege hat dornige Zweige direkt neben dem Stamm gesichert und sie an uns zur kriminaltechnischen Auswertung geschickt. Wir haben Blatt für Blatt und Dorne für Dorne sorgfältig untersucht. Der Aufwand hat sich gelohnt! Der Täter muss sich an einer der Dornen heftig verletzt haben, als er das Seil befestigte oder als er es entfernte. Jedenfalls haben wir eine DNA, die vom Täter stammen könnte.«

»Respekt! Erstmals eine verwertbare DNA!« Klaus Meinhardt war versucht, in die Hände zu klatschen. Was er dann jedoch unterließ.

»Der Abgleich mit unseren Datenbanken ergab keine Übereinstimmung«, ergänzte Kanter. »Immerhin haben wir nun die Bestätigung, dass es sich um einen männlichen Täter handelt.«

»Immerhin etwas. Bei den beiden ersten Morden war der Täter vorsichtiger. Was können wir daraus schließen?«, fragte Sandra.

»Entweder war er in Eile«, Rudi Kanter machte eine Pause, »oder er wird nachlässiger.«

»Das könnte auch bedeuten, dass er sich absolut sicher fühlt.« Ellie Mayer, die gegenüber von Melanie saß, nahm einen Schluck aus ihrem Wasserglas. »Weil wir ihn immer noch nicht haben.«

»So penibel, wie er bislang darauf bedacht war, keinerlei Spuren zu hinterlassen?«, Kanter wollte diesem Einwand nicht folgen. »Vielleicht wurde er gestört und hatte es eilig, als er das Seil wieder abnahm.«

»Die Frau, die den Toten gefunden hat, entdeckte ihn zufällig. Weil ihr Hund in die Senke gelaufen ist. Das ist ein abgelegener kleiner Platz direkt am Wasser, abseits des Trampelpfades. Da geht man nicht einfach so rein, wenn man da spazieren geht«, gab Melanie zu bedenken.

»Ich weiß, der Platz ist uneinsehbar. Wenn aber nun jemand pinkeln wollte und genau deshalb diese Stelle betrat? Das könnte doch ein Grund gewesen sein.« Ellie Mayer blickte fragend.

»Und der Täter hat geduldig darauf gewartet, bis einer kam, den die Blase drückte?« Melanie war skeptisch.

»Warum nicht? Wenn das Warten für ihn keine Rolle spielt, wäre das eine Möglichkeit.«

»Aber das erklärt nicht seine Nachlässigkeit, erstmals DNA zu hinterlassen.« Meinhardt wirkte nachdenklich. »Da steckt vermutlich irgendetwas dahinter. Hoffentlich setzt ihn das nicht unter Druck, möglichst schnell Fall Nummer vier vorzubereiten.«

Er ahnte nicht, wie verdammt nah dran er mit dieser Annahme war.

32

Zu Marjas Freude kam Florians Zusage auf ihren Anruf hin prompt, als sie ihm einen Termin vorschlug. Obwohl es beim Essen mit den Freundinnen in einem gemütlichen Restaurant in Mannheims Quadraten etwas später als geplant geworden war, fiel es ihr nicht schwer, aus den Federn zu kommen. Manches Mal kam sie mit erstaunlich wenig Schlaf aus. Als Überraschung für die Freundinnen spazierte sie zu einem Bäckerladen auf den Planken und erwarb eine große Tüte, gefüllt mit Brezeln und verschiedenen Sorten von Brötchen. Zurück in der Ferienwohnung, stellte sie den Kaffeefilterautomaten an. Der Duft erzielte seine Wirkung, und bald kamen Hannah, Ann und Mirjam in die Küche, während Jule im Bad verschwand.

Hannah griff nach der Tüte und gab den Inhalt auf eine Platte, die sie aus einem der Schränke entnommen hatte. »Du verwöhnst uns, Marja.«

Mirjam suchte nach Kaffeetassen und stellte sie auf den Tisch. Während die drei noch in ihren Schlafanzügen steckten, kam Jule bereits fertig angezogen aus dem Bad.

»Boah, geht das fix bei dir«, staunte Ann. »Das waren keine drei Minuten, oder?«

»Ich habe gestern noch geduscht, als ihr schon geschlafen habt. Da hatte ich das Bad ganz für mich alleine.«

»Kaffee?«, fragte Marja und goss die Tassen voll. »Übrigens müsst ihr heute ohne mich auskommen. Ich habe ein Interview.«

»Mit dem Kini-Darsteller?«, fragte Jule. »Auf den habt ihr mich echt neugierig gemacht. Den würde ich auch gerne kennenlernen.«

»Den kann man doch für Hochzeiten buchen«, sagte Ann. Aber eigentlich interessierte sie sich dafür, ob Jule immer noch Single war. Denn die schwieg sich bislang dazu aus. »Wie geht es eigentlich Malte? Hast du mal wieder was von ihm gehört? Hat er seine Neue geheiratet?«, fragte sie nun direkt nach.

Jule blickte demonstrativ zum Küchenfenster hinaus. »Malte wer?«

»Dein Ex. Tu doch nicht so, als würdest du dich nicht an ihn erinnern.«

Hannah schaltete sich ins Gespräch ein. »Ann, lass Jule in Frieden. Es sind nicht alle in so festen Händen wie du. Was macht eigentlich dein Mann, wenn du nicht da bist? Passt deine Schwiegermutter auf ihn auf?«

»Klar.« Ann überging die Stichelei. »Und auf die Kinder.«

»Also, Leute, ich bin dann so ab 11 Uhr weg, okay?«

»Ja, klar. Wir anderen fahren heute nach Heidelberg. Das kennst du ja sicher schon? Wir wollen unbedingt zum Schloss.« Hannah nahm aus dem Kühlschrank Butter und Käse. »Habt ihr die Marmelade gesehen?«

»Die steht auf dem Regal dort drüben. Ja, klar, ich kenne Heidelberg. Es ist aber immer wieder schön dort. Ihr solltet unbedingt durch die Seitengassen bummeln, nicht nur die Hauptstraße längs. Auch wenn sie als eine der längsten Fußgängerzonen Europas gilt. Aber sie ist immer ziemlich voll.«

»Ich will hoch zum Schloss!«, sagte Ann.

»Da fährt doch eine Bergbahn hoch?«, fragte Mirjam.

»Genau. Wenn ihr nicht zu Fuß hochgehen wollt, könnt ihr die Bergbahn nehmen. Es ist toll, mit der zu fahren. Und wenn ihr oben seid, geht unbedingt bis zur Scheffelterrasse.

Von dort habt ihr einen tollen Panoramablick ins Neckartal.« Marja war bereits bei ihrer zweiten Tasse Kaffee angekommen.

»Scheffel? Hieß so nicht der Preis, den du bei unserer Abschlussfeier bekommen hast? Für dein Deutsch-Abi?« Mirjam blickte fragend.

Marja tat das bescheiden mit einer Geste ab. »Genau, nach Joseph Victor von Scheffel wurde die Terrasse benannt. Dort steht auch ein Denkmal für den zu seinen Lebzeiten sehr bekannten Schriftsteller. Aber ihr müsst natürlich auch unbedingt zur alten Neckarbrücke und einmal drübergehen. Von der anderen Flussseite aus habt ihr einen ganz tollen Blick. Übrigens wurde dort drüben im Garten einer der imposanten Villen die Serie *Hotel Heidelberg* gedreht.«

Mit leichtem Bedauern verließ sie ein wenig später die Ferienwohnung. Eigentlich hätte sie ihre Freundinnen gerne begleitet! Aber es half nichts, sie hatte den Auftrag angenommen, und nun galt es, ihn zu erfüllen. Sie querte die Straße am Ende der Planken und bewunderte die üppig bepflanzten Beete am Wasserturm. Von hier aus betrachtet hinter Mannheims Wahrzeichen befand sich eine reizende Parkanlage, an deren rechter Seite die vor wenigen Jahren neu erbaute Kunsthalle lag und zur Linken der sogenannte *Rosengarten*, ein Gebäude mit einer fantastischen Jugendstilfassade. Marja hatte erst kürzlich den Artikel einer Kollegin über Alice Bensheimer gelesen, eine Frauenrechtlerin, die sich für die Gleichstellung der Frauen eingesetzt hatte und Mitbegründerin einer der ersten *Sozialen Frauenschulen* war. Nach dieser erinnerungswürdigen Frau benannten die Mannheimer einen Saal im *Rosengarten*. Ihre Schwester Ida Dehmel gründete sogar ein Netzwerk für Künstlerinnen, welches immer noch bestand. Bei ihrem letzten Besuch in der Gegend hatte Marja an einer spartenübergreifenden

Veranstaltung in der schönen *GEDOK-Galerie* in Heidelberg teilgenommen, an die sie sich sehr gerne erinnerte. Sie nahm am Ende der Parkanlage die Treppe und stand nach dem Überqueren der Straße vor dem Denkmal einer weiteren bedeutenden Frau. Berta Benz war es schließlich gewesen, die als erster Mensch eine Fernfahrt mit einem Automobil unternommen hatte. Vor dem Nachbau dieses Fahrzeugs drängten sich ein paar junge Frauen. Als sie Marja auf sich zukommen sahen, wurde sie von einer von ihnen gefragt: »Könnten Sie bitte ein Foto von uns machen?«

»Klar.« Marja nahm das Smartphone und ließ sich den Auslöser zeigen. Eine der Frauen erklomm das Gefährt, die anderen quetschten sich kichernd davor. Zur Sicherheit machte sie mehrere Aufnahmen von der quirligen Gruppe, die diese auch sofort checkten. »Danke!«, riefen sie ihr hinterher.

Der Fußweg zog sich doch etwas hin, und Marja war froh, etwas mehr Zeit dafür eingeplant zu haben. Irgendwie hatte sie die Entfernung in ihrer Erinnerung falsch abgespeichert. Andererseits fand sie es interessant, hier langzugehen. Am Ende der Augustaanlage mit ihren teils imposanten Fassaden aus Sandstein hielt sie sich links, um daraufhin der Theodor-Heuss-Anlage bis zum Haupteingang des Luisenparks zu folgen. Sie befand sich nun am Ausläufer der Straße, an der prächtige Villen aus der Zeit um 1900 standen. Auf die Grundstücke in der Oststadt waren Wohlhabende mit ihren imposanten Villen ausgewichen, nachdem es in den Quadraten keinen Platz mehr gab. Teilweise waren es Industrielle und deren Familien, die es zu erheblichem Wohlstand gebracht hatten und deren Namen in der Stadtgeschichte immer noch präsent waren. Marja wollte lieber nicht wissen, welche Summen alleine die Instandhaltung eines solchen Gebäudes heutzutage verschlang. Von den Kosten einer energetischen Sanierung ganz zu schweigen.

Offenbar schmeichelte Florian die Interviewanfrage enorm, denn er war bei ihrem Eintreffen überpünktlich am verabredeten Ort, dem architektonisch interessant gestalteten *Café Gondoletta*. Marja, die ihm mit Mühe bis zur Schulter reichte, war überrascht von seiner Größe. Ihrem Gedächtnis nach war der Mann kleiner gewesen. Allerdings erinnerte sie sich noch gut an sein Gesicht mit diesen besonderen Augen. Die umgab etwas verträumt Melancholisches, was ihm ganz ausgezeichnet stand. Als eine Art Übersprunghandlung strich sie ihr dunkelblondes Haar hinters Ohr und hoffte, nicht wie ein ihn anhimmelnder Teenager zu wirken, auch wenn ihr Gegenüber wirklich verdammt gut aussah. Sie reichte ihm zur Begrüßung die Hand, was sie seit der Zeit der Corona-Pandemie selten tat, sondern meist ein Winken andeutete.

Sie wählten Außensitzplätze für ihr Gespräch aus. Das Café war ziemlich gut besucht, offenbar nutzten viele Gäste ihre Mittagspause, um hier zu speisen. Marja überlegte, dass sich für die Mitarbeitenden in den an den Luisenpark angrenzenden Büros eine Jahreskarte durchaus lohnte.

»Ich darf Sie einladen«, merkte sie an.

»Wir waren doch schon beim Du.«

Marja konnte sich nicht daran erinnern, stimmte aber umgehend zu. Der Umgang mit Gleichaltrigen war ziemlich unkompliziert. Ähnlich wie in skandinavischen Ländern schon länger üblich, war das Siezen bei jüngeren Leuten, zu denen sie sich durchaus noch zählte, vom Aussterben bedroht. »Ich zeichne unser Gespräch auf, wenn das für dich in Ordnung ist.« Zusätzlich legte sie einen Block und einen Stift auf den Tisch.

»Klar, mach nur. Was denkst du, wann es erscheint?«

»Sobald ich es fertiggestellt habe, geht es an die Redaktion. Es kann sofort erscheinen, wenn die Platz dafür haben. Online ist es natürlich überhaupt kein Problem.«

»Dann frag mal los.«

In diesem Moment kam die Bedienung. Marja bestellte für sich einen Latte macchiato, Florian nahm mit einem Glas Wasser vorlieb. »Für Rotwein ist es leider noch zu früh«, merkte er an.

»Bestell dir gerne etwas zu essen, das geht heute alles auf die Redaktion!«

»Nach unserem Gespräch. Lass uns erst das Interview machen.«

»Du hättest dich bei deiner historischen Rolle auch für einen Kurfürsten der Kurpfalz entscheiden können. Aber du trittst in dem Kostüm des Märchenkönigs auf, so nennt man König Ludwig II. von Bayern. Wie kamst du darauf?«

»Ich sah ein Bild von ihm, welches mich intensiv berührte. Da wusste ich sofort, ich will das machen. Es war eine Art Initiation. Eine Schneiderin nähte mir die Ausstattung, und seitdem trete ich als Märchenkönig auf.«

Marja konnte nicht umhin, die Ähnlichkeit zu bemerken. So, wie Florian vor ihr saß, kerzengerade, exakt so frisiert wie der Kini, war diese wirklich frappierend. »Ist es nur das Kostüm oder interessiert dich auch der Mensch, der dahintersteckt?«

»Es ist auch der Mensch, selbstverständlich. Je mehr ich mich mit ihm befasse, desto mehr Gemeinsamkeiten sind zu entdecken.«

»Die Ähnlichkeit ist eine Grundvoraussetzung. Du bist ähnlich groß wie der König und trägst dein Haar auf die gleiche Art. Du trittst hier im Luisenpark auf und lässt dich auf einem mechanischen Schwan über den Kutzerweiher ziehen.«

»Der Schwan ist das Wappentier seiner Familie, der Herren von Schwangau.«

»Verstehe. Ludwig ließ dann ja auch Neuschwanstein bauen.«

»Warst du mal dort?«

Marja verneinte. Ihre eigene Begeisterung für Royales hielt sich in Grenzen. Adelsreportagen lagen außerhalb ihrer Bandbreite. »Muss man da nicht ewig an der Kasse anstehen?«

»Während der Saison sicherlich. Aber außerhalb der Ferienzeit, womöglich an einem regnerischen Tag, ist der Andrang überschaubar. Es ist wirklich ein außergewöhnliches Erlebnis, die Umsetzung seiner Traumwelt zu erleben.«

»Das heißt, du empfindest ihn wirklich als tollen Typen?«

»Ich lese viel über ihn und seine Zeit. Er war als Herrscher weitsichtiger, als damals bemerkt wurde.«

Eine sehr eigenwillige Betrachtungsweise, dachte Marja, behielt diese Bemerkung aber für sich. Sie fragte nach dem Schwan, mit dem er sich über den Kutzerweiher zu Musik von Wagner bewegte, und wer den für Florians Auftritte gebaut hatte. Außerdem, wie er nach Mannheim transportiert worden war und wer ihn vom Ufer aus mittels Fernbedienung steuerte. Denn das war schließlich für die Leserschaft von Interesse.

»Ludwig sah sich als Schwanenritter. Mit zunehmendem Lebensalter suchte er immer mehr die Einsamkeit fernab der Welt.«

»Gibt es etwas, was euch beide verbindet?«

»Die Musik! Ich liebe Wagner ebenfalls.«

Marja notierte eifrig mit. Der Mitschnitt war als Unterstützung gedacht, wenn sie sich später unsicher war, ob sie alles richtig mitgeschrieben hatte.

»Man kann dich für Hochzeiten buchen. Erzähl bitte, wie das abläuft.«

Florian schilderte die Einzelheiten einer Trauung, bei der er mitwirkte, und nannte seine Website als Informationsquelle für Preisanfragen. Er gestattete ihr, ein Foto aus dem

Pressebereich von ihm im Kostüm für ihren Artikel zu verwenden. »Bald ist übrigens der 13. Juni.«

»Der Todestag des Königs.«

»Ich sehe, du hast dich auf unser Gespräch vorbereitet.« Nun legte Florian einen unschlagbaren Trumpf auf den Tisch. »Und mein Geburtstag.«

»Das ist natürlich der Hammer.«

Das Glimmen in seinen Augen entging ihr nicht. »Nichts ist Zufall. Alles ist vorherbestimmt.«

»Verstehe. Dir wurde dein Beruf sozusagen in die Wiege gelegt.«

Florian schwieg dazu. Plötzlich wirkte er in sich gekehrt.

Marja überging seine spontan auftretende Einsilbigkeit. »Ich habe eigentlich auch alles. Ich sende dir einen Link zum Artikel, sobald er online ist.«

Florian nickte ihr zu, erhob sich und schritt aufrecht davon. Sein Gang war regelrecht majestätisch.

Marja blickte ihm eine Weile hinterher. Irgendwie bekam sie den Eindruck, er identifiziere sich ziemlich stark mit seiner Rolle, mit der er sein Brot verdiente. Sein Beruf war eine regelrechte Berufung für ihn. Erst jetzt fiel ihr auf, dass er gar nichts zu essen bestellt hatte. Sie selbst allerdings auch nicht, obwohl sie durchaus Hunger verspürte.

Wie ihre Recherche im Internet ergab, entstand der erste Teil des Luisenparks bereits wenige Jahre nach dem mythenumwehten Tod des Märchenkönigs im Starnberger See. Dass Florians Geburtstag auf dessen Todestag fiel, zumindest was Tag und Monat anbelangte, war für sie eine nette Anekdote, die sie unbedingt erwähnen wollte. Eigentlich sprach nichts dagegen, den Artikel gleich heute fertigzustellen und ihn ihrer Redaktion zuzusenden. Sie blickte auf ihr Smartphone. Sie hatte noch vier Stunden Zeit, bis sie sich mit ihren Freundinnen traf. Wenn sie jetzt sofort in die Ferienwohnung aufbrach und sich unterwegs etwas Essbares beschaffte, war das für sie zu schaffen. Ihre Mitschrift war so ausführlich, dass sie nur noch ein wenig daran feilen und weiter ausformulieren musste. Sie bezahlte und verließ den Park.

33

»Bleib genau da stehen! Und guck in die Kamera!« Fee Zoe gab Chloé schon seit einer ganzen Stunde genaue Anweisungen. Sie befanden sich im Kräutergarten des Luisenparks. Fee Zoe hatte heute ganz offiziell drehfrei, und sie musste sich keine Lüge für ihr Fernbleiben vom Set einfallen lassen. Was ihr nichts ausgemacht hätte. Sie wurde es allmählich überdrüssig, den ganzen Tag über Anweisungen des Regisseurs zu befolgen. Er schrieb ihr die Kopfhaltung und die Art zu blicken vor. Schauspielerin war offenbar doch nicht das Richtige für sie, denn es begann sie zu langweilen, sehr sogar. Sie sprach Texte, die jemand anderes geschrieben hatte, und bewegte sich genau so, wie man es von ihr verlangte. Wo, bitte sehr, lag denn da die Kreativität? Die konnte sie viel besser in ihren eigenen Videos ausleben. Am Set fühlte sie sich zunehmend als Marionette.

»Du machst das toll! Das wird echt super.« Chloés Art, sich zu bewegen, war wie für die Kamera geschaffen. »Wovor stehst du eigentlich? Was ist das?«

»Rosmarin.«

»Erzähl doch mal, was du damit machst, und ich lasse dabei die Kamera laufen.«

Chloé zog ihren Lippenstift nach. »Alles klar. Du kannst starten.«

Nachdem sie fertig gedreht hatten, guckten sie gemeinsam das Ergebnis an. »Top! Ich lade das gleich hoch.«

»Echt jetzt?« Chloé war nun doch ein klein wenig aufgeregt. So ein Filmchen mit ihr im Netz war etwas komplett Neues für sie. Was geschah nun als Nächstes? Bekam das Video negative Bewertungen und sie selbst Anmerkungen zu ihrem Aussehen? Irgendwie war alles offen, wenn man sich ins Netz begab. Kein Mensch konnte vorhersehen, ob sich ein Troll darauf stürzte und andere nach sich zog.

Fee Zoe stupste sie am Arm. »Schon 30 Likes! Guck! Warte es ab, du gehst viral!«

Während die beiden auf den Bildschirm schauten, schnellte die Anzahl der Likes nach oben, und die ersten positiven Kommentare trudelten ein. Fee Zoe hatte noch was für ihre neue Freundin parat. »Hör mal, wo dieses eine Video gleich so abgeht, habe ich eine Idee. Wir könnten zusammen eine völlig neue Salbe entwickeln und vermarkten. Alles aus einer Hand! Es muss etwas sein, was uns die Leute aus der Hand reißen. Die Vermarktung ist kein Problem bei den vielen Followern, die ich habe. Es muss aber etwas ganz Tolles sein! Wir teilen uns den Gewinn. Was hältst du davon?«

»Hexensalbe.«

»What?«

»Klingt doch gut.«

»Wie ist es mit Englisch?«

Chloé verdrehte die Augen. »Magisches verkauft sich besser mit Latein. Hatte ich zwar nie, aber das kann man im Netz gucken.« Sie tippte auf ihrem Smartphone. »Oh nein! Das klingt total bescheuert. Da steht für Salbe: Unguentum. Das klingt total doof. Außerdem kann das kein Mensch aussprechen.« Sie kicherte.

»Stimmt. Das taugt nicht für ein Branding. Wir müssen uns etwas anderes überlegen. Aber was soll überhaupt drin sein in dieser Salbe?«

»Also, ich lese ja viel über Kräuter, über ihre Wirkung und so. Kräuterheilkunde ist ein ziemlich altes Fach. Das gab es schon vor dem ganzen Pillenzeug. Den Hexen wurde im Mittelalter nachgesagt, sie benutzten eine Salbe, mit der sie sich einrieben und dann fliegen konnten. Deshalb wurde sie auch noch Flugsalbe genannt.«

»Flugsalbe ist jetzt nicht so der Bringer als Name.« Fee Zoe schob vorsichtig eine Wespe weg, die auf ihrem T-Shirt in Brusthöhe gelandet war. »Konnten die echt fliegen?«

»Auf einem Besen, klar«, Chloé lachte, »aber nur in der Walpurgisnacht.«

»Du verarschst mich jetzt.«

»Nur ein ganz klein wenig«, zwinkerte Chloé. »Was denkst du denn? Dass die tatsächlich zaubern konnten? In der Salbe war natürlich etwas drin, was Halluzinationen hervorrief. Sie bildeten sich bloß ein zu fliegen. Du verstehst?«

»Wow! Und was haben die da reingetan? Weiß man das?«

»Blauen Eisenhut, Tollkirsche, Alraune, Bilsenkraut …«

»Das klingt irgendwie alles giftig!«

»Der Blaue Eisenhut soll sogar die giftigste Pflanze in ganz Europa sein. Es kommt auf die Dosis an! Frauen, welche die Salben zubereiteten, mussten sich schon sehr genau auskennen mit Pflanzen.«

»Woher hast du eigentlich dein Wissen?«

»Man nennt es lesen.«

Fee Zoe lachte. »Wow. Ich wusste nicht, dass du das beherrschst.«

»Siehste mal.« Chloé grinste. »Im Ernst. Es gibt alte Bücher in Bibliotheken, die man aufbewahrt hat. Von einigen gibt es Nachdrucke, die kann man kaufen. Für die alten Schinken muss man sich in den Bibliotheken anmelden, dann darf man in denen in halbdunklen Räumen mit Handschuhen ganz vorsichtig blättern.«

»Halbdunkel? Wieso das denn? Gehört das zum Zauber dazu?«

Chloé griente. »Witzbold! Altes Papier scheut das Licht.«

»Und da hast du alte Rezepte gesammelt?«

»Genau.«

Fee Zoe strich mit ihren Fingerspitzen über die Rosmarinblätter und schnupperte an ihrer Hand. »Was braucht man denn für eine Salbe?«

»Früher wurden Fette aus Tieren genommen. Heute nimmt man etwas anderes. Ich nehme Pflanzenöl als Basis und rühre erwärmtes Bienenwachs ein. Mit der Grundlage kann man weiterarbeiten.«

»Zum Beispiel Hexensalbe herstellen.«

»Die war meist grün.«

Fee Zoe lachte plötzlich. »Das erinnert mich an Frankfurter Grüne Soße! Wegen der Kräuter. Ich hatte eine Großtante in Frankfurt. Als Kind musste ich einmal im Jahr dorthin, wenn meine Mutter sie besuchte. Da gab es immer diese Grüne Soße zum Essen. Ich mochte die als Kind echt nicht. Schon allein wegen dieser Farbe! Tantchen war immer ganz stolz auf ihr Familienrezept und zog die Kräuter sogar selbst. Zum Glück hat meine Mom das Rezept nicht übernommen. Dazu gab es immer irgend so einen Fisch mit ganz vielen Gräten. Alter! Ich hatte immer Angst, mir bliebe eine von denen im Hals stecken. Die Tante war für mich als Kind irgendwie seltsam. Die saß bei Tisch kerzengerade, war mit sehr viel Schmuck behangen, und serviert wurde vom Personal. Also, sie hatte eine Frau, die ihr den Haushalt gemacht hat, und die hat dann auch bedient, wenn sie Gäste hatte. Ich glaube, meine Mutter hat mir später erzählt, die Haushälterin sei sogar in der Familiengruft beigesetzt worden, weil sie so lange bei der Familie gearbeitet hat.«

»Wie krass ist das denn? Die hatten echt eine Gruft? Ich

stelle mir lieber eine Beisetzung in einem Bestattungswald vor. Das ist viel natürlicher als so ein steinernes Monument. Aber sag, hat deine Mom das Rezept geerbt? Stell dir vor, ihr geht zur Testamentseröffnung und das handgeschriebene Rezept ist das gesamte Erbe. Geschrieben auf blasslila Papier in Sütterlin.« Chloé grinste bei dieser Vorstellung.

»Keine Ahnung, echt nicht. Mom hat nie was von einem geerbten Rezept erzählt. Wenn es allerdings das Rezept von *Maggi* wäre, hätte es sich ziemlich gelohnt.«

»Stimmt. Wobei ich *Maggi*-Würze nicht mag. Es gibt übrigens ein Kraut, das so genannt wird. Also, eigentlich heißt es Liebstöckl.«

Bevor Chloé weiterdozieren konnte, betrat eine Gruppe älterer Damen, bei denen die Haarfarbe Grau überwog, den Kräutergarten und nahm ihn akustisch in Beschlag. Ob die beiden jungen Frauen nun wollten oder nicht, sie mussten die lautstark geführte Konversation unfreiwillig mit anhören.

»Almuth, weschd du noch, der Kerscheplotzer von der Gitti, wie der geht? Wir hawwe in der nächsten Woch a Kaffeekränzche, da tät der passen.«

Die so Angesprochene verneinte. »Ich habe es ihr immer gesagt! Gitti, habe ich zu der gesagt, Gitti, du musst dein Rezept für uns uffschreibe! Unbedingt! So wie du macht keine sonst den Kerscheplotzer, wir kriegen den nicht so hin wie du. Mach ich irgendwann ämol, hat sie immer gesagt. Hätte sie das doch bloß gemacht! Nun ist sie nimmer da, und mit ihr ist das famose Rezept weg. Ich habe schon mehrere gegessen, aber keiner kommt dran an den von der Gitti. Irgendwas hat die da reingetan, was den so besonders gemacht hat. Und ich komme einfach nicht drauf, was es war!«

»Wie man so schön sagt, mitgenommen ins Grab.«

»Aber Margit, das hat ja keiner von uns wissen können, dass die Gitti vor der Straßenbahn über die Gleise geht. Weil ihr der Weg bis zur Fußgängerampel zu weit gewesen ist, wegen ihren Füßen, die nicht mehr so recht gewollt haben. Die hat wenigstens einen schnellen Tod gehabt. Mein Egon, der liegt jetzt schon seit fünf Jahren im Bett und ist nur noch am Jammern. Ach Gott, was ich mir da immer alles anhören darf. Es ist ganz furchtbar.«

»Weil du dem auch immer seine Tabletten gibst! Wenn du die ins Klo werfen tätst, anstatt sie ihm zu geben, hättest du schon längst deine Ruhe.«

»Ich kann den doch nicht einfach sterben lassen!«

»Du hinderst den am Sterben! So herum wird ein Schuh draus. Vielleicht will er schon längst gehen, dein Egon, und du lässt ihn bloß nicht? Mein Erwin, Gott hab ihn selig, hat nicht so lange leiden müssen wie dein Mann. Und jetzt, wo ich ihn einmal in der Woche auf dem Friedhof besuche, kann ich zu Hause endlich alles so machen, wie ich will. Da wird keine *Sportschau* mehr angeguckt! Und es kommt kein Saumagen mehr auf den Tisch! Den habe ich ihm allerweil machen müssen. Aber er wollt keinen fertig gekauften! Ich habe den richtig selbst gemacht und mit Esskastanien gefüllt. Du kannst mir glauben, das war kein purer Spaß, einen Schweinemagen zu füllen. Da könnt man glatt zum Vegetarier werden.«

»Die Gitti. Ihre Kuchen waren unvergesslich.«

»Aber sag mal, Marianne«, Margit wandte sich der Frau in der Gruppe zu, die nun ebenfalls selig in Kuchenerinnerungen schwelgte, »hast du nicht so ein Käsekuchenrezept? Eines, wo man keinen Boden nimmt, sondern nur die Quarkfüllung? Ich erinnere mich daran, dass du den mal für unseren Kaffeeklatsch gebacken hast. Der war lecker!«

»Wieso Quak? Hier sind doch gar keine Frösche! Vielleicht drüben bei den Seerosen. Aber doch nicht im Kräutergarten, wo es so heiß ist!« Marianne guckte fragend. »Und überhaupt! Hier ist gar nichts zum Hinsetzen! Mir tun die Füße weh.«

»Wie?« Margit verstand nicht, wovon Marianne sprach. Nicht dass der Eindruck gänzlich neu für sie gewesen wäre, aber jetzt gerade erwartete sie eine Antwort auf ihre Frage nach dem Käsekuchenrezept. Was hatte das mit Fröschen zu tun? Wurde Marianne allmählich dement? Bei genauer Betrachtung kam sie ihr schon seit geraumer Zeit etwas tüdelig vor, das konnte durchaus eine Vorstufe der Erkrankung sein. Sie behielt sie am besten vorsorglich im Auge. Wenn sie selbst nicht gegenseitig aufeinander achteten, wer sollte das sonst machen? Oder war das nur ein schlechtes Ablenkungsmanöver von ihr, weil sie das Käsekuchenrezept partout nicht herausrücken wollte? Sollte das, genauso wie bei Gitti, bei ihrem eigenen Ableben gemeinsam mit ihr ins Grab wandern? Das ließ sie nicht zu! Wenigstens das Käsekuchenrezept wollte sie vor dem Vergessen retten.

»Du musst lauter mit der reden! Die Batterien von ihrem Hörgerät sind alle! Das hat sie doch vorhin im Zug selbst gesagt«, erklärte eine der Frauen aus der Gruppe, die sich bislang im Hintergrund gehalten hatte. »Sie liest einzelne Worte von den Lippen ab. Auf Kuchen reagiert sie immer. Hört mal her, gibt es hier denn kein Café? Ich hätt jetzt richtigen Kaffeedurst. Gegen eine Limo hätte ich ebenfalls nichts einzuwenden. Ist auch arg heiß heute.«

»Wo wir gerade erst angekommen sind? Jetzt schauen wir erst mal die Kräuter alle an!« Ihre Anführerin reckte sich zur vollen Größe auf und streckte ihre voluminöse, von einem Korsett gestützte Oberweite, auf der eine schwere Kette ruhte, in die Luft. Sie duldete keine Widerrede, und das von ihr angeführte Grüppchen fügte sich. Auch wenn in einigen Augenpaaren für Bruchteile von Sekunden verdrängter Widerstand aufblitzte, der jedoch sofort um des lieben Friedens willen verglomm. War sie es doch, die immer ihre Ausflüge organisierte und sogar die Bahntickets für alle besorgte. Sie durchblickte als Einzige von ihnen diesen verwirrenden Tarifdschungel der öffentlichen Verkehrsmittel und fuhr selbst jedes Mal mit dem Auto zum Bahnhof, um ihre Gruppentickets zu erwerben. Im Sommer 2022, der ihnen das Neun-Euro-Ticket beschert hatte und sie ohne Sorge, versehentlich schwarz zu fahren, einfach in Zügen und Bussen Platz nahmen, war ihre Vormachtstellung ins Wanken geraten. Jedoch lohnte sich das nachfolgende Ticket mit seinen 49 Euro nicht für den einen Ausflug, den die Gruppe alle vier Wochen unternahm. Seitdem stand ihre Führungsrolle wieder außerhalb jeglichen Zweifels.

Chloé gab Fee Zoe ein Zeichen, ihr zum Ausgang zu folgen. Draußen stieß sie die Luft aus. »Puh. Die können eine große Sportarena ohne Mikrofon beschallen. Ich glaube, ich habe einen Hörsturz. Dabei kann man echt was von denen lernen. Die geben ihren Mackern einfach die Tabletten nicht!« Sie schüttelte sich. »Das kann man sich nicht ausdenken. Wer weiß, was in diesem fabelhaften Kerscheplotzer drin war! Ich tippe auf eine Ladung Kirschlikör. Wo die wohl herkommen? Weit sind die nicht hierhergefahren.«

Fee Zoe übersprang die Bemerkung bezüglich des Kirschlikörs. Was gingen sie diese fremden alten Frauen an? Sie nahm ihren vorherigen Gesprächsfaden wieder auf. »Vielleicht ganz schlicht *Hexensalbe* als Name. Das klingt sogar ziemlich gut. Wohin gehen wir jetzt?«

»Ein Stückchen weiter, in den Zitrusgarten.«

»Traumsalbe!«

»Wie?«

»Als Name. Ist mir gerade eingefallen.« Fee Zoe war sichtlich entzückt von ihrer Idee.

»Alter. Das klingt nach einer Einschlafhilfe. Ich dachte eher an eine etwas jüngere Zielgruppe, nicht solche wie die Silberfrauen eben im Kräutergarten. Leute, die ein wenig Spaß suchen, aber nix Synthetisches einwerfen wollen, das in einer Garage gemixt wurde, sondern …«

»… sich die Kniekehlen mit Salbe einreiben wollen.«

»Pflege deinen Körper und hebe ab!«

»Ja! Die absolute Wohlfühlsalbe. Entspannen, ohne dafür eine ganze Wanne Wasser zu verschwenden. Und was geben wir da als Wirkstoff rein? Ich meine, neben Pflanzenöl, Bienenwachs und Kräutern.«

»Etwas, das richtig knallt.« Chloé grinste beim Gedanken an ihr Aphrodisiaka, welches ihr die Kunden aus der Hand rissen. Vermeintlich schluckten die ein rein pflanzliches Produkt. Immerhin war das Zeug derart effizient, dass sie keine Nachfrageprobleme hatte.

»Ist denn nicht alles giftig von dem Zeug, das knallt?«

»Ach was. Es kommt immer auf die Dosis an. Die Dosis macht das Gift oder eben das Heilmittel. Vertrau mir, ich kenne mich aus damit.«

»Wo machst du die eigentlich? Deine Küche sah nicht danach aus, als ob da was zusammengerührt wird. Du brauchst doch Töpfe und so Zeug. Und Tiegel, wo du das einfüllst. Das steht doch nirgends in deiner Wohnung?«

»Gut beobachtet, Frau Naseweis. Ich habe dafür einen extra Raum.«

»Cool. Zeigst du mir den? Ich wollte schon immer mal eine Hexenküche sehen.«

»Klar. Zutritt gibt es allerdings nur mit fetter Warze auf der Nase.« Chloé lachte.

Fee Zoe dachte laut nach. »Und wir verticken wir das?«

»Du hast die Follower, und ich habe einen Gewerbeschein. Zusammen sind wir ein Dreamteam.«

»Einen Gewerbeschein habe ich auch. Wir machen einen Vertrag über unsere Zusammenarbeit.«

»Mit Blut und so?« Chloé hob die Stimme und intonierte theatralisch. »Blut ist ein ganz besonderer Saft. Das wusste schon Goethe.«

Fee Zoe stupste sie in die Seite. »Quatsch.«

»Aber wieso Vertrag? Traust du mir nicht, Sis?«

»Bullshit. Klar traue ich dir. Aber stell dir bloß vor, unser Business geht voll ab. Und wenn es so richtig gut läuft, ist plötzlich eine von uns beiden nicht mehr da. Weißt du, wie das läuft? Dann stehen Erben auf der Matte. Wie beweist du ohne Vertrag, dass du Teilhaberin bist? Einfach so behaupten kann jeder. Aber das zählt rein rechtlich überhaupt nicht. Da brauchst du etwas Schriftliches, damit du das beweisen kannst.«

Dieser Einwand leuchtete Chloé komplett ein. Fee Zoe hatte recht. Sie mussten das alles wasserdicht machen. Von Anfang an. Die Frau kannte sich echt aus! »Okay, du hast mich überzeugt. Wir machen einen richtig guten Vertrag, in dem alles geregelt ist.«

Schon waren sie am Zitrusgarten angelangt. Das Tor mit den stilisierten gelben Früchten aus Metall stand weit offen.

»Wow! Das ist ja wie im Süden!« Während Fee Zoe die prächtigen Pflanzen in den großen Töpfen aus Terrakotta bestaunte, stolzierte eine Katze heran. »Wo kommt die denn her«, wunderte sie sich, »hier im Park?«

»Bestimmt aus einem der angrenzenden Gärten. Direkt am Park stehen Häuser.«

»Die haben bestimmt einen schönen Blick aus den Fenstern. Zumindest die in den oberen Etagen.«

»Nur leider ist dieser Blick ziemlich teuer. Es braucht eine Menge Asche, um sich in der Oststadt eine Wohnung zu leisten. Kannste eigentlich gleich in Heidelberg mit Schlossblick residieren.«

»Dafür brauchen die hier keine Eintrittskarte für den Park. Die können einfach über die Mauer klettern.«

»Hey, Sis! Du hast richtig kriminelle Energie, weißt du das?« Chloé staunte über die soeben entdeckte Facette im Wesen ihrer neuen Freundin.

»Das ist der Einfluss meiner Umgebung.«

»Ah«, scherzte Chloé, »du meinst die Dreharbeiten zu deinem Film. Was ist eigentlich danach? Machst du einen neuen Film?«

Fee Zoe schnupperte an den Blüten eines Clementinenstrauches. »Nö. Ein Film reicht mir echt.«

»Und was ist, falls er Erfolg hat?«

»Ey, was heißt hier *falls*?« Fee Zoe äffte das Fauchen eines Kätzchens nach. »Schon vergessen, wer die Hauptrolle spielt?«

»Keep calm, Sis. Was ist, wenn die eine Fortsetzung mit dir machen wollen?«

»Oh my God! Keine Ahnung, echt. Ich weiß nicht so recht. Vielleicht können die mich mit KI einfach da reinkopieren.«

»War irgendwie nicht so der Hit für dich, oder?«

Fee Zoe legte beim Versuch, Regisseur Mikael zu imitieren, ihre Stimme tiefer. »Also, Leute, das war echt schon ganz gut, was ihr da geliefert habt. Aber ich weiß, ich könnt das besser.« Mit ihrer normalen Tonlage sprach sie weiter. »Das ist der Lieblingssatz des Regisseurs. Ich vermute, der findet das witzig. Es lacht aber nie einer, wenn er das von sich gibt. Alter! Du kannst dir nicht vorstellen, wie nervig es ist, eine ewig gleiche Szene mehrfach zu spielen. Zum einen, weil von mehreren Stellen aus gefilmt wird, also wenn ich bei einem Dialog etwa von hinten und beim Kamerawechsel von vorne oder seitlich zu sehen bin. Da muss man sich mega konzentrieren. Auf Dauer ist das nichts für mich.«

»Ich dachte immer, Schauspielerin zu sein wäre ein Traumjob.«

»Der Blick hinter die Kulissen ist nicht so dolle. Da muss man ganz schön diszipliniert sein und sich von allen möglichen Leuten viel sagen lassen. Im Endeffekt kriegst du alles gesagt. Wie du gehen sollst und so. Und Texte muss man auch lernen. Ich hatte jetzt Glück, dass da keine so ellenlangen dabei waren. Ey, ich hab echt keinen Schimmer, wie Leute es schaffen, sich so ganz lange Texte zu merken.«

»Wir waren mal mit der Schule im Theater. Da gab es vorne am Bühnenrand so einen Kasten, da saß jemand drin. Ein Schauspieler hatte einen Hänger, da kam aus dem Kasten ein Satz, und der wusste dann wieder weiter.«

»Eine Souffleuse! Nee, so was gibt es beim Film nicht. Wenn du da hängenbleibst, wird die Szene wiederholt. Dann darfst du deinen Text neu aufsagen.«

34

Der Schmerz kam erneut wie ein hinterhältiger Kerl, der einen im Dunkeln leise von hinten anfällt, und knallte ihn komplett gegen die Wand. Die Zeitabstände zwischen den Attacken verringerten sich und erreichten eine ungeahnte Intensität. Von jeder Steigerung war er aufs Neue überrascht und wunderte sich, wie viel an Schmerzen der Mensch auszuhalten in der Lage war. Ein halbes Jahr hatten ihm die Ärzte bei der Erstdiagnose noch gegeben, vielleicht ein oder zwei Monate mehr. Noch sah man ihm in schmerzfreien Phasen die Erkrankung nicht an. Da das Karzinom nicht seinen Gallengang blockierte, unterblieb die verräterische Gelbfärbung seiner Haut. Schon bald jedoch sähe man ihm die Erkrankung an. Im fortgeschrittenen Stadium, zwei oder drei Monate vorm Exitus letalis, ließ sich dann die Hinfälligkeit nicht mehr verbergen. Er selbst war dann auch bereit für die höchstmögliche Schmerzlinderung in Form von Morphium. Sister Morphine, wie sie in einem bekannten Song von Marianne Faithfull besungen wurde, trat bald an sein Bett. Bis dahin galt es jedoch unbedingt, noch eine einzige Aufgabe zu erledigen. Nur aus diesem Grund zwang er sich, noch ohne dieses Medikament auszukommen, denn dafür musste er Herr seiner Sinne sein. Es galt, noch eine kleine Weile durchzuhalten.

Er hatte sich nämlich fest vorgenommen, den Bullen einen vierten Fall zu servieren. Einen weiteren Mann, den er auf seiner eigenen Reise ins Jenseits mitnahm. Er war auf seinem gewohnten Spaziergang zwischen Feldern, als sich sein Körper plötzlich krümmte und ihn zum Hinsetzen am Rand eines Feldes zwang, auf dem Mais spross. Das verdeutlichte erneut die Dringlichkeit. Es galt, sich zu beeilen, bevor er sediert in einem Bett lag. Er fummelte nach dem Schmerzmittel in seiner Hosentasche. Dummerweise stand die Trinkflasche zu Hause auf dem Spülbecken in seiner Küche. Verzweifelt sammelte er Spucke in seinem Mund und würgte die Tabletten hinunter.

Während er auf das gnädige Einsetzen der Wirkung wartete, blitzte der Gedanke an seine Eltern auf. Die hatten sich, als er jung war, so sehr gewünscht, er möge das Abitur ablegen und studieren. Aber er wurde von der Schule gejagt, als ob er eine Kakerlake wäre. Dabei war er selbst das Mobbing-Opfer und hatte sich überhaupt nichts zuschulden kommen lassen, rein gar nichts. Das Direktorium bestand auf seinem sofortigen Abgang. Das Schlimmste für ihn war, neben der Tatsache, dass er sich niemandem anvertrauen konnte, das Verhalten seiner Eltern. Die fragten ihn nicht danach, was tatsächlich geschehen war. Seine Sicht der Dinge interessierte niemanden. Er spuckte in hohem Bogen aus. Die Wirkung des Schmerzmittels setzte endlich ein. Er rappelte sich hoch und klopfte den Staub von seiner Hose.

35

»Wie sieht es aus? Bist du fündig geworden?« Melanie war durch die offen stehende Tür in Sandras Büro gegangen und hatte deshalb auf das Anklopfen verzichtet.

Sandra saß an ihrem Rechner, mit dem sie im Internet recherchieren konnte und dessen System vom Intranet der Behörde getrennt lief. Sie blickte hoch. »Ich habe alle möglichen Suchbegriffe eingegeben. Es gibt einen Treffer, der ganz gut passt. Ein Leichtathlet, der sich beim Sturz vom Stufenbarren schwer verletzte.«

»Stufenbarren! Den habe ich zu meiner Schulzeit wirklich gehasst.«

»Wer nicht? Ich kenne niemanden, der ihn gemocht hat. Keine Ahnung, wofür dieser Knochenbrecher hätte gut sein sollen. Bewegen kann man sich auch beim Tanzen.«

»Was ist mit dem Mann?«

»Er ist mein einziger Treffer. Die paar anderen, die ich gefunden habe, haben nur flüchtige Bezugspunkte zu unserer Region.«

»Sollen wir ihn überprüfen?«

Sandra blickte ihr in die Augen. »Das können wir uns sparen. Der liegt als schwerer Pflegefall im Bett.«

Melanie seufzte. »Wäre ja auch zu schön gewesen, um wahr zu sein.«

»Ehrlich gesagt, erscheint mir die These des Fallanalytikers ziemlich schräg. Ich meine, wer nach einer Top-Karriere einen Unfall hatte, der kann doch immer noch als Trainer arbeiten oder so. Also, seine Erfahrungen weitergeben. Damit lässt sich sicher auch Geld verdienen.«

»Aus dem Pflegebett heraus?«

»Quatsch. Es gibt Bänderrisse, die schlecht heilen. Oder jemand geht nach einem komplizierten Bruch, der schlecht verheilt ist, mit einem Stock. So kann man durchaus als Trainer arbeiten.«

»Der Fallanalytiker wird sich schon was bei seiner These gedacht haben.«

»Ich weiß nicht. Ich sitze jetzt den ganzen Tag am Computer und recherchiere. Irgendwie habe ich den Eindruck, wenn ich das alles lese, man kann da durchaus die Kurve kriegen. Außerdem wissen die doch, worauf sie sich einlassen. Da kann es immer einen Unfall geben. Und denk doch mal an die vielen Leute, die ganz nach oben wollen im Leistungssport. An die Spitze schaffen es ganz wenige. Da sehe ich weitaus mehr Frustrationspotenzial. Stell dir vor, du trainierst jahrelang und wirst einfach nie aufgestellt, kommst einfach nicht weiter. Da ist immer jemand, der zwei Millimeter weiter springt oder eine Zehntelsekunde schneller rennt. Und dann, nach jahrelangem eisernen Training, bist du plötzlich zu alt, Jüngere drängen nach und schubsen dich weg.«

»Das klingt wie ein Fass ohne Boden.«

»Aber deshalb bringt man doch keinen um. In anderen Bereichen ist es ähnlich. Bundeskanzler kann auch immer nur einer werden. Und Heerscharen von Politikern geben sich jahrelang die harte Tour, gehen jeden Abend und an den Wochenenden zu irgendwelchen Vereinen, machen Wahnsinns-Abstriche bei ihrem Privatleben. Die werden doch nicht alle zu Verbrechern!«

»Was ist mit dem da?« Melanie zeigte auf eine geöffnete Datei auf Sandras Bildschirm.

»Der? Der wohnt schon ewig nicht mehr hier.«

»Der Name sagt mir was! Den kenne ich von irgendwoher.«

»Guckst du Sportübertragungen? Das wusste ich noch gar nicht. Ich bekomme gerade ein völlig neues Bild von dir!« Sandra grinste.

»Jetzt weiß ich es. Dieser Paul war mit mir in der Grundschule. Ich erinnere mich! Paule nannten wir den. Der kam nach der fünften in ein Sportgymnasium, ziemlich weit von Mannheim weg. Der war ein richtiges Sportass. Was ist denn mit ihm passiert?«

»Der wurde gefoult. Ganz übler Wadenbeinbruch. Ist seither so was wie ein Frührentner.«

»Krieg raus, wo der heute wohnt.«

»Hab schon eine Abfrage gemacht. Bei Hannover.«

»Den sollten wir uns genauer anschauen.«

»Warum ausgerechnet den? Weil er mit dir in der Grundschule war?«

Melanie nickte zögerlich. »Das war ein Sonderling. Der verschwand immer sofort nach dem Unterricht, hat nie irgendwas mit uns anderen gemacht. War zu keinem Geburtstag eingeladen, hat auch selbst nicht gefeiert.«

»Kein Wunder, wenn ihn keiner eingeladen hat. Er hat es andersherum auch so gehalten.«

»Vielleicht kommt ihm das jetzt, wo er Zeit zum Nachdenken hat, alles wieder hoch. Vielleicht gab es damals irgendeinen Vorfall, von dem ich nichts weiß. Irgendetwas, woraufhin er sich so von allen isoliert hat.«

»Und jetzt? Willst du nach Hannover fahren, oder was?«

»Der wird mir kaum erzählen, wenn da etwas war. Ich muss alte Lehrer finden und die fragen.«

»Lieber Himmel! Die leben tatsächlich noch?« Sandra lachte über ihren Witz.

Melanie knuffte sie am Arm. »Einige unterrichten sogar noch.«

Sie rief »Herein«, als es an die Tür klopfte. Kollege Bernd hielt den beiden einen kartonierten Umschlag entgegen. »Der kam mit der Post, ohne Marke, aufgegeben in Ludwigshafen. Ich dachte, wir gucken gemeinsam rein.«

36

»Wow!« Fee Zoes Begeisterung war total echt. Chloé zeigte ihr wie versprochen ihre *Kräuterwerkstatt*, wie sie sie nannte. Wobei Fee Zoe den Topos *Hexenküche* viel werbewirksamer gefunden hätte. Darüber musste sie unbedingt noch mit ihrer neuen Freundin und Geschäftspartnerin reden. Aber noch war nichts in Stein gemeißelt, standen sie doch erst am Beginn ihrer Erfolg versprechenden Zusammenarbeit. Sie spürte, dass mit dem Neuen etwas Großes in ihr Leben kam, das ihm eine weitere, günstige Wendung verschaffte. Chloé war echt die Schwester, die sie sich immer gewünscht hatte.

Sie hatte die Klingel neben dem Namensschild gedrückt, und Chloé war nach unten gekommen. Fee Zoe wurde allerdings nicht nach oben gebeten. Sie gingen über das Bodenmosaik des Hausflurs, dessen florales Muster ihr vor wenigen Tagen entgangen war, an zwei Türen vorbei nach hinten, zu einer weiteren, die ihre Freundin nun aufschloss. Der Raum war ungefähr 30 Quadratmeter groß. Durch zwei vergitterte Fenster, die sich an der der Eingangstür gegenüberliegenden Längsseite befanden, fiel Licht. Es sah aus wie in einer Alchimistenküche. Auf einem langen, schmalen Tisch längs der Seite lagerten Tiegel, Baumwollsäckchen, Fläschchen, Schalen mit Mörsern und weiteres Zubehör, um Kräuter zu verarbeiten. An einem darüber von Wand zu Wand gespannten Seil hingen Kräuterbüschel zum Trocknen. Die gegenüberliegende Wand füllte ein mehrtüriger Schrank aus.

Fee Zoe pfiff anerkennend. »Das sieht toll aus! Wie kamst du zu diesem Raum?«

Chloé öffnete eines der Fenster. »Das war ein Lagerraum. Zur Straßenseite hin gab es früher ein Geschäft, das wurde irgendwann zu einer Wohnung umgebaut. Und den Raum hier habe ich gemietet.«

»Der Laden vorne raus wurde umgebaut? Da hätte man doch eine Frittenbude aufmachen können. Kennste schon den Trend *Fressliftung*? Man frisst sich Fettpolster an, um die Falten auf natürliche Weise zu dehnen.«

»Nicht dein Ernst!«

»Natürlich nicht, ist nur Spaß. Aber es ist schon irgendwie komisch, dass es Leute gibt, die sich mager hungern und sich dann Fett in die Wangen spritzen lassen. Hast du eigentlich auch pflanzliche Appetitzügler?«

»Da muss ich echt passen. Bislang nicht.«

»Was bedeutet denn dieser Zauberspruch?« Fee Zoe stand vor einem gerahmten Blatt aus Büttenpapier, auf dem ein mit schwarzer Tinte gemalter Spruch stand.

SATOR
AREPO
TENET
OPERA
ROTAS

»Klingt gut, nicht wahr? Du kannst auch von unten nach oben rückwärts lesen sowie jeweils die einzelnen Spalten aus beiden Richtungen.«

»Wow!« Fee Zoe testete Chloés Aussage. »Toll. Darf ich ein Foto davon machen?«

»Klar«, seufzte Chloé, denn Fee Zoe hielt ihr unvermeidliches Smartphone ohnehin schon in der Hand. »Aber nur von dem Blatt. Nix von meiner Einrichtung. Wir machen hier keine Homestory.«

»Schon gut. Aber was bedeutet dieser Spruch? Verrätst du mir das? Oder weißt du es selbst nicht?«

»Es heißt das Sator-Palindrom, weil man es vor- und rückwärts lesen kann. Jedenfalls ist der Spruch ziemlich alt. Was er genau bedeutet, habe ich nicht herausgefunden. Irgendwie so in die Richtung, dass ein Sämann erntet.«

»Das passt zu deinen Kräutern! Obwohl du die ja nicht selbst erntest.«

Chloé dachte an die letzte Vollmondnacht, bei der sie sehr wohl geerntet hatte. Und dann auch noch diese zufällige Begegnung hatte. Diesen Mann umfing eine ganz eigene Aura. Zu dumm, dass sie ihn nicht einmal nach seinem Namen gefragt hatte.

Fee Zoe zeigte auf die Kräuterbüschel, die an einem seitlich im Raum gespannten Seil hingen. »Wo kriegst du die eigentlich alle her? Das ist eine ganze Menge. Das wächst nicht in einem Vorgarten.«

»Internet. Schon mal gehört?«

Fee Zoe lachte. »Dieses Zeug, das unsere Eltern erfunden haben?«

»Du kannst echt alles bestellen. Lavendel aus der Provence …« Sie stoppte ihren Redefluss. Das Geheimnis mit den kleinen blauen Pillen, die sie ihrem hochwirksamen Aphrodisiakum beimengte, behielt sie besser für sich. Freundschaft hin oder her. Schließlich war das ihr Betriebsgeheimnis.

Im Hausflur begegneten ihnen die derzeitigen Bewohnerinnen der Ferienwohnung. Eine der Frauen hielt einen Müllbeutel in der Hand. »Entschuldigung! Wo sind denn hier die Mülltonnen?«, wandte sich die dunkelblonde Frau direkt an Chloé. Die Frau erweckte den Eindruck, als sei sie es gewohnt, Antworten auf ihre Fragen zu erhalten.

Chloé zeigte genervt zum Hinterausgang. »Im Hof!« Der Vermieter der Ferienwohnung ging ihr mächtig auf den Zeiger, denn der war einfach nicht in der Lage, seinen sogenannten Gästen einen Zettel mit den wichtigsten Hinweisen hinzulegen. Es war schon vorgekommen, dass Müllbeutel einfach im Flur direkt neben der Haustür lagen. Und das, wo doch jeder wusste, dass dies Ratten anzog!

37

Sie wohnte noch immer an derselben Adresse wie damals. Als Melanie in Richtung des Hangs an einem der Ausläufer des Odenwaldes ging, ergab sich optisch der Eindruck, hier sei die Zeit stehen geblieben. Das war vor einigen Jahrzehnten ein Neubaugebiet am Rande von Rehheim an der Bergstraße gewesen, was deutlich am Baustil zu erkennen war, der unübersehbar die Handschrift dieser Zeit trug. Da, wo in den Fassaden Glasbausteine verbaut worden waren, befanden sich dahinter mit ziemlicher Sicherheit die Treppenhäuser. Bei einigen waren die in kleinen Türmchen untergebracht, das wusste sie noch aus ihrer Kindheit, als diese Häuser schon ein paar Jahre alt waren und sie Klassenkameraden zu Hause besuchte. Sie schmiegten sich längs einer in Serpentinen gewundenen Straße an den Hang, zum Tal hin mit einer sichtbaren Etage mehr. Oft waren hier Einliegerwohnungen untergebracht, deren Vermietung zur Finanzierung der Häuser beitrug. Melanie erinnerte sich an dieses Wohnmodell, das einigen ihrer Klassenkameraden die unmittelbare Nähe und Betreuung durch die Großeltern einbrachte. Sie staunte selbst über die Zeitspanne, die sie schon nicht mehr in diesem Teil Rehheims war, obwohl sie die ganze Zeit über ihre Eltern und die Schwester in der kleinen Stadt zwischen Schriesheim und Hirschberg besuchte. Wenn sie es genau besah, verließ sie die Autobahn, fuhr noch ein Stück die Landstraße bis zum Weingut ihrer Eltern, und das war es dann auch. In den Straßen, über die sie als Kind mit ihren Freunden strich, war sie seit langer Zeit nicht mehr gewesen. Es fühlte sich an wie ein Eintauchen in eine längst vergessene Welt. Vor den Garagen standen Autos mit Verbrennermotoren. Auch sonst wies einiges darauf hin, dass in den Häusern hauptsächlich alte Menschen wohnten. Kein einziges spielendes Kind war zu sehen. An einer Latte neben einem Haus gammelte ein alter Korb für Ballspiele vor sich hin.

Sie fand das Haus mit der Nummer 13 ziemlich leicht. Über der kleinen Mauer, die den Garten zur Straße hin abstützte, wucherte eine Buchenhecke, deren Schnitt längst überfällig war. Eine größere Lücke in der Hecke bot Einfahrt in eine schmale Garage, in die längst kein modernes Auto mehr passte. In den Ritzen der mit Betonsteinen gepflasterten Zufahrt wucherte Unkraut, was darauf hindeutete, dass die Garage tatsächlich nicht als solche genutzt wurde, auch nicht für eines dieser zweisitzigen Kleinstautos mit Elektroantrieb. Eine schmale Treppe führte seitlich des Hauses auf die Rückseite zum Eingang, der aufgrund der Hangbauweise eine Etage höher lag.

Melanie kam unangemeldet. Auf ihr Klingeln hin öffnete ihr eine Person, die trotz der Veränderungen des Alters eine ziemlich große Ähnlichkeit mit der Frau hatte, die vor etlichen Jahren ihre Klassenlehrerin gewesen war. Obwohl die Jahre naturgemäß nicht spurlos an ihr vorübergegangen waren, strahlte sie noch immer eine respekteinflößende Würde aus. Das volle Haar, nunmehr zur Gänze weiß, trug sie im Nacken zu einem Knoten geschlungen. Ein kurzärmeliger dünner Pullover in Grün ergänzte einen langen, schmalen grauen Rock. Ihre Füße steckten in Gesundheitsschuhen mit Korkfußbett.

Melanie gab sich redlich Mühe, besonders freundlich zu wirken, obwohl sie unwillkürlich wieder in die Rolle der

Schülerin verfiel, die versuchte, möglichst nicht unangenehm im Fokus der Aufmerksamkeit der Lehrerin zu stehen. Elisa Rintert hatte den wilden Haufen, den die Grundschulklasse damals darstellte, schnell mit einfachen Regeln diszipliniert, zu Zeiten, als Eltern noch nicht ständig mit der Einschaltung ihres Anwaltes drohten, wenn sich etwa die Noten ihres Nachwuchses nicht mit ihrer Vorstellung deckten. Nun überlegte die Frau offenbar, wer da vor ihr stand.

»Erinnern Sie sich an mich? Mein Name ist Melanie Härter. Sie waren in der Grundschule zwei Jahre lang meine Klassenlehrerin.« Melanie streckte ihr die Hand hin. »Also«, schob sie nach, »unsere Klassenlehrerin. Wir waren eine ziemlich große Klasse.«

»Härter. Die Winzerfamilie hier im Ort?«

»Ja, genau. Meine Schwester hat den Betrieb übernommen.« Melanie hatte mit der Tradition des ältesten Kindes in ihrer Familie gebrochen. Schon früh zeigte sich, dass ihr eigener Berufswunsch nicht Winzerin war. Noch in den Anfangsjahren ihrer Zeit als Polizistin stand sie als eiserne Reserve als Bedienung bei Weinfesten zur Verfügung. Ein Aushilfsjob, der ihr nicht besonders behagte. Das lag auch daran, dass ihre Mutter ihr damals ständig in den Ohren lag, sie solle im Dirndl auftreten. Aber so was kam ihr nicht in den Schrank! Ihr Sohn Felix allerdings sprang mit sichtlicher Freude überall dort ein, wo Bedarf war. Sie selbst bestand noch nicht einmal auf einer Auszahlung durch ihre Schwester nach deren Übernahme des elterlichen Weingutes an der badischen Bergstraße. Vielleicht interessierte sich Felix dafür, bei Lisa einzusteigen, wenn er aus Australien zurückkam. Dann bliebe ohnehin alles in der Familie. Es war gut, Türen stets offen zu lassen und sie auf keinen Fall zuzuschlagen. Felix verstand sich gut mit seiner Tante, vielleicht wurde da eine Erfolg versprechende berufliche

Verbindung daraus. Womöglich brachte ihr Sohn aus Australien neue Ideen für die Vermarktung mit. Aber darüber konnte sie ein anderes Mal nachdenken. Nun galt es, sich der Lehrerin zu widmen.

»Die Lisa.«

Melanie war überrascht, dass die Frau den Namen nach nur kurzem Überlegen immer noch parat hatte.

»Du wunderst dich, weil ich mich an den Namen deiner Schwester erinnere?«

»Schon. Ist ja immerhin eine Weile her.«

»Willst du reinkommen?« Offenbar gehörte Elisa Rintert der altmodischen Spezies an, die Leute, die sie zu deren Kinderzeit kannten, zeitlebens duzten. Immerhin sprach sie sie, um das Siezen zu umgehen, nicht im Plural an. Auch das hatte Melanie schon erlebt und sich, als sie zum ersten Mal »Wie geht es euch?« hörte, nach einer imaginären Person umgewandt.

Melanie nickte und folgte ihr in einen gemütlich eingerichteten Wohnraum, wo auf einer Couchlandschaft etliche Kissen lagen. Auf einem davon schlief zusammengerollt eine kleine schwarz-graue Katze.

»Such dir einen Platz, aber stör Mimi nicht. Sie hält um diese Zeit immer ein Nickerchen. Möchtest du ein Glas Wasser?«

Als Melanie nickte, verschwand ihre alte Lehrerin und hantierte geräuschvoll in der Küche. Es klang so, als ob sie zunächst den Kühlschrank öffnete und daraufhin einen Wassersprudler in Betrieb setzte. Melanie blickte sich im Wohnzimmer um. In den raumhohen Regalen ringsum an den Wänden standen Bücher, teilweise in Zweierreihen. Ihr Blick suchte vergeblich einen Fernseher.

Elisa Rintert kam mit zwei Gläsern, gefüllt mit Wasser, zurück und stellte diese auf einem niedrigen Tisch ab.

»Ich kaufe meinen Wein bei der Lisa. Deshalb kenne ich ihren Namen noch immer. Oder hast du gedacht, ich kann mich an alle meine Schüler erinnern? Nein, nein, über so ein Supergedächtnis verfüge ich leider nicht.«

»Ah, verstehe.« Lisa hatte ihr nie davon erzählt. Das deutete darauf hin, dass es ihr nicht wichtig erschien. Schließlich waren sie keine Zwillinge und in unterschiedlichen Klassen gewesen. Außerdem hielt sich Lisas Begeisterung darüber, dieselbe Klassenlehrerin zu bekommen, die bereits ihre Schwester kannte, in überschaubaren Grenzen. Sie verspürte wie alle jüngeren Geschwister wenig Neigung dazu, mit Melanie verglichen zu werden.

»Aber weshalb kommst du jetzt zu mir?«

»Frau Rintert, ich habe eine Frage bezüglich eines Klassenkameraden von mir, dem Paule. Der war in Sport außerordentlich gut und ging nach der vierten auf ein spezielles Sportgymnasium. Erinnern Sie sich an ihn?«

»Und ob. Aber weshalb kommst du extra zu mir und fragst mich nach ihm? Da gibt es sicher einen Grund dafür.«

Melanie hatte vorab beschlossen, bei ihrer ehemaligen Lehrerin aufzutauchen, ohne ihr ihren Beruf zu verraten, und war mit einer Ausrede gewappnet. Wie sollte sie die Ermittlungen in dem Mordfall erklären, ohne Leute, nach denen sie sich erkundigte, damit in Verbindung zu bringen? Es war eine Fährte, die sie mit Sandra aufnahm. Eine bloße Vermutung und kein Verdacht. »Ich dachte, ein Klassentreffen wäre nett. Wissen Sie, es gibt da immer diese Treffen von meiner Abschlussklasse.« Sie verschwieg wohlweislich, dass die an sie adressierten Einladungen seit Jahren prompt in der Mülltonne landeten. »Ich denke halt, es wäre nett, mal ein Treffen mit denen aus der Grundschule zu machen. Da hat man ja viele aus den Augen verloren, was total schade ist. Vom Paule finde ich keine Adresse.« Was gelogen war.

Ihrer Kollegin Sandra lag die erfolgreiche interne Abfrage beim Einwohnermeldeamt vor.

Elisa Rintert hing an der ausgeworfenen Angel und äußerte ihre Erinnerungen. »Der Paule war was ganz Besonderes. Aber ein Einzelgänger.« Ihr Gesicht spiegelte nach all den Jahren noch immer Sympathie für den Buben.

»Haben Sie eine Vermutung, wie es dazu kam? Gab es da ein besonderes Ereignis?«

»Der Paule war ein besonders kluger Kopf. Der konnte mit Gleichaltrigen nichts anfangen.« Sie schien in Gedanken versunken. »Der war einfach schon weiter als die anderen. Von seiner ganzen Entwicklung her konnten die nicht mit ihm mithalten.«

Melanie bohrte nach. »Gab es da mal ein besonderes Vorkommnis?«

Elisa Rintert verneinte. »Ich war es, die seine Eltern darauf hinwies, dass Paule besonders gefördert werden muss. Auf meine Initiative hin kam er auf das Sportinternat. Danach habe ich ihn aus den Augen verloren. Ich weiß nicht, wo er heute lebt. Ich glaube aber, nicht hier. Seine Eltern sind, soweit ich weiß, vor einigen Jahren weggezogen. Vielleicht in seine Nähe? Ich kann dir da nicht weiterhelfen. Frag doch mal dort nach, wo die früher gewohnt haben. Es ist gut möglich, dass in der alten Nachbarschaft jemand etwas weiß. Vielleicht haben sie auch ihr Haus behalten und es vermietet. Darüber erfährst du auf jeden Fall ihre neue Adresse.«

Eine weitere Vertiefung des Gesprächs schien ihr wenig Erfolg versprechend, deshalb leitete Melanie ihre Verabschiedung ein.

»Was machst du denn beruflich?« Diese Frage traf sie nicht unvorbereitet.

Die Antwort entsprach immerhin zu einem Teil der Wahrheit, wenngleich vom zeitlichen Anteil her einem verschwindend winzigen. »Ich helfe meiner Schwester.«

»Ich hab dich noch nie im Laden gesehen.«

»Klar. Verkaufen liegt mir nicht, ich bin auf dem Wingert zu treffen. Meins ist mehr so die Natur.« Was immerhin zum Teil stimmte, da sie im Spätsommer bei der Ernte half. Zumindest manchmal. Okay, früher öfter. Aber ein wenig entsprach es immerhin der Wahrheit.

»Schickst du mir eine Einladung zu eurem Treffen?«

»Wenn ein Termin feststeht, gerne.« Melanie hatte nicht vor, je Zeit in die Planung solch eines Termins zu investieren, geschweige denn selbst hinzugehen. Als sie sich erhob, schlief die Katze noch immer.

Ein schales Gefühl beschlich sie, während sie den Hang hinunterging. So, wie nach dem Trinken von zimmerwarmem, abgestandenem Kamillentee. Sie war nicht ehrlich zu ihrer alten Lehrerin gewesen. Ob die sich darüber gefreut hatte, eine frühere Schülerin zu sehen? Melanie konnte es nicht sagen, denn anzumerken war ihr diesbezüglich nichts gewesen. Aber immerhin wusste sie nun, dass dieser Besuch ihr absolut nichts eingebracht hatte, er war komplett überflüssig gewesen. Tief im Innern glaubte sie selbst sowieso nicht an Sandras These. Das war ihrer Meinung nach verdammt weit hergeholt. Die verrannte sich da in etwas, was nichts brachte. Wenn sie ehrlich waren, tappten sie bezüglich des möglichen Täters im Dunkeln, und zwar komplett. In der Kurpfalz war ein Arschloch unterwegs, das junge Männer umbrachte. Einfach so. Melanie wünschte sich nichts mehr, als diesen Typen zu kriegen und ihn zu stoppen, bevor ein weiterer Mord geschah. Die Bevölkerung war zu Recht beunruhigt. Die Anfragen besorgter Bürger häuften sich, wie ihr die Kollegin vom Team Öffentlichkeitsarbeit mitgeteilt hatte. Melanie kickte mit ihrem Fuß einen

Stein weg, der auf dem Gehweg lag. Eine stämmige Frau in Kittelschürze, die den Gehweg fegte, beäugte sie misstrauisch und mit unverhohlener Gereiztheit. Die gehörte jener Spezies an, die im Alter geschlechtsneutral wirkten. Dass es sich um eine Frau handelte, war lediglich an ihrer Kleidung erkenntlich. Eigentlich hätte in den klein geblümten Textilien auch ein Mann stecken können. Melanie hielt im Gehen inne. Was wäre, wenn die DNA des Täters ihn als Mann auswies, das optische Erscheinungsbild aber weiblich war? Sie rief Sandra an.

»Hat das Gespräch mit deiner alten Lehrerin was ergeben?«

»Ich denke nicht, dass das eine Spur ist. Das Gespräch hat überhaupt nichts gebracht. Das war für die Katz.« Sie lachte.

»Was ist daran lustig?«

»Na ja, da war tatsächlich eine Katze. Aber die hat überhaupt nichts von mir bemerkt, die hat nämlich die gesamte Zeit über gepennt.«

»Katzen tun nur so, als würden sie nichts mitbekommen. Die hat dich ganz schön reingelegt.«

»Quatsch, die hat sogar kleine Schnarchlaute von sich gegeben. Aber hör mal, mir ist da gerade was anderes eingefallen. Wir sollten auch in diese Richtung denken.«

»Ich höre.«

»Aus den Hautfetzen an dem Gestrüpp, an dem beim letzten Mord das Seil befestigt war, wurde männliche DNA gewonnen.«

»Worauf willst du hinaus?«

»Ich habe da gerade eine Idee. Die Person, nach der wir suchen, muss nicht unbedingt aussehen wie ein Mann.«

»Ein Mann, der sich als Frau verkleidet?«

»Ich denke an einen, der sich als Frau fühlt und womöglich sein Aussehen angepasst hat. Eine Geschlechtsumwandlung ändert die Chromosomen nicht. Es bleibt bei XY, da bringen auch Operationen nichts. Das gibt eine neue Palette an Gründen für die Wut, die der Täter auf sportliche junge Männer hat.«

»Woran denkst du?«

»Fehlende Akzeptanz als Frau? Abweisung?«

»Beim Flirten?«

»Es kann auch beruflich sein. Man schiebt die Gründe für eine Absage persönlich darauf zurück. Vielleicht hat die Umwandlung nicht die Probleme gelöst, die man eigentlich weghaben wollte.«

»Deshalb bringt jemand drei fremde Männer um?«

»Das ist der Punkt. Was, wenn sie keine Zufallsopfer waren, sondern der Täter die gekannt hat? Die Tatorte liegen nicht weit auseinander. Das kann auf einen Bezugspunkt hindeuten. Wir können überhaupt nicht ausschließen, dass der Täter die Opfer zuvor kannte und ihnen gezielt aufgelauert hat.«

»Vielleicht aber auch bloß darauf, dass der Täter kein Auto hat.«

»Schwachsinn. Du willst mich verarschen.«

»Quatsch, natürlich nicht. Aber du hast komplett recht damit, dass der Täter nicht wie ein Mann aussehen muss. Das kann aber auch lediglich eine Verkleidung sein, um unauffälliger zu wirken. Frauen vermeiden beim Töten Körperkontakt und verwenden eher Substanzen, mittels derer sie töten.«

»Jaja, ich weiß, worauf du hinaus willst! Du denkst an das Kräuterweiblein mit ihren Fingerhutblüten. Sag mal, was liest du eigentlich in deiner Freizeit? Cosy Crime?«

»Freizeit? Was ist das?« Sandra lachte. »Wir müssen was besprechen. Die Frau des Arztes ist auf dem Weg zu uns.«

»Die brauchen wir doch nicht. Ein Kollege des Treffens, der Doktor Volker Hartweg schon seit ihrer gemeinsamen

Studienzeit kennt, hat ihn in der Rechtsmedizin identifiziert.«

»Deshalb kommt sie gar nicht. Sie will den letzten Momenten im Leben ihres Mannes nachspüren. Sie sagte am Telefon, das sei sehr wichtig für sie, um das Ganze irgendwie verarbeiten zu können.«

»Ich bin in einer halben Stunde im Büro, dann sprechen wir weiter.«

»Alla, dann.«

Melanie war an ihrem Auto angelangt. In dem Moment, als sie am Griff der Fahrertür zog, hörte sie jemanden rufen.

»Mellie!«

Das war eindeutig die Stimme ihrer Mutter. Sie wandte sich lächelnd um.

»Sag mal, du bist in Rehheim und schaust nicht bei uns vorbei? Ich habe frischen Apfelkuchen daheim. Den habe ich heute gebacken.«

»Ich habe beruflich etwas erledigt. Dein Angebot klingt verlockend, aber ich muss gleich wieder ins Büro. Wir haben echt viel zu tun.«

»Wie schade. Das wäre jetzt richtig nett gewesen, wenn du ein wenig Zeit für deine Eltern übrig hättest. Aber sag, willst du Kuchen mit ins Büro nehmen? Eigentlich ist der für den Laden, aber das macht ja nix. Ich backe einfach noch einen.« Schwupps, stand sie an der Beifahrertür und war bereits dabei, diese zu öffnen. »Wir fahren bei uns vorbei, und ich packe dir den ein. Das geht ganz schnell. Deine Kollegen freuen sich bestimmt.«

Melanie beugte sich dem Vorschlag ihrer Mutter. Ihrer guten Laune konnte sie schon immer wenig entgegensetzen. Das kostete sie heute zwar insgesamt mindestens eine Viertelstunde Zeit extra. Richtig war allerdings, dass ihre Kollegen sich über mitgebrachten Kuchen freuten. Sehr sogar. Es konnte nicht schaden, bei denen etwas gut zu haben. Bloß für den Fall, wenn sie selbst um einen Gefallen bat.

»Alles klar bei Felix? Geht's dem Buben gut?«

Melanie lenkte das Auto aus der Parklücke. »Dem geht's gut. Zumindest klingt es so, wenn wir telefonieren.«

»Denkst du denn, er ist zum Geburtstag von seinem Opa wieder hier?«

»Der ist in einem halben Jahr!«

»Die Zeit vergeht schneller, als man denkt. Wenn du erst mal in meinem Alter bist, kaufst du ständig nur noch Weihnachtsbäume. Die elfeinhalb Monate ohne Baum vergehen wie im Flug.«

»Weihnachten! Da ist es ja noch länger hin!«

»Du weißt doch, wie sehr der Wolfgang an dem Buben hängt. Es wäre halt schon schön, wenn er dieses Mal an seinem Geburtstag da wäre.«

»Ich frag ihn, okay?«

»Und wenn seine Freundin mitkommt, das wäre auch nett. Platz genug haben wir, sag ihm das. Die können so lange bei uns wohnen, wie sie wollen.«

»Mach ich.« Melanie stellte den Wagen auf einem der Parkplätze vor dem Wohnhaus des Winzerhofes ab. Der Laden im Untergeschoss war nach einer Idee ihrer Schwester entstanden, die damit einen Weg für die Selbstvermarktung ihrer Produkte schuf. Neben Wein verkaufte sie andere regionale Produkte. Ihre Schwester hielt den Hofladen an vier Nachmittagen in der Woche offen.

»Wir haben übrigens jemanden für den Verkauf. Eine Frau aus der Ukraine hilft uns. Lara ist schon seit 2022 hier und spricht ziemlich gut Deutsch. Die ist eine große Unterstützung für die Lisa. Deine Schwester hat kaum mal frei und schafft beinahe rund um die Uhr. Und die Lara ist so was von nett! Die hat uns der Himmel gesandt.«

Eher haben sie die Bomben, die in der Ukraine auf Putins Geheiß vom Himmel fielen, dazu gebracht, ihre Heimat zu verlassen, dachte Melanie bei sich, schwieg aber dazu. Sie verspürte außerdem wenig Neigung, eine Unterhaltung über die Arbeitslast ihrer Schwester zu führen, und stieg aus. Wie so oft überfiel sie ein Anflug schlechten Gewissens, weil sie selbst die Übernahme des elterlichen Betriebes ausgeschlagen hatte. »Können wir schnell machen mit dem Kuchen, Mutter? Ich habe es echt eilig.«

»Jetzt komm doch geschwind mit rein. Eine Tasse Kaffee wirst du wohl trinken können. Sagst halt, du wärst im Stau gestanden. Das glaubt dir jeder sofort.«

Widerstrebend fügte sich Melanie und folgte ihrer Mutter am Hofladen vorbei zum Eingang in die Wohnräume, der sich seitlich am Haus befand. Als ihr wenige Minuten später in der gemütlichen Wohnküche eine zweite Tasse Kaffee eingeschenkt werden sollte, hielt sie die Hand drüber. »Tut mir leid. Ich muss weiter.«

»Hast auch viel zu tun, gell? Ist es wegen den Morden, die in letzter Zeit passiert sind? Habt ihr schon herausgefunden, wer das war?«

»Du weißt doch, ich darf nicht über Ermittlungen mit dir reden.«

»Es stünde in der Zeitung, wenn ihr jemand verhaftet hättet. Ich habe nichts davon gelesen.«

»Dann ist es wohl so. Wir ermitteln unter Hochdruck.«

»Kommst du am Sonntag? Der Wolfgang täte sich auch freuen.«

»Kann sein, vielleicht.«

Ihre Mutter packte mehrere Apfelkuchenstücke auf einen großen Pappteller und stellte den in eine große Schachtel, die sie aus einem der hellen Unterschränke holte. An der Wand standen auf einem Regal Sonderausgaben von Weinkrügen, die für verschiedene Feste angefertigt worden waren. Über der hölzernen Eckbank hing ein gerahmtes Familienfoto, es zeigte sie alle bei der Konfirmation von Felix.

»Schöne Grüße an die Kollegen, Mellie. Eure Arbeit ist nicht immer leicht. Hoffentlich kriegt ihr den Mistkerl bald. Nicht dass der noch jemanden umbringt.«

»Danke für den Kuchen.« Schlechtes Gewissen flammte in Melanie auf. »Ich schau mal wegen dem Sonntag, ja?« Sie umarmte ihre Mutter und beeilte sich, an ihren Wagen zu kommen.

Als sie losfuhr, sah sie ihre Mutter am Fenster über dem Laden winken, in dem Zimmer, das so lange Zeit ihres gewesen war und das immer für ihren Sohn bereitstand.

38

Wie von Melanie vorhergesehen, fand der Apfelkuchen regen Zuspruch im Kollegenkreis und war in Kürze verputzt.

Sandra schob den Teller weg, nachdem sie mit den angefeuchteten Fingerspitzen die Krümel aufgelesen hatte.

»Du meintest vorhin am Telefon, das Gespräch mit deiner alten Lehrerin hat nichts ergeben?«

»So ist es. Was ist eigentlich mit der Witwe des Arztes?«

»Die hat mich vom Zug aus angerufen. Sie ist bald hier.«

Die Betreuung von Angehörigen eines Mordopfers gehörte nicht zu Melanies Lieblingsaufgaben. »Kümmerst du dich um sie?«

Sandra zögerte und nahm erst mal noch einen Schluck Kaffee. »Also, da ist noch was, das ich dir sagen muss. Sie hat gefragt, wer unserer Meinung nach ihren Mann zuletzt gesprochen hat. Ob das seine Kollegen waren. Und ich habe ihr gesagt, es gibt eine Frau, mit der er in der Straßenbahn geredet hat.«

Melanie dämmerte, worauf das Gespräch zusteuerte. »Fuck! Warum machst du das?«

»Die Frau tut mir total leid. Wenn es ihr hilft, mit ihrer Trauer umzugehen … also, sie hat gefragt, ob es möglich sei, mit dieser Frau zu sprechen.«

»Hast du Frau Buchmann gefragt?«

Sandra druckste herum. »Na ja …«

»Das ist jetzt nicht dein Ernst!«

»Eigentlich schon. Schau, du kennst doch diese Frau Buchmann persönlich.«

»Glaub mir, die freut sich wahnsinnig, wenn sie mich sieht.«

»Na, dann passt das doch. Ich dachte, es ist besser, du übernimmst das.«

Melanie stöhnte. »Alter!«

»Und weil Frau Hartweg doch ohne Auto hier ist, kannst du sie vielleicht fahren. Du weißt doch, wie umständlich es ist, in einer fremden Stadt mit der Straßenbahn zu fahren und erst mal herauszufinden, welches Ticket man kaufen muss.«

»Zwei plus für mich.«

»Hä?«

»Ich habe zwei Sachen gut bei dir. Die Sache mit Frau Hartweg und der Apfelkuchen.«

»Aber der war doch gar nicht von dir, sondern von deiner Mutter!«

Melanie zuckte mit den Schultern. »Aber es bleibt immerhin in der Familie, nicht wahr?«

Drei Stunden später stand Melanie vor dem Hotel, welches Frau Hartweg ihr genannt hatte. Frau Buchmann hatte sich nach telefonischer Anfrage und einigem Zögern zu einem Treffen bereit erklärt. Frau Hartweg wirkte äußerlich gefasst, als Melanie sie an der Rezeption abholte. Sie trug keine schwarze Trauerkleidung, sondern ein anthrazitfarbenes Kostüm, in dem sie wie eine Geschäftsfrau wirkte. Ihr im Nacken zusammengefasstes dunkelblondes Haar, die schmale goldfarbene Kette und die randlose Brille betonten diesen Eindruck.

Sie kam direkt auf Melanie zu. »Frau Härter?« Als diese nickte, sagte sie: »Es ist nett von Ihnen, sich die Zeit für mich zu nehmen. Ich hoffe, es hilft mir, das Ganze irgendwie zu verarbeiten, wenn ich den Menschen treffe, der meinen Mann zuletzt in einer normalen Situation erlebt habt.«

Melanie nickte erneut. »Frau Buchmann hat sich dazu bereit erklärt, mit Ihnen zu sprechen. Wir fahren direkt zu ihr. Mein Wagen steht vorm Hotel.« Wobei das besitzanzeigende Fürwort temporär war. Das geparkte Auto stammte aus dem Fuhrpark der Kripo.

39

»Marja, wovon träumst du?« Jule hielt im Gehen inne.

»Sie träumt nicht, unsere Marja denkt nach. Siehst du das denn nicht an ihren Stirnfalten?«, zog Hannah sie auf.

Mirjam lachte. »Haben wir nicht alle Falten auf der Stirn?«

»Willst du was dagegen machen?«, fragte Ann.

»Botox? Never ever!«, empörte sich Mirjam.

»Also, unsere Nachbarin hat sich behandeln lassen. Das ist bei der ganz gut geworden, sie sieht irgendwie frischer aus. Ich habe tatsächlich auch schon darüber nachgedacht.«

»Ihr habt einen an der Klatsche!«, empörte sich Hannah. »Das ist Nervengift!«

»Es kommt auf die Dosis an«, gab Ann zu bedenken. »Ist der Körper nicht wie ein Haus, in dem wir wohnen? Dein Haus lässt du doch auch renovieren, wenn es an der Zeit ist.«

»Aber Liebes, du hast doch keinen Rohrbruch!«, gab Hannah zurück. »Du bist doch noch dicht, oder?«

Ann konnte nicht genau einordnen, inwieweit diese Äußerung ironisch gemeint war. Aus ihrer Sicht jedenfalls war es völlig in Ordnung, wenn jemand kleine Veränderungen vornehmen ließ. Sie waren mittlerweile auf den Planken angelangt, dem Teil der Mannheimer Fußgängerzone, der sich vom Paradeplatz bis beinahe zum Wasserturm erstreckte.

Marja lenkte die Freundinnen schließlich gezielt vom Thema ab, wissend, dass die Meinungen zu diesem Thema kontrovers und damit ziemlich konfliktbeladen waren. Sie trafen sich schließlich nicht, um zu streiten! Von früheren Treffen her wusste sie, dass Hannah nicht gerne nachgab. »Wisst ihr eigentlich, weshalb das hier Planken heißt?« Obwohl keine ihrer Freundinnen die Frage zu beschäftigen schien, setzte sie zu einer Erklärung an. »Hier stand in früheren Zeiten ein Zaun aus Brettern, also Planken. Er diente dem Schutz der Festung.«

»Spannend.« Nun klang Anns Stimme ironisch. »Die Läden finde ich allerdings ziemlich toll. Wollen wir in einen reingehen?« Sie wirkte so, als könne sie sich selbst nur mit Mühe davon abhalten, gleich in einem der Geschäfte zu verschwinden. Sie zeigte auf ein Schaufenster. »Dieses rosa T-Shirt! Das hätte ich gerne. Ich muss es aber anprobieren! Ich muss doch sehen, wie es aussieht, wenn ich es anhabe.«

»Meine Güte! Gibt es in Ulm nix zu shoppen?« Hannah verspürte wenig Neigung, vor einer Umkleidekabine endlos lange darauf zu warten, bis Ann bereit für ein Gruppen-Feedback war. Das kannte sie schon von früheren Treffen. Ann liebte es, wenn ihre Freundinnen um sie herumstanden und ihr in höchsten Tönen bescheinigten, wie toll ihr die anprobierten Kleider schmeichelten, während sie sich posend vor dem Spiegel von allen Seiten musterte. Es wirkte ein wenig wie Beifallklatschen für eine Bühnenshow. Hannah vermutete ein Defizit an Aufmerksamkeit, in dessen Zentrum zu Hause Anns Kinder standen. »Wir wollen eigentlich in die Kunsthalle. Schon vergessen? Oh my God, shoppen kannst du auch zu Hause, ohne uns!« Entschlossen schritt sie voran.

Ann blieb nichts anderes übrig, als ihr mit den anderen zu folgen. Allerdings ein wenig schmollend. Dabei hätte sie wirklich etwas Neues gebrauchen können! Dieses bisschen an Zeit hätten die Freundinnen ruhig für sie erübrigen können, noch dazu, wo es auf den Planken derart schöne Läden gab, die regelrecht zum Besuch aufforderten. Sie war so richtig in Kauflaune. Zu Hause fand sie einfach keine Zeit dafür, ohne die Kinder, die sich in Kleiderläden fürchterlich langweilten und dies deutlich durch ihr Verhalten zum Ausdruck brachten, einkaufen zu gehen. Außerdem war ihr der Rat der Freundinnen wirklich wichtig. Nach zwei Schwangerschaften fühlte sie sich nicht nur in ihrer Silhouette deutlich verändert, sondern spürte auch eine ziemliche Unsicherheit bezüglich dessen, was ihre Schokoladenseite betonte. Denn die besaß sie zweifelsohne. Auf den Rat ihres Ehemannes konnte sie nicht allzu viel geben, denn der fand schließlich alles gut, was sie trug. Vermutlich hätte er in seiner unverbrüchlichen Zuneigung zu ihr einen eingefärbten Kartoffelsack, den sie ihm vorführte, als chic bezeichnet.

40

Schon wieder galt es für mich, erneut diese Person zu ertragen! Ob sie ahnte, dass die anonyme Post von mir kam? Aber selbst wenn sie es, warum auch immer, vermutete, so konnte sie dies auf keinen Fall beweisen. Ich war übervorsichtig vorgegangen und es existierten ganz gewiss keine Fingerabdrücke von mir auf dem Pappkuvert geschweige denn auf seinem Inhalt. Schließlich sah man in jedem Krimi im Fernsehen, wie man dabei richtig vorging! Vorgeschoben hat diese Frau Härter allerdings ein Treffen mit der Witwe des Mannes, der ermordet worden war. Frau Hartweg bat angeblich um dieses Treffen, weil ich die Letzte war, die ihren Mann vor seinem Tod gesprochen hat. Genau diese Worte wählte sie, als sie mich telefonisch fragte, ob ich mit einem Treffen einverstanden wäre. Die Witwe ging davon aus, das helfe ihr bei der Trauer. Sollte ich ihr bei dem Treffen mitteilen, was ich in dem Hotel herausbekommen hatte? Sie damit konfrontieren, dass ihr Mann sie betrogen hatte? Linderte so ein Wissen den Schmerz oder vertiefte man ihn damit? Hatte sie als Witwe ein Recht darauf, davon zu erfahren? Aber wie wäre denn meine Anwesenheit im Hotel plausibel zu erklären? Außerdem war die Geliebte ein Motiv, wenn sie als Ehefrau Bescheid wusste. Ob die Polizei, wie ich auch, von der Geliebten wusste? Diese Gedanken beschäftigten mich, während ich die Küche aufräumte. Wiebke hatte gebacken, bevor sie das Haus verließ. Der Apfelkuchen mit Streusel stand auf dem Tisch, die benutzten Utensilien türmten sich im Spülbecken. Ich begann damit, die Spülmaschine auszuräumen, die vermutlich am Vormittag noch nicht abgekühlt war, als es gegen die Haustür pochte. Frau Härter war zehn Minuten zu früh. Das passte genau zu ihr. Einfach mal früher hereinschneien und beobachten, bei welcher Tätigkeit sie einen überraschte.

»Schön haben Sie es hier!« Ihr Beginn der Konversation verwunderte mich. »Es ist ziemlich nett von Ihnen, mit Frau Hartweg zu sprechen. Der Wunsch ist vermutlich ungewöhnlich für Sie …«

Ich musterte die Frau in dem Kostüm, die hinter Frau Härter zögerlich den Flur betrat. »Guten Tag, mein Name ist Buchmann. Kommen Sie doch herein.« Ich führte die beiden zur Sitzgruppe, die sich in dem gemütlichen Erker gegenüber der Küche befand. »Zunächst möchte ich Ihnen mein aufrichtiges Beileid zu Ihrem Verlust aussprechen«, wandte ich mich direkt an die Witwe. Dabei beobachtete ich sie ganz genau.

»Danke. Meine Familie unterstützt mich sehr. Und meine Schwiegereltern.«

»Darf ich Ihnen etwas anbieten?«

»Ein Wasser wäre sehr nett.« Frau Hartwegs Stimme klang für mich erstaunlich gefasst.

»Darf es ein Stück Kuchen sein? Da steht nämlich einer in der Küche.«

»Nein danke, ich esse derzeit sehr wenig.«

Die Kommissarin verneinte ebenfalls. Sie wollte noch nicht einmal ein Glas Wasser annehmen. Na, das waren immerhin Gäste, die der Gastgeberin keine exorbitanten Kosten verursachten. Mir war ohnehin nicht so ganz klar, was Wiebke davon hielt, wenn ich einfach ihren Kuchen anschnitt. Womöglich war der für einen bestimmten Anlass bestimmt, von dem ich nichts wusste, und sie selbst not amused, wenn Teile fehlten.

Ich füllte in der Küche ein Glas auf und setzte mich zu den beiden. »Die zwei Buchhändlerinnen, bei denen ich hier wohne, sind noch nicht zu Hause. Wir können also völlig ungestört reden.« Aufmunternd blickte ich zu Frau Hartweg. »Ich habe Ihren Mann nur kurz gesprochen. Es war in der Straßenbahn.« Ich schilderte ihr den Dialog, den die Kommissarin bereits kannte.

»Wie hat mein Mann auf Sie gewirkt?«

»Ich fand ihn sehr sympathisch und dachte, dass er sicher gut mit seinen Patienten umgehen kann.« Zu spät, der Satz war draußen. Wie schrecklich unempathisch von mir! Er würde schließlich nie wieder Patienten behandeln.

Aber Frau Hartweg blieb weiter gefasst. »Ja, das war tatsächlich so. Die Patienten haben sich oft bedankt und uns Blumen und Pralinen gebracht. Es gibt«, sie korrigierte sich, »es gab auch Patienten, die nur zu ihm wollten. Ich mache das Praxismanagement, Terminvergabe, Abrechnung, alles, was an Administration in der Gemeinschaftspraxis so anfällt.«

So schmal, wie sie war, hatte sie vermutlich die geschenkten Pralinen nicht selbst gegessen. Ich bewunderte diese Frau für ihre Haltung. Entgegen meiner Erwartung brach sie immer noch nicht in Tränen aus. Obwohl ich das wirklich verstanden hätte.

»Sie sind vermutlich die letzte Person, die mit meinem Mann gesprochen hat.«

Wenn ihn der Mörder stillschweigend getötet hat, dann war das wohl so. Ich hütete mich allerdings, meine Überlegung auszusprechen, denn ich wollte keinen Finger in die Wunde legen. »Das kann sein. Für mich …« Ich hielt inne. Sollte ich die Witwe wirklich damit behelligen, ihr mitzuteilen, wie sehr mich der Mord an einer Person, die ich, wenn auch nur kurz, kannte, erschüttert hatte? Immerhin gelang es mir, diesen in meinen Augen erneuten Ausfall an Empathie zu unterdrücken. »Kann ich irgendetwas für Sie tun?«

Sie schüttelte leicht den Kopf. »Danke, dass Sie mir die Möglichkeit zu diesem Gespräch gegeben haben. Es fühlt sich gut für mich an, dass der letzte Kontakt meines Mannes so ein netter war.« Nun schimmerten ihre Augen doch feucht. Die Frau trauerte tatsächlich glaubwürdig um ihren Mann.

Es hätte mich gefreut, ihr darüber hinaus etwas Tröstliches mit auf den Weg zu geben. Allein, mir fehlten die Worte. Nie im Leben würde sie aus meinem Mund erfahren, dass ihr Mann sie betrog. Die Frau hätte eine außerordentlich gute Schauspielerin sein müssen, wenn sie hier die trauernde Witwe eines treuen Gatten gab. Da vertraute ich komplett auf mein Bauchgefühl. Das verließ mich doch nie, nicht wahr? Das Ganze war schon schmerzlich genug für sie, da musste ich nicht noch Salz in die Wunde streuen. Was brachte ihr denn dieses Wissen jetzt im Nachhinein? Von meiner Seite her sollte sie ihn gerne so in Erinnerung behalten, wie sie ihn ohne dieses offensichtliche Geheimnis kannte. Meiner Ansicht nach schied ein Mord aus Eifersucht aus.

»Eigentlich dachte ich, seine Kollegen hätten zuletzt mit meinem Mann gesprochen. Bis die Kommissarin mir von Ihnen erzählte. Also, Ihre Kollegin.« Sie wandte sich mit dem letzten Satz direkt an Melanie Härter.

Deren Miene war nicht zu entnehmen, ob sie die Indiskretion ihrer Kollegin gut fand oder eher nicht. Sicher war dieses soeben stattfindende Gespräch nicht die Regel, sondern vielmehr ungewöhnlich. Ich malte mir lieber nicht aus, erneut von dieser Person mit ihrem Pokerface einer sogenannten Befragung unterzogen zu werden, wie sie ihre Verhörmethode nannte. Am Ende des Flurs wurde die Haustür geöffnet.

Tamara kam heim und war erstaunt darüber, mich mit Gästen anzutreffen. Ich machte die Runde miteinander bekannt. Dabei fiel mir auf, dass das Pflaster auf Tamaras rechtem Handrücken das Interesse der Kommissarin erweckte.

»Haben Sie sich verletzt?«, fragte die scheinbar belanglos.

So, wie ich diese Frau einschätzte, steckte hinter dieser Frage jedoch mehr. Bei ihr hatte alles einen Grund. Davon war auszugehen, alles andere im Umgang mit ihr war naiv. Die Kommissarin und Tamara konnten sich nicht ausstehen, das stand spürbar im Raum. Ich fragte mich spontan, wie dieser spannungsgeladene Moment für einen Synästhetiker wahrnehmbar wäre, und tippte auf die Farbe Rot. Tamara versuchte erst gar nicht, ihre Abneigung gegenüber dem Gast zu verbergen. »Unser Kater hat mich gekratzt. Sie lesen nicht gerne. Liege ich richtig damit? Zumindest waren Sie noch nicht in unserer Buchhandlung.« Das war eine deutliche Ansage ihrer Einschätzung davon, dass sie die Kommissarin nicht für belesen hielt.

»Ich muss Sie enttäuschen, denn ich war schon mehrfach in Ihrem *Bücherhimmel* im Luisenpark.«

»Und, fündig geworden?« Tamaras spöttischer Miene nach zu urteilen war ihr klar, die Kommissarin hatte kein Geld im Laden hinterlassen. Weder in bar noch mit Karte.

»Wie man es nimmt. In Ihrem Sortiment ist ja für jeden etwas dabei.«

»So wie ich das einschätze, brauchen Sie mich nicht. Ich darf mich verabschieden.« Mit diesen Worten begab sich Tamara zur Treppe, die nach oben führte. Ihre nicht vorhandene Neigung, die Unterhaltung mit der Polizistin fortzusetzen, war beinahe körperlich spürbar und dazu geeignet, Luftteilchen negativ aufzuladen. Mir kam spontan der Unfall vor einigen Jahren an der Ostsee in den Sinn. Norbert und ich trafen Tamara und Wiebke damals in der Lübecker Bucht nach unserer ersten Begegnung auf einer Fähre erneut. Es gab bei diesem Treffen einen Toten. Ein Mann namens Hinnerk, der seine Tochter Maren über Jahre hinweg quälte, verunglückte tödlich mit seinem Auto. Womöglich rührte die Abneigung der handwerklich überaus geschickten Tamara gegenüber der Polizei von dieser Begegnung mit Maren, die niemand vor häuslicher Gewalt schützte, bis ihr Vater zufällig bei einem Unfall starb und die Tochter endlich ihren Frieden fand.

»Darf ich das Bad benützen?«, fragte Frau Hartweg.

»Selbstverständlich.« Ich wies ihr den Weg. Die Konfrontation zwischen der Kommissarin und Tamara war ziemlich unangenehm gewesen. Außerdem fand ich dieses Verhalten in Gegenwart der Witwe absolut unangemessen von Melanie Härter, der es an ihrer Nasenspitze anzusehen war, dass sie Witterung aufnahm. Wie ein Spürhund, dem ein Stück Kleidung mit einem bestimmten Geruch unter die Nase gehalten wurde.

»Ihre beiden Mitbewohnerinnen sind ein Paar.« Das war eher eine Feststellung als eine Frage.

Die Bemerkung machte mich unschlüssig bezüglich einer Antwort. Was sollte ich darauf sagen? Das war in meinen Augen nichts, was irgendjemanden etwas anging. Meiner Meinung nach selbst mich nicht, obwohl ich eine Weile hier Gast war.

»Sie wohnen derzeit hier, Sie müssen das doch wissen.«

»Ich weiß nicht so recht, weshalb Sie mich das fragen?«

»Nun, die beiden verbindet ein Verhältnis, nicht wahr?«

»Wen sollte das interessieren?«

»Sind die ein Liebespaar?«

»Frau Kommissarin, das ist wirklich privat. Ehrlich gesagt, mache ich mir diesbezüglich keine Gedanken.«

»Aber Sie müssen das doch mitbekommen!«

»Mir wäre lieber, Sie fragen die beiden selbst danach.« Was dachte diese Frau sich eigentlich? Dass Wiebke und Tamara ein Paar waren, lag doch auf der Hand. Was bezweckte sie mit dieser dämlichen Ausfragerei? Worauf wollte sie eigentlich hinaus? Ich für meinen Teil würde jedenfalls den Teufel tun und mich um irgendwelche diskriminierenden Vorurteile kümmern, die ganz bestimmt nicht meine waren.

»Das Pflaster auf ihrer Hand. Woher stammt das?«

Lag ich also doch richtig mit meiner Beobachtung. Frau Härter vermutete dahinter irgendwas Bedeutungsvolles, etwas, was sie nachhaltig beschäftigte. »Willi hat sie gekratzt.«

»Willi?«, fragte sie.

»Der Kater, das hat sie Ihnen doch gerade gesagt.«

»Waren Sie dabei, als das passierte?«

»Es gab einen kleinen Kampf zwischen den beiden. Der Kater wollte etwas fangen, was auf dem Duschvorhang saß. Vermutlich saß dort eine Eidechse, die durch das gekippte Fenster kam. Dabei ist es geschehen.«

»Und Sie haben das selbst gesehen?«

Es reichte mir allmählich mit der Fragerei. Was ging bloß in deren Kopf vor? »Ich bin nicht im Bad, wenn meine Mitbewohnerinnen duschen, falls Sie das meinen. Wir benutzen es nacheinander.« Das letzte Wort dehnte ich in der Hoffnung, dass sie die Bedeutung kapierte. Hielt die mich am Ende für bisexuell? Was ging die das alles an? Ich hatte keine Ahnung, welche kruden Annahmen sich hinter ihrer Fragerei verbargen. Auf jeden Fall verspürte ich keinerlei Neigung, mit ihr über meine sexuellen Vorlieben zu reden, worauf auch immer sie hinauswollte. Glücklicherweise waren die Zeiten in Deutschland vorbei, in denen Menschen für ihre gleichgeschlechtlichen Neigungen verurteilt wurden.

Ihre Fragerei zielte auf etwas anderes ab. Aber auf was? Für mich ergab das nicht den geringsten Sinn.

»Sie haben also nicht gesehen, wie ihr der Kater die Kratzer zugefügt hat.«

»Meine Güte! Ich habe es gehört.« Ich war nun wirklich ziemlich genervt.

»Sind Sie wirklich sicher? Es könnte eine Inszenierung gewesen sein.«

»Bitte?«

»Ich halte fest, Frau Buchmann, Sie haben nicht gesehen, wie das Tier seiner Besitzerin die Kratzer zugefügt hat.«

Das war ja noch schlimmer, als ich dachte! Diese Frau hatte wirklich nicht mehr alle Tassen im Schrank.

Frau Hartweg kam aus dem Bad zurück, was unseren unseligen Dialog spontan beendete. Melanie Härter erhob sich und lächelte die Witwe an. »Ich fahre Sie in Ihr Hotel zurück.« Und an mich gewandt: »Vielen Dank, Frau Buchmann, für Ihre Bereitschaft, mit Frau Hartweg zu sprechen. Sie hätten das nicht müssen. Das war wirklich sehr freundlich von Ihnen.«

Es erstaunte mich mal wieder, wie die Kommissarin ihr Verhalten blitzschnell änderte und der Situation anpasste. Soeben befand ich mich noch im Kreuzverhör mit ihr, und nun gab sie etwas Nettes von sich und bekam sogar ein Lächeln für mich zustande. Mir war jedoch klar, dieser flinke, chamäleonhafte Wechsel war der Anwesenheit der Witwe und keinesfalls mir geschuldet. Ich wusste, sie konnte auch durchaus anders sein.

Frau Hartweg griff nach meiner Hand. »Danke, Frau Buchmann. Danke für Ihre Zeit. Es hat mir gutgetan, mit Ihnen zu reden.«

Ich griff nach ihrer Hand und legte meine Linke auf ihren Arm. »Lassen Sie es mich wissen, wenn ich noch irgendetwas für Sie tun kann. Ich hätte Sie gerne unter anderen Bedingungen kennengelernt.«

Als die beiden weg waren, suchte ich vergeblich nach einer plausiblen Antwort bezüglich des Interesses an den Kratzern auf Tamaras Handrücken. Was ging im Kopf dieser Kommissarin vor? Weshalb um alles in der Welt sollte Tamara einen Kampf mit Willi vortäuschen? Das ergab für mich absolut keinen Sinn. Keine Ahnung, was die sich zusammenreimte. Vielleicht war es auch besser für mich, das nicht zu wissen. Immerhin schien sie mich in keiner Weise zu verdächtigen, in irgendeinem Zusammenhang mit der anonymen Post an die Polizei zu stehen oder am Ende gar mit dem Mord selbst! Die hatte die *Smartwatch* mit keiner Silbe erwähnt. Offensichtlich traute sie mir nicht zu, etwas entdeckt zu haben, das ihren Kollegen entgangen war. Ich sog tief Luft ein, hielt sie kurz an, um sie dann geräuschvoll auszustoßen. Es war von Vorteil, unterschätzt zu werden. Damit kam man ganz gut durchs Leben und lief unterm Radar. Wer weiß, was Frau Härter sich sonst wieder zu meinem Nachteil zusammengereimt hätte.

41

Längst hatte sie ihre High Heels abgestreift und achtlos hingeworfen, zudem ihren schmalen Bleistiftrock hektisch höher gezerrt. Was waren denn ein Paar Schuhe im Vergleich zu ihrer Unversehrtheit? Wie lange schon war es her, seit sie zum letzten Mal draußen barfuß unterwegs war? Nun rannte sie ohne Schuhe durch die Mannheimer Neckarstadt. Irgendetwas Kleines bohrte sich schmerzhaft in ihren Ballen. Sie versuchte es zu ignorieren und hastete verzweifelt weiter. Vermutlich war dieser Stadtteil nicht der geeignete Ort, um nachts alleine spazieren zu gehen. Als Frau hatte man gefälligst sorgsam zu leben. Nie eine Parterrewohnung mieten! Nie im Dunkeln durch einen Park laufen. In Kneipen das Getränk nicht unbewacht stehen lassen, damit kein bekopptes Arschloch was hineinkippte. Und schon gar nicht nachts alleine durch die Neckarstadt flanieren. Es stellte sich als eine verdammte Scheißidee heraus. Sie waren ihr zu mehreren auf den Fersen. Weshalb war verdammt noch mal niemand sonst unterwegs? Wenn ihr jetzt bloß jemand zu Hilfe käme! Ihr Puls war längst hochgejagt, das Blut peitschte, angereichert mit Adrenalin, durch ihren Körper. Die Ausdrücke, die ihr die Typen hinterherriefen, verhießen nichts Gutes. Neben einer der vielen Türen auf eine Klingel zu drücken, ohne zu wissen, ob ihr jemand öffnete, war zu riskant. Wenn keiner aufmachte verlor sie lediglich Zeit, und die Verfolger holten sie sofort ein.

Sie rannte in Richtung Dammstraße, wo die Straße breiter war. Hoffentlich fuhr dort auch ein Auto, welches sie zum Anhalten bewegen konnte. Eine Beifahrertür öffnete sich womöglich hilfreich für sie. Nach dem Einsteigen wollte sie den Fahrer sofort bitten, die Verriegelung zu betätigen und den Idioten einen ausgestreckten Mittelfinger zu zeigen. Aber noch war sie nicht in der etwas breiteren Straße angelangt und fühlte bereits ein heftiges Stechen in der Seite. Außerdem schmerzte ihr Fuß. Sie atmete keuchend. Wie lange sie ihren Sprint noch durchhielt? Zu Hause auf dem Laufband zu trainieren war doch etwas gänzlich anderes, als in Panik durch schmale Straßen einer fremden Stadt zu rennen. Weshalb zum Teufel noch mal war keiner unterwegs? Irgendein Hüne, der sich schützend vor sie stellte und die Verfolger in die Flucht schlug. So wie in einem amerikanischen Actionfilm, während sie an der Wand kauerte und bewundernd die Szenerie verfolgte. Sie fühlte, wie ihre Kraft sich erschöpfte. Der Energieschub hätte für eine kürzere Strecke ausgereicht, diese hier war allerdings verdammt lang. Sie bildete sich bereits ein, warmen Atem im Nacken zu spüren. Atem, der stoßweise austrat und feuchte Tröpfchen auf die kleinen Härchen an einer ihrer empfindsamsten Stellen sprühte. Ihr Körper stieß erneut Adrenalin aus, und sie legte zu ihrer eigenen Überraschung noch einmal an Geschwindigkeit zu. Die kriegten sie nicht! Vielleicht fand sie morgen sogar ihre Schuhe wieder. Seltsam, welch blöde Gedanken ihr durch den Kopf jagten, während sie um ihr Leben rannte.

»Aus! Danke!«

Sie stoppte mitten in der Bewegung, stützte sich an einer Hausmauer ab und hob ihren Fuß, um herauszukriegen, was sie sich eingetreten hatte.

»Du warst verdammt gut! Das war total realistisch.« Mikael kam auf sie zu und klopfte ihr anerkennend auf die Schulter. Der Kameramann trat zu ihm und zeigte ihm die soeben gedrehte Szene auf dem Display. Mikael pfiff anerkennend. »Chapeau! Das sitzt. Wir machen keine Wiederholung.« Er klatschte in die Hände. »Schluss für heute!«

An einem Fenster tauchte eine Person auf. »Ruhe da unten! Seid ihr dabbisch? Habt ihr keine Uhr?« Die fünf Komparsen, die die Verfolger gespielt hatten, versuchten, ihre Erleichterung über das Ende der Nachtdreharbeiten nicht zu deutlich zu zeigen. Schließlich war es 2 Uhr morgens. Einige von ihnen hatten sich extra Urlaub genommen, um bei den Dreharbeiten dabei zu sein. Schließlich gab es so etwas nicht alle Tage in Mannheim. Ansgar hatte bereits ihre Abrechnungsbögen fertig gemacht und überreichte sie den Männern, während der Assistent des Kameramanns damit begann, mit geübten Griffen das Equipment zu verstauen. Der Tonmann war schon abgezogen.

»Siehst du nicht, dass Fee Zoe was am Fuß hat?«, fauchte Mikael Ansgar an. »Kümmere dich gefälligst um sie.«

Ansgar zog warme Socken und bequeme Schuhe aus einem Koffer, bevor er sich Fee Zoe zuwandte. »Hast du dich verletzt?« Er bot ihr seinen Arm als Halt an, während sie auf einem Bein balancierte, zog mit der anderen Hand sein Smartphone aus der Hosentasche und leuchtete mit der Taschenlampenfunktion ihre Fußsohle ab. »Ein kleiner Stein. Warte kurz, ich pule den heraus.«

Fee Zoe reagierte mit einem Schmerzensseufzer auf sein Rumfingern. »Hast du ein Desinfektionsmittel dabei?« Mit einem leichten Klackern fiel der Stein auf den Gehsteig.

»Klar.« Ansgar holte das Spray und ein Pflaster aus seinem Koffer. »Da vorne steht der Wagen, der dich ins Hotel bringt.«

»Alles klar.« Fee Zoe sehnte sich nach einer warmen Dusche und nach einem sauberen Bett. Sie hatte wirklich alles in der Szene gegeben, alles, was ihr an Ausdrucksmöglichkeit zur Verfügung stand. Dabei war sie selbst überrascht, wie leicht es ihr gefallen war, sich komplett in die Szene hineinzufühlen. Sie hatte sich vorgestellt, wirklich diese Frau zu sein, die nachts von einem kleinen Mob durch die Stadt gehetzt wird. Plötzlich lief es wie von selbst. Irgendwie war sie ziemlich erleichtert darüber, diese Rolle wie einen leichten Mantel nun wieder abstreifen zu können.

»Und sei morgen pünktlich!«, raunte ihr Mikael hinterher, als sie zum Auto humpelte. Er war stocksauer auf sie gewesen, als sie neulich einfach nicht auftauchte und nirgendwo aufzutreiben war. Die Drehtage waren knapp bemessen, und Madame hielt sich für einen Superstar, der einfach wegblieb, wenn ihr danach war. Das ging so nicht, so brachte man keinen Film in den Kasten. Er erwartete Disziplin von ihr. Allerdings war ihre soeben abgelieferte Leistung beachtlich. Sie hatte die Szene absolut realistisch gespielt und ihn komplett mit ihrer Leistung überrascht. Wenn sie sich keine weitere Auszeit vom Set leistete, kamen sie sogar mit ihrem Budget gerade eben so hin. Eine Verlängerung war bei den Mitteln, die der Produzent aufgetrieben hatte, nicht drin. Außerdem konnte er es sich nicht leisten, den Topf zu sprengen. So etwas sprach sich in der Branche viel zu schnell herum und wäre das Aus für seine weiteren Projekte. Und er hatte noch einiges im Ärmel. Mit dem Krimi in Mannheim plante er seinen ganz großen Durchbruch.

42

»Tamara Vogt.« Melanie knallte den Namen verbal in den Raum. Sandra blickte verständnislos.

»Was ist mit der? Ein neuer Name!«

»Checkst du die mal?« Sie gab ihrer Kollegin eine Adresse. »Krieg alles raus, was du zu dieser Person findest. Wirklich alles.«

»Steht die in Zusammenhang mit den Morden?«

»Mein Bauchgefühl sagt mir, mit der stimmt was nicht. Sie hat Kratzer auf der rechten Hand, die sie mit einem Pflaster verdeckt. Ich konnte nicht zweifelsfrei klären, woher die stammen. Sie behauptet, die seien von ihrer Katze. Das kann natürlich eine Schutzbehauptung sein. Wir vermuten doch, dass der Mörder sich bei seiner letzten Tat beim Lösen des Seils erhebliche Kratzer zugezogen hat. Diese Frau verhielt sich meiner Ansicht nach ziemlich seltsam. So, als ob die pure Anwesenheit einer Polizistin sie triggerte. Es war deutlich zu spüren. Die wollte gar nicht mit mir reden und hat sich schnell zurückgezogen.«

»Wo hast du die getroffen?«

»Ich war mit Frau Hartweg bei dieser Frau Buchmann, die deren Mann vor dem Mord vermutlich als Letzte getroffen hat, als er in der Straßenbahn war. Ich habe die Witwe am Abend zu dem Haus in Handschuhsheim gefahren, wo die derzeit wohnt. Die Villa gehört einem Paar.«

»Zu Frau Vogt gibt es also einen Herrn Vogt.«

»Du denkst viel zu konservativ! Geh mal besser mit der Zeit. Zu Frau Vogt gibt es eine Frau Burgunder. Die beiden sind ein Paar, auch wenn Frau Buchmann sich weigert, das zu bestätigen. Dabei ist es doch ziemlich klar. Die wohnen und arbeiten zusammen. Aus welchen Gründen auch immer will Frau Buchmann nicht darüber sprechen. Beinahe kommt es mir so vor, als wolle sie die beiden vor etwas beschützen. Ich möchte wissen, ob der Vorname von Frau Vogt schon immer Tamara war oder ob sie bei der Geburt einen männlichen erhielt. Wenn sie tatsächlich früher ein Mann war, dann holen wir uns die Genehmigung für eine DNA-Probe. Wenn die mit der von den Hautfetzen an dem Gestrüpp auf den Neckarplatten identisch ist, dann haben wir sie.«

»Okay, ich hänge mich rein. Bis wann willst du das haben?«

»Gestern wäre toll.«

43

Er nahm einen großen Schluck aus dem Wasserglas, in dem er eine Schmerztablette aufgelöst hatte. Immerhin war die heutige Zeitungslektüre ergiebig gewesen. Er informierte sich längt online über das Tagesgeschehen und las einzelne Artikel auch von anderen Zeitungen, nicht nur den regionalen. Es war das Foto, welches schlagartig sein Interesse weckte. Darauf war ein Mann in majestätischer Haltung abgebildet. So wirkte das womöglich auf andere. Für ihn jedoch steckte dieser Lackaffe voller Selbstdünkel und fühlte sich über die anderen erhaben. Genauso wie die Burschen damals, die ihn gequält hatten. Seine Gesichtszüge erinnerten ihn frappierend an deren Anführer. Es war ein Wink des Schicksals, welches ihm damit sein viertes Opfer offerierte. Auch wenn es dieses Mal kein sportlicher Typ war. Das gab den Bullen sicherlich ein weiteres ungelöstes Rätsel auf. Dem Zeitungsartikel nach wohnte der Mann nicht weit von ihm entfernt. Auf dem Foto war ein kleiner Bauchansatz erkennbar. Wenn der so weitermachte, sah er mit 40 Jahren aus wie der Märchenkönig, der in seinen letzten Jahren ein wenig aus der Form geraten war. Allerdings würde Florian dieses Alter nicht erreichen, so dass sein künftiges Aussehen reine Spekulation blieb. Den wie die anderen drei Opfer beim Joggen abzupassen, schied allerdings aus. Er musste sich einen anderen Weg überlegen, in seine Nähe zu gelangen. Da stand, er trete im Luisenpark auf. Der Park kam wegen zu vieler Menschen nicht infrage. Sollte er ihn zu einer fiktiven Trauung bestellen?

Beim mehrmaligen Lesen des Artikels spürte er intuitiv, dass da mehr dahintersteckte. Dieser Florian spielte den Märchenkönig nicht nur, den verband viel mehr mit seinem historischen Vorbild. Schließlich lag sein Geburtstag auf demselben Datum wie dessen Todestag. Zumindest Tag und Monat stimmten überein. Bei jedem neuen Lesen verstärkte sich in ihm die Ahnung, dass der sich für die Reinkarnation von König Ludwig II. hielt. Es galt, sich etwas zu überlegen, womit er ihn genau da zu packen bekam.

44

»Hier war tatsächlich ein Schwimmbad?«

Wiebke nickte. »Ein sehr schönes sogar. Ich habe gehört, es soll irgendwann ein neues gebaut werden.«

»Ah, okay. Überall werden Schwimmbäder dichtgemacht.« Aus meiner Erinnerung flogen Bilder von unserem kleinen Sohn Julian heran, der mit ketchupverschmierten Fingern Pommes aus einer durchweichten Papptüte aß. Freibad, Pommes und Eis am Stiel verschmolzen zu einem einzigen Bild.

»Wo sollen denn die Kinder heutzutage Schwimmen lernen?«, fragte Norbert kopfschüttelnd, ohne eine Antwort von uns zu erwarten, und schloss unser Auto per Funksteuerung ab. Letztes Wochenende, als er mich wegen des Besuches seiner Mutti versetzte, hatte ich im *Bücherhimmel* durchgearbeitet. Wenn man arbeitete, unterschieden sich Sonntage nicht von Werktagen. Aber dieses Wochenende konnte er kommen. Die Freude darüber stand ihm bei seiner Ankunft ins Gesicht geschrieben. Sollte ich etwa ein schlechtes Gewissen wegen meines »Geschäftsessens« haben? Meiner Ansicht nach war nichts vorgefallen, was Norbert etwas angegangen wäre. Bislang zumindest.

Ich verkniff mir wegen seiner soeben erfolgten Bemerkung mit Mühe ein Grinsen. Unser Julian legte mit sechs Jahren voller Stolz das *Seepferdchen* ab. Sein Vater Norbert könnte bestenfalls das Flusspferdchen-Abzeichen erringen. Er war heute Mittag mit dem Auto übers Wochenende zu Besuch gekommen. Luca vertrat mich im *Bücherhimmel.* Ihm war es lieber, am Wochenende dort zu arbeiten, da versäumte er nämlich keine seiner Vorlesungen an der Uni. Wiebke hatte den Vorschlag gemacht, mit meinem Mann und mir gemeinsam in Ilvesheim am späten Nachmittag eine Veranstaltung zu besuchen. Sie war mit der Leiterin der Gemeindebibliothek befreundet und wusste, dass es dort heute eine Veranstaltung im Bibliotheksgarten gab.

Sie blickte auf ihre Uhr. »Wir sind zu früh. Wollen wir einen kleinen Spaziergang machen?«

Norbert und ich hatten nichts dagegen einzuwenden, und so folgten wir ihr auf den Neckardamm. Beim Blick über den Altneckar stellte ich fest, dass wir uns exakt gegenüber der Stelle befanden, an der kürzlich ein Mord geschehen war.

»Schön ist es hier«, merkte Norbert an. »Aber weshalb bist du so still, Edelgard?«

Sollte ich meinem Mann wirklich von den Morden berichten? Er unkte dann bestimmt wieder, dass ich über die Leiche gestolpert war. Was so nicht richtig war, denn das dritte Opfer war durchaus noch lebendig, als ich es traf.

Beinahe so, als ob sie meine Gedanken erraten habe, fragte Wiebke: »War das nicht in Ilvesheim, wo der dritte Mord geschah?«

»Mord? Dritter?« Norbert hielt im Gehen inne. »Edelgard! Was ist hier los?«

Wiebke kam mir mit der Antwort zuvor: »In letzter Zeit wurden drei Männer ermordet. Ihre Frau kannte das letzte Opfer.«

Norbert fasste nach meinem Arm. »Wie bitte? Warum weiß ich nichts davon?«

Wiebke legte unbedacht nach. »Seine Frau war sogar bei uns zu Hause. Sie wollte die Person sehen, die als Letzte mit ihrem Mann gesprochen hatte.«

Norberts Gesichtsfarbe hellte sich deutlich auf. Man konnte ihn durchaus als blass bezeichnen. »Edelgard! Hast du einen Mord mit angesehen? Findest du nicht, du übertreibst es allmählich mit deinem Faible für Kriminalfälle?«

»Wo denkst du hin? Der Mann hat mich in der Straßenbahn nach dem Weg gefragt.«

»Ein Mord in der Straßenbahn? Vor all den Leuten? Wie soll das denn gehen?« Er guckte ziemlich ratlos.

»Natürlich nicht. Der Mann ging joggen, am Neckar. Er wollte über Ladenburg nach Heidelberg laufen und fragte mich, wo er aussteigen soll. Es ist am Neckar passiert.«

»War das hier irgendwo?«, fragte Wiebke.

»Aber weshalb hast du mir nichts davon erzählt?«

Ich ignorierte Norberts Frage und zeigte mit der Hand auf das gegenüberliegende Ufer. »Es geschah dort drüben. Auf der anderen Seite.«

»Edelgard! Woher weißt du das so genau?« Norberts Fragerei artete allmählich in ein Verhör aus.

»Das stand für jeden lesbar in der Presse.« Dass ich selbst vor Ort war und dort sogar einen Fund tätigte, wusste niemand außer mir selbst. Und ich hatte bei Gott nicht vor, dieses Wissen mit irgendjemandem zu teilen.

»Ich hätte es wissen müssen. Sobald du unterwegs bist, stolperst du über eine Leiche.« Norbert war immer noch blass. »Man kann dich wirklich keine Minute aus den Augen lassen, Edelgard.«

»Also hör mal! Ich bin über niemanden gestolpert! Und über eine Leiche schon gar nicht.« Mein Mann übertrieb mal wieder komplett. »Als ich den Mann traf, war er sehr lebendig.«

»Die Kommissarin hat sich bei Ihrer Frau dafür bedankt, dass sie mit der Witwe gesprochen hat.«

»Kommissarin?« Norbert wurde hellhörig. »Edelgard, du stehst doch nicht unter Verdacht?«

Es gelang mir, ihn zu beruhigen. »Ganz sicher nicht, Norbert. Die Kommissarin hat mich gefragt, ob die Frau kurz mit mir sprechen darf. Weil ich doch vermutlich die Letzte war, die mit ihrem Mann geredet hat, in der Straßenbahn. Sie hat ausdrücklich betont, wie nett das von mir war, mich mit der Witwe zu treffen.«

»War das dieselbe Person, die du vor zwei Jahren kennengelernt hast?«

»Genau, es war Frau Härter. Glaub mir, ich kann auch darauf verzichten, sie zu treffen. Aber ich hatte tatsächlich den Eindruck, dass Frau Hartweg, so heißt die Witwe, froh darüber war, mit mir reden zu können. Wenn es ihr bei der Trauerbewältigung auch nur ein ganz klein wenig hilft, ist das doch gut, nicht wahr.«

Norbert nickte. »Schon gut. Hauptsache, du stehst nicht wieder unter Verdacht.« Nachdem er sich beruhigt hatte, fragte er nach: »Wurde der Täter denn schon gefasst?«

Wiebke antwortete: »Nein, noch nicht.«

»Das heißt, der läuft noch immer frei herum?«

»Norbert, die Opfer waren sportliche, durchtrainierte Männer. Du kannst dich völlig sorglos bewegen.« Ich hatte genug von der leidigen Diskussion und beendete sie, indem ich ein völlig anderes Thema anschnitt. »Wie war eigentlich Muttis Besuch? Ist alles in Ordnung bei ihr und Theodor?«

Die Ablenkung gelang. »Du kannst dir nicht vorstellen, wie schwierig es für sie und Theodor ist, einen neuen Termin für die Wienreise zu finden!«

»Niemand hat so wenig Zeit wie Rentner«, gab Wiebke zu bedenken. »Ich weiß es von meinen Eltern. Die haben auch nie Zeit. Dafür haben die Termine über Termine.«

»Wie oft sehen Sie die denn?«, wollte ich wissen.

»Wir telefonieren viel. Tatsächlich sehe ich sie selten. Momentan sind sie schon seit etlichen Monaten in Thailand. Dort können sie sich mit ihrer Rente viel mehr leisten als hier. Ihre Wohnung in Deutschland haben sie so lange untervermietet.«

»Aber Sie können sie dort doch besuchen!«

»Thailand? Ganz ehrlich, mir wäre es dort zu warm, nach allem, was ich über das dortige Wetter gehört habe. Ich bin außerdem nicht so sehr der Strandmensch. Aber es soll sehr schön dort sein, sagen meine Eltern, und die Menschen dort sehr herzlich. Meine Mutter steht außerdem total auf das Essen dort! Sie schwärmt mir immer von den vielen Garküchen vor! Ich glaube beinahe, meine Eltern kochen gar nicht mehr selbst.«

Wir waren an einer Querungshilfe angelangt, mussten stehen bleiben und warten, weil mehrere Autos in beiden Richtungen an uns vorbeifuhren. »Auf der anderen Straßenseite laufen wir direkt in den Ort rein.«

Kaum hatte ich den Satz zu Ende gesprochen, durchzuckte es mich wie bei einem Schlag. In dem Wagen, der an uns vorbei von Ilvesheim in Richtung Ladenburg fuhr, saß jemand hinter dem Steuer, den ich kannte. Wiebke stand zwischen Norbert und mir, sodass durchaus der Eindruck entstehen konnte, er gehöre zu ihr und nicht zu mir. Der Mann im Auto winkte mir zu, während er an uns vorbeifuhr. Zum Glück gab es hier keine Haltebucht. Aber vielleicht wollte Gereon sowieso nicht anhalten, sondern lediglich grüßend vorbeifahren. Ich winkte zurück, wobei ich hoffte, meine Verlegenheit war mir nicht anzusehen. Zum Glück konnten wir bald schon die Straße überqueren. Ich schritt beherzt voran auf einen Weg zu, der von der Ladenburger Straße abzweigte. Mit dem Satz »Hier ist ja gar kein Gehweg!« fand ich einen Grund, die belebte Straße zu meiden. So verschwanden wir ganz sicher aus Gereons Blickfeld, falls er in den Rückspiegel schaute und womöglich überlegte zu wenden.

»Wer war das denn?«, fragte Norbert, der für gewisse Dinge über ein enormes Maß an Aufmerksamkeit verfügte.

»Ein Kunde.«

»Aha.«

»Seine Frau liebt Krimis«, log ich spontan, »die beiden sind Stammkunden im *Bücherhimmel*. Die haben eine Jahreskarte für den Luisenpark und sind deshalb oft dort.«

»Frau? Ich habe keine Frau im Auto gesehen.«

»Lieber Himmel, Norbert! Du fährst doch auch mal ohne mich irgendwohin.« Während ich das sagte, hoffte ich inständig, durch einen raschen Themenwechsel das Auftauchen roter Flecken an meinem Hals zu verhindern. Ich beneidete alle Menschen, die lügen konnten, was das Zeug hielt, ohne dabei wie ein Chamäleon ihre Hautfarbe zu wechseln.

»Wir gehen links vor und dann wieder auf die Ladenburger Straße zurück, da kommen wir gleich am Ilvesheimer Schloss vorbei«, schlug Wiebke vor. »Die Familie von Hundheim ließ es erbauen. Bis Mitte des 19. Jahrhunderts diente es ihnen als Adelssitz.« Wiebke kannte sich gut mit der Geschichte von Ilvesheim aus.

»Und weshalb danach nicht mehr?«, fragte Norbert wissbegierig nach.

Ihr unbeabsichtigtes Ablenkungsmanöver funktionierte hervorragend, denn Norbert interessierte sich sehr für Historisches. »Die hatten keine Nachfolger mehr. Das Schloss ging dann in den Besitz des Landes Baden über.« Wir bogen von der Schlossstraße ab nach rechts in die Neue Schulstraße. Vor einem beeindruckenden alten Torbogen ließ Wiebke uns innehalten. »Hier stand die Tabakwaage der Freiherren von Hundheim. In der gesamten Kurpfalz wurde Tabak angebaut.«

»Noch ziemlich lange, nicht wahr?« Norbert glänzte mit seinem Wissen. »Bis vor wenigen Jahren wurde der Tabakanbau in Deutschland sogar von der EU subventioniert. Mit dem Einstellen der Subventionen wurde dann auch kein Tabak mehr angebaut.«

»Es gibt noch jede Menge Tabakscheunen in der Region«, wusste Wiebke, »und sogar Museen, in denen man sich über den Anbau und die Verarbeitung informieren kann. Es waren hauptsächlich Frauen, welche die Tabakblätter an Schnüren aufreihten, sodass sie zum Trocknen aufgehängt werden konnten. Vom Saft der Pflanzen färbten sich ihre Hände.« Sie schlug nun mit uns den Weg über die Verbindungsstraße in die Hauptstraße ein, bis wir vor einem kleinen Kirchengebäude standen. »Habe ich eigentlich schon erwähnt, dass sich die Gemeindebibliothek Ilvesheim in einer ehemaligen Kirche befindet?«

»Tatsächlich? Das ist eine schöne Verwendung für ein ehemaliges Gotteshaus.«

»An der neuen evangelischen Kirche sind wir vorhin vorbeigegangen. Das alte Kirchlein war irgendwann zu klein geworden.«

Ich bestaunte den hübschen Bibliotheksgarten, in dem für die Veranstaltung Stühle aufgestellt worden waren. Einige gut gelaunte Gäste waren bereits anwesend. Eine Frau löste sich aus einem Grüppchen von Leuten und steuerte direkt auf uns zu. »Schön, dass du gekommen bist, Wiebke. Und sogar mit Gästen! Wollt ihr was trinken? Nehmt euch bitte von dem Tisch dort hinten.« Dort bot eine Frau Getränke an.

»Edelgard, kannst du nachher zurückfahren? Dann gönne ich mir ein Bier.«

Mir war sowieso nicht nach Alkohol zumute und so willigte ich ein. »Klar, Norbert, das mache ich gerne für dich. Bringst du mir eine Limonade mit?« Er sollte es bloß nicht für selbstverständlich halten, dass ich nüchtern blieb, und so erweckte ich den Eindruck, ich brächte ein Opfer für ihn.

Das brachte mir mindestens einen Punkt auf meinem Guthabenkonto, wenn ich ihn um einen Gefallen bat.

Wiebke steuerte jedoch auf den Büchertisch zu. Sie hatte Bärbel Hennl-Goll von der *Bücherinsel Brühl* entdeckt, die diesen betreute. »Hallo, Bärbel, schön, dich zu sehen.«

»Wiebke! Toll, dass ihr da seid.« Während die beiden Frauen sich angeregt unterhielten, erkundete ich das ehemalige Kirchlein. Es war ein zauberhaftes, ungewöhnliches Ambiente für eine Bücherei! Wenn ich hier dauerhaft wohnte, wäre ich hier ganz sicher öfter.

Als ich nach draußen trat, hatte Norbert unterdessen Getränke geholt, und wir bummelten durch den gepflegten Bibliotheksgarten. An schmalen Pfählen waren in Folie eingeschweißte Blätter mit Gedichten angebracht.

»Die sind von der Schriftstellerin, die heute hier liest.« Wiebke gesellte sich mit einem Glas Prosecco in der Hand zu uns.

»Irgendwann lachen und lieben andere in unserer Stadt. Eine satte Weile jedoch gehört sie uns«, las ich vor. »So ist es, nicht wahr. Wir sind alle nur Gäste, irgendwann müssen wir alle gehen.«

»Aber nicht heute, Edelgard. Wir haben noch ganz viele Jahre vor uns.« Norbert legte seinen freien Arm um meine Schulter. »Bis es für uns so weit ist, gibt es noch viele wunderbare Tage. So wie heute.« Er strahlte mich an wie ein verliebtes Honigkuchenpferd.

»Guck mal, das hier gefällt mir sehr.« Ich las einen weiteren Text von einem Blatt ab: »Wenn es Nacht ist in meinem Garten und die Träume kommen, fällt Nebel von meiner Seele.«

Norbert erwiderte nichts darauf, da ein zweiter Tisch in seinen Fokus gerückt war, der seine gesamte Aufmerksamkeit absorbierte. Da lagen nämlich Häppchen. Prompt steuerte er darauf zu. Es wirkte auf mich, als zöge ihn ein überdimensionierter Magnet an, dessen Anziehungskraft er sich nicht zu widersetzen vermochte.

»Ich denke, die Frau da vorne in dem geblümten Kleid und den dunklen Haaren, die mit der Brille, das ist schon die Schriftstellerin. Wollen wir uns setzen? Es sieht so aus, als würde es gleich losgehen.« Wiebke patschte mit der Hand eine Stechmücke tot, die gerade dabei gewesen war, sie in ihren nackten Oberarm zu piksen.

»Da vorne links sind drei Plätze frei. Die nehmen wir.« Ich ging voraus und setzte mich auf den mittleren Stuhl.

Die kurzweilige Lesung verging wie im Fluge. Ich erwarb am Büchertisch ein Buch bei Bärbel Hennl-Goll und ließ es von der Schriftstellerin an einem eigenen Tisch signieren. Während die »Für Edelgard & Norbert« ins Buch malte, fiel mir ein, ich könne noch ein zweites für Muttis nächsten Geburtstag erwerben. »Norbert! Hol bitte noch ein Buch«, rief ich meinem Göttergatten über die Schulter zu. Prompt erfüllte er meinen Wunsch, und flugs war ich von der Sorge erlöst, mir demnächst Gedanken über ein Geschenk für Gustava zu machen. So wie ich Norbert kannte, blieb die Besorgung wieder an mir kleben.

Auf dem Weg zum Auto schlug Wiebke einen Abstecher an den Neckarstrand vor. Mittlerweile war es Abend geworden, und es waren bereits einige Menschen versammelt. »Darf man hier schwimmen?«, wollte ich wissen, als ein Rottweiler triefend ans Ufer kam und sich kräftig schüttelte, sodass die Wassertropfen nur so aus seinem Fell flogen.

»Edelgard, du hast doch gar keinen Badeanzug dabei!«, monierte Norbert.

»Brauche ich denn einen?«, fragte ich schelmisch.

»Aber Edelgard! Du willst doch nicht etwa nackig in den Neckar springen? Am Ende ist das hier gar nicht erlaubt!«

»Machst du mit, Norbert?«, neckte ich ihn.

Aber mein Norbert saß bereits auf dem sandigen Boden. »Du weißt doch, dass ich gerne sitze.«

Wiebke hielt sich aus unserem Geplänkel heraus und nahm neben Norbert Platz. Irgendwie hatte ich den Eindruck, sie war sich nicht so ganz sicher, ob wir bloß Spaß machten oder ob ich tatsächlich über ein spontanes Bad nachdachte. »Ein schöner Abend, nicht wahr?« Ich setzte mich zu den beiden.

In unserer Nähe lagerten Leute mit Bierflaschen. Einer von denen hatte eine Gitarre dabei und spielte darauf. Ein paar sangen mit. Während wir da saßen, dachte ich an Gereon. Würde der auch einfach so auf der Erde sitzen oder hätte er nicht eine Decke für seine Dame dabei? Bat der ebenfalls seine Begleitung, nach Hause zu fahren, damit er selbst Alkohol trinken konnte? Ich musterte Norbert von der Seite. Nach all den gemeinsam verbrachten Jahren hatte sich in unserer Beziehung viel Selbstverständliches breitgemacht.

»Wollen wir morgen irgendwo schön zum Brunch gehen?«, fragte Norbert. »Wiebke, können Sie uns etwas empfehlen?«

»Da gibt es einiges. Das hängt von der Preisspanne ab, wie viel Sie ausgeben wollen.«

»Es soll etwas sehr Schönes sein. Ich fahre morgen Abend wieder zurück. Für meinen letzten Tag mit meiner Frau ist mir nichts zu teuer.«

Norbert brachte es fertig, mich zu überraschen.

45

Der Anrufer war am Telefon nicht leicht zu verstehen. Für Florian klang es nach nuscheln. »Ich habe den Beweis.«

»Bitte?« Florian verstand nicht gleich, worum es ging.

»Dafür, dass Sie tatsächlich eine Reinkarnation von König Ludwig II. sind.«

Diese Mitteilung versetzte Florian wie unter Strom. »Was ist es, das Sie haben?« Vor plötzlicher Aufregung klang seine Stimme heiser.

»Können Sie jetzt kommen? Ich gebe Ihnen die Adresse.«

Florian notierte sie. »Diese Anschrift sagt mir gar nichts. Wo ist das? Ich selbst wohne in Handschuhsheim.«

Der Mann am anderen Ende hustete. »Das ist nicht weit von Ihnen entfernt. Haben Sie ein Navigationsgerät? Damit müssten Sie es finden. Können Sie gleich herkommen? Ich warte auf Sie.«

»Aber was ist das, was Sie haben?« Florians Hände wurden feucht.

»Der Kini hat Tagebuch geführt. Sein letztes konnte der Kammerdiener sichern, bevor er abgeführt wurde. Wenn Sie die Einträge lesen und sich erinnern, dass Sie das geschrieben haben und wenn vor allem die Schrift dieselbe ist, dann müssen Sie das in Ihrem früheren Leben geschrieben haben. Sie verstehen, worauf ich hinauswill?«

Florian nickte. »Sie reden von einem Déjà-vu.«

»Die Adresse haben Sie. Ich erwarte Sie.«

»Wie kamen Sie an dieses Tagebuch?«

»Das ist eine längere Geschichte. Kommen Sie her. Ich erzähle es Ihnen persönlich.« Der Anruf wurde beendet.

Florian setzte sich auf sein Bett. Ihm war schwindelig. Er hatte also recht mit seinem Wissen darüber, wer er war. Es war Elenas Bösartigkeit, die sie veranlasste, ihn als krank zu bezeichnen. Von wegen! Es hatte eine Weile gedauert, bis er sich selbst gewiss war. Sich genau diesen Job zu wählen, war schon so etwas wie eine Ahnung gewesen, etwas, das aus den Tiefen seines Unterbewusstseins hochkam. Der Umhang und was dazugehörte war keine Verkleidung, sondern seine wahre Tracht, die er in seinem früheren Leben getragen hatte. Und nun ging es darum, einen Beweis zu erlangen. Der Anrufer hatte es trefflich formuliert. Wenn er tief in seinem Inneren spürte, nein, vielmehr wusste, dass er die Tagebucheinträge selbst geschrieben hatte, konnte er sich endgültig sicher sein. Wenn zudem die Handschrift identisch mit seiner eigenen war, brachte er auch seine Zweifler zum Schweigen. Er torkelte zum Spülbecken, nahm ein Glas und ließ es mit Wasser volllaufen. Nachdem er dies getrunken hatte, legte sich der Schwindel. Florian gab die Adresse in die Navigationsapp seines Smartphones ein und erhielt die Meldung »das Ziel ist nur teilweise befahrbar«. Er vergrößerte den Ausschnitt. Da war ein Feldweg und am Ende irgendwas, das aussah wie ein Gehöft. Aber den Weg dorthin querte eindeutig eine Eisenbahnlinie. Gab es einen unbeschrankten Bahnübergang? Konnte man überhaupt mit dem Auto dorthin fahren? Er verspürte wenig Neigung, in der beginnenden Dämmerung über unbeleuchtete Gleise zu wandern. Immer wieder kam es zu Unfällen mit Menschen, die sich auf Gleisen aufhielten. Etwa, weil die Fotos von sich machten, während sich im Hintergrund bereits Züge näherten. Florian hatte nicht vor, bei einem Lokführer auf diese Art eine posttraumatische Belastungsstörung auszulösen. Er tippte auf letzte Anrufe, um den Mann zu fragen, wie weit man mit dem Auto zu ihm fahren konnte und ab wann man den Weg zu Fuß fortsetzen musste, vor allem, wie man über die Gleise kam. Es gab vielleicht irgendeinen Schleichweg, der in der Navigationsapp nicht erfasst war. Apps waren immer nur so gut wie die Daten, mit denen sie gefüttert worden waren. So ein Mist. Der Anrufer hatte seine Nummer nicht zum Anzeigen freigegeben. Die Unterdrückung der Nummer war bei der Annahme des Gesprächs seiner Aufmerksamkeit entgangen. Während Florian in seinem Zimmer auf und ab ging, überlegte er, wer sich in dieser Gegend gut auskennen könnte. Er ging ans Fenster und blickte hinaus. Sein Blick streifte die Villa von Wiebke und Tamara. Er schlug sich mit dem Handrücken gegen die Stirn. Genau! Tamara hatte während der unsäglichen Corona-Pandemie, als die Buchhandlungen aufgrund des Lockdowns geschlossen waren, mit ihrem Lastenfahrrad Bücher zugestellt. Wenn sich jemand in der Gegend auskannte, dann seine Nachbarin. Er schnappte sich an der Garderobe seine Tasche und die Schlüssel und rannte beinahe über die Straße. Zu seinem Glück öffnete auf sein Pochen hin gleich Tamara die Haustür, und er musste sein Anliegen nicht zunächst Wiebke und dann noch mal ihr erklären.

»Du musst mir helfen!«

»Brauchst du eine Notunterkunft?« Sie spielte auf seine lautstarken Streits mit Elena an.

»Quatsch. Ich muss dringend zu einer Adresse, die mein Navi nicht kennt. Da ist eine Eisenbahnlinie … ich zeige es dir am besten.«

»Ah ja, verstehe.« Tamara wischte mit ihrem Zeigefinger über das Display. »Hm, da könnte ich schon mal gewesen sein. Da gibt es immer wieder so kleine Unterführungen für Fußgänger. Die haben die Navi-Apps nicht alle.«

»Kommst du mit? Zu zweit finden wir das schneller. Da wartet jemand auf mich. Es ist wirklich wichtig.«

»Jetzt? Ich bin gerade …«

In seinem »bitte« lag jedoch so viel Flehen, dass sie unmittelbar einknickte und nachgab, obwohl sie gerade damit begonnen hatten, gemeinsam ihr Abendbrot zu sich zu nehmen.

»Ich gebe eben Wiebke Bescheid und begleite dich. Du hast recht, vier Augen sehen mehr. Außerdem glaube ich, mich jetzt tatsächlich an eine alte Unterführung zu erinnern, wo ein Feldweg zu einem alten Hof weiterführt. Dass ich da nochmals hinkomme! Ich war schon eine ganze Weile nicht mehr dort. Ich finde es hoffentlich.«

»Was hast du dort gemacht?«

»Da gab es mal eine WG. Ich kann mir nicht vorstellen, dass von denen noch jemand dort wohnt. Soweit ich mich erinnere, sind die nach und nach alle weggezogen. Ich glaube, das waren alles Studierende. Und als sie fertig waren, haben sich ihre Wege getrennt. Da kam noch einer in unseren Laden, bevor er wegzog, und bestellte ein Buch. Da war Corona ziemlich durch, und wir durften wieder offen haben. Ich glaube, der ist nach Berlin gezogen.«

»Das kannst du mir später erzählen. Jetzt komm schon, wir müssen los. Ich stehe schon viel zu lange hier herum.«

Zum Glück sprang seine alte Kiste auf Anhieb an. Ein Blick auf die Tanknadel zeigte ihm einen immerhin viertelvollen Tank an. Dabei hatte er erst vor Kurzem vollgetankt. Bestimmt hatte Elena sich wieder mithilfe seines an der Garderobe abgelegten Autoschlüssels für eine Spritzfahrt bedient, ohne ihn zu fragen. Sie zählte seinen Besitz im Gegensatz zu ihrem gerne zum Gemeinschaftseigentum ihrer WG. Als er das Licht einschaltete, piepte es eindringlich. »Die Kennzeichenleuchte ist kaputt. Ich muss die bei Gelegenheit reparieren lassen.«

Tamara hoffte, dass nicht noch mehr kaputt war. »Wie alt ist dein Auto jetzt eigentlich?«

»Keine Ahnung. So genau weiß ich es nicht.«

»Steht das nicht im Kfz-Brief?«

»Oje. Die Karre hat mein Opa irgendwann gekauft.«

»Der in der Pfalz wohnt?«

»Genau. Der weiß einfach nicht mehr, wo er den Wisch hingelegt hat. Er ist gerade dabei, einiges zu vergessen.«

»Den brauchst du aber, wenn du es verkaufen willst.«

»Ernsthaft? Und womit fahre ich dann? Ich kaufe mir mal eben einen Tesla, oder wie?«

Tamara lenkte das Thema um. »Und warum genau musst du jetzt zu dieser Adresse? Das hast du noch gar nicht erzählt.«

»Der Anrufer hat etwas, was sehr wichtig für mich ist.«

»Um was handelt es sich?«

»Alter! Mach jetzt bloß kein Verhör. Du begleitest mich, um mir mit dem Weg zu helfen. Und weil ich in Eile bin. Ich erzähle dir das ein anderes Mal. Ich muss mich aufs Fahren konzentrieren.«

»Hat der nicht mehr lange zu leben oder wie, dass es derart eilig ist?« Tamara konnte sich diesen Witz nicht verkneifen.

»Was weiß ich. Ich soll auf jeden Fall sofort kommen.«

Tamara schwieg daraufhin. Florian war von Grund auf gutmütig, und das Einzige, was sie zunehmend an ihm nervte, war neuerdings seine Schnapsidee, die Wiedergeburt König Ludwigs II. zu sein. Aber letztendlich schadete er ja auch niemandem damit. Im Endeffekt war es eine Superwerbung für seinen Job. Sie hatte soeben spontan eingewilligt, ihm zu helfen, und nun saß sie mit ihm in seinem Auto. Sie hoffte, in etwas mehr als einer Stunde wieder zu Hause bei Wiebke zu sein. Bei Dossenheim sagte sie: »Wir müssen noch ein Stück weiterfahren. Hinter Schriesheim hältst du dich nach links.«

»Richtung Ladenburg?«

»Das muss ein Stück dahinter liegen, längs der Bahnlinie zwischen Ladenburg und Heddesheim. Irgendwo da geht es rein. Wenn wir vor Ort sind, müsste ich das hoffentlich wiedererkennen, dann sage ich dir, wann du abbiegen sollst.« Es war letztendlich doch mehr Instinkt als Wissen, das sie schließlich die alte, mit modrigen Holzplanken verkleidete Unterführung finden ließ. Sie war so schmal, dass kein Auto hindurchpasste.

»Heilige Scheiße! Das hätte ich alleine nie und nimmer gefunden«, murmelte Florian. Der Weg wurde von Brombeerpflanzen gesäumt, deren langen Ranken er geschickt auswich, nachdem er aus dem Auto gestiegen war. »Kommst du mit? Ich lasse den Wagen hier stehen.«

»Echt? Du lässt den hier stehen?« Tamara lachte. »Hast du keinen Zaubertrick parat, mit dem du ihn schmäler faltest?«

Nach ungefähr 200 Metern fanden sie einen alten Hof. Obwohl bald schon die Dämmerung der Nacht weichen würde und es nicht mehr allzu hell war, offenbarte das Gebäude seinen in die Jahre gekommenen Charme.

Tamara stieß Florian in die Seite. »Das ist es. Es ist gefühlt Ewigkeiten her, dass ich hierher geliefert habe. Die gaben mir immer einen Kaffee aus, wenn ich mit meinem Rad angestrampelt kam. Alter! Was für eine Bruchbude. Pass auf, gleich heult irgendwo ein Werwolf auf. Ich glaube, in der WG war eine Schulreferendarin dabei, die hat immer Bücher für ihren Unterricht bei mir bestellt.«

Florian hielt inne. »Ich komme gleich wieder. Der wartet auf mich. Vermutlich muss ich gar keine Klingel suchen. Du kannst auch im Auto warten.« Er drückte ihr den Schlüssel in die Hand.

Ehe Tamara etwas erwidern konnte, war er auch schon durch die Haustür, die schief in den Angeln hing, verschwunden. Die Tür quietschte, als er sie hinter sich schloss. Das war ein überdeutliches Zeichen, dass er das Gespräch alleine ohne sie führen wollte. Als Scout war sie ihm wohl gut genug. War ihm das Treffen derart wichtig, dass es ohne sie ablaufen sollte? Zeichnete dies nicht gute Nachbarschaft aus, dass man sich gegenseitig half, ohne immer gleich alles zu hinterfragen? Wenn sie genau überlegte, hatte er sie gebeten, ihn auf dem Weg zu begleiten und nicht darum, an dem Gespräch teilzunehmen. Auch sie bat ihn in Bälde um einen Gefallen. Florian konnte ihnen demnächst, wenn die Vogelbrutzeit beendet war, helfen, einige der großen Büsche in ihrem Garten zurückzuschneiden. Durch seine Größe kam er an die oberen Äste, ohne sich waghalsig auf eine Leiter zu stellen. Plötzlich machte sich der Drang bei ihr bemerkbar, ihre Blase zu erleichtern. Dieser Umstand war den zwei Tassen Tee geschuldet, die sie vor Florians Überfall zu sich genommen hatte. Sie blickte sich um. Ob der Platz vor dem Haus wohl kameraüberwacht war? Irgendwie machte das gesamte Ambiente für sie nicht den Eindruck. Die Nacht brach unweigerlich an und wischte die Dämmerung fort. Zum Glück war der Himmel wolkenfrei und von Sternen übersät. Sie konnte keine Art von Beleuchtung, die demnächst anspringen könnte, erkennen. Rechts neben dem Haus klebte ein schiefer hölzerner Schuppen. Daran schob sich ein beachtlicher Holunderbusch in die Höhe. Früher glaubte man daran, dass sie die Blitze vom Haus fernhielten. Ob sie es wagen konnte, sich dahinter zu begeben? Wer weiß, wann Florian wieder auftauchte. Und dann war auch noch die Fahrt zurück nach Hause. Entschlossen ging sie hinter den Holunderstrauch, streifte ihre Hose und den Slip bis unter die Kniekehle und begab sich in die Hocke. Erleichtert entließ sie den Strahl ins Freie. Während sie noch an ihrem Slip nestelte, vernahm sie einen Schrei. Mist! Wenn sie sich nicht irrte, war das die Stimme von Florian. Weil sie besonders schnell machen wollte, verhedderte sie sich mit der Hose. Als sie die endlich hochgezogen und geschlossen hatte, war alles still. Verdammt still. Sie trat aus ihrem Versteck hervor. Was bedeutete das? Sollte sie vorsichtig die Tür öffnen und nachschauen, was da drinnen vor sich ging? Aber hieß es nicht immer, man sollte zwar helfen, sich jedoch nicht selbst in Gefahr begeben? Plötzlich kam ihr die gesamte Situation absurd vor. Das Einbestellen von Florian auf diesen verlassenen Hof, die Uhrzeit und nun auch noch sein Schrei. What the fuck war hier eigentlich los? Sie suchte die Fassade mit ihrem Blick ab, konnte jedoch nichts Auffälliges entdecken. Sie überlegte fieberhaft, was sie Wiebke auf die Schnelle zugerufen hatte. Eigentlich nur, dass sie mit Florian kurz wegfuhr und bald wieder zurückkäme. Ganz sicher keine Adresse. Niemand wusste davon, dass sie beide hier waren. War sie selbst in Gefahr, wenn sie die Tür öffnete? Leise schlich sie durch die Unterführung zurück bis ans Auto, setzte sich rein und betätigte die altmodische Verriegelung, die noch per Knopfdruck funktionierte. Sie fischte ihr Smartphone aus ihrer kleinen Tasche, die sie Gott sei Dank im Vorbeigehen von der Garderobe gegriffen und eingesteckt hatte, und tippte die 110 ein. Zum Glück hatte sie hier Empfang, wenngleich ihr auch nur ein einzelner Balken angezeigt wurde.

Nachdem sie ihr Anliegen hastig vorgetragen hatte, warnte die Stimme sie: »Bleiben Sie, wo Sie sind. Warten Sie, bis wir kommen. Ich schicke sofort eine Streife an den angegebenen Ort.«

Nun, da sie wusste, dass die Polizei unterwegs war, verringerte sich ihre Angst und ihre Gedanken wurden wieder klarer. Vermutlich stellte sich alles als komplett harmlos heraus. Florian war da drinnen womöglich über irgendetwas gestolpert, gestürzt und hatte sich dabei selbst verletzt. Hoffentlich wurde sie nicht wegen Missbrauch des Notrufs belangt. Sie verließ das Auto und schritt entschlossen dem Haus entgegen, um sich selbst ihren Irrtum zu bestätigen.

Aber sie hatte mit ihrer ersten Vermutung doch richtig gelegen. Nichts war hier nämlich gut. Die Haustür stand jetzt offen. Florian lag im Flur auf dem Boden. Ein Mann beugte sich über ihn. Hatten die WG-Bewohner damals nicht von dem Besitzer des Hofes als komischem Kauz gesprochen? Er war um einiges älter als die Mitglieder der Wohngemeinschaft und wohnte im hinteren Bereich. Jetzt fiel ihr der Name wieder ein. Gereon.

Er hatte sie gehört und wandte sich um. Seine Bewegungen waren langsam und bedächtig. Die Funsel an der Decke erhellte kaum sein Gesicht. Sie schätzte ihn auf Ende 50. Seine Rechte hielt einen Stein umklammert.

»Was ist hier los?«

»Ich habe keine Zeit für Erklärungen. Wer sind Sie überhaupt? Er wollte doch alleine kommen.« Der Mann sah sich mit einem Problem konfrontiert. Es war das erste Mal, dass er eine Frau töten würde. Irgendwie kam die ihm bekannt vor. Konnte es sein, dass er sie schon mal gesehen hatte? Alles strengte ihn neuerdings so an. Das Haus zu verlassen, unterwegs alles vorzubereiten und einem Sportler aufzulauern, ohne dabei selbst gesehen zu werden. Aber er hatte noch einen Letzten holen wollen. Einmal noch wollte er sich rächen, bevor er selbst für immer ging. Das Interview mit diesem Möchtegern-Kini war ihm zufällig in die Hände gefallen. Ein Wink des Schicksals. Es war ein Leichtes, diesen Volltrottel zu sich zu locken. Seine letzte Beute, komfortabel frei Haus geliefert. Er war sich allerdings nicht sicher, ob der soeben ausgeführte Schlag noch kräftig genug gewesen war.

Tamara lugte nach Florian. Lebte er noch? Sein Körper lag reglos auf dem Boden. Sie musste unbedingt Zeit gewinnen. Das Polizeirevier in Ladenburg war rund um die Uhr besetzt. Sie hatte dort die Adresse laut und deutlich genannt. Wie lange brauchten sie bis hierher? Sie hoffte darauf, dass sie bald kämen.

»Es war nicht geplant, dass er jemanden mitbringt. Was machen Sie hier überhaupt?«

Sie musste reden. Immer weiterreden. Ihn von Florian weglocken. Ihr tat er hoffentlich nichts. Nicht zu dem Stein blicken, den er in der Hand hielt, befahl sie sich selbst. Bringe ihn nicht auf die Idee, dich als Opfer zu sehen. »So lau heute, nicht wahr. Der Sommer wird sicher wieder sehr heiß. Haben Sie hier auch Wasserprobleme? Oder haben Sie einen eigenen Brunnen? Lassen Sie uns ein paar Schritte gehen.« Florian war vielleicht nur ohne Bewusstsein und wachte gleich wieder auf. Dann konnten sie den Mann gemeinsam überwältigen.

»Wozu?« Neugierig beäugte er sie. Kannte die ihn von irgendwoher? »Waren Sie schon einmal hier?«

»Ich kannte Leute, die hier gewohnt haben.«

»Das ist eine Weile her. Die sind alle weg.«

»Vermieten Sie denn gar nicht mehr?«

»Es gibt nichts mehr zu reden. Ich werde sterben.«

»Irgendwann. Das erwartet uns alle, eines Tages. Aber nicht jetzt.«

»Doch, schon bald.« Er ließ resigniert die Schultern hängen. »Ich habe nicht mehr lange.« Da kam er wieder, ohne jegliche Vorwarnung. Der Schmerz fraß in seinem Bauch. Er schrie laut auf und drückte beide Hände gegen seinen Leib. »Ich habe Krebs.«

Sie hatte es geschafft. Sie war zu ihm durchgedrungen, er sprach über sich selbst. »Sie können sich behandeln lassen.« Tamara blickte verstohlen zu Florian. Hatte er nicht soeben ein Bein bewegt? War er also tatsächlich noch am Leben?

»Nicht diese Art. Sondern einer, gegen den man machtlos ist.«

Reden. Immer weiterreden. »Die Leute, die hier gewohnt haben. Ich kannte sie. Wo sind die denn jetzt alle?«

Er machte eine wegwerfende Handbewegung. »Alle weg. Als sie mit ihrem Studium fertig waren, war das hier nicht mehr gut genug für sie. Verstehen Sie? Und ich auch nicht. Alles nicht mehr fein genug für die Herrschaften. Aber während des Studiums konnte es nicht billig genug sein. Da war hier viel los.«

»Party, Leute, verstehe.«

»Waren Sie bei solch einer Party?« Er musterte sie. »Ich habe oft den Grill für die angeworfen.«

»Ja, genau, die Partys«, log Tamara, »die waren richtig toll. Hier hat man ja auch viel Platz.«

Der plötzlich auflodernde Schmerz zwang ihn zu Boden. Er ließ allerdings den Stein nicht los.

Tamara spürte plötzlich einen starken Arm, der sie wegriss. Zwei Männer stürzten sich auf den Mann, der gekrümmt auf dem Boden lag. Ein weiterer eilte zu Florian und fühlte am Hals seinen Puls. »Er lebt! Ich rufe einen Krankenwagen mit Notarzt.«

Tamara wurde übel. Sie war kurz davor, sich zu übergeben. Jetzt, da alles vorbei war, überfiel sie außerdem ein heftiger Schüttelfrost.

»Wo ist der Autoschlüssel? Wir müssen das Auto wegfahren, damit die gleich mit der Krankenliege durch die Unterführung kommen.«

»Hier.« Sie gab den Schlüssel her. »Darf ich mitfahren in die Klinik?«

Der Polizist nickte. »Ich denke, das wird möglich sein. Haben Sie uns angerufen?«

Tamara nickte.

»Was ist eigentlich genau passiert?«

»Ich weiß es nicht, die Tür war zu. Ich habe einen Schrei gehört und den Notruf abgesetzt.« Sie spürte, wie ihre Knie kurz davor waren nachzugeben.

Der Mann fasste sie am Arm. »Es kann nicht schaden, wenn Sie mit in die Klinik fahren, die sollen Sie ebenfalls durchchecken. Ihre Aussage machen Sie morgen auf unserem Revier in Ladenburg. Da können Sie auch den Autoschlüssel abholen.«

Die Vorstellung, erneut hierherzukommen, um Florians Auto abzuholen, behagte Tamara ganz und gar nicht, deshalb äußerte sie eine Bitte. »Könnten Sie bitte das Auto vorm Revier parken? Dort hole ich es morgen ab.«

Der Mann nickte.

Kurze Zeit darauf schraubte sich blaues Licht in die Nacht. Als der Rettungswagen an der Unterführung angekommen war, wurde das akustische Signal abgestellt. Zwei Sanitäter kamen im Laufschritt auf sie zugeeilt. Der begleitende Notarzt beugte sich über Florian, zog ihm die Augenlider hoch und leuchtete mit einer Taschenlampe in die Iris. »Ich würde sagen, der ist transportfähig. Gebt ihm im RTW gleich eine Infusion, die den Kreislauf mobilisiert. Und Sie?« Er wandte sich an Tamara.

»Ich komme mit.« Ihr Gesicht war so bleich wie der Mond am Himmel. Wiebke. Sie musste Wiebke Bescheid geben, dass sie heute Nacht nicht mehr nach Hause kam. Es war Jahre her, dass sie eine Nacht getrennt voneinander waren. Nun verlor sie endgültig den Halt. Der Notarzt fing sie gerade noch rechtzeitig auf, bevor sie der Länge nach hätte hinknallen können.

Der Mann, der, so wie es sich darstellte, Florian mit einem Stein niedergeschlagen hatte, krümmte sich auf dem Boden. Seine Hände waren mit einem Kabelbinder fixiert. »Mein Schmerzmittel!«, stöhnte er.

»Wo liegt das?« Der Notarzt erfasste mit einem Blick die Lage.

»Den Flur nach hinten, letzte Tür.« Eine erneute Schmerzwelle ließ Gereon verstummen. Nachdem das Schlimmste abgeebbt war, fügte er hinzu: »In der Schublade des Tisches.«

Der Arzt fand das Morphium auf Anhieb.

46

Bevor sie sich wieder in alle Winde zerstreuten, stand noch ein letzter Punkt auf ihrem Programm, und zwar ein Bummel durch die Neckarstadt. Marja, die über Ortskenntnisse verfügte, führte die kleine Gruppe über die Breite Straße, vorbei an der Abendakademie und dem alten OEG-Bahnhof zur Kurpfalzbrücke.

»Der Neckar ist ziemlich breit. Wo fließt der denn in den Rhein? Kann man da hin?«, fragte Hannah.

»Das ist Hafengebiet. Man kommt schon hin, aber es ist kein touristisches Highlight«, antwortete Marja.

»Wie? Keine Promenade zum Flanieren? Oder ein Café, in dem man einkehren kann? Und überhaupt, was riecht hier so schokoladig?« Hannah schnupperte. »Riecht ihr das auch?«

»Im Hafen steht eine Fabrik, dort wird aus den angelieferten Kakaobohnen der Grundstoff für Schokolade hergestellt«, wusste Marja.

»Eine Schokofabrik mitten in der Stadt?« Ann war begeistert. »Stell dir vor, du wohnst direkt daneben!«

Marja lächelte. Sie selbst stellte es sich nicht so prickelnd vor, beim Lüften Schokoduft in die Wohnung zu holen. Vielleicht für ein paar Tage, aber sicherlich nicht über einen längeren Zeitraum hinweg. »Auf der anderen Flussseite gibt es übrigens einen weiteren Stadtpark, den Herzogenriedpark. Auch der war Bestandteil der Bundesgartenschau 1975. Im

Park gibt es viele Spielangebote für Kinder und ein großes Tiergehege.«

»Frau Schlau, warst du wieder bei einer der Suchmaschinen im Netz unterwegs?«, lachte Hannah.

»Klar!« Als sie über die Brücke gegangen waren, zeigte Marja auf das prägnante Gebäude zur rechten Seite, wobei sie eine Stadtführerin imitierte. »Werte Damen! Herren sind ja keine dabei, die lassen wir jetzt einfach geflissentlich weg, schließlich wurden wir auch über Jahrhunderte hinweg in der Öffentlichkeit einfach nicht beachtet, also, was ich eigentlich sagen will, Sie sehen die Alte Feuerwache.«

»Was ist denn da drin?«, fragte Mirjam.

»Willst du dich mal wieder beruflich verändern?«, flachste Marja.

»Quatsch. Ich habe bei meiner neuen Stelle noch Probezeit! Es sieht aber ganz danach aus, als würden die mich zum Ablauf übernehmen.«

»Glückwunsch!« Das war ehrlich gemeint von Marja. Sie wusste, dass Mirjam noch nie länger als drei Jahre beim selben Job geblieben war, was sie sich auf Dauer anstrengend vorstellte. »Also, das ist heute ein Veranstaltungsort. Für Lesungen, Konzerte und Ausstellungen.«

»Was du nicht alles herausfindest«, scherzte Hannah. »Toll, wenn man sich mobile Daten gönnt.«

Marja stimmte in ihr Lachen mit ein. »Siehste mal! Wir gehen jetzt über die Straße und ein Stück in die Max-Joseph-Straße, die ist besonders schön. Die habe ich allerdings nicht im Netz gesucht, dort war ich bei einem meiner früheren Besuche.«

»Sogar mit Kopfsteinpflaster und vielen Bäumen!« Ann zeigte sich wie die anderen ebenfalls ziemlich beeindruckt.

»Wir laufen noch ein wenig herum, dann gehen wir zum

Abschluss in ein Café. Ist das für euch in Ordnung?«, fragte Marja.

»Ich muss wahrscheinlich etwas früher als ihr gehen, wenn ich meinen Zug am Hauptbahnhof erreichen will.« Jule hatte ihren Rucksack dabei. »In zwei Jahren dann wieder? Habt ihr Vorschläge für unser nächstes Treffen?«

»Ulm«, sagte Ann spontan. »Wisst ihr was? Ich quartiere meine Familie bei den Schwiegereltern ein, und ihr übernachtet bei uns. Zwei müssten allerdings auf Isomatten nächtigen.«

Die Freundinnen guckten sich kurz an, nickten und sagten im Chor: »Super Idee!«

»Oh my God! Das ist sie!«, rief Ann verzückt und zeigte in eine der Nebenstraßen. »Guckt doch!«

Die Freundinnen folgten mit ihren Blicken Anns Fingerzeig und sahen eine Filmcrew agieren. Während zwei Männer die Kamera positionierten, ein weiterer mit einem Mikrofon, das an einer langen Stange befestigt war, hantierte und viele weitere Menschen herumstanden, frisierte eine Frau mit umgebundener Tasche, in der reichlich Schminkutensilien steckten, eine Frau mit schwarzem Pagenkopf.

»Das ist sie! Ich folge der auf *Insta*. Sie heißt Fee Zoe!« Ann war drauf und dran, zu der Frau hinzugehen. Allerdings wurde die Szene von zwei Frauen in orangefarbenen Warnwesten abgeschirmt. »Wir drehen hier. Bitte gehen Sie durch eine der anderen Straßen«, sagte die eine mit bestimmtem Ton.

»Kann ich nicht ein Autogramm von Fee Zoe haben? Das ist sie doch?« Ann ließ nicht so schnell locker.

»Nein, das geht nicht. Wir drehen gleich die nächste Szene.«

Fee Zoe wurde auf sie aufmerksam und kam rasch auf Ann zu. Regisseur Mikael war kurz davor zu explodieren.

Diese aufmerksamkeitssüchtige Hauptdarstellerin strapazierte seine Nerven außerordentlich.

»Hi«, sagte sie zu Ann, »du willst ein Autogramm?«

»Ich folge dir auf *Insta*! Dich hier zu sehen, wie toll ist das denn? Was dreht ihr denn?«

»Ich habe nicht viel Zeit.« Sie zog aus der Gesäßtasche ihrer Hose eine kleine Autogrammkarte. »Hast du einen Stift?«

Marja sprang Ann bei und zog einen Stift hervor.

»Fee Zoe! Kommst du?«, brüllte Mikael. »Wir wollen beginnen! Alle warten auf dich!«

»Oh my God! Vielen, vielen Dank!« Ann nahm verzückt die signierte Karte entgegen, während Fee Zoe sich lässig umdrehte und zum Mittelpunkt des Sets zurückkehrte.

»Jetzt komm schon«, Marja zog Ann am Arm mit sich fort, »wir gehen durch eine andere Straße. Was macht die denn auf *Insta*?«, wollte sie im Weitergehen wissen.

Ann barg die Karte wie einen besonderen Schatz in ihrer Hand. »Kosmetik und so. Mode und, ganz neu, auch was mit Kräutern. Ich finde sie einfach toll. Alter! Die hat tatsächlich mit mir gesprochen! Weißt du, wie viele Follower die hat?« Ihre Wangen röteten sich.

»Sehr viele.« Marja befürchtete, später während der Autofahrt, wenn sie Ann mit nach Karlsruhe nahm, wo die dann in einen Zug nach Ulm stieg, die Szene in leuchtenden Farben vielfach geschildert zu bekommen, obwohl sie sie selbst hautnah miterlebt hatte. »Wir gehen jetzt über die Mittelstraße zum Neumarkt. Ihr entscheidet, in welches Café wir gehen. Sagt mir unterwegs einfach, was euch zusagt.«

47

»Wie geht's Florian jetzt?«

Tamara erzählte ausführlich vom gestrigen Abend. Wiebke hatte eine ihrer Vertretungen für den Laden in der Heidelberger Altstadt mobilisiert und die Freundin selbst mit einem Taxi in der Klinik abgeholt. Ich erreichte zum Glück Luca, der spontan im *Bücherhimmel* einsprang, und konnte so von den Ereignissen der Nacht hören, wobei ich insgeheim ein wenig bedauerte, nicht selbst dabei gewesen zu sein. Das, was sie berichtete, klang ziemlich aufregend. Sie hatte regelrecht *True Crime* erlebt!

»Ich habe in der Klinik nachgefragt, bevor ich selbst entlassen wurde.«

»Die geben Auskunft, wenn man kein Angehöriger ist?«

Tamara grinste. »Ich gab mich als seine Schwester aus.«

Wiebke, die selbst viel zu ehrlich war, um so etwas zu erfinden, blickte sie verblüfft an.

»Er hat eine schwere Gehirnerschütterung und soll ein paar Tage Bettruhe halten. Die Platzwunde am Kopf wurde noch in der Nacht genäht. Er hat echt Glück gehabt, dass es nicht schlimmer für ihn ausging.«

»Aber warum hat dieser Mann Florian überhaupt angegriffen? Und ihn dazu noch auf diesen abgelegenen Hof bestellt?«, rätselte ich.

»Keine Ahnung. Flo kam gestern Abend herüber und bat mich, mit ihm zu fahren, es sei äußerst wichtig für ihn. Er war sich nicht sicher, ob er die Adresse alleine findet, und war in Eile. Deshalb habe ich ihn begleitet. Ich konnte ja nicht ahnen, wie das Ganze ausgeht! Sonst hätte ich ihn selbstverständlich auf keinen Fall dorthin gebracht.«

»Du warst also sein Scout«, ergänzte Wiebke.

»Na ja, während Corona habe ich so viel ausgeliefert, da waren schon ziemlich abgelegene Stellen dabei, ganz ehrlich. Und mit dem Rad ›erfährt‹ man sich eine Gegend ganz anders als mit dem Auto.«

»Das mag so sein.« Wiebke war nicht im gleichen Ausmaß von dieser Fortbewegungsart überzeugt wie ihre Freundin und benutzte lieber die öffentlichen Verkehrsmittel.

Ich hielt mich da raus. Ich selbst fuhr ganz gerne mit dem Rad, allerdings nur, wenn es nicht regnete, und war bei Weitem nicht so eine Hardcore-Radfahrerin wie Tamara. Von ihr wusste ich nämlich, sie war bei wirklich jedem Wetter mit ihrem Lastenfahrrad unterwegs. »Florian wird uns was dazu sagen können, sobald er genesen ist. Irgendwie wirkt es ja so, als wäre er in eine hinterhältige Falle gelockt worden.«

»Aber weshalb? Flo tut doch keiner Fliege was zuleide.« Wiebke war ratlos.

»Luisa meinte, er habe sich verändert«, fiel mir ein.

»Inwiefern?«

»Sie findet ihn noch eigenbrötlerischer, als er ohnehin schon immer war. Außerdem meinte sie, er wäre nachts im Luisenpark unterwegs.«

»Lieber Himmel, was soll denn daran bitte seltsam sein? Da ist doch nichts dabei! Er ist schlicht und ergreifend ein Romantiker. Kann schon sein, dass er sich ein wenig zu viel mit seiner Rolle als König Ludwig II. identifiziert! Aber bitte sehr, was soll denn daran schlimm sein? Umso überzeugender kann er ihn darstellen, wenn er auftritt. Damit schadet er doch niemandem.«

»Da fällt mir ein, ich muss heute zur Polizei und meine Aussage machen. Außerdem steht sein Auto beim Revier in Ladenburg.« Tamara griff nach einem weiteren Brötchen.

»Da fährst du am besten mit der Straßenbahn bis nach Schriesheim und steigst dort in den Bus nach Ladenburg um.« Es fehlte nur noch, dass Wiebke den genauen Fahrplan im Kopf hatte. Kaum hatte sie zu Ende geredet, klopfte es an der Haustür. Wir blickten unwillkürlich alle zur Küchenuhr. Es war verdammt früh, um Besuch zu bekommen. Auch die Post kam hier wesentlich später.

»Ich mache das«, sagte ich und erhob mich.

Die mir bestens bekannte Kommissarin begehrte Einlass. »Ich dachte, ich komme hierher, dann muss Frau Vogt sich nicht zu uns bemühen.«

Frau Härter am sehr frühen Morgen! War die extra früher aufgestanden, um uns zu überraschen? Der Tag konnte nach so einer Begegnung nur noch besser werden. Wollte die sich noch mal nach den Kratzern auf Tamaras Hand erkundigen? Oder sie gar selbst überprüfen? Sie hatte sich auffällig dafür interessiert. Wofür ich überhaupt keine Erklärung hatte. Aber diese Kommissarin tickte sowieso auf einer komplett anderen Frequenz als ich. Best Buddies wurden wir beide in absehbarer Zeit nicht mehr, so viel stand fest.

Sie folgte den Stimmen von Wiebke und Tamara bis zum Erker. »Guten Morgen allerseits. Frau Vogt, darf ich Sie bitten, mir die Ereignisse des gestrigen Abends aus Ihrer Sicht detailliert zu schildern?« Sie nahm Platz und hielt auch schon ihr Smartphone in der Hand. »Ich nehme das auf. Beginnen Sie bitte.«

Nun berichtete Tamara nochmals ausführlich von den Ereignissen des gestrigen Abends. Die Kommissarin hörte zu, machte sich Notizen, und als Tamara geendet hatte, fragte sie: »Wissen Sie, ob die beiden sich kannten? Gab es einen Bezug zwischen Ihrem Nachbarn und Herrn Schnittmacher?«

Mir wurde heiß und kalt im fliegenden Wechsel. Was sagte die da eben für einen Namen? Der war mir doch nicht unbekannt! Spontan befiel mich zusätzlich Übelkeit. Ziemlich sogar. »Schnittmacher?«, fragte ich. »Der Mann heißt Schnittmacher?«

»Gereon Schnittmacher. Kennen Sie ihn, Frau Buchmann?«

Der Vorname passte auch noch! Himmelherrgott noch mal! Welch ein absurder Wahnwitz! Während meine Gedanken Karussell fuhren, überlegte ich blitzschnell, wie ich mich nach außen hin überzeugend unverdächtig geben konnte. Nicht auszumalen, was die Kommissarin sich in ihrer Fantasie zurechtbog, wenn ich zugab, dass ich durchaus jemanden kannte, der genauso hieß. »Schnittmacher klingt jetzt nicht so arg selten, nicht wahr. Ich dachte im ersten Moment, ich hätte diesen Namen schon mal gehört. Aber dieser Vorname sagt mir rein gar nichts.« Ich setzte ein Pokerface auf. So eines wie Frau Härter es oft zeigte. Diese Namensgleichheit konnte nur auf einem Zufall beruhen! Da war ich mir sicher. Weshalb sollte der nette Gereon Schnittmacher, den ich kannte, Florian auf den Kopf schlagen? Und ihn auch noch vorher telefonisch in die Pampa locken? Das ergab für mich überhaupt keinen Sinn. Meiner Ansicht nach war ein Zusammenhang komplett ausgeschlossen.

»Wäre auch ungewöhnlich, wenn Frau Buchmann diesen Mann kennen würde«, mischte sich Tamara ein. »Solche Leute gehören nicht zu unseren Kunden!«

Dankbar für die Unterstützung, nickte ich.

»Wissen Sie, wie es Ihrem Nachbarn im Moment geht? Haben Sie im Krankenhaus nachgefragt?«

»Er kann bald nach Hause und soll sich ein paar Tage schonen.«

Nachdem die Kommissarin weg war, trank Tamara ihren Tee aus. »Was meint ihr, wer sich um Flo kümmert, wenn er zu Hause ist?«

»Elena wohl kaum«, antwortete ich spontan. »Auf ihre Empathie sollten wir nicht hoffen. Ich kann mir nicht vorstellen, dass die nach Florian auch nur guckt, geschweige denn ihn pflegt. Dieser hemdsärmeligen Person würde ich nicht mal einen Goldhamster zur Pflege anvertrauen.«

»Ich finde auch, wir sollten das übernehmen.«

Wiebke, die in der Küche hantierte, hörte mit und stimmte ihr zu. »Unbedingt! Er kann bei uns wohnen. Das ist auf jeden Fall besser für ihn.«

»Ich telefoniere heute Nachmittag mit Flo und frage ihn. Wir können eine Couch in unser leeres Zimmer schieben.«

»Immerhin hat er dort seine Ruhe vor Elena. Die ist für seinen Genesungsprozess nicht gut. Außerdem parkt dort ein fremdes Auto. Es sieht für mich so aus, als habe sie Besuch. Das ist viel zu viel Trubel für Florian«, gab ich zu bedenken.

»Die hat Besuch?«, hakte Tamara nach.

»Eine Frau mit viel Gepäck ist gestern spät angekommen. Sieht für mich so aus, als wollte die länger bleiben. Es wäre tatsächlich gut, wenn Sie in der Klinik anrufen. Dann braucht er sich auch keine Sorgen bezüglich seiner Erholung zu machen. Ich beteilige mich selbstverständlich an seiner Pflege.«

Während ich mich fertigmachte, um nach Mannheim zu fahren und Luca abzulösen, ließ ich den vorhin zur Seite geschobenen Gedanken wieder zu. Ein Mann namens Gereon Schnittmacher hatte Florian niedergeschlagen? Das ergab für mich überhaupt keinen Sinn. Das konnte auf gar keinen Fall der freundliche Gentleman, der sich mir im

Bücherhimmel vorgestellt hatte und mit dem ich zum Essen im *Seerestaurant* war, sein. Dies war meiner Überzeugung nach völlig ausgeschlossen. Womöglich war auch mein eigener Name nicht so selten, wie ich immer annahm, und da draußen lief mindestens eine Handvoll Frauen herum, die ebenfalls genauso wie ich Edelgard Buchmann hießen.

Tamara bat mich dann noch um einen Gefallen. Ich sollte auf meinem Heimweg Florians Auto abholen. »Wiebke sagt, Sie können in Seckenheim in einen Bus nach Ladenburg umsteigen. Es wäre total nett, wenn Sie das übernehmen könnten. Ich rufe auf dem Revier an und gebe Bescheid, damit die Ihnen den Schlüssel geben.«

Als ich dann abends nach Hause kam, stand bereits eine Couch in dem bis dahin leeren Zimmer. Tamara legte ein Kissen und eine Decke darauf. »Vielen Dank fürs Abholen des Autos! Ich habe Sie parken sehen. Außerdem habe ich mit Flo telefoniert. Irgendwie wirkte er erleichtert darüber, sich bei uns zu erholen. Er möchte ein paar Sachen aus seiner Wohnung bei sich haben. Helfen Sie mir bitte beim Tragen? Wiebke ist noch nicht hier. Ich will es möglichst rasch hinter mich bringen.«

»Elena wird uns sicher helfen.« Wir lachten beide über den Scherz. Elena würde einen feuchten Kehricht tun, irgendjemand anderem zu helfen. Für mich war sie eine absolute Egoistin. Keine Ahnung, was Florian an der fand. Meiner Meinung nach sah sie noch nicht einmal gut aus, aber so etwas liegt bekanntermaßen im Auge des Betrachters. Andererseits spielte ihr Aussehen auch eine untergeordnete Rolle. Ihr Charakter, den sie ziemlich unverstellt zeigte, hätte sie selbst mit dem Aussehen der Miss World hässlich wirken lassen.

Immerhin öffnete Elena die Tür für uns und ließ uns in die Wohnung. »Wie lange bleibt er bei euch?«, war alles, was sie interessierte. Theoretisch hätte sie sich auch danach erkundigen können, wie es ihm ginge. Aber eben nur in der Theorie. »Meine Schwester ist zu Besuch, da passt es ganz gut, dass Florian bei euch wohnt.«

Diese Frau war tatsächlich die personifizierte Empathielosigkeit.

»Elena!« Die Stimme aus der Küche klang in ihren Tönen der Angesprochenen äußerst ähnlich. »Ist das der Pizzabote?«

Oh my God! Der schrillen Stimme mit dem ungeduldigen Unterton nach zu urteilen waren die beiden ein sich ergänzendes Doppelpack! Ich hoffte, es blieb in diesem Fall bei dem akustischen Eindruck, und sowohl Tamara als auch mir blieb der optische Eindruck dieses Horror-Sisterpacks erspart.

Elena rollte ihre Augen. »Boah. Die denkt nur ans Essen, echt. Dabei könnte die wirklich mal abnehmen. Ich weiß nicht, wie unsere Mutter die groß gekriegt hat.« Über ihre Schulter rief sie: »Margaux, nein! Es sind nur die Nachbarinnen.« Und an uns gewandt, meinte sie: »Ihr braucht mich ja nicht dazu. Zieht einfach die Tür zu, wenn ihr geht.« Sprach's und verschwand in der Küche, wo sie ihrerseits die Tür schloss.

»Wow. Echt jetzt?« Tamara schüttelte den Kopf. An mich gewandt, sagte sie: »Lassen Sie uns schnell machen. Bevor die womöglich auf die Idee kommt, unsere Konversation zu vertiefen.« Sie öffnete Florians Nachricht auf ihrem Smartphone. »Wäsche und Kleider und ein paar Sachen aus dem Bad. Wir werden sicherlich seine Sachen erkennen.«

»An Elenas Sachen haftet bestimmt rosa Glitter.« Es gelang mir nicht, diesen Scherz zu unterdrücken. Meiner Meinung nach wäre ganz schön viel Glitter nötig, um Elenas Bösartigkeit zu übertünchen. »Okay, ich sammle seine

Sachen aus dem Bad ein. Ich will hier auch so schnell wie möglich wieder weg.«

Als wir wieder auf der Straße standen, kam uns eine Frau entgegen, die mir wohlbekannt war. Ihr schwarzes Haar endete exakt auf Höhe ihres Kinns. Die Augen waren blau umrahmt, die Wimpern kräftig getuscht. Ihre wohlproportionierte Figur steckte in sehr engen Jeans und einem bauchfreien Top. Sie steuerte direkt auf das Haus zu, welches wir soeben verlassen hatten.

Sie blickte erstaunt zu mir. »Ist die Furie auch in der Nähe?« Sie bezog sich vermutlich auf Luisa und die Begegnung mit ihr im Heilkräutergarten.

»Keine Sorge, nein.«

»Elena? Die ist im Haus.«

»Es geht nicht um Elena«, erklärte ich Tamara. Ich malte mir besser kein Zusammentreffen von Elena und meiner Bekanntschaft aus dem Luisenpark aus. Ihre Begegnung mit Luisa war in meiner Erinnerung noch ziemlich präsent.

»Ich bin im Netz auf ein Interview mit Florian gestoßen, da war eine Website angegeben, und dort stand diese Adresse bei den Kontakten. Ich heiße übrigens Chloé.«

»Das ist kein Pseudonym?«, fragte ich nach. Die kräuterkundige Frau hieß ins Deutsche übersetzt »die Grünende«. War das wirklich ein Zufall?

»Ich heiße tatsächlich Chloé. Eine frühere Freundin meiner Mutter hieß so, und deshalb hat die mich so taufen lassen.«

Nach jemand anderem benannt zu werden war mir selbst nur zu gut bekannt. Die junge Frau hatte allerdings weitaus mehr Glück als ich selbst mit meinem altertümlichen Vornamen. »Mein Name ist Edelgard.«

»Tamara.« Meine Begleiterin zeigte auf sich selbst. »Sie wollen Florian buchen? Für einen Auftritt?«, fragte sie. Ihre beiden Arme waren vollgepackt mit seinen Kleidern, was ihr ein hamstermäßiges Aussehen verlieh.

»Nun ja, das ist nicht so leicht zu erklären. Aber buchen will ich ihn nicht.«

Eigentlich wirkte die junge Frau sympathisch. Luisa hatte sie wohl komplett auf dem falschen Fuß erwischt. Mir war ja selbst nicht klar, was da in die sonst so sanftmütige Luisa gefahren war, als sie sich zu ihrem Auftritt hinreißen ließ. »Sie kennen unseren Florian?«, fragte ich.

»Kennen ist zu viel gesagt.« Sie errötete tatsächlich ein wenig. »Ja, irgendwie schon. Ich will wissen, wie es ihm nach dem Überfall geht.«

Hinter uns wurde ein Fenster aufgerissen. »Ist das hier ein Fanclub-Treffen? Könnt ihr euch nicht woanders unterhalten? Und überhaupt! Richtet ihm aus, dass sein Mietanteil weiterläuft, auch wenn er jetzt bei euch unterkriecht.« Elena knallte das Fenster zu.

Tamara, der die Klamotten allmählich sichtlich schwer wurden, drückte ihrer neuen Bekanntschaft ein paar der Kleider auf den Arm und ging voraus. »Kommen Sie doch mit rein. Reden wir drinnen weiter. Dort sind wir ungestört.«

Über die genauen Umstände ihres Kennenlernens äußerte sich die junge Frau nicht, als wir auf der gemütlichen Eckbank saßen. Nun ja, ich würde es schon noch herausfinden. Jedenfalls war sie einigermaßen erschüttert, als ihr Tamara die Einzelheiten der Begebenheit berichtete, die zu Florians Krankenhausaufenthalt führten. Zusammenfassend sagte sie: »Er ist von einem Irren überfallen worden. Aber es geht ihm schon besser, er trägt keine bleibenden Schäden davon und muss sich lediglich eine Weile ausruhen. Sobald er nach Hause darf, wohnt er bei uns. Seine Mitbewohnerin«, ihre Intuition riet ihr wohl spontan zu dieser Wortwahl, »haben Sie ja soeben erlebt. Die WG da drüben funktioniert schon seit einer Weile nicht mehr so richtig. Und wir haben ein Zimmer frei, das passt für uns alle sehr gut.«

Chloé schien das Wort »Mitbewohnerin« erfreut aufzunehmen, was mich in der Ansicht bestärkte, da könne sich etwas Neues für Florian anbahnen. Hoffentlich nahm er endgültig Abschied von Elena. Er musste jedoch selbst die Ausweglosigkeit einer erneuten Beziehung mit ihr einsehen und akzeptieren. Womöglich half ihm diese Chloé dabei, die ich, je länger sie bei uns hier auf der Eckbank saß, immer sympathischer fand. Die beiden gäben ein nettes Paar ab, da war ich mir sicher. Außerdem beschlich mich der Gedanke, Florian könne durchaus dauerhaft hier wohnen bleiben. Das war für Tamara und Wiebke besser in den Alltag zu integrieren als ständig wechselnde Gäste, die für die Dauer ihres Urlaubs hier logierten. Aber auf diese Idee kämen die beiden sicherlich auch ohne mich. Tamara lud die junge Frau ein wiederzukommen, sobald es Florian besser ging. »Lassen Sie Ihre Telefonnummer hier. Dann kann er Sie anrufen. Sie können ihn jederzeit bei uns besuchen kommen.«

Nachdem Chloé gegangen war, wandte Tamara sich an mich. »Die Frau ist echt ein Lichtblick! Hoffentlich sieht Florian endlich ein, dass seine sogenannte Beziehung zu Elena endgültig Geschichte ist. Es würde mich wirklich für ihn freuen, wenn er eine Freundin fände, die ihm nicht ständig mit ausgefahrenen Krallen vor der Nase herumfuchtelt.«

Damit waren wir beide komplett einer Meinung.

48

Klaus Meinhardt blickte zufrieden in die Runde. »Wir können den Fall abschließen.«

»Doch kein *Cold Case*!«, murmelte Sandra, für ihn unhörbar, vor sich hin.

»Das Ergebnis des DNA-Vergleichs ist eindeutig. Gereon Schnittmacher ist der mutmaßliche Mörder von Doktor Volker Hartweg. Die Hautfetzen an dem Busch unmittelbar neben der aufgefundenen Leiche sind eindeutig zuordenbar und stammen von ihm.«

»Was ist mit den Morden an Ulrich Kammerhuber und Luca Assenhold? Hat er die gestanden?«, wollte Melanie wissen.

Klaus Meinhardt verneinte. »Da müssen Indizien für sich sprechen. Aber die gibt es. Die Kollegen fanden bei der Durchsuchung seines Hauses einen Granitstein, den die Kriminaltechnik des Landeskriminalamtes in Stuttgart untersucht hat. Die machten mit Luminol Blutspuren sichtbar. Die Kollegen der Kriminaltechnik haben diese Spuren und Hautepithelzellen unter dem Mikroskop analysiert. Sie können mit den drei Opfern in Verbindung gebracht werden, ebenso die Hautabriebe an einem ebenfalls aufgefundenen Seil. Außerdem werten wir unter anderem die Software seines Fahrzeuges aus. Er ist für uns der mutmaßliche Täter in allen drei Fällen. Seine Kreditkartenabrechnungen und Kontobewegungen werden gecheckt, sein gesamtes Leben in den letzten Monaten durchleuchtet. In seinem Haus haben die Kollegen eine Wildkamera gefunden, die Auswertung der Speicherkarte ist ziemlich aufschlussreich. Er hat damit Jogger gefilmt, darunter sind die drei Opfer.«

»Wieso das denn?«, fragte Hiltrud Conrad, die sich im Übrigen keine Mühe gab, ihre Erleichterung über die Lösung des Falles zu verbergen. So konnte sie ihre baldige Mutterschutzzeit ganz entspannt antreten, ohne dass der Fall weiter in ihrem Kopf herumspukte.

»Es ist davon auszugehen, dass er im Gebüsch versteckt gewartet hat. Die Kamera war sein drittes Auge«, antwortete Klaus Meinhardt. »Wenn die Jogger seinem Schema entsprachen, spannte er das Seil und brachte sie damit zu Fall. Die auf dem Boden Liegenden tötete er mit gezielten Schlägen auf den Kopf.«

»Ein Geständnis hat er trotz allem nicht abgelegt?«, fragte sie nach.

»Er schweigt.«

»Wo ist er überhaupt?«, wollte Sandra wissen.

»In der Krankenabteilung unserer JVA. Dort wird er allerdings nicht mehr viel Zeit verbringen.«

»Wird er in den normalen Zellentrakt verlegt?«

»Wohl eher auf den Friedhof. Der Mann hat Krebs im Endstadium. Ein Pankreaskarzinom. Das macht sich erst bemerkbar, wenn es für eine Heilung des Patienten in der Regel zu spät ist. Es ist nicht davon auszugehen, dass er überhaupt den Beginn des Prozesses erleben wird. Der Arzt meinte, er befindet sich bald im absoluten Endstadium, wo man es ihm dann auch auf Anhieb ansieht. Der tut schon bald keinem mehr was.«

»Für die Angehörigen wäre ein Geständnis erstrebenswert. Gibt es denn gar keinen Weg, ihn zum Reden zu bringen? Über sein Motiv? Warum ausgerechnet diese drei Männer?« Auch Sandra hätte gerne eine Antwort auf diese Fragen gewusst, genauso wie der Rest der SOKO.

»Wir bleiben dran und versuchen es weiter. Er bekommt Morphium gegen seine Schmerzen. Vielleicht verliert er im Delirium die Kontrolle und wird doch noch gesprächig und verrät uns sein Motiv für die drei Morde.«

»Gibt es irgendwelche Bezugspersonen?«, fragte Melanie. »Jemanden, den er noch mal sehen will? Damit wäre Druck ausübbar und er redet womöglich doch noch.«

»Familie gibt es, soweit ich informiert bin, keine.« Klaus überlegte. »Seine Eltern sind längst verstorben, Geschwister sind nicht vorhanden. Nachbarn hat er auch keine, so abgelegen, wie der alte Hof liegt. Also niemanden, der uns etwas darüber erzählen könnte, ob es da jemanden gibt in seinem Leben und ob er vielleicht Besuch, wenn auch sporadisch, erhalten hat.«

»Frau, Kinder? Nichts dergleichen?«

Klaus schüttelte den Kopf. »Er hat alleine dort gelebt, es ist niemand sonst dort gemeldet. Die Kollegen fanden keine Spuren, die auf die Anwesenheit einer weiteren Person hindeuten würden. Verheiratet war er nie. Falls es aktuell einen Menschen in seinem Leben gibt, den er außerhalb seines Hauses traf, schweigt er sich dazu ebenfalls aus.«

»Schade. Das wäre ein Ansatzpunkt für einen Deal. Er redet und erhält im Gegenzug Besuchsrechte von jemandem, dessen Gesellschaft ihm etwas bedeutet.« Melanie seufzte bedauernd. »Ich befürchte beinahe, dieser Mensch bleibt, falls es ihn überhaupt gibt, ein Phantom.«

49

Ansgar überfiel prompt ein schlechtes Gefühl, als Mikael auf dem Neuen Meßplatz auf ihn zukam. Er war unterwegs zu einem Bäcker mit Migrationshintergrund, um dort persönlich die Bestellung für die Abschlussfeier des Drehs abzugeben. Das gesamte Team kam noch mal zusammen, bevor es sich wieder in alle Himmelsrichtungen verteilte und zu neuen Projekten strebte. Nur er blieb hier, in seinem geliebten Mannem. Oder Monnem, je nachdem, ob man in der sich weit ausdehnenden Stadt im Norden oder im Süden wohnte. Besonders die mit Spinat, Feta und Pinienkernen gefüllten Blätterteigrollen standen in der Gunst der gesamten Crew ziemlich weit oben. Was wollte jedoch Mikael von ihm? Für übermorgen war der letzte Drehtag angesetzt, dann sah er ihn nie wieder. Worüber sich nicht wirklich Traurigkeit bei ihm einstellen wollte.

»Hi, Ansgar.«

»Hallo, Mikael.«

»Ich will dich was fragen. Hast du einen Moment für mich?«

»Ich höre.«

»Es wird eine Fortsetzung geben. Wir drehen in einem halben Jahr den nächsten Mannheim-Krimi.«

»Echt? Wieder mit Fee Zoe?«

»Ah, wir haben das Drehbuch geändert. Die stirbt morgen in ihrer letzten Szene.«

»Schade.«

»Du weißt selbst, wie unzuverlässig sie ist. Einfach nicht

zum Dreh zu kommen ist ein absolutes No-Go. Das geht einfach nicht, da hängt zu viel dran. Wir casten eine neue Hauptdarstellerin.«

Ansgar überlegte, inwieweit der Filmtod Fee Zoes mit ihm solcherart in Verbindung stand, dass Mikael mit ihm darüber sprechen wollte. Es ergab sich für ihn jedoch kein Zusammenhang, und er tappte komplett im Dunkeln darüber, was der eigentlich von ihm wollte.

»Können wir nochmals auf deine Ortskenntnisse zählen? Die Scouts kommen drei Monate vor Drehbeginn. Du kennst dich echt toll hier aus.« Und als Ansgar mit seiner Antwort zögerte, legte Mikael nach: »Dein Honorar ist verhandelbar. Also, wenn du mehr willst … und natürlich wärst du auch beim Dreh wieder dabei. Die volle Zeit. Wir können dir auch schon die zwei Wochen davor bezahlen.«

Ansgar verbarg überzeugend seine Verblüffung. »Ich muss meinen Terminplan checken.« Der Typ sollte bloß nicht denken, er sei auf seinen Auftrag angewiesen. Außerdem musste schon ein ordentlicher Aufschlag für ihn drin sein, wenn er den und seine Launen erneut ertrug. Sozusagen Schmerzensgeld. »Ich überleg es mir, okay?« Er tippte mit dem Finger in die Luft und ging weiter.

Mikael eilte ihm hinterher. »Hey, wenn es ums Geld geht, ich habe Spielraum. Daran soll es nicht scheitern. Wir brauchen ein paar spezielle Orte für den Dreh, die nur Insider kennen.«

»Wie viel Spielraum?«

»20 Prozent mehr.«

»Wie gesagt, ich checke meinen Terminkalender.« Als er in eine der Straßen abbog und Mikael außer Sichtweite wusste, pfiff er ein Lied. 30 Prozent mehr sollten allerdings schon drin sein. Am besten ließ er den Typen ein wenig zappeln, dann stimmte er seiner Forderung eher zu.

50

»Wie geht es für dich weiter? Was machst du als Nächstes?« Chloé saß mit Fee Zoe in einem der Cafés im Arkadengang um den Mannheimer Friedrichsplatz und nippte an ihrem alkoholfreien grünfarbenen Drink.

»Ich fliege nach Dubai.«

»Ist dort nicht alles teuer?«

»Oh, ich bezahle nichts dafür, bin nämlich eingeladen. Ich werde ein paar Storys für *Insta* machen.«

»Und dafür bekommst du die Reise bezahlt?« Chloé staunte.

»Nicht nur die. Es gibt noch was obendrauf.«

»Wie lange fliegt man denn dorthin?«

»Nur ein paar Stunden.« Fee Zoe schien über etwas nachzudenken. »Hättest du Lust, mich zu begleiten?«

»Ich? In Dubai?« Sie war noch nie weiter weg gewesen als am Gardasee. Ihrer Erinnerung nach war diese Reise komplett unglamourös verlaufen. Nach einer schier endlosen Busfahrt, zu der sie vor etlichen Jahren überraschenderweise von ihrer Mutter eingeladen worden war, erreichten sie erst bei Nacht einen Campingplatz, denn ein geplatzter Reifen verlängerte die Fahrt erheblich. Sie logierten in einem Wohnwagen, der mindestens 300 Meter von der Toilettenanlage entfernt stand.

»Kommst du mit? Ja, okay, ist jetzt ein bisschen spontan. Ich gebe dich offiziell als meine Assistentin aus und sorge für die Übernahme deiner Reisekosten.«

Chloé war baff. Kostenlos nach Dubai? Was hielt sie denn davon ab? Genau betrachtet rein gar nichts. Sie nickte.

Fee Zoe beugte sich vor, wobei sie beinahe ihr Glas umgestoßen hätte, umarmte Chloé und küsste sie auf beide Wangen. »Yes, Sis!«

»Wann geht's los?« Chloé fühlte sich selbst ein wenig überrumpelt von ihrer spontanen Zusage.

»In zehn Tagen.«

Chloé überschlug in Gedanken ihre Kundenaufträge. »Für wie lange?«

»Eine Woche.«

Das ließ sich einrichten. Ein paar Leute musste sie vertrösten. Auf jeden Fall gab sie einen Lagerauftrag für ihre Post. Nicht auszudenken, wenn die nächste Lieferung blauer Pillen tagelang im Hausflur lag und sie womöglich der Hund vom Nachbarn aus dem dritten Stock fraß.

»Du hast doch einen Reisepass, oder etwa nicht?«

Chloé schüttelte verneinend ihren Kopf.

»Wir gehen zum Amt. Guck sofort online nach einem Termin. Du beantragst einen Expressreisepass. Das kriegen wir hin!«

51

Als der Artikel über den Vorfall dann in der Presse stand, gab es keinen Zweifel mehr für mich an der Identität des mutmaßlichen Täters. Es war ein wirklich grässlicher Moment, als ich das Foto online entdeckte. Ich saß in der Straßenbahn von Heidelberg nach Mannheim und las Nachrichten auf meinem Smartphone. Trotz eines über die Augen gelegten schwarzen Balkens erkannte ich Gereon auf Anhieb auf dem Bild. Das war genau der Mann, den ich im *Bücherhimmel* kennengelernt hatte und mit dem ich so überaus nett essen war. Was fiel diesem Menschen bloß ein, mich derart zu täuschen? Ein mutmaßlicher Dreifachmörder! So eine Unverfrorenheit! Was ging bloß in dessen Kopf vor? Dieser Gereon hatte ein Höchstmaß an Verstellung an den Tag gelegt. Nicht auszudenken, wenn uns irgendjemand zusammen gesehen hätte! Ich war wirklich wütend auf diesen Mann. Der hatte diesen sympathischen Arzt auf dem Gewissen und noch zwei andere Männer. Dem Artikel nach zu urteilen waren alle drei Zufallsopfer gewesen, die er gar nicht kannte. Sie waren lediglich zur falschen Zeit am falschen Ort gewesen. Die Morde an ihnen waren einem dummen Zufall geschuldet. Und dann auch noch ausgerechnet Florian in eine Falle zu locken und ihn niederzuschlagen! Einen derart liebenswerten Menschen mit einem lediglich kleinen Spleen, der wirklich keiner Fliege was zuleide tat. Grundgütiger! Ums Haar hätte es ein viertes Opfer gegeben, und Tamara war hautnah dabei. Wäre sie als Augenzeugin ebenfalls beseitigt worden? Das fünfte Opfer?

Dann durchzuckte es mich plötzlich wie mit einem Donnerschlag, und mein Puls schnellte hoch. War ich selbst womöglich ebenfalls in Gefahr gewesen? Zu meiner nachträglichen Erleichterung war ich bei unseren Begegnungen nicht alleine mit ihm gewesen, der Park war voller Menschen. Und die Seitenwände meines *Bücherhimmels* waren verglast, man befand sich dort quasi wie auf einem Präsentierteller. Es war eine Art flüchtiges Fieber, das mich im Park erfasst und veranlasst hatte, mich von Gereon Schnittmacher ins *Seerestaurant* einladen zu lassen. Denn bei kühlem Verstande bedacht wusste ich doch ganz genau, an wessen Seite mein Platz war. Aber weshalb wollte Gereon Schnittmacher sich überhaupt mit mir treffen? Das wird nun für immer sein Geheimnis bleiben. Ehrlich gesagt, verschwendete ich keine weiteren Gedanken daran. Es gibt Dinge im Leben, die lohnt es nicht, sie zu hinterfragen, weil es keine Antwort darauf gibt. Vermutlich entstand die Esseneinladung spontan, so wie manches eben einfach passiert. Mir fiel ein, dass er die Restaurantrechnung zum Glück bar beglichen hatte. Es gab also für die Ermittler keinen Posten in seiner Kreditkartenabrechnung mit dieser Spur, die sie vielleicht zu mir hätte führen können, wenn sie etwa das Personal im Restaurant befragten. Im *Bücherhimmel* hatte er ebenfalls keine elektronische Leuchtspur hinterlassen, was mich sehr erleichterte. Ich hoffte sehr, Gereon bekam in seinem Prozess lebenslang aufgebrummt. In meinem eigenen Leben hinterließ er nicht einmal eine Fußnote.

Als ich wenig später auf meinen *Bücherhimmel* zusteuerte, sah ich es auf Anhieb. Da stand etwas direkt neben dem Lädchen, was völlig neu war. Eine Bank. Wo kam die denn plötzlich her? Als ich letztens nach Hause ging, war sie noch nicht dort gestanden. Sollte das etwa eine Überraschung für mich sein? Neugierig beschleunigte ich meine Schritte. Als ich direkt davorstand, bemerkte ich auf der oberen Holzleiste das kleine Messingschild, welches den Spender auswies, und beugte mich nach vorne, um es zu lesen. Da stand doch tatsächlich in geschwungener Schrift eingraviert: »Für Edelgard – in Liebe gestiftet von Norbert«. Mir wurde leicht schwindelig und ich nahm auf der Bank Platz. Mein Norbert! Heute war unser Hochzeitstag. Als ob ich das vergessen hätte! Das Restaurant, in dem unsere kleine Feier gemeinsam mit Wiebke und Tamara geplant war, lag aber nicht im Luisenpark. Es war mir zu riskant, dass die Bedienung sich an meine letzte Begleitung erinnerte. Denn es ist gut zu wissen, wo man eigentlich hingehört, nicht wahr. Ich selbst werde das natürlich nie vergessen!

Norbert hatte versteckt hinter dem *Bücherhimmel* auf mich gewartet. Nun kam er mit einem strahlenden Gesicht hervor und setzte sich neben mich. Er hielt einen Blumenstrauß in seinen Händen. Einen ziemlich großen, für den er beide Hände benötigte, um ihn zu halten. Ach, mein Norbert. Ich schmiegte mich an ihn. Norbert legte den bunten Strauß ab, tastete zärtlich nach meiner Hand und hielt sie ganz fest. So, als wollte er sie nie mehr wieder loslassen.

DAS REZEPT FÜR LUISAS SELBST GEMACHTE LUISENBUSSEL

Gutsel oder Bonbons lassen sich leicht zu Hause selbst herstellen. Die Grundzutaten sind Zucker und Wasser, an Geschmackszutaten gibt es keine Begrenzung. Leckermäulchen Luisa liebt den Himbeergeschmack.

Man nimmt dreimal so viel Zucker wie Wasser und kocht dies wohltemperiert in einem Topf auf, bis das meiste Wasser verdampft ist und Sirup übrig bleibt. Am besten mit einem Spritzschutz arbeiten!

Die Masse auf einer Silikonmatte glatt streichen, mit einem Löffel etwas selbst gemachten Himbeersaft darauf verteilen und mit einer Gabel sorgfältig unterrühren (Vorsicht mit der Silikonmatte!). Die süße Platte mehrmals mithilfe eines großen Messers umschlagen und dann, wenn sie nicht mehr ganz so heiß ist, richtig gut durchkneten. Sodann zu einem dünnen Strang formen. Daraufhin passende Mengen abschneiden und in Silikonpralinenformen drücken. Erkaltet kann man sie nach Belieben in etwas Puderzucker wälzen.

NACHWORT & DANK

Auch im Jahr des Luisenparkjubiläums existiert der *Bücherhimmel* wie bereits zur Bundesgartenschau 2023 ausschließlich in meiner Fantasie, obwohl ich bei Lesungen von *Blumenfieber* oft gefragt wurde, weshalb es den nicht tatsächlich gibt. Den Luisenpark Mannheim allerdings gibt es im Jahr 2025 in seiner heutigen Form seit 50 Jahren, denn im Jahr 1975 fand hier erstmals eine Bundesgartenschau statt.

Dem Geschäftsführer des Luisenparks, Michael Schnellbach, gilt mein Dank für die Zustimmung, erneut den Park als Kulisse verwenden zu dürfen. Ich habe meine vielen Besuche bei der *BUGA 23* sehr genossen und bei dem großartigen Sommerfest gemeinsam mit meinem Mann und persönlichen Gästen von außerhalb viele schöne Stunden dort verbracht. Der Luisenpark, oft als einer der schönsten Parks Europas bezeichnet, ist das grüne Herz von Mannheim, und ich halte mich selbst sehr gerne dort auf. Besonders genieße ich Fahrten mit den Gondolettas.

Die beiden im Roman erwähnten Gedichte im Bibliotheksgarten Ilvesheim sind Bestandteil meiner Teilnahme an der Aktion »Poesie unterwegs« des Kulturamtes der *Unesco City of Literature Heidelberg*.

Carmen Vicari, Dipl.-Wirtsch.-Ing. (FH), führt einen eigenen Buch-Blog: *Carmens Bücherkabinett*. Sie hat erneut mein Manuskript aufmerksam gelesen und mir wertvolle Tipps aus ihrer Sicht als Testleserin gegeben. Wir trafen uns, denn das hat bei uns beiden Tradition, in einem hübschen Café in Neckarnähe und tauschten uns bei Kaffee und köstlichen Tortenstücken gut gelaunt aus. Vielen Dank, liebe Carmen, für dein genaues Lesen und deine konstruktiven Anmerkungen!

Des Weiteren bedanke ich mich beim Präsidenten des Landeskriminalamtes Baden-Württemberg, Andreas Stenger, für die freundschaftliche Verbindung, die sich über den seit vielen Jahren stattfindenden Krimitag des *Syndikats* im Mannheimer Polizeipräsidium ergab. Er hat immer ein offenes Ohr für meine Fragen. Seine hochinteressanten Vorträge zu kriminaltechnischen Methoden sind unbedingt empfehlenswert. Weil Verbrechensopfer und deren Familien lebenslang leiden, ist die Arbeit der Opferhilfsorganisation *Weißer Ring e. V.*, die wir Syndis mit unserer Benefizlesung in Mannheim unterstützen, so wichtig. Syndikatskollegin, Glauser-Preisträgerin und Ehren-Hauptkriminalkommissarin Ingrid Noll begleitet uns oft zu diesen immer ausverkauften Veranstaltungen, die ich seit dem Jahr 2014 unter wechselnder Schirmherrschaft des jeweiligen Polizeipräsidenten organisiere.

Mit dem Team des Gmeiner-Verlages und seiner Programmchefin Claudia Senghaas verbindet mich eine langjährige, herausragend gute und vertrauensvolle Zusammenarbeit, für die ich mich ganz herzlich bedanke. Es war just der Luisenpark, in dem wir die Idee zum vorliegenden Roman besprachen.

Als beinahe lebenslanger Gartenfan pflege ich seit Jahren selbst einen eigenen Garten, der mir viel Freude spendet.

Bei der Arbeit in meinem naturnahen Gärtlein kann ich so herrlich abschalten und die Gedanken fließen lassen. Neben allerlei Blühendem ziehe ich dort Kräuter selbst, die mein Mann und ich sehr gerne beim gemeinsamen Kochen verwenden. Als Glück empfinde ich auch die Anwesenheit von Tieren wie etwa Libellen, Eidechsen, Igeln und Vögeln im »wilden Gärtlein«.

Was wären wir ohne die Menschen, die wir am meisten lieben? Wie immer gilt mein ganz besonderer Dank meinem Ehemann, mit dem ich im Jahr des Luisenparkjubiläums unseren 40. Jahrestag feiern darf, und unserer gemeinsamen Tochter, die zusammen mit ihrem Partner unser Glücks-Kleeblatt komplettiert.

Liebe Leserinnen und Leser, ich wünsche euch und Ihnen viel Lesefreude mit *Blumenlust*. Wer weiß, vielleicht begegnen wir uns beim Schlendern im Luisenpark oder wir sehen uns bei einer meiner Veranstaltungen. Zu finden sind sie auf www.ClaudiaSchmid.de. Dort befindet sich zudem ein Kontaktformular für Lesungsanfragen – gerne auch an ungewöhnlichen Orten!

Weitere Titel finden Sie auf den folgenden Seiten und im Internet:

WWW.GMEINER-VERLAG.DE

Alle Bücher von Claudia Schmid:

Die brennenden Lettern
ISBN 978-3-8392-1212-7

Blumenfieber
ISBN 978-3-8392-0330-9

Blumenlust
ISBN 978-3-8392-0754-3

Mannheimer Todesmess
ISBN 978-3-8392-1458-9

Wer mordet schon in Mannheim?
ISBN 978-3-8392-1656-9

Mörderische Bergstraße
ISBN 978-3-8392-2416-8

Mörderischer Jakobsweg (mit Fenna Williams und Leila Emami)
ISBN 978-3-8392-2323-9

Mörderische Fluss-Kreuzfahrten
ISBN 978-3-8392-2738-1

Mörderische Ostsee
ISBN 978-3-8392-2844-9